꺼우치

전우치 ❸

초판 1쇄 발행　2009년 12월 23일
초판 2쇄 발행　2010년 1월　9일

지은이　　　권오단
발행인　　　권윤삼
발행처　　　도서출판 산수야

등록번호　　제1-1515호
주소　　　　서울시 마포구 망원동 472-19호
우편번호　　121-826
전화　　　　02-332-9655
팩스　　　　02-335-0674

ISBN 978-89-8097-193-0　04810
ISBN 978-89-8097-190-9　(전3권)

값은 뒤표지에 있습니다. 잘못된 책은 바꾸어 드립니다.

이 도서의 국립중앙도서관 출판시도서목록(CIP)은 e-CIP 홈페이지
(http://www.nl.go.kr/cip.php)에서 이용하실 수 있습니다.
(CIP제어번호: CIP2009003437)

田禹治
❸

전우치

권오단 역사소설

산수야

서문

4

전우치는 중종 연간에 살았던 이인異人이다. 전우치의 행적에 대한 것은 유몽인柳夢寅의 「어우야담於于野談」, 차천로車天輅의 「오산설림五山說林」, 이수광李睟光의 「지봉유설芝峰類說」, 이덕무李德懋의 「청장관전서靑莊館全書」, 「한죽당필기寒竹堂筆記」, 패관 문학서인 「대동야승大東野乘」에 전하는데, 조선 중종 때의 사람으로 시를 잘 지었으며, 의술에 능하였고 도술을 부렸다고 한다.

『홍길동전』과 더불어 『전우치전』이 고전소설로 이미 크게 알려져 있지만 전우치가 홍길동과 마찬가지로 실제로 살았던 인물이라고 아는 사람은 얼마되지 않는다.

고전소설인 『전우치전』이 있음에도 따로 소설을 쓰기로 마음먹은 것은 전우치가 실존 인물이라는 사실과 우리나라에서 전해 오는 독특한 선도의 도맥을 실제 역사 속에서 관통시켜 재정립해 보고 싶었기 때문이다.

천문·지리·의학·복서·문학·무예 등 조선 사회에서 전해져 내려오는 다양한 이야깃거리를 넣기 위해 많은 자료가 참조되었고 이미 우리에게 잊혀진 잃어버린 것들을 되살리기 위해 오랜 기간이 걸렸다.

딱딱하게만 느껴지는 한시는 소설의 재미를 살리기 위해 재미있는 대구對句나 파자시破字詩를 사용하였는데, 소설에 등장하는 한시는 「해동시화海東詩話」와 「동인시화東人詩話」, 「요로원야화기要路院夜話記」 등에 나오는 재미있는 문장을 인용하였음을 밝혀둔다.

소설에 등장하는 실존 인물들은 그들이 지은 시를 사용하는 것을 원칙으로 하였지만 부득이한 것은 작가가 짓거나 인용하였다.

소설『전우치』는 고전소설과는 다른 맛이 나도록 쓰기 위해 노력하였다. 역사소설이지만 그 안에 깃들인 또 다른 색다른 맛을 이 소설에서 발견하게 되길 소망해 본다.

2009년 11월 권오단

5

진시황 때 방사 노생盧生이 해외에 나갔다 돌아와서 「녹도서」錄圖書를 시황에게 바쳤다. 「녹도서」에 말하기를 진나라를 망하게 하는 것은 호胡 라 하니 이로써 시황은 북방에 장성을 높이 쌓아 오랑캐를 방비하였다.

시황은 안심이 되지 않아 맏아들 부소扶蘇를 북방에 보내어 몽염蒙 恬을 감독케 하였는데, 시황이 죽고난 후 환관 조고와 승상 이사의 모 략으로 부소가 자살하여 호해胡亥를 태자로 삼았다. 후일 진나라는 호 해로 인해서 망했으니 「녹도서」의 예언이 적중한 것이다.

노생은 한종과 함께 시황의 명을 받아 불사약을 구하러 갔다온 사람 이니 그가 바다로 나갔다함은 즉 해동에 왔다는 말이고, 「녹도서」란 것 은 비기를 말하는 것인데 이는 「신지비사神誌秘詞」와 같은 것이다.

「신지비사」란 단군檀君 때 사람이 지은 진조구변도국震朝九變圖局을 말하는 것으로, 해동은 일찍이 도참圖讖과 점성술占星術이 발달하였다.

노생이 우리 해동에 들어왔을 때 이 술법을 배워가지고 진나라의 운수가 호에게 망할 줄을 미리 알았으나, 그 본뜻이 호해를 가리킨 말이라 화가 집안에 있는 줄은 모르고 오랑캐를 막는다고 만리장성을 쌓아 헛수고만 하였던 것이다.

한나라 사람 장량張良은 노생·한종과 같은 때 사람이다. 한나라를 위해 원수를 갚고자 해동에서 창해역사를 청해서 박랑사중博浪沙中에서 시황을 시해하려다가 실패하여 천하를 놀라게 하였다.

장량은 처음에 황석공黃石公의 가르침을 받다가 유방을 도와 한漢을 세운 후에 적송자赤松子를 따라갔다. 적송자는 신농 대代의 우사雨師로서 본래 그 법의 연원은 해동에 있었다.

우리 동방에서 환인천제桓因天帝가 동방 최초의 선조仙祖로서 환웅桓雄이 풍백風伯·우사·운사雲師 등을 이끌고 이 땅에 내려와 그 법을 단군에게 전하여 내려오길 수천 년이나 되었다. 후에 단군이 아사달의 산신이 되어 그 도를 문박文朴에게 전하고 다시 영랑永郎에게 전하였다. 영랑은 마한의 보덕신녀寶德神女에게 도를 전수하였으니, 세상에 전하기를 영랑·술랑述郎·남랑南郎·안상安詳을 신라의 사선四仙이라 하였다.

이밖에도 신라 초에 과공瓠公이란 사람이 있었는데 동해상에서 회오리바람을 타고 신라에 와서 명재상이 되었다.

가락국 거등왕 때 탐시선인旵始仙人은 과공의 도를 이어받았으며, 다시 물계자勿稽子에게 전해졌다. 대세와 구칠, 원효와 도선은 물계자의 도를 이어받았는데, 대세와 구칠은 바다 건너 중원에 뜻을 두어 배를 타고 사라져 버렸으며 원효와 도선은 중이 되어 세상에 그 흔적을 남기었다.

당나라 문종文宗 개성 년간에 신라 사람 최승우崔承祐, 김가기金可紀, 중 자혜慈惠, 세 사람이 당나라에 유학하여 가기는 먼저 진사에 급제하고 승우도 역시 급제하여 서로 종남산에서 지내더니 신원지申元之를 광법사廣法寺에서 만났다.

자혜가 마침 이 절에 우거하는 까닭에 신원지와 매우 친하게 지내었는데 최승우와 김가기가 자혜와 친한 사이임을 알고 매양 같이 놀았다. 이때 마침 정양진인正陽眞人 종리鐘離가 찾아오니 신원지가 이 세 사람을 종리에게 소개하고 도를 전해주길 부탁하였다.

정양진인 종리권은 순양자 여동빈呂洞賓의 스승으로 일찍이 해동에서 건너온 선인에게 그 법을 배웠다. 이에 신라에서 온 세 사람에게 기꺼이 선법을 가르치고 구결을 전수하였다. 이때 종리가 준 서적이 「청화비문靑華秘文」·「영보이법靈寶異法」·「팔두악결八頭岳訣」·「금고내관金誥內觀」·「옥문보록玉文寶錄」·「천둔연마법天遁鍊磨法」·「백양참동계伯陽參同契」·「황정경黃庭經」·「용호경龍虎經」·「청정심인경淸淨心印經」 등이었다.

최승우는 이덕유李德裕의 추천으로 서경에서 수년간 겸염철판서兼鹽鐵判書를 지내더니 찬황죄贊皇罪로 예주에 귀양 살다가 죄가 풀리매 그 후 신라로 돌아와 태위 벼슬을 하다가 93세에 죽었고, 김가기는 종남산終南山 자오곡子午谷에 터를 닦고 집을 마련하여 은거하다가 당나라 대중 12년858 2월 모든 사람이 보는 앞에서 등선하니 선종이 놀라고 두렵게 생각하며 그를 위해 사당을 지었다.

자혜는 김가기를 좇아 돌아오지 않다가 환국하여 오대산으로 들어와 은거하다가 145세에 태백산에서 입적하였다.

최승우는 진사 이청에게 도를 전수하였고, 이청은 명법明法에게 도를 전하였다. 명법은 이청과 자혜에게 요법을 배워 그 도를 권청權淸에 전하였다. 권청은 최치원에게 도의 일부를 전수하였고, 다시 원계현에 게 모든 법을 전수하였으며, 원계현은 김시습에게 도를 전하였다.

김시습은 이를 나누어 천둔검법연마결을 홍유손에게 전수하고, 또 옥함기내단법을 정희량에게 전수하고, 참동용호비지를 윤군평에게 전수하였다.

청한자 김시습은 당대 이인으로 바람과 물처럼 세상을 떠돌아다니 다가 홍산 무량사에서 입적하였으니, 일찍이 금성 보리나루에 사는 백우자百愚子라는 이의 도에 미칠 바가 아니 된다고 하였다.

백우자는 이름이 혜손惠孫으로 위인이 현묵하고 종일 가도 말이 없 고 바보 같았으나 물리나 사물에 달통하여 앞일과 지난 일을 모두 알 았다. 그런데 족속도 번성치 못하고 가세도 빈곤하여 생계를 겨우 유 지하더니 공산의 새 죽음처럼 아무것도 남김없이 세상을 떠났다.

이밖에도 세종조에 김학서金鶴棲는 맹인으로 명경수明鏡數를 잘 알 아 수명과 화복을 잘 맞히었으니 그 술수가 장득운張得雲에게 전해지 고 김숙중金叔重에게 전해져 세상에 이름이 높았다.

이들의 도맥이 어디에서 시작되었으며 누구에게 전수되었는지, 알 려지지 않고 기록되지 아니한 이인들 또한 한둘이었겠는가.

환웅이 이 땅에 자리 잡은 이래로 수천 년간 유구한 도맥은 이 땅에 서 저 땅으로 이어지고, 바다를 건너서 혹은 큰 산맥을 넘어 다시 전 해짐이 끊어지지 않고 있었으니, 산하에 이름 없는 수많은 이인들은 바람과 안개 속에 숨은 용과 호랑이처럼 다만 그 자취와 모습을 감추 고 있었던 것이다.

9

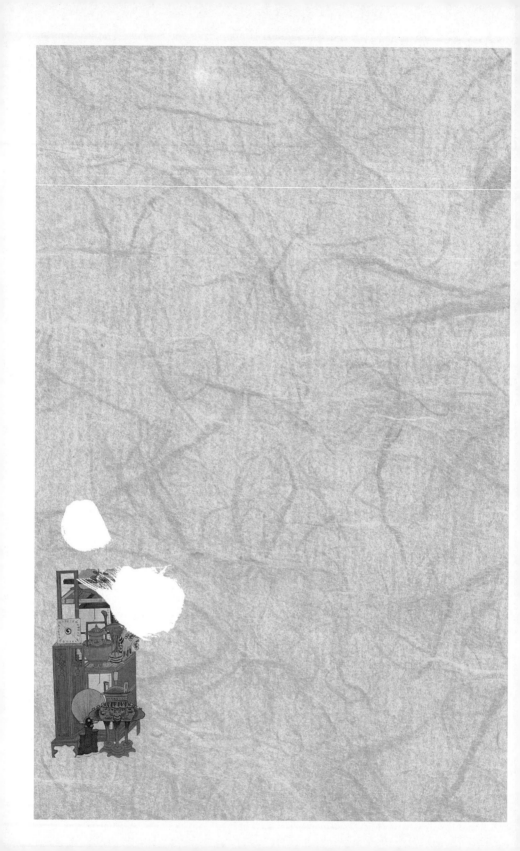

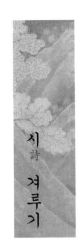

시詩 겨루기

1

　우치가 공주 유성촌에서 출발한 때가 11월의 끝자락이었다. 날씨가 아침부터 찌푸둥하더니 널티 고개 아래에서 눈이 내렸다. 눈앞이 보이지 않는 함박눈을 맞으며 걷다보니 연기가 흘러나오는 주막이 보였다.

　두 사람은 요기도 할 겸 눈을 피해서 잠시 쉬어가기로 하였다. 우치가 장국밥으로 요기를 하다가 문득 떠오르는 생각이 있어 윤군평에게 말했다.

　"윤 교관이 계룡산엘 좀 다녀오셔야겠소."

　"배복룡을 데려가시게요?"

　"그런 재주를 썩히는 것이 아깝지 않소? 약속을 했으니 동행해서 갑시다."

　"지금 출발해서 계룡산에 갔다 오려면 시간이 꽤 걸릴 겁니다. 산사람을 찾는 것이 말처럼 쉬운 일이 아니어서 이삼 일은 족히 걸릴 겁니다."

"내가 조명을 받은 지 보름이 지났는데 아직 전라도에도 들어가지 못하였으니 이런 불충이 어디 있겠소? 그러니 각자 출발해서 전라도에서 만나는 것이 좋겠소."

"어디서 만나뵐까요?"

"어디가 좋겠소?"

"익산에서 뵙지요. 익산 미륵사에 제가 잘 아는 중이 있습니다. 벽송 스님이라고 하는데 미륵사의 주장중이지요. 제 말을 하시면 두말 않고 방을 내주실 겁니다. 미륵사에서 만나서 앞으로 할 일을 상의하면 좋겠습니다."

"알겠소. 그럼 먼저 갈 테니 미륵사에서 만나도록 합시다."

우치가 널티 고개 주막에서 윤군평과 헤어져서 노성에서 숙소하고, 다음 날 아침 일찍 출발하였는데 간간이 눈이 많이 와서 걸음이 지체되었다. 겨울이라 날이 일찍 저무는 통에 해가 간당간당해서야 익산에 도착하게 되었다.

우치가 사람들에게 물어물어 미륵사를 찾아가니 산 아래에 거대한 탑이 두 개나 서있는 큰 절이었다. 비질이 된 산문을 따라 올라가니 마침 저녁 공양 무렵인지 밥 짓는 연기가 지붕 위로 솔솔 올라오고 있었다.

우치가 일주문 안으로 들어서니 너른 마당을 쓸던 건장한 젊은 스님 하나가 합장을 하며,

"무슨 일로 오셨습니까?"

하고 공손하게 물었다.

"하룻밤 신세 좀 질까 하고 찾아왔습니다."

젊은 스님이 우치의 행색을 아래위로, 위아래로 훑어보더니 미간을 찡그리며,

"죄송하지만 저희 절에도 사람이 많아서 머물 곳이 마땅찮습니다."
하고 거절을 하였다.

우치가 스님의 거조에 마음이 상해서,

"내가 벽송 대사의 이름을 듣고 일부러 찾아왔더니 사정이 여의치 않구려. 종이쪽하고 붓이나 좀 가져다주시오. 뵙고 꼭 드릴 말씀이 있는데 어렵다 하니 사연이나 남기고 가겠소."

젊은 스님이 차마 거절을 못하고 절간으로 들어가서는 종이쪽 하나와 붓 하나를 가져왔다.

우치가 혀끝으로 붓을 축여서 종이쪽에다 글을 썼다.

13

人到佛門不待人	절문 앞에 사람이 이르렀는데 대접을 안 하니
主人人事難爲人	주인의 인사가 사람답지 못하다.
釋迦慈悲抱禽獸	석가는 자비로써 금수까지 안았건만
門前逐客何佛心	문 앞에서 객을 쫓는 것이 어찌 불심인가.

젊은 스님이 종이쪽을 받아들곤 머리를 갸웃거렸다.

"진서를 아시오?"

"언문은 좀 압니다."

"벽송 대사께 전해주시오. 전하면 무슨 말씀이 있을 것이오."

젊은 스님이 부리나케 마당으로 달려가더니 큰 대웅전 뒤편으로 사라졌다.

우치가 엄청나게 큰 두 개의 돌탑을 쳐다보고 있으니 쪽지를 전하러 갔던 젊은 스님이 다시 부리나케 달려와서 우치에게 시근거렸다.

"도대체 무슨 글을 쓴 거요?"

"왜 그러시오?"

우치가 천연덕스럽게 물었다.

"주지스님께 불벼락을 들었소. 주지스님께서 어서 안으로 뫼시라고 하시오!"

젊은 스님이 식식거리며 앞장서다가 고개를 돌려,

"요즘이 동안거 기간이라 시주께서 따로 머물 곳이 마땅찮아 그런 말을 한 것이란 말이오."

하고 제가 야단들은 것이 억울하다고 발명하였다.

"이 넓은 절에 객 한 사람 들일 곳이 없다니, 그 말을 어찌 믿으란 말이오. 머물 곳이 있는지 없는지는 벽송 대사께 여쭤보면 될 테니 변명일랑 마시오!"

젊은 스님이 울상이 되었다.

"제가 잘못했으니 한 번만 용서해주십시오."

"법명이 뭐요?"

"원호라 합니다."

원호가 처음의 드센 기세가 꺾여서 고분고분하기가 코뚜레 꿰인 송아지 같았다.

우치가 원호를 따라 담장 가운데 있는 안중문으로 들어가 다시 회랑을 따라가서 후원을 지나니 고적한 와가 한 채가 나타났다. 정원에 석등 두 개가 느런히 서있는 일자로 된 두 칸 와가였다.

원호가 툇돌 앞에서 고개를 숙여,

"주지스님, 시주님을 뫼시고 왔습니다."

하고 아뢰니 방문이 열리며 청수한 늙은 스님이 나타났다. 주장승이 그윽이 우치를 내려다보는데 눈빛이 청명했다.

"방으로 드시지요."

주장승이 말하는 투가 부드러운 것이 젊은 스님과 사뭇 달랐다. 우치가 방안으로 들어가니 상좌스님이 자리를 하나 내놓곤 늙은 스님 옆에 무릎을 꿇고 앉았다.

늙은 스님이 우치를 물끄러미 바라보다가 말했다.

"지금은 동안거 기간이라 수양에 방해가 되어 유숙이 어렵습니다. 그렇지만 산짐승도 머물 곳을 찾아오면 받아들이는데 하물며 사람이 찾아왔는데 물리치는 것도 도리가 아니니 옆방을 쓰시지요."

"고맙습니다."

"저녁은 드셨습니까?"

"아직 저녁 전입니다."

늙은 스님이 상좌스님을 시켜 저녁밥을 가져오게 하였다. 저녁밥이 올 동안 주장승이 미륵사에 대한 이야기를 들려주었다. 미륵사彌勒寺는 백제 제30대 무왕 때에 창건했다고 전해지는데 세상에는 이런 전설이 전해지고 있다.

'무강왕武康王이 인심을 얻어 마한국馬韓國을 세우고 하루는 선화부인善花夫人과 더불어 사자사獅子寺에 행하고자 산 아래 큰 못가에 이르렀는데, 세 미륵불이 못 속에서 나왔다. 부인이 이를 보고 임금께 아뢰어 이곳에 절을 지었는데 그때 지명법사知命法師가 신력으로 못을 메워 불전을 창건하고 세 미륵을 만들었다.'

신라 진평왕 때 만들어진 석탑은 동방에서 가장 큰 석탑으로 원래는 절간 앞에 좌우로 큰 석탑을 만들고 가운데 더 큰 목탑을 세웠는데 가운데 있던 목탑은 고려 때에 소실되고 석탑밖에 남지 않았다.

이야기를 하고 있을 때에 상좌스님이 저녁밥을 가져왔다. 절간의 저녁밥은 단출하였다. 그래도 손님의 밥상이라 스님들이 먹는 바랑이 아니고 소반 위에 밥과 찬이 올려져 있었다.

조와 보리에 옥수수와 감자가 섞였는데 찬으로 나온 곰취장아찌가 일품이라 우치가 거친 밥이지만 달게 먹었다.

저녁을 물리고 나니 물끄러미 앉아있던 늙은 스님이 입을 열었다.

"겨울밤이 길고 긴데 시를 아는 객이 찾아오니 반갑습니다. 저도 출가하기 전에는 진서깨나 공부했다오. 심심한데 대구나 몇 수 나눠보면 어떨까요?"

"좋습니다."

우치가 주장승의 비위를 맞출 요량으로 흔쾌히 응답하였다.

주장승이 빙그레 웃더니 서안에 있던 붓을 들어 종이 위에 몇 자를 휘리릭 써서 우치에게 건네었다.

月白雪白天地白　　달도 희고 눈도 희고 천지도 희다.

우치가 시를 바라보곤 붓을 들어 그 아래에 썼다.

山深夜深客愁深 산도 깊고 밤도 깊고 객의 수심도 깊다.

주장승이 우치가 쓴 시를 바라보니 대구가 훌륭했다. 주장승이 다시 붓을 들더니 그 밑에 썼다.

燈前燈後分晝夜 등불의 켜고 *끄*기로 주야를 나누고

우치가 붓을 들어 대구하였다.

山南山北判陰陽 산의 남쪽과 북쪽으로 음양을 나눈다.

주장승이 우치의 시를 보더니 싱긋 웃고는 다시 붓을 들어 그 아래에 적었다.

氷消一點環爲水 얼음에 한 점이 사라지니 도로 물이 되었다.

우치가 그 시를 보곤 주장승의 얼굴을 보았다. 은근이 웃고 있는 모습이 '이것은 대구를 닳지 못하겠지?' 하는 것 같았다.

얼음 빙에 한 점을 빼면 물 水가 되는 것이니 실로 교묘한 문장이었다. 그러나 이 시는 문형인 김안국이 왜승과 시 겨루기를 할 때 낸 문제라고 보여준 적이 있는, 우치가 아는 시였다. 그렇다면 주장승은 다른 이의 빼어난 문장을 가져다가 선비들을 골려주는 특이한 취미를 가진 모양이었다.

우치가 망설이지 않고 그 아래에 대구를 적었다.

木立雙條更作林　　나무가 쌍으로 서면 곧 숲을 이룬다.

주장승이 우치의 대구를 보곤 멍하니 우치를 바라보았다.

"이 시를 아시오?"

"예, 김안국 대감과 왜승 간에 시 겨루기를 했던 문장이지요."

주장승이 무안한 듯 입맛을 다시다가 허탈하게 웃으며 말했다.

"허허, 면목없구려. 사실은 내가 이 절에 놀러오는 선비들을 골려주려고 매양 이 대구를 가지고 장난질을 했는데, 이 대구를 아는 손님이 있었구려!"

주장승이 김안국과 친분이 자별하여 한양에서 곧잘 시 내기를 하였다고 했다.

"김 대감이 어릴 적에는 바보라고 집에서 쫓겨나 안동에서 살았던 이야기는 아시오?"

"예, 김 대감께서 바보라고 쫓겨나셨단 말입니까?"

"허허허, 어릴 적에는 글자 하나도 깨치지 못한 바보였다오. 김 대감이 장자인데 오죽하면 내쫓겨 숙부를 따라 안동으로 갔을까요?"

"그런데 어떻게 우리나라에서 제일가는 문장이 되었나요?"

"부인 덕택이지요."

주장승이 김안국이 현달한 이야기를 늘어놓았다.

김안국은 참봉 김연의 장자로 아이 때부터 인물이 좋아서 아버지의 기대가 컸다. 대대로 문장가의 집안인 탓에 김안국도 어릴 적부터 글을 배웠는데 어찌된 일인지 천자문 한 권을 십수 년이 되도록 떼지 못하였다. 부모가 이를 근심하여 할 수 있는 방법은 다 써보았지만 글자를 깨치지 못해 결국 장자 자리를 동생인 김정국에게 물려주고 안동 목사로 부임하는 숙부를 따라가게 했다는 것이었다.

"김 대감이 숙부를 따라 안동 관아에서 통인 노릇을 하며 살게 되었지요. 문장가로 이름난 대갓집의 장손이 통인이 된 것도 기가 막힐 노릇인데 혼기가 차서 규수를 물색하는 데에도 문제가 많았지요. 안동 목사인 김 대감의 숙부가 사방으로 현숙한 규수를 물색하였는데 소문이란 게 날개가 달렸는지라 멀쩡한 양반집들은 죄다 고개를 흔들었지요. 해서 김 안국 대감은 현성에서 십여 리 떨어진 동리의 중인 처녀와 혼인을 하게 되었습니다. 그 다음해에 6년 임기를 마친 숙부마저 떠나고 김 대감은 처녀의 집에서 데릴사위로 살아가게 되었는데 한마디로 끈 떨어진 연 신세가 되고 만 것이지요."

"그래서 어떻게 되었습니까?"

"김 대감이 부인의 도움으로 공부를 하게 되었습니다."

"글자 하나 깨치지 못하는 사람을 무슨 수로 공부를 시켰단 말입니까?"

"김 대감의 부인이 중인이지만 영리해서 언문과 진서를 모두 읽을 수 있었대요. 부인이 찬찬히 김 대감을 살펴보니 한번 들은 것은 잊어버리지 않을 정도로 총기가 넘치더라나요. 그래서 노래와 이야기로 김 대감을 가르쳤는데, 시며 역사를 이야기처럼 들려주었더니 김 대감이 나중에는 그것들이 다 어디서 나온 이야기냐며 묻더랍니다. 부인이 책을 가리키면서 여기서 나왔다고 했답니다."

주장승이 껄껄거리며 말을 이었다.

"김 대감이 놀라면서 부인에게 하는 말이 '어릴 적에 수천수만 개도 넘는 글자를 공부해야 할 생각만 하면 머리가 아파 책을 볼 엄두를 못 내었다'고 하더래요. 김 대감은 그 후로 열심히 공부해서 장원급제하고 지금의 문장이 되었지요. 중인이었던 부인은 지금은 나라님의 첩지를 받아 대갓집 마나님으로 살고 계시고 말이오."

"아! 그런 일이 있었군요."

우치는 그제야 어전별시에서 김안국이 언문으로 해석이 가능한 시를 문제로 내었던 이유를 알 수 있었다. 사대부 양반들이 천시하는 언문을 빈천한 시기에 부인으로부터 배웠기 때문에 가능한 것이었다.

두 사람이 두런두런 이야기를 주고받고 있을 때 바깥에서 부르는 소리가 들려서 상좌스님이 나갔다가 들어왔다.

"스님, 한양서 손님이 오셨다 합니다. 두 사람인데 그 중 한 사람이 윤군평이 왔다고 하면 스님께서 안다고 하셨답니다."

"윤군평? 아! 어서 모셔오너라."

상좌스님이 바깥으로 나가니 주장승이 난처한 얼굴로,

"이거 어떡합니까? 윤군평이라는 사람은 저와 친분이 깊은 사이입니다. 마침 옆방이 비어 시주님께 내어드렸는데…… 아무래도 시주님은 오늘 제 방에서 주무시지요."

하니 우치가 웃으며,

"실은 윤 교관과는 일행입니다."

하고 뒤늦게 전후 사정을 토설하였다.

2

잠시 후, 윤군평과 배복룡이 흠뻑 젖은 몸으로 주장승의 방으로 들
어왔다. 쏟아지는 함박눈을 맞아서인지 두 사람의 옷에서 물이 떨어
졌다.

"스님, 그동안 무고하셨습니까?"

윤군평이 꾸벅 인사를 하니,

"윤 교관도 잘 계셨소?"

하고 합장으로 인사를 받았다.

주장승이 상좌스님에게 말하여 저녁을 내오고 옆방에 불을 지피라
고 하곤 아랫목을 내주니 두 사람이 한사코 거절하였다.

늦은 저녁이 들어와서 두 사람이 간단히 요기를 한 후에 방 안에
네 사람이 둘러앉았다.

"훈련원에서 교관으로 있다고 들었는데 갑자기 전라도는 무슨 일
이시오?"

주장승이 묻자 윤군평이 얼굴에 주름을 잡으며 말했다.

"한양 생활이 답답해서 때려치우고 세상 구경이나 하러 나왔습니다."

"그럼 며칠 전에 한양에서 큰일이 났다 하던데 못 들었겠소."

"그게 무슨 말입니까? 한양서 큰일이 나다니요?"

"어제 익산에 갔던 아이 하나가 돌아와 이야기를 하는데, 한양에 한바탕 옥사가 일어난 모양입니다. 대사헌 조광조와 동류들이 모두 옥에 갇혔다는 소식입니다."

"뭐라고요?"

우치가 놀란 눈으로 주장승을 바라보았다.

주장승이 길게 한숨을 내쉬더니 말을 이었다.

"조정암이 인륜과 의리를 중시하니 젊은 도학자들이 옳고 그름을 뚜렷이 분별하여 어진 이들이 조정에 오르는 일이 많아졌고, 또 대사헌이 되어 법 다스리는 일을 뚜렷이 해서 잇속을 챙기려는 무리들이 조정에 근접하지 못하고 힘을 잃게 되었는데, 남곤과 심정이 일을 꾸미며 유언비어를 퍼뜨리고, 홍경주가 희빈 마마에게 사주하여 주상의 마음을 흔들었다 합니다. 그동안 경복궁 뜰에 주초위왕走肖爲王이라는 글자가 쓰인 나뭇잎이 발견되었지만 조광조를 신임하는 상감의 마음이 깊어 별 탈 없다가 얼마 전부터 영명하신 주상께서 마음이 바뀐 모양이라 합니다.

남양군 홍경주와 예조판서 남곤, 공조판서 김전, 호조판서 고형산이 몰래 모의하여 밤낮으로 주상에게 조광조에 대해 무고하니 주상께서 혹하여 기묘년 11월 15일 밤에 조광조와 그 당인들을 모두 붙잡아 옥에 하옥시켜 버렸답니다. 조정암은 능주로 귀양을 가게 되었는데, 조정이 다시 간신배들의 손아귀에 들어가게 되었으니 참으로 걱정이오!"

우치는 정희량이 했던 말을 떠올리곤 길게 한숨을 내쉬었다. 권모술수가 난무하는 권력의 정점에서 고원한 이상을 향해 속임 없이 꿋꿋하게 뒤돌아보지 않고 나아간 것이 화의 시초였다. 또 조광조가 너무 성급하게 조정의 잘못된 것을 바로잡으려 한 것도 문제였으며, 바름을 지나치게 숭상하는 고집이 화를 불러일으킨 것인지도 몰랐다. '맑은 물에 고기가 살지 않는다는 속담을 깊이 새겼더라면, 부드러운 것이 강한 것을 이기며, 물은 낮은 곳에 있어 모든 것을 포용할 수 있다는 도덕경의 글귀를 되새겼더라면 적어도 닥쳐올 화는 면하지 않았을까?' 하는 안타까움이 일었다.

"말이 나온 김에 제가 도적이 된 이야기 한번 들어보시겠습니까?"

묵묵히 앉아 있던 배복룡이 뜬금없이 입을 열었다.

"지금으로부터 9년 전이니 경오년庚午年 - 중종 5년 1510년이로군요. 그해 3월에 저를 가르치시던 스승님이 돌아가시자 연고가 없던 저는 배운 것이 무예라고 남으로 내려가 웅천熊川성의 말단 군졸이 되었습니다. 어려서부터 산을 달음질하며 무술을 배운 까닭에 걸음이 빨라 전령傳令 임무를 맡았습지요."

윤군평이 물었다.

"그 출중한 검술 실력을 가지고 전령이라니, 자네 재주가 아깝네그려?"

"저같이 연줄도 없고 글도 모르는 사람이 무슨 수로 큰 자리를 얼겠습니까? 그저 시키는 대로 할밖에요. 어느 날, 거제도로 웅천성의 전령을 전하러 가게 되었습니다. 가는 날이 장날이라고 하필이면 그 날 왜구가 거제도로 침입하였지 뭡니까?

제가 거제에 도착하여 거제 현령에게 웅천 현령의 서신을 전하고 있을 때 왜선 다섯 척이 거제도 하청리河淸里에 닻을 내리고 있다는 급보가 들어왔습지요. 하여 거제 현령 오세한吳世翰을 따라 저도 군사들과 함께 하청리로 가게 되었습니다. 우리가 한달음에 하청리에 도착해보니 왜적들은 인가를 수색하여 닥치는 대로 물건을 빼앗고 인명을 살상하고 있었는데, 적병이 무려 300명도 넘더라고요. 우리 군사는 고작 50명이 채 안 되었습니다.

우리가 도착하자 왜적을 피해 도망치던 백성들이 힘을 얻어 남녀노소 할 것 없이 무기가 될 만한 곡괭이와 도끼, 낫 따위를 들고 한데 어울려 왜적과 대적하게 되었습지요. 오세한이 용감하게 앞장을 섰습니다. 오세한은 무인 출신이라 제법 칼을 다룰 줄 알았지만 따라가는 군졸들은 하나같이 무예실력이 형편없었어요. 그래도 오세한이 죽기로 싸우니 군사들은 의기충천하여 그를 따랐어요. 허나 워낙 군사 수가 차이가 지다보니 왜놈들이 겁내지 않고 되려 반격하지 뭡니까?

이때 오세한이 왜인들의 진영 한가운데로 뛰어들어 한 마리 맹호처럼 칼을 휘둘르며 왜인들을 베어 쓰러뜨리기 시작하였는데 워낙 왜놈들의 수가 많은 데다 왜놈 중에도 검술에 능한 자들이 많아서 그도 밀리더군요. 하지만 오세한의 용기를 본 군졸들이 오세한의 뒤를 따라 죽기 살기로 싸우자 백성들도 용기백배하여 낫과 곡괭이를 들고 소리를 지르며 뒤늦게 합세하여 그야말로 치열한 싸움이 시작되었습니다. 그때 저는 그동안 갈고 닦았던 연검을 뽑아들고 오세한을 호위하며 왜인들을 하나씩 차례로 쓰러뜨렸습니다. 그러는 한편 계속 우두머리를 찾아보았지요. 왜냐하면 삼포에 왜란이 일어났다면 십중팔구 그 우두머리는 대마 도주일 것이요, 그를 잡는다면 난이 평정되어 큰 공을 세울 것이라 생각해서였지요. 주변을 둘러보니 은빛 갑주甲冑를 입고 등에 활을 메고 손에 날카로운 검을 든 왜놈이 몇 명의 호위를 받으며 군사들을 호령하고 있더라고요. 저는 그놈이 우두머리라고 생각했습지요. 하여 달려드는 왜놈을 찔러 죽이고는 연검을 빼어들고 오세한과 같이 왜인 우두머리를 잡으러 달려갔습니다.

왜인 우두머리가 우리를 보고 연거푸 활을 쏘았는데 제가 일일이 다 쳐내버리자 나중에는 꽁지가 빠찌게 뒤도 안 돌아보고 줄행랑을 치는 것이었습니다. 우두머리가 달아나자 졸개들도 전의를 상실했는지 도망을 치는데 그런 아비규환이 따로 없었습니다. 배에 먼저 올라타려고 자기편끼리 서로 죽이고, 밀어뜨리고요. 일이 이렇게 되자 우리 군사들과 백성들의 사기가 하늘을 찌를 듯이 충천하여서 도망가는 왜놈들을 찌르고 죽이며 일생의 한풀이를 하듯 몰아붙였습지요. 결국 왜놈들은 배 한 척까지 빼앗기고 겨우 목숨만 부지해서 달아났습지요."

주장승이 웃으며 말했다.

"허허. 그것 참 장한 일을 하였구려!"

"거기서 끝난 것이 아닙니다. 거제를 지킨 후에 저는 즉시 웅천으로 돌아왔습니다. 왜적이 거제까지 왔다면 분명 웅천에도 침입이 있으리라 예상했습지요. 그래서 서쪽으로 배를 몰아 견내량을 건너고 통영을 경유하여 고성으로 가는 육로를 택해 웅천성으로 향했습니다. 예상대로 전날 제포의 우두머리인 대조마도大趙馬道와 노고수장奴古守長 등이 군사 오천 명을 거느리고 쳐들어와 웅천성 밑의 인가를 모조리 불 지르고 성을 포위하고 있지 뭡니까? 다행히 웅천 현감 한윤韓倫이 성을 지키며 독전하다가 경상우도慶尙右道 병마절도사兵馬節度使 김석철金錫哲과 대마도 치위관致慰官 이식李軾, 김해 부사 성수재가 군사들을 끌고와 협공하여 웅천성을 지킬 수 있었지요."

윤군평이 말했다.

"그 이야기는 나도 들은 적이 있소만 자세히 들어 봅시다."

"본래 경오왜란庚午倭亂 : 삼포왜란*은 부산 첨사 이우증李友曾이 왜인들의 특권을 시기하여 그들에게 박하게 하였다는 이유로 왜놈들이 일으킨 난리라고들 이야기하는데 그게 다 개소리입지요. 세금도 제대로 내지 않고 특권만 챙기려는 왜놈들이니 이우증이 미워할 만도 하지요. 거기다가 밀수에다 납치를 서슴지 않고 행하는 무리들을 무어 예쁘다고 나라에서 손해를 보면서까지 챙겨줍니까. 그래서 이우증이 뒤를 별로 봐주지 않고 원칙대로 하자 대마 도주가 평소 이것을 불만으로 여기고 있다가 일으킨 난리지요.

첫날 웅천성을 함락하지 못하고 돌아간 왜적들은 다음 날 다시 쳐들어왔으나 한윤의 일사불란한 지휘 아래 군사들이 화살을 빗발처럼 쏘아대자 아무런 힘도 못 써보고 물러가고 말았지요. 저는 그때를 틈타 웅천성으로 들어가 현감에게 거제도에서 일어났던 일들을 보고했습니다요. 현감이 매우 기뻐하더군요. 그때 남문 쪽에서 와하는 함성

---

* 경오왜란 : 1510년중종 5 3포에서 일어난 일본인 거류민의 폭동사건

소리가 들려서 현감과 제가 급히 달려가보니 물러갔던 왜인들이 노목欄木으로 옹성擁城을 공격하고 있지 뭡니까. 얼마 안 있어 남문 옹성의 성 머리가 두어 자 가량 무너지고, 왜병들은 쾌재를 부르며 물밀 듯이 공격해 들어왔습니다. 현감 한윤은 겁먹은 병사들을 독려하며 죽음을 각오하고 성을 지켰으나 벌 떼처럼 달려드는 왜병들을 막기에는 역부족이었습지요. 그때 절도사 김철석과 김해 부사 성수재, 대마도 치위관 이식이 후방에서 적을 협공하니 왜적들이 마침내 물러나서 그날은 다행스럽게 웅천성이 함락되지 않았습니다.”

“웅천성이 끝내 함락이 된 모양이지?”

“예. 거기에는 기막힌 사연이 숨어 있습지요. 전투가 끝나고 한윤이 군사를 점고點考해보니 도망간 군사의 수가 반이 넘지 뭡니까? 남문 밖 옹성이 무너지자 왜인들의 기세에 지레 겁을 먹은 병사들이 북문을 통해 바깥으로 도망친 것입니다. 적은 병력으로 물밀 듯 밀려오는 왜병을 어찌 막을 수 있었겠습니까?”

윤군평이 말했다.

“거제에서는 오십으로 삼백이 넘는 왜병을 막았는데 수많은 병력이 있는 웅천성에서 그런 일이 일어나다니 참으로 이해할 수 없는 일이구려.”

“웅천성이 함락된 것은 고성 현감 윤효빙尹孝聘 때문이지요. 웅천성이 왜병에게 포위되었을 때 고성 현감 윤효빙이 함께 있었는데 한윤은 무인이요, 효빙은 문인이라 한윤이 모든 시책을 반드시 효빙에게 의뢰하였고, 효빙은 한윤에게 계책을 말해주어서, 한윤이 효빙을 군사軍師처럼 받들었습지요. 한윤은 사람됨이 호탕하고 죽음을 두려워하지 않는 무인이었으나, 병서에 밝지 않았기 때문에 윤효빙에게 의지하였던 것입니다. 이 때문에 윤효빙이 한윤이 의지함을 믿고 교만하게 행동하였고, 웅천의 백성들은 한윤보다 윤효빙을 더 믿고 의지하게 된 것입니다. 그런데 믿는 도끼에 발등 찍힌다고, 웅천 백성들이 철석같이 믿고 있던 윤효빙이 그날, 야음을 틈타 문을 열고 달아난 것이 아니겠습니까?"

"저런……."

"윤효빙이 승냥이 같은 왜놈의 모습을 보고 겁을 먹어 제 한목숨 살기 위해 홀로 야반도주를 하자, 그 소문이 발이 달린 것처럼 동리에 퍼져 사졸들과 백성들이 두려운 마음에 너도 나도 담을 넘어 달아났던 것이지요. 우두머리가 삶을 찾아 도망가는데 졸병이 도망가는 것을 막을 명분이 있겠습니까? 한윤은 그렇지 않아도 방수할 인원이 없어 분통이 터지는 참이라 성곽이 무너지는 것에 겁을 먹고 병졸이 달아났다는 말을 듣자 노기충천하여 북문을 지키는 문졸門卒을 군율로 효수해 버렸지요. 그렇게 하여도 눈을 피해 도망하는 사졸이 하나둘씩 늘어나더니 포위를 당한 지 사흘째 되는 날에는 현감과 저, 그리고 몇 되지 않은 병사들만 덩그러니 웅천성을 지키게 되었습지요.

왜병들이 이제 웅천성을 치는 것은 식은 죽 먹기였으나 현감이 죽기로 성을 지키자 하니 저는 몰려드는 왜구를 상대할 수밖에 없었습니다. 그때 웅천성에는 나보다 실력이 좋은 고수가 하나 있었습니다. 실권이라는 사람인데 저처럼 말단 군졸이었지요. 웅천성에서 저와 실권이 성님, 그리고 한윤이 수많은 왜구들을 상대하였지만 중과부적이었습니다. 결국엔 당해낼 수 없어서 성을 버리고 도망을 나올 수밖에 없었지요."

"아! 그렇게 웅천성이 함락되고 말았구려."

"예. 현감 한윤은 성을 빼앗긴 것에 분을 참지 못하고 김해 부사인 성수재成秀才에게 도움을 요청하였습지요. 성수재는 한윤의 말을 듣고 군사를 거느리고 성 밖에 도착하였으나 왜적이 두려워 군사를 독려하여 싸우지 않았고, 다시 절도사 김석철에게 도움을 요청하였으나 김석철도 왜적이 두려워 구원에 나서지 않았습니다. 절도사 김석철은 왜적의 기세를 보고 한윤에게 '네가 어쩔 수 없어서 퇴각하여 나온 것이니 잘한 일이다.' 하고 말하였는데 이후에 기가 막힌 일이 일어나고 말았지요."

"어떤 일이 일어났는데 그러시오?"

"조정에서 문책하는 조서가 내려오자 한윤은 성을 지키지 않았다는 죄명으로 효수되었습니다. 책임은 왜적이 두려워 성을 공격하지 않은 절도사에게 있었건만 절도사는 문책이 두려워 한윤을 팔아먹은 것이지요. 결국 죄 없는 한윤이 모든 책임을 지고 목숨을 잃은 것입니다."

"아! 실망이 크셨겠소."

"이르다 뿐입니까? 한윤이 죽은 후에 저는 홀로 도망쳐서 이곳저곳을 떠돌다가 밤나무골 홍집강의 신세를 지게 되었는데 그 자가 한때의 은혜를 미끼로 저를 귀찮게 하기에 그 집을 나와서 계룡산에 들어가게 된 겁니다."

주장승이 배복룡의 이야기를 듣고 탄식을 하였다.

"세상에 진실이란 없나니, 권모술수權謀術數가 바름을 이기는 세상이오. 간사한 꾀를 쓰는 자가, 남을 속이는 자가, 정직하고 남을 속일 줄 모르는 이를 이기는 세상이 아니겠소? 나도 경오년의 난리에 참가하여 그 소식을 듣고 안타깝게 생각하던 바요."

"스님께서 경오년 왜란 때 참가하셨다고요?"

윤군평이 끼어들었다.

"벽송 스님은 경오년 왜란 때 우도방어사 유담년의 휘하에 있던 승병장이셨네."

"아! 그 스님이 이 스님이시군요. 몰라 뵈어 죄송합니다."

"말이 나왔으니 내 살아온 이야기를 들어보시겠소?"

주장승이 자신의 전력을 이야기하였다. 주장승의 속명은 송지암宋芝巖으로 부안에서 태어나서 무과에 급제하여 도원수 허종許琮의 수하 장수로 북방 여진족의 추장인 이마차泥馬車와 싸워 큰 공을 세웠다고 하였다.

주장승이 그 공으로 벼슬이 올라 변방의 원이 되었다가 내직으로 올라와서 수구문을 지키는 관리가 되었다. 그 해가 무오년이었으니 무고한 사람들이 화를 당하여 수구문 밖으로 시신이 나가는 것을 보고 세상에 회의를 느껴서 벼슬을 그만두고 세상을 떠돌아다니다가 세룡산 상초암에서 소성祖澄 대사에게 머리를 깎고 벽송이란 법명과 사미계를 받았다 하였다.

벽송이 그 후에 계룡산에서 수도하다가 경오년 삼포에 왜란이 일어났을 때 우도방어사 유담년의 휘하에서 승병장으로 공을 세우고, 왜란이 종결되자 미륵사에 와서 주장승 노릇을 하고 있다고 하였다.

"사람의 삶이란 것이 부평초와 같이 이리 떠돌고 저리 떠도는 것이라 삶에 대한 집착은 버린 지 오래요만, 소싯적에 공맹을 어깨너머로 배운 까닭에 마음 한구석에서는 현생에서 광명천지를 보고 싶은 마음이 없지 않았소이다. 허나 세상이란 것이 바른 자들이 성세하는 때는 짧고 그른 자들이 성세하는 때가 더 기니, 현생이 곧 지옥이나 다를 바가 없더이다. 유학하는 자들이 삼대의 치治를 목표로 하듯, 불가에서는 현생보다 후생의 복덕을 바라는 것이 바로 이 때문이외다. 이제 믿었던 조정암이 화를 입었으니, 다시금 뇌물이 만연하는 무법천지가 될 것이오. 관원들이 앞 다투어 백성들을 핍박하는 시대가 도래할 것이니, 앞일을 생각하면 한숨이 절로 나오."

우치는 벽송의 이야기를 듣고 나니 썩어 가는 나라에 대한 회한이 생겨나 자신도 모르게 한숨이 새어나오는 것이었다.

3

네 사람은 늦은 밤까지 이야기를 나누다가, 밤이 이슥해서야 세 사람이 옆방으로 옮겨왔다. 이부자리를 깔고 누우려는데 윤군평이 우치에게 조용히 입을 열었다.

"나리, 드릴 말씀이 있습니다."

"무슨 일이오?"

"계룡산에 갔다가 이상한 자들을 보았습니다."

"이상한 자?"

"예, 배복룡이 있다는 원적암을 물어 찾아갔더니 웬 자들과 배복룡이 싸우고 있지 뭡니까? 놈들의 검술 실력이 보통이 아니어서 제가 도와서 물리칠 수 있었는데 그자들이 배복룡에게 이상한 제안을 했답니다."

윤군평이 고개를 돌리니 배복룡이 입을 열었다.

"그날 아침에 웬 젊은 사내 둘이 찾아와서 저더러 활빈도에 입당하

라지 뭡니까? 힘을 합쳐서 썩은 세상을 새롭게 바꾸자고 하면서, 왜
와 야인들과 손을 잡아 내외에서 들고 일어나면 어렵지 않게 세상을
손아귀에 넣을 수 있다고 합디다. 새로운 세상에서 부귀영화를 누리
자고 하기에 제가 일 없다고 물러가라 하니, 입당하지 않으면 죽여
입을 봉하는 수밖에 없다고 저를 죽이려는 것이 아니겠습니까? 두
놈이 저 하나를 공격하는데 그놈들의 무술 실력이 보통이 아니었습
니다. 제가 삼십여 합을 간신히 싸우다가 위험한 지경에 이르렀을 때
윤 교관님이 나타나서 도왔기에 망정이니 하마터면 오늘 해를 보지
못할 뻔했습니다."

윤군평이 상기된 얼굴로 말했다.

"그놈들이 세상을 바꿀 생각을 한다면 활빈도가 도적의 무리가 아
니라 역적 무리가 아니겠습니까. 그렇잖아도 얼마 전에 단련사 홍자
연洪自淵이 거느리고 가던 군사가 북쪽 야인들에게 사로잡히는 일이
있었습니다. 근래 평안도 삭주朔州의 여연閭延·무창茂昌에 야인이 눈
덩이처럼 불어났는데 야인의 우두머리인 김주성합金朱成哈이란 자가
우리 땅에서 살게 하지 않으면 공세를 늦추지 않겠다고 위협을 하였
답니다. 그 때문에 주상께서 일이 심각하다 생각하시고 경회루에 납
시어 무신들의 활쏘기를 구경하시면서 변방의 일을 해결할 방략을
물어보시고 군사들을 자주 사열하고 계시지요."

우치가 말했다.

"만일 삭주의 야인들과 활빈도가 연계를 가지고 있다면 보통 일이
아니군."

"배복룡을 죽이려던 두 놈의 칼 다루는 솜씨가 보통이 아니었습니

다. 한 놈이 표창을 쓰지 않았다면 사로잡아 배후를 캘 수 있었는데 안타깝게 놓쳤습니다."

윤군평이 미간을 찡그리며,

"조정에 장계를 올려야 하지 않을까요?"

하고 물어보니 우치가 심각한 얼굴로 말했다.

"아직 확실한 것이 아니니 자세히 알아본 연후에 올려도 늦지 않네. 전라도에 활빈도가 횡행한다 하더니 심상찮은 무리들이 틀림없어 보이는군."

"그럼 저희가 활빈도에 대해 더 알아볼까요?"

"어떻게?"

"저와 배복룡이 걸음이 빠르니 전라도를 구석구석 돌면서 알아보겠습니다."

"그럼 나는 어떡하나?"

"나리는 익산 인근의 고을을 암행하시면 되지요. 엿새 후에 전주에서 뵙겠습니다."

"전주? 그런데 전주 어디에서 만나지? 감영에서 볼 수는 없지 않은가?"

배복룡이 웃으며 말했다.

"전주 감영에 황 비장이라고 있습니다. 황 비장의 스승을 제가 잘 아니 그 사람 집에 가 계십시오."

"하는 수 없군."

다음 날, 아침 공양을 한 후에 세 사람은 미륵사에서 뿔뿔이 흩어졌다.

우치는 전주로 발길을 돌려 평평한 들판을 홀로 걸어갔다. 익산은 끝이 보이지 않는 평야라서 눈 내리는 계절이건만 집집마다 탈곡하느라 여념이 없었다.

우치는 풍요로운 고장을 뒤로하여 평탄한 호남대로를 따라 내려가다가 문득 손가락을 바라보았다.

청량산에서 일지침의 법문을 완성한 후에 손가락 끝이 간질간질하고 몽톡하게 열감이 있었지만 한 번도 써본 적이 없었다.

우치는 담경이라는 스님이 손가락 끝으로 먼 데 떨어진 도적을 제압했다는 말을 기억해내고는 혼잣말로 중얼거렸다.

'다 늙은 스님이 법당 안에 앉아 손가락으로 도적을 제압했다니, 그것이 가능할까?'

우치가 장난삼아서 길가에 있는 개 한 마리를 손가락으로 가리키며 기운을 끌어모았다. 그러고는 손가락 끝에 봉오리처럼 기운이 모이는 것을 느끼고 화살을 쏘듯이 밀었다. 손가락 끝에서 뭔가가 화살처럼 빠져나가는 느낌이 드는 순간 멍청하게 우치를 바라보던 개가 무언가에 놀랐는지 미친 듯이 소리를 지르며 달아나는 것이었다.

돌을 던진 것도 아닌데 돌에 맞은 것처럼 꽁지가 빠지게 달아나는 개를 보고 되려 우치가 깜짝 놀라 두 눈을 휘둥그레 뜨고 자신의 검지 끝을 바라보았다. 손가락과 개와의 거리는 다섯 발자국이 넘었는데 기력이 그곳까지 미쳐 개를 놀라게 한 것이니 일지침의 무서운 위력에 놀라지 않을 수 없었던 것이다.

"담경 스님이 손가락만 갖다대어도 사람이건 짐승이건 할 것 없이 맥없이 쓰러진다 하더니 과연 그렇구나! 멀리 떨어진 개를 놀라게 할

정도이니 만약 가까운 거리였다면 사람도 맥없이 쓰러지겠군. 일지
침이 이런 무서운 위력을 가지고 있었다니 정말 놀라워!"

우치가 혀를 내두르며 자신의 검지손가락을 이리 보고 저리 보았다.

전주는 호남의 대도읍이라 북동으로부터 남서로 노령산맥이 갈라져서 기린봉, 고덕산, 남고산, 모악산이 뻗어 있고, 황방산, 가련산, 건지산, 완산칠봉 등이 낮게 자리 잡고 있어 산이 남쪽에서 읍을 감싸고 있는 형국으로 만경강 유역의 너른 평야와 함께 풍패豊沛*의 고장으로 알려진 곳이었다.

우치가 엿새 동안 인근 고을을 돌아다니다가 서산에 지는 해를 바라보며 전주읍성으로 들어왔다. 우치는 감영 앞에서 서성거리다가 삼문을 지키는 군졸에게 물었다.

"사람을 찾아왔는데 불러주실 수 있소?"

군졸이 우치의 행색을 아래위로 살피더니 입을 열었다.

---

* 풍패 : 한漢 고조 유방의 고향 지명. 태조 이성계는 전주 이씨로 전주가 본향이기 때문에 그렇게 불렸다.

"누굴 찾으시오?"

생각밖에 군졸의 말씨가 곰살맞았다.

"황 비장을 만나러 왔소."

"황 비장 나리를?"

군졸이 맞은편 문을 지키는 포졸에게,

"여보게, 황 비장 나리 안에 계신가?"

"아침에 출청하시던걸."

하니 포졸이 우치에게 물었다.

"계시답니다. 뉘시라 할까요?"

"한양에서 온 손님이라 하면 됩니다."

포졸이 삼문 안으로 들어가더니 잠시 후 키가 작고 단단하게 생긴 사령복장을 한 사내와 함께 나왔다.

"그렇지 않아도 기다리고 있었습니다. 저는 감영의 좌병방비장으로 있는 황막기라 합니다."

"예? 저를 기다렸다고요?"

"어제 배씨 아저씨가 낯선 분을 데리고 갑자기 찾아와서 손님이 오실 것이라 하기에 저는 어제 오실 줄 알았습니다."

우치는 배복룡이 전날 전주에 들어왔다는 것을 알았다.

"배복룡과 잘 아시는 사이요?"

"제 스승님이 배씨 아저씨와 성님 동생하는 사이입니다. 경오년 삼포왜란에 참전하여 두 분이 알게 되었다 하는데, 스승님만은 못하지만 실력이 출중한 분이지요."

"배복룡이 황 비장의 스승님만 못하단 말이오?"

배복룡의 실력을 알고 있는 우치의 입이 쩌억 벌어졌다.

"한윤과 배씨 아저씨가 웅천성에서 고전할 때 목숨을 구해준 분이 제 스승님이지요. 제가 스승님께 무술을 배운 덕에 전주 감영의 좌병 방이 된 겁니다."

우치는 배복룡이 웅천성에서 접전할 때 함께 싸웠다는 고수 이야 기를 뒤늦게 떠올렸다.

"이럴 것이 아니라 저와 함께 가시지요. 모두들 기다리고 계십니다."

황 비장이 포졸에게 잠시 용무가 있어 집에 다녀오노라 하곤 큰길 로 우치를 안내하였다.

읍성 사거리에서 북쪽으로 접어들어가는 골목길을 따라 얼마 가 지 않아 대나무로 울타리를 만든 삼간초가 앞에 이르렀다. 이때는 사방에 땅거미가 어둑하게 깔리고 집집마다 불을 때는 연기가 자욱 하였다.

황 비장이 열린 사립문 안으로 들어가니 고적한 집의 툇마루 아래 에 미투리 여러 짝이 가지런히 놓여 있었다.

"스승님, 한양 손님을 모시고 왔습니다."

황 비장이 방문 앞에서 공손히 말하니 방문이 벌컥 열리며 윤군평 과 배복룡이 나오는데 제일 뒤에 나온 머리가 희끗한 중년의 사내가 툇마루 위에서 얼이 빠진 사람처럼 우치를 바라보았다.

우치와 윤군평, 배복룡이 인사를 나누고 있을 때, 중년의 사내가 미투리를 끌고 다가와서 말했다.

"추운데 방 안으로 드시지요."

주인이 공손하게 하는 말에 마당에 서있던 사람들이 방 안으로 들어왔다.

제법 너른 방 안에 건장한 사내 다섯이 앉으니 방이 좁아 보였다.

배복룡이 우치에게 주인을 소개했다.

"나리, 실권이 성님입니다. 경오년 삼포왜란 때 만난 성님인데 무술 실력이 기가 막혀서 저 따위는 상대도 아니 되지요."

실권이라는 사내가 우치를 뚫어져라 바라보다가 넙죽 인사를 하였다. 우치가 무안하여,

"내 얼굴에 뭐라도 묻었습니까?"

하고 물으니,

"혹시 옥 목걸이를 가지고 계시지 않는감유?"

하고 뜬금없는 이야기를 물었다.

우치가 두 눈이 휘둥그레져서,

"그, 그걸 어떻게 아시오?"

하고 되물으니 주인이 우치를 뚫어져라 바라보는데 두 눈에 눈물이 그렁그렁 맺혀 있었다.

"도련님."

주인이 몸을 고쳐 일어나 큰절을 하곤 흐느껴 울었다.

우치뿐 아니라 윤군평과 배복룡, 황 비장도 영문을 알 길 없어서 서로의 얼굴을 바라보다가 황 비장이 주인의 어깨를 잡아 일으키며 말했다.

"스승님, 무슨 말씀이세요? 도련님이라니요?"

"도련님이 마당에 들어서실 때 주인어른이 돌아오신 줄 알고 깜짝

놀랐는데 과연 제 짐작이 맞았구면유. 이분이 바로 무오년에 내가 잃어버린 전우치 도련님이시구면유."

실권이 눈물을 손등으로 닦으며 옛이야기를 하였다. 실권은 어릴 적 왜구의 침입으로 고아가 된 자신을 전우치의 아버지 전유선이 거두어주어 오랫동안 집안의 종으로 은덕을 받았다 하였다.

실권은 무오사화가 일어나 전유선이 연루되 일부터 마님이 도련님을 낳고 돌아가신 이야기며, 관군이 들이닥쳐 청하동이 불바다가 되었을 때 구사일생으로 도망치다가 우치 도련님을 잃어버리게 된 절절한 사연을 이야기해주었다.

"제가 화를 피해서 도련님을 데리고 천마산으로 무작정 올라가다가 기운이 다하고 힘이 달려서 벼랑에서 발을 헛디뎌 굴러떨어지고 말았구면유. 다행히 그때 죽지는 않았지만 큰 상처를 입었고, 정신을 차린 후에 사력을 다해서 도련님을 찾아 헤맸지만 찾을 수 없었지유. 그후로 질긴 목숨에 미친 사람처럼 세상을 전전하다가 이곳까지 흘러들어오게 되었는데 이렇게 뜻밖에 도련님을 만나게 될 줄은 꿈에도 몰랐어유. 이게 꿈은 아니겠지유?"

실권은 자신의 볼을 꼬집더니 말을 이었다.

"도련님의 혈육이 하나 더 있는데 주인어르신이 데려가셨구면요. 혹시 도련님께서는 소식을 아시남유?"

"태임이 말이오? 누이는 아버님께서 송방 송철주에게 맡기셨다오. 지금은 한양에서 관원과 혼인을 하여 잘 살고 있지요."

"잘되었네유. 그럼 나리 소식도 아시겠구면유."

"그것은 저도 아는 바가 없습니다. 누이 말로는 10년 전에 한 번

뵙고 다시 만나뵙지 못했다더군요."

"주인어른께서 살아계시다는 소식만으로도 다행한 일입니다."

실권이 옆에 앉은 황 비장에게,

"너도 인사드리거라."

하곤 황 비장을 소개하였다.

"이 애는 황막기라 하는데 경오년 삼포왜란이 일어났을 때 난리로 부모를 잃었지유. 난리 통에 버려진 아이를 보니 도련님 생각도 나고 해서 제가 이 아이를 거두어 키웠는데 설렁설렁 가르친 무예실력이 뛰어나 관군이 되더니 관찰사께서 비장으로 삼아주셨지 뭡니까유? 이 아이가 아니었으면 오늘 도련님을 만나뵙지 못할 뻔하였구먼유."

황 비장이 목례로 인사를 대신하곤 실권에게 말했다.

"스승님, 저는 이만 감영으로 가 봐야겠습니다. 오늘은 제가 숙직이라 내일 아침에 뵙겠습니다."

"오! 그래, 어서 가보거라."

황 비장이 우치와 실권에게 꾸벅 인사를 하곤 문 밖으로 나갔다.

"도련님, 시장하시지유? 저녁은 드셨습니까유?"

"아직 저녁 전입니다."

"잠시만 기다리셔유. 제가 금방 저녁을 내오겠구먼유."

실권이 싱글벙글 웃으며 방문을 열고 나갔다.

"사람 인연이 참으로 묘하군요. 이렇게 얽혀서 만날 수도 있으니 말입니다."

우두커니 앉아 있던 배복룡의 말에,

"그러게. 그러니 사람 일은 한 치 앞도 모른다고 하지 않던가!"
하고 윤군평이 말했다.

우치가 배복룡과 윤군평을 둘러보다가 말했다.

"알아보라는 것은 알아보았나?"

"예. 벽송 스님의 말마따나 활빈도가 전라도 일대에 횡행하는 것이 사실이고, 어떤 곳은 세가 커서 고을의 원이 쉬쉬하는 곳이 한두 군데가 아닙니다."

"어디가 가장 심한가?"

"영광이 가장 심하고, 나주와 영암 일대가 그 다음이라 합니다."

우치가 말했다.

"고을 원이 쉬쉬할 정도라면 참으로 보통 일이 아니군. 어찌 되었건 도적들이 설치고 다닌다면 가장 피해를 입는 것은 백성들일 수밖에 없소. 사모 쓴 도적 잡는 일도 중요하지만 사모 쓰지 않은 도적도 중요하오. 사모 쓴 도적은 암행으로 시시비비를 가릴 수 있지만 사모 쓰지 않은 도적은 암행으로도 잡을 수 없으니 도적들이 살기 위해 도적이 되었다면 살길을 터주는 것이 나의 임무요. 사사로이 재산을 약탈하는 파렴치한이라면 잡아 가둬야 하는 것 또한 내 임무요. 더욱이 세를 키워 나라와 종묘사직을 뒤엎을 극행을 도모하는 무리라면 그 무리를 분쇄하는 것도 내 임무가 아니겠소."

윤군평과 배복룡이 숙연하여 대꾸를 못하고 잠시 있다가 천천히 고개를 들어 우치에게 말했다.

"저희가 어떻게 하면 되겠습니까?"

"일단 우리가 나주로 가서 활빈도에 대해 자세한 사정을 알아보세."

　우치는 세 사람이 동행하면 눈에 띄기 쉬우니 각자 흩어져서 출발하여 사흘 후에 나주에서 만나자고 제의하였다.

　"좋습니다."

　세 사람이 약속을 정하고 나니 바깥에서 기침 소리가 들리더니 문이 열리며 밥상이 들어왔다. 개다리소반 위에 하얀 입쌀밥을 그릇에 그득하게 담고 생선구이와 미역국으로 거나하게 차린 밥상이었다.

　"과분합니다, 성님."

　너스레를 떠는 것은 배복룡인데,

　"이건 자네 밥이 아니네."

하곤 실권은 말없이 미소를 지으며 우치에게 말했다.

　"이십 년 만에 우리 도련님을 만났는데 변변한 대접도 못하고, 민구스럽네유."

　"극심한 흉년이 겹쳐 먹을 것이 없는 때에 흰쌀밥과 고기반찬이라니오. 아저씨, 과분할 따름입니다."

　"아저씨라니요? 도련님, 말씀을 낮추셔유."

　"그럴 순 없습니다. 자, 이럴 게 아니라 어서 듭시다."

　"겸상이라니오. 서같이 하찮은 것에게 가당치도 않습니다유. 전 동생과 함께 상을 차려 먹을 것이니 걱정 마시고 드셔유."

　실권이 밖으로 나가 또 한 상을 차려왔는데 같은 미역국이로되 밥은 보리와 조가 그득하였다.

　한 방에서 두 상을 펴고 네 사람이 둘러앉아 늦은 저녁을 먹었다.

　실권과 배복룡이 상을 가지고 밖으로 나갔다. 부엌에서 달그락거리는 소리가 들리는데 불을 지폈는지 바닥에 온기가 돌았다.

우치가 따뜻한 아랫목에 몸을 누이니 삭신이 노곤하여 눈을 감기 무섭게 잠이 들고 말았다.

2

우치가 간만에 달게 잠을 자고 일어났다. 눈을 뜨니 바깥이 어슴푸레한데 인기척이 없었다.

우치가 옆방 문을 열어보곤 바깥으로 나가니 뒷마당 뒤 대숲이 우거진 곳에서 사람의 기척이 들렸다. 우치가 궁금하여 대숲으로 난 길을 따라가 보니 숲 가운데 있는 너른 공터에 황 비장이 수련을 하고 있는 게 보였다. 웃통을 벗은 채 황 비장은 발을 팔八자 모양으로 벌리고 오른쪽 왼쪽으로 비스듬히 왔다 갔다 몸을 흔들며 발을 내딛고는 물리기를 반복하였다. 처음에는 오른발 왼발이 소금씩 앞뒤로 왔다 갔다 하더니 차츰 크게 앞뒤 좌우로 왔다 갔다 하였는데 그 몸동작이 춤을 추듯 부드러워 마치 이른 바람에 얇은 망사가 날리는 듯, 풍년결실을 맺은 농부가 흥에 겨워 춤을 추듯, 칠대七代 독자 외아들이 늦은 득남에 저절로 어깨가 들썩이듯, 춘정에 몸이 달은 기생 처자가 교태스런 몸짓을 하듯, 산들산들, 굼실굼실, 우쭐우쭐, 으쓱으

쓱, 능청능청, 사뿐사뿐거리는 것이 부드럽고 유려했으며, 교태끼마저 어려있었다.

한동안 품을 밟던 황 비장이 갑자기 주먹을 내지르며 발차기를 하다가 허공으로 높이 날아 잇달아 네댓 번 발길질을 하였다.

우치는 황 비장이 허공에서 발길질을 네댓 번 하는 것을 보고 놀라 입이 쩍 벌어졌다.

"제법이구먼."

황 비장 앞에 있던 실권이 말했다.

"나와 한번 대련해볼까?"

"제가 스승님과 상대가 되겠습니까?"

"넌 젊지 않느냐."

47

"그럼 한번 해보지요."

실권과 황 비장이 너른 마당을 빙글빙글 돌면서 굼실굼실 춤을 추었다. 흔들흔들 품을 밟던 황 비장이 껑충 뛰어 모두발질을 하니 실권이 몸을 낮추어 부드럽게 피하며 맞은편으로 움직이니 대치하는 상황이 되었다. 두 사람이 다시금 두 손을 흔들며 우쭐우쭐 움직이다가 이번에는 실권이 벼락같이 나아가며 오른 주먹을 휘둘렀다. 황 비장이 한손을 돌려막으려 할 때에 실권이 슬쩍 발을 들어 황 비장의 뒤꿈치를 걸어당기며 덜미를 잡으니 황 비장이 맥없이 벌러덩 쓰러졌다가 벌떡 일어났다.

"공수는 한쪽만 생각하면 아니 되는구먼. 항상 허초가 실초가 되고 실초가 허초가 되듯이 시선을 분산시켜야 하는 거구먼."

"예."

황 비장이 다시 마당을 돌면서 실권의 빈틈을 노리는 듯하였다.

"핫."

황 비장이 좌우 발길질을 매섭게 하면서 실권을 공격하였다. 실권은 한 걸음씩 물러나며 발을 들어 발바닥으로 상대방의 정강이를 탁탁 막는데 다섯 번 발길질에 황 비장이 껑충껑충 뛰어 물러서며 몸을 구부려 정강이를 어루만졌다.

황 비장의 얼굴에 주름이 지는 것이 선명하게 보였다.

"그러게 힘만으로는 아니 되는 것이라 하지 않든."

실권이 태연하게 말을 하는데, 말하는 것이나 대련을 보더라도 황 비장이 하수요, 실권이 상수라는 것이 확연히 드러났다.

황 비장이 정강이를 쓸다가 흥이 다했는지 제의를 하였다.

"스승님, 제기나 차시죠."

"좋지."

황 비장이 허리춤에서 제기를 꺼내어 실권에게 찼다. 제기 하나가 꼬리를 끌면서 두 사람 사이를 왔다 갔다 하는데 탄성이 절로 나올 만큼 그 기술이 기가 막혔다. 제기를 땅에 떨어뜨리지 않고 한 사람씩 번갈아 차는데 상대방이 받기 좋게 차는 것이 아니라 받기 어렵게 보내었다. 그러면 또 상대방이 제기를 용케 받아서는 세 번 이내에 상대방에 보내었는데 발등과 발끝, 발바닥 할 거 없이 발의 모든 부분이 사용되었다. 제기가 허공으로 높이 뜨면 몸을 솟구쳐 내리치는데 한 키는 족히 뛰는 것 같았다.

한동안 제기를 재미나게 차던 두 사람이 이번에는 대나무를 들고 어울려 싸웠다. 두 사람이 죽검을 마구 휘두르며 마당을 이리저리 움직이는데 따닥거리는 소리가 어지럽게 들리었다. 제기 차는 것이나 검술 하는 것으로 보아 황 비장도 하수는 아닌 것 같았다. 한동안 어지럽게 들리던 죽검 부딪히는 소리가 딱 끊기었다.

"도련님!"

실권이 죽림 사이에 있던 우치를 발견하곤 쥐고 있던 죽검을 내던지고 달려와서 꾸벅 인사를 하였다.

"곤히 주무시기에 깨우지 않았더니 일어나셨구먼유. 더 주무시지 그러셨어유?"

실권의 말과 얼굴에서 다정함이 뼈에 사무치도록 묻어나왔다. 황 비장이 다가와 꾸벅 인사를 하였다.

우치가 목례로 인사를 받으니 실권이 말했다.

"도련님, 배복룡과 윤 교관님은 이른 아침에 떠났구먼유. 도련님이 곤히 주무시기에 인사도 못 드리고 떠난다고 했구먼유."

"제가 그렇게 달게 잤나요?"

"예, 정신없이 주무시던걸요."

"어휴, 그럼 나도 가봐야 할 것 같소."

실권이 놀란 얼굴로 말했다.

"이렇게 추운데 어딜 가신단 말인감유?"

"내가 볼일이 있어서 급히 가야 합니다."

"급한 일이셔유?"

"그렇소."

"그렇다면 제가 모시겠구먼유."

"그게 무슨 말이오?"

"도련님, 저는 원래 전씨 가문의 종이여유. 근본이 달라질 수 없으니 제가 도련님을 모시게 해주셔유."

"그건 안 돼요. 아저씨는 편히 쉬쉽시오."

"도련님, 그동안 도련님을 모시지 못한 죄를 풀게 해주셔유. 전라도에 도적들도 많다는데 엄동설한에 도련님 혼자는 못 보내겠구면유."

실권의 간절한 어조에 우치는 마음이 눅어졌다. 생각해보니 실권이처럼 무예실력이 출중한 사람이 동행한다면 도움이 되면 되었지 폐가 될 것 같지는 않았다.

"정 그렇다면 함께 가도록 하죠."

우치가 허락하니 실권은 뛸 듯이 좋아했지만 황 비장은 내키지 않은 듯 시무룩한 얼굴이었다.

3

우치가 실권과 함께 늦은 아침을 해 먹고 집을 나섰다. 우치는 폐
포파립敝袍破笠에 괴나리봇짐을 둘렀고, 실권은 초립에 도포 입고 감
발을 하고 양식전대에 미투리를 꿰어 원행준비가 착실하였다.

"스승님, 몸조심하십시오."

"너도 몸조심하거라."

스승과 제자가 짧은 인사로 하직하였다. 우치는 실권과 동행하여
전라도를 순행하였다.

두 사람이 전주에서 출발하여 임실에서 숙소하고, 다음 날 순창을
지나 담양에서 숙소하고, 셋째 날 해가 중천에 뜨는 점심 무렵에 나
주 길목 들어섰는데 보이는 것이라고는 오직 넓은 평야뿐이었다. 이
곳이 바로 나주평야니 영산강의 지류와 극락강·황룡강·지석천이 합
류하는 유역으로 기름진 평야가 발달해 남도 제일의 곡창지대로 이
름이 높았다.

'활빈도가 전라도를 거점으로 잡은 것이 바로 나주평야와 호남평야에서 산출되는 곡식으로 군량미를 확보하기 위함인가?'

우치가 가만히 생각해보니 활빈도가 보통 신중한 도적이 아니었다. 영광은 감영이 있는 전주와 병영이 있는 장흥, 수영이 있는 해남과 이백여 리나 떨어져 있어 관군의 간섭을 받지 않는 이점이 있고, 주위에 호남과 나주의 너른 평야가 펼쳐져 있어 곡물의 생산이 많을 뿐더러 바다와 가까워 수탈한 재물의 이동과 도주에도 용이했다.

그날 저녁, 우치가 실권과 함께 나주읍성에 도착하니 성문 앞에 배복룡이 서성거리고 있다가 앞장을 서며 가까운 주막으로 안내했다.

우치가 실권과 함께 주막으로 들어가서 방 한 칸을 얻었는데 서로 모르는 사람처럼 행세하였다.

실권이 이상하게 생각하여 이유를 물었다.

"사실 나는 어명을 받고 민정을 시찰하러 나온 암행어사요. 윤 교관은 훈련원에서 나를 돕기 위해 파견된 부하이고, 배복룡은 도움이 될 것 같아서 데려온 사람이오."

"도련님께서 벼슬까지 하셨으니 돌아가신 마님이 구천에서도 기뻐하시겠구먼유."

실권은 부모 없이 자란 우치가 현달하여 벼슬한 것을 대견하게 생각하여 있는 힘을 다해 돕겠노라 다짐하였다.

저녁밥이 들어올 때 우치가 주모에게 은근하게 활빈도에 대하여 물어보니 잔뜩 겁먹은 얼굴로 손을 내저으며 아무런 대답도 하지 않았다.

"주모, 내가 오면서 보니 곳곳에 도적 떼가 들끓어 고갯길 넘기가 무서웠다오. 주모가 내게 귀띔을 해준다면 길 가는 데 도움이 되겠소."

우치의 말에 주모가 눈치를 살피면서 조심스레 입을 열었다.

"에고, 그러셨군요. 요즘엔 기찰포교도 무섭지만 그 도적들이 더 무섭답니다요. 그놈들이 흉악하기 그지없어서 내가 고자질했다는 말이 그놈들 귀에 들어가면 죽음을 면치 못할 거랑게요. 손님을 보아하니 길손 같으시니 말씀드리는 것이니께 설혹 일이 잘못 되어도 제 이야길랑은 하시믄 아니 되우. 나주읍성 북쪽 금성산金城山 기슭에 미륵원彌勒院이라는 절이 있는데 그곳이 도적놈들의 소굴이랍디다. 도적들의 세가 커서 밤중이 되면 나주를 제집 드나들 듯해서 부잣집의 곳간을 마구 털어 가져가버리는데 미륵원의 중들은 도적에게 쫓겨나서 작은 암자에서 연명하고 있당게요. 활빈도가 처음에는 도적질을 해서 가난한 사람들에게 쌀도 주고 입을 것도 주더니만 세가 커지고 서는 이제 그런 것도 없고, 무슨 일인지는 몰라도 미륵원 창고에 쌀이며 포목이며 할 것 없이 빼앗은 물건을 모두 모아놓고 있다지 뭡니까요."

"그렇다면 관가에서 나서면 될 것이 아니오?"

"어디 이를 말이당가요? 석달 전에 나주 목사가 좌우병방을 시켜서 도적을 잡아오게 하였는데 낭패만 보고 쫓겨왔당게요. 금성산에 다섯 명의 두령이 있는데 검술이 출중해서 날아오는 화살도 쳐낼 정도랍디다. 도적의 수도 관군보다 많아서 좌우병방이 도적을 토벌하러 갔다가 한바탕 봉변을 당하고 온 후부터는 나주 목사가 금성산 방면으로는 소변도 아니 본다지 뭐당가요. 너른 평야가 있는 곳은 전부

도적 떼가 설치니 낮에는 관군의 세상이고 밤에는 도적들의 세상이 되분다 안하요. 그래서 관원들이 보아도 아니 본 척, 들어도 아니 들은 척 장님에 벙어리 노릇을 하고 있당게요."

"영암에도 도적들이 있소?"

"들리는 말로는 영암에는 월출산에 도적 떼가 출몰한다 카대요. 근디 엄동설한에 어딜 가시는 길이당가요?"

"제주에 한라산이 보기 좋다 하기에 구경 가는 길이오."

"아무리 한라산이 좋다지만 엄동설한에 구경 가는 손님 같은 분은 처음이라요."

주모가 방을 나가고 얼마 되지 않아 윤군평과 배복룡이 들어왔다.

네 사람이 수인사하고 난 후에 배복룡이 실권에게 말했다.

"성님이 함께 오실 줄은 몰랐습니다."

"종이 상전을 따르는 것이 인지상정이구먼."

"어쨌든 성님이 함께 오셨으니 천군만마를 얻은 것 같수."

"자, 내 말을 들어보시오."

우치가 끼어드니 세 사람이 입을 다물고 우치를 바라보았다.

"오늘 우리가 갈 곳이 있소. 나주읍성 북쪽 금성산 기슭에 미륵원이 있다 하는데 그곳에 도적들이 모여 있다 하오."

윤군평이 말했다.

"설마 원군도 없이 저희 네 사람이 가려는 것은 아니지요?"

"왜 아니겠소. 나 빼고 세 분은 일당백의 무예실력을 가졌으니 문제없을 것이오."

"관아에 알려 원군을 부르는 것이 어떻습니까?"

"큰 도적이 웅거하고 있을 때는 관아에 끄나풀이 있기 마련이오. 내가 나주 목사에게 병력을 요청하면 그 정보가 바로 새어나갈 것이오. 오합지졸을 상대로 도적들과 결전한다면 쓸데없이 희생만 커질 뿐이니 우리 네 명이 일을 저질러봅시다. 내 생각으로는 세 사람만으로도 충분할 것 같은데, 어떻소?"

배복룡이 말했다.

"윤 교관님에 실권이 성님까지 계시면 사실 두려울 것은 없지요. 실력으로 치자면 일당백은 합지요. 안 그렇습니까?"

"그건 그렇지."

윤군평이 고개를 끄덕였다.

실권이 조용히 물었다.

"하지만 화살을 칼로 쳐낼 정도라면 거기도 적잖은 고수들이 있다는 것인디 도련님이 잘못되기라도 하면 큰일이니 나서지 마셔유."

"내가 확인할 것이 있으니 염려 말아요. 이래 봬도 도망질은 제법 빠르답니다."

실권과 윤군평, 배복룡이 서로의 얼굴을 바라보다가 우치에게 고개를 돌리니 우치가 빙긋 웃으며 말이 없었다.

그날 저녁, 네 사람의 신형이 읍성 북문을 빠져나와 금성산으로 앞서거니 뒤서거니 잰걸음을 옮기고 있었다. 전우치와 실권, 윤군평과 배복룡이었다.

어두운 하늘 위로 창백한 초승달이 얼굴을 드러냈다. 별빛이 쏟아져 내리는 하늘 아래에 높은 산 하나가 우뚝하게 서있었으니 이곳이 바로 금성산이었다.

네 사람이 금성산으로 난 좁은 길로 한참을 들어갔는데 실권이 갑자기 걸음을 멈추고 우치를 막았다. 숨을 죽이고 사방을 살피던 실권은 손가락 하나를 입에 대어 조용히 하라는 행동을 하고는 바람처럼 숲을 향해 몸을 날렸다.

엄동설한이라 계곡을 지나는 바람이 칼날처럼 매섭게 옷깃 안으로 파고 들어왔다.

세 사람이 수풀 사이에서 발을 동동 거리며 서있노라니 좁은 길을 따라 한 사람이 내려왔다. 실권이었다.

"이제 가셔도 됩니다."

우치가 실권을 따라 꼬불꼬불한 산길을 올라가다 보니 산중 으슥한 곳에 파수를 보는 망루가 여러 개 눈에 들어왔다.

"세상모르게 잠들어 있을 것이니 염려 붙들어 매어도 될 거구먼유."

"아, 역시 실권이 성님이야."

배복룡이 엄지손가락을 치켜들었다.

우치는 실권이 미리 산 위로 올라가서 파수병들을 기절시켰다는 것을 짐작할 수 있었다. 윤군평과 배복룡에 듬직한 실권까지 있어 우치는 천군만마를 얻은 듯한 기분이 들었다.

한참을 올라가다 보니 산기슭에 아른거리는 불빛이 보였다. 그곳이 바로 도적 떼가 산채로 쓰고 있는 미륵원으로, 신라의 고승 원효元曉 대사가 세웠다고 전해지는 곳이다.

고려 때에 거란족의 침입을 피해 현종 임금이 나주에 몽진蒙塵와서 이곳에서 나라의 평안을 위해 기도하였다 하여 신왕사神王寺라고도 불리는 이 절이 지금은 도적 떼의 소굴로 쓰이고 있는 것이다.

미륵원에 가까이 다가가니 파수를 보는 사람들이 횃불을 들고 이리저리 오가고 있었다. 절간 군데군데에 횃불을 피워놓아 멀리서 보아도 전각의 수효를 알 수 있었다. 보이는 것만 네 곳이었다.

윤군평이 조용히 말했다.

"나리, 어떡할까요?"

우치가 세 사람을 바라보다가 말했다.

"따지고 보면 도적들도 모두 양민들이니 죽이지는 말고 되도록 소리 소문 없이 제압하면 좋겠소. 할 수 있겠소?"

"해보겠습니다."

세 사람은 우치에게 고개를 끄덕여보이고는 신속하게 몸을 움직여 어둠 속으로 사라졌다.

잠시 후에 횃불 근처에서 파수를 보고 있던 사내들 뒤로 검은 그림자가 다가가는 듯하더니 일시에 파수를 보던 사내들이 소리 한 번 지르지 못하고 기절해버리고 말았다.

검은 그림자가 세 사람이라는 것은 멀리서 보아도 알 수 있었다. 윤군평은 우치가 보도록 횃불을 좌우로 한 번 흔들더니 곧바로 안으로 들어가 버렸다.

우치는 천천히 절간을 향하여 들어갔다. 우치가 미륵원 문 앞까지 다가갔을 때 비로소 비명 소리가 들리면서 요란한 고함 소리가 들려왔다. 우치가 재빨리 절간 안으로 들어가니 미륵전 앞에 수십여 명의 도적들이 시체처럼 널브러져 있고, 극락보전으로 올라가는 계단 아래에서 세 사람이 수십여 명의 도적들을 상대하고 있었다.

극락보전의 계단 아래로 수많은 횃불들이 몰려들었다. 비명 소리와 고함 소리가 어지럽게 섞이는 가운데 윤군평과 배복룡, 실권이 산문 아래까지 밀려 내려왔다.

"도련님을 지켜주게!"

실권이 외치더니 혼자 사람들 사이로 뛰어들었다.

"복룡이, 자네가 나리를 책임지게."

윤군평도 지팡이를 휘두르며 도적들 사이로 뛰어들었다. 두 사람이 동에 번쩍 서에 번쩍하며 도적들 사이를 종횡무진하는데 양 떼를 희롱하는 호랑이처럼 도적들이 하나둘 비명을 지르며 너른 마당에 쓰러졌다. 그 광경이 가을바람에 우수수 낙엽 떨어지는 듯하였다.

실권은 맨주먹으로 싸우건만 주먹과 발길질 한번에 상대방을 쓰러뜨리고, 윤군평은 지팡이로 급소를 때려 기절시켰다. 잠시 만에 너른 절간 마당에는 기절한 도적들이 그득하였다.

"웬 놈들이냐?"

계단 위를 바라보니 은빛 장검을 든 사내 다섯이 가벼운 발걸음으로 내려와 마당에 멈추어 섰다.

"네놈들이 우두머리인가?"

윤군평이 물미장에서 칼을 빼어들자, 배복룡이 허리춤에 찬 연검을 뽑아들고, 실권이 바닥에 떨어진 몽둥이 하나를 손에 들었다. 그 뒤편에 서있던 우치는 혹시나 하는 마음에 정신을 손가락 끝에 집중하여 여차하면 일지침을 쓸 생각을 하였다.

"웬 놈이냐?"

"도적놈들을 잡으러 왔다."

"관에서 나왔느냐?"

"관에서 왔으면 너희가 벌써 알아차렸을 테지. 잔말 말고 항복하거라."

"죽고 싶어서 환장을 한 놈들이군!"

가운데 있던 도적이 달려드니 좌우에 있던 네 명이 함께 달려들었다. 윤군평과 실권, 배복룡이 지지 않고 달려들어 마당 가운데서 한바탕 접전이 벌어졌다. 불꽃이 튀고 칼날이 번뜩이는 와중에 말을 걸었던 한 명이 싸움판에서 벗어나 우치에게 달려들었다.

놀란 우치가 손가락을 치켜들어 사내를 향해 일지침을 쏘았지만 손끝에서 아무런 느낌이 없었다. 칼을 든 사내가 벼락처럼 다가오자 우치가 몸을 돌려 담장가로 도망을 쳤다.

"이놈, 게 섯거라!"

우치가 도망을 치면서 손가락 끝으로 계속 일지침을 찌르자 쫓던 사내가 허공으로 훌쩍 뛰어올라 우치의 덜미를 낚아챘다.

우치가 매에 채인 꿩처럼 사내를 바라보니, 덜미를 잡은 사내가 우치를 내려다보며 너털웃음을 웃었다.

"이런 미친놈, 허공에 삿대질이냐?"

우치가 물끄러미 손가락 끝을 바라보았다. 손가락 끝에 봉긋한 기운이 맺힌 것 같은데 지풍이 나오지 않으니 환장할 노릇이었다.

"네 놈을 인질로 해서 저놈들을 사로잡아야겠다."

사내가 우치의 덜미를 잡고 싸움이 벌어진 마당으로 끌고나갔다. 마당에선 벌써 승부가 끝이 나서 네 명의 사내들이 칼을 버린 채 무릎을 꿇고 앉아 손을 들고 있었다.

전 우 치 Ⅲ

"이놈들아, 이것 보거라!"

실권이와 윤군평, 배복룡이 우치가 사로잡힌 것을 보고 두 눈이 휘둥그레졌다.

윤군평이 배복룡에게 눈을 부라리며,

"이 사람, 나리를 책임지라 하였더니 자네가 일을 그르치는구먼."

하고, 실권은 한 걸음 다가오려 했으나 우치의 덜미를 잡은 자가 서슬 퍼런 칼을 들어 우치의 목에 대고 소리치는 바람에 우뚝 섰다.

"이놈이 죽는 것을 보고 싶지 않으면 손에 든 칼을 내려놓아라."

실권과 윤군평, 배복룡이 난처한 얼굴로 서로를 바라보았다.

우치는 이대로 세 사람이 무기를 버린다면 꼼짝없이 죽은 목숨이라 위기를 모면할 방도를 생각하였다. 우치가 슬그머니 손가락을 쳐들어 목덜미를 쥐고 있는 사내의 합곡혈을 노리고 정신을 집중하여 다시 한 번 일지침을 쏘았다. 아랫배에 힘을 주고 눈을 찔끔 감자 손가락 끝에서 무언가가 화살처럼 나가는 느낌이 들었다.

"억……."

멀쩡하던 사내가 단발의 비명을 지르며 칼을 떨어뜨렸다. 보이지도 않는 경력勁力이라 피할 도리가 없으니 사내는 영문도 모르고 마비된 손을 부여잡았다.

우치가 얼른 한 걸음을 물러서서 사내의 중부혈中府穴을 향해 일지침을 찔렀다. 사내가 화살을 맞은 것처럼 가슴팍을 부여잡고 바닥에 맥없이 주저앉았다.

"도, 도대체……."

사내는 경악한 얼굴로 우치를 올려다보다가 흰자위를 뒤집으며 기절하였다.

　우치는 생각보다 엄청난 손가락의 위력에 놀라서 물끄러미 쓰러진 사내를 내려다보다가 고개를 돌리니 마당에 서있던 세 사람 역시 놀란 얼굴로 멍하게 우치를 바라보고 있었다.

미륵전 위에 극락보전이 있고 미륵전 바로 옆에 백설당白雪堂이 있으니 이곳 마당에 다섯 명의 두령을 포박하여 무릎을 꿇리고, 그 뒤에 백여 명 가까이 되는 도적 떼들을 무릎 꿇리니 너른 마당이 터져 나갈 듯했다.

백설당 마루 위에 우치가 염라대왕처럼 서있고 봉당 위에 실권이 몽둥이를 부여잡고 도적들을 노려보고, 뒤편에서 칼을 든 윤군평과 배복룡이 금강역사처럼 서있으니 꿇어앉은 자 누구도 감히 얼굴을 쳐늘지 못했다.

다섯 두령 가운데 하나가 우치를 올려다보며 말했다.

"대체 뉘시오?"

배복룡이 소리쳤다.

"이놈, 말조심하거라. 나라에서 암행을 나온 어사이시다."

마당에 꿇어앉은 졸개들이 수군거렸다.

다섯 두령도 뜻밖의 대답에 서로 얼굴을 바라보았다.

우치가 회계를 맡은 자를 찾아서 장부와 당적부를 가져오게 하였다. 우치가 당적부를 살펴보니 인근 동리에 사는 자들로 양민들이 대부분이었다. 장부를 살펴보니 곡식과 포목 등이 자세하게 기록되어 있었는데 추수 후에 근방 토호들의 집을 털어 가져온 재물들이었다.

"토호의 집을 턴 양식과 보화는 모두 어디에 있느냐?"

장부를 가져온 졸개가 입을 열었다.

"기물과 보화는 극락보전에 있굽쇼, 긁어모은 양식의 반은 얼마 전에 목포와 영광으로 보냈지라. 나머지 반은 미륵전하고 요사채 안에 쌓아놓았습죠."

우치가 그 말을 듣고 꿇어앉은 우두머리들에게 물었다.

"목포와 영광에는 무엇 때문에 양식을 보내었느냐?"

다섯 사내는 대답이 없었다. 우치가 잠시 그들을 바라보다가 조용히 말했다.

"너희가 지금 무슨 일을 하고 있는지 아느냐?"

"……."

"말을 하지 않는 것을 보니 아는 모양이구나. 역적질을 하면 삼대가 멸문을 당한다는 것은 알고 있겠지?"

졸개들이 펄쩍 뛰면서 소리를 쳤다.

"억울합니다. 저희는 쌀 다섯 말에 입당한 죄밖에 없습니다. 역적질을 할 생각이었다면 입당하지 않았을 겁니다."

졸개들이 한동안 시끄러웠다.

"시끄럽다."

윤군평의 한마디에 졸개들이 죽은 듯 입을 다물었다.

우치가 다섯 두령을 내려다보며 말했다.

"너희가 활빈도라면 탐관오리나 부자에게서 빼앗은 재물을 마땅히 가난한 자들에게 나누어주어야 할 터인데 영광과 목포에 보낸 이유가 무엇이냐?"

우치를 사로잡았던 사내가 눈을 부라리며 시건방지게 말했다.

"말할 수 없소!"

"너희 대장이 누구냐?"

"말할 수 없소!"

"죽어도 좋단 말인가?"

"죽어도 좋소!"

우치가 한숨을 길게 내쉬다가 회계를 맡은 졸개에게 말했다.

"너는 내막을 알고 있겠지? 지금 대답을 하면 모르되 대답을 하지 않으면 내일 나주 관아에서 무거운 형벌을 받게 될 것이다. 장계가 한양으로 올라가면 금부에 가서 모진 고초를 겪을 것이니 거취를 어찌할 것인지 지금 잘 생각해보아라!"

졸개가 납작 엎드려 이마를 땅에 박으며 사정하였다.

"살려만 주신다면 뭔들 못한다요? 제 죄를 용서해주신다면 모두 말씀드리겠당게요."

"용서해줄 것이니 말해보라. 너희 대장이 누구냐?"

"각 산채에 다섯 명의 두령님이 계신디 이곳의 두목은 엄준이라고 합지요. 영암에는 마엄신이라는 두목이 있고 그 아래 다섯 명의 두령이 있으며, 각지에 두목과 두령들이 흩어져 있당게요. 두목들을 지휘하시는 대장님이 한 분 기신데 이름이 뭔지는 지도 모른당게요."

"너희가 무엇 때문에 영광과 목포에 곡식을 보낸단 말이냐?"

졸개가 엎드려 말했다.

"훗날 변란이 일어날 때 군량으로 쓰기 위해 보내는 것이랑게요."

"변란?"

"예. 저희가 가을에 영광과 목포에 각각 세 번에 걸쳐서 5천 석을 보내었는데 영광 법성포에 보낸 3천 석은 북쪽으로 갔다 하옵고, 목포에 보낸 2천 석은 보름 후에 남쪽으로 내려간다고 했당게요. 두령님의 말씀이 법성포로 가는 곡식은 야인들을 회유하기 위해 가는 것이고, 남쪽으로 가는 곡식은 대마도의 왜인들에게 가는 곡식이라 하였당게요. 영암에도 도갑사에 활빈도가 있사온데 그곳에서 보낸 5천 석을 합쳐서 도합 7천 석의 곡식을 대마도로 가져간다고 안 하요."

우치는 등줄기에 소름이 끼쳐서 놀란 얼굴로 다섯 두령을 내려다 보았다.

"허, 너희가 진정 역모를 꾀하고 있었구나. 말해보라. 무엇 때문에 세상을 바꾸려고 하는 것이냐?"

한 사내가 눈을 부라리며 입을 열었다.

"우리는 함경도와 평안도에 사는 수재秀才들로서 벼슬길이 막혀 울분을 가지고 있던 차에 썩어가는 나라 사정을 더 이상 목도할 수 없어서 세상을 바꾸고 불쌍한 백성을 구하려 한 것이다!"

"썩어가는 세상이라니?"

"인재를 고루 등용하지 아니하고 제 입맛에 맞는 것들만 끼리끼리 모여 당파를 만드는 세상이 아닌가? 현량과는 또 무언가? 그게 모두 저희끼리 패를 나누어 정권을 잡고 나라를 마음대로 하기 위한 것이 아닌가. 경상도와 전라도, 충청도 사람은 괜찮고 함경도와 평안도 사람은 사람 축에도 들어가지 않는 것인가?"

사내들의 결연한 의지가 눈빛에 맺혀 있는 것 같았다. 이미 내막을 알고 있는 우치가 그들의 말을 들으니 안타까운 마음에 저절로 한숨이 나왔다.

황해도와 평안도 이북은 선초부터 나라에서 벼슬길을 막아버린 까닭에 벼슬아치가 나오지 않는 것이 사실이었다. 그러다 보니 함경도에서는 급제하는 이가 나오면 파천황破天荒*이라 부를 정도였다. 기개 있는 선비들이 이를 원망하지 않을 수 없을 것이니 이들이 나라를 전복시키는 일에 참여한 것은 어찌 보면 있을 수 있는 일이었다.

우치는 가만히 그들을 응시하다가 입을 열었다.

"내 이야기를 들어보라. 과거 송宋나라가 금金나라에 핍박당하여 몽고족들을 끌어들인 고사를 아는가? 금나라가 원元에 망하였지만 송나라 또한 원에 망하고 말았으니 그대들이 무엇 때문에 도적이 되었는지 나는 이해할 수가 없다. 그대들이 젊은 나이에 나라에 쓰이지 못하는 억울하고 원통한 마음을 내가 모르는 바 아니나 기개 있는 선비들이라면 생민生民을 생각할지언정 역심逆心을 품는 법은 아니다. 더구나 왜구와 야인을 불러들여 이 나라에서 패권을 다투려 함은 불쌍한 백성들을 전란의 구렁으로 몰아넣는 것이 아니고 무엇이겠느냐. 너희는 다시 한 번 생각하기 바란다."

---

* 파천황 : 이전에 아무도 하지 못한 일을 처음으로 해냄을 이르는 말

우치의 말에 네 사내는 고개를 숙이는데 한 사내가 고개를 쳐들고 말했다.

"어사 나리의 말씀은 잘 들었소. 듣고 보니 옳은 말씀입니다만 저희가 뜻을 굳힌 바 오래이니 이미 돌이킬 수 없소이다. 이것도 우리의 의리義理이니 어사또는 이 자리에서 우릴 죽여주시오!"

우치는 땅이 꺼져라 길게 한숨을 내쉬었다. 이내 손에 들고 있던 책자를 윤군평에게 내밀었다.

"윤 교관, 당적부를 불태우게."

윤군평이 두 눈을 휘둥그레 뜨고 말했다.

"나리, 당적부를 불태우라니요? 역당들을 모두 잡아들일 수 있는 증거를 소각하신다는 겁니까?"

"쌀 다섯 말에 팔려온 양민들이오. 무지한 양민들이 나라를 바꿀 생각을 했을 리 없으니 묻어두시오."

우치가 재촉하듯 당적부를 내밀었다.

윤군평이 당적부를 잡고 한동안 내려다보다가 마당으로 내려와서 화톳불 위에 당적부를 올려놓았다. 당적부가 불길을 일으키며 활활 타들어갔다.

우치가 큰 소리로 말했다.

"당적부가 불에 타 버렸으니 이제부터 너희는 도둑이 아니다. 빼앗은 재물을 모두 분배하여 집으로 돌아가되 차후에 도적이 되어 다른 마음을 품는다면 두 번은 용서치 않을 것이니 그리 알라!"

우치가 회계를 맡은 자를 시켜 도적들의 재물을 나누어주고 산을 내려가라고 명하였다.

67

도적들이 회계를 맡은 자를 따라 곳간으로 가서 곡식과 포목을 나누어 가지고 산을 내려가니 북적거리던 큰 절이 잠시 후에 한산해져 버렸다. 우치가 마당에 덩그러니 남아 있는 다섯 두령을 내려다보며 말했다.

"내 그대들의 처지를 모르는 바는 아니오. 풀어줄 것이니 그대들 갈 길을 가시오."

우치가 실권을 바라보니 우치의 뜻을 알아차리고 다섯 사내의 포박을 풀어주었다. 다섯 두령이 자리에서 일어나 우치에게 큰절을 하며 사례하고는 말했다.

"어사님의 함자가 어찌 되시는지요?"

"나는 전우치라 하오."

68

"패장敗將이 무슨 말이 필요하겠소만 이제 일이 이렇게 되었으니 우리는 하늘을 볼 낯이 없소. 저승에 가더라도 전공의 은덕은 잊지 않겠소이다."

"무, 무슨 말이오?"

다섯 두령이 서로 얼굴을 바라보다가 갑자기 주먹으로 자신의 관자놀이를 힘차게 때렸다. 일시에 다섯 사람이 썩은 나무처럼 쓰러져 버렸다. 갑작스런 일에 놀란 우치와 실권, 윤군평과 배복룡이 다가가 맥을 살피니 벌써 숨이 끊겨 있었다.

"역적이긴 하나 기개가 대단한 사람들이로군요."

윤군평의 말에 배복룡과 실권이 고개를 끄덕였다.

우치는 안타까운 마음에 한숨을 내쉬다가 다섯 두령의 부릅뜬 눈을 감겨주었다.

5

이날 새벽에 우치 일행이 주막으로 돌아와 달게 자고 늦게 일어나
아침밥을 먹을 때 주모가 호들갑을 떨면서 야단이었다.

"손님, 어젯밤에 미륵사의 도적들이 모두 흩어져 버렸당게요."

우치는 시치미를 떼며 물었다.

"정말이오?"

"예. 신장神將 같은 장수들이 벼락처럼 나타나서 미륵사의 화적 두령들을 죽이니 도적들이 풍우처럼 흩어져버렸당게요. 그래서 아침부터 관아에서 관군들이 잔당을 잡는다며 미륵사로 올라간다고 야단들이라우, 시방."

우치와 실권이 미소를 지으면서 아침밥을 먹고 주막을 나올 때 요란하게 북문을 나서는 관군들의 모습을 발견할 수 있었다.

"도련님, 관군들이 뒷북치는 것 맞지유?"

실권의 말에 배복룡이 싱글싱글 웃으며,

"뒷북치는 것이야말로 관군들의 장기지요."

하고 윤군평을 보았다.

윤군평이 미간을 찌푸리며,

"지금 나보고 하는 말인가?"

하고 시비를 하니,

"이 사람들, 쓸데없는 소리 말게."

하고 우치가 말을 끊고는 빙그레 웃으며 남쪽으로 발길을 재촉하였다.

나주에서 영암까지는 칠십 리 길이라 아침에 출발하여 보리나루를 건너 정오 무렵에는 영암에 도착할 수 있었다.

두 사람이 읍성 안 주막에 들어가 점심을 먹으며 이야기를 들어보니 이곳 역시 나주와 사정이 다르지 않았지만 모두 쉬쉬하는 통에 어디에 도적 떼가 웅거하고 있는지 알아내기 어려웠다.

주막의 평상에서 사방으로 고개를 돌려보니 읍성 남쪽에 우뚝 솟아난 산이 보이는데 주모에게 물어보니 그 산이 월출산이었다. 그 산에서 달이 난다 하여 삼국시대에는 월라산月奈山이라 했고 고려시대에는 월생산月生山이라 부르다가, 조선시대부터 월출산이라 불렸다. 천황봉天皇峯, 구정봉九井峯, 사자봉獅子峯, 도갑봉道岬峯, 주지봉朱芝峯 등이 동에서 서로 연이어 솟아나 깎아지른 듯한 기암절벽이 많아 예로부터 영산靈山이라 불렸으며 그런 까닭에 영암靈岩이라는 지명이 생긴 것이었다.

우치가 밥을 시켜 먹으며 주모에게 넌지시 물었다.

"주모, 월출산이 근사하니 반드시 절이 있겠구려?"

"그럼요. 월출산 남쪽에 도선 대사님이 건립한 도갑사道岬寺가

있고요, 남쪽에는 무위사無爲寺가 있지라우. 두 절 모두 볼 만한 것이
많당게요."

우치는 미륵원에서 회계하는 자가 영암 월출산에 도적 떼가 모여
있다 말한 것을 떠올리고 도적 떼들이 월출산의 절을 빼앗아 산채로
사용하고 있으리라 짐작했다.

"그렇다면 내일 아침에는 월출산에 올라가 산도 보고 도갑사도 구
경해야겠구려."

주모가 우치의 말에 황급히 손을 내저으며 말했다.

"아따, 지가 실언을 해부렀네. 선비님, 도갑사에는 가지 않는 게 좋
겠구만이라."

"왜 그러시오? 구경거리가 많다면서요?"

주모는 얼굴이 일그러져서 행주에 두 손을 닦으며 은근슬쩍 다가
오더니 좌우에 사람이 있는지 확인하고는 조용히 말했다.

"도갑사가 적굴이 된 지가 오래라서 멋모르고 가셨다가 낭패 보기
십상이라 안 하요. 돈 빼앗기고 목숨 잃기 싫으면 그런 생각은 아예
마시랑게요."

"뭐라고요? 도적이라고요?"

우치가 시치미를 떼고 물어보니 주모가 정색을 하고 대답하였다.

"가을부터 활빈도라는 도적들이 나타나서 도갑사의 중들을 모두
쫓아버리고는 저희 놈들이 그곳을 산채로 삼아 살고 있지라우. 그런
데 거길 가신당가요? 안 될 말이당게요."

"그게 정말입니까?"

주모는 손으로 자신의 입을 막아 조용히하라는 신호를 하더니 고

개를 끄덕이며 두 손을 모아 제발 가지 말라는 듯이 빌었다.

우치가 주모의 뜻을 짐작하고 고개를 끄덕이며 실권을 바라보았다. 실권도 우치의 뜻을 짐작하였던지 빙그레 웃고, 봉놋방에 앉아 밥을 먹고 있던 윤군평과 배복룡도 미소를 지었다.

주막에서 점심을 먹고 나와 남쪽으로 이십여 리를 걸어가다가 구림촌鳩林村에서 왼편으로 십여 리를 들어가니 산의 좌우에 기암괴석이 우뚝우뚝 솟아 있고 계곡에서 흐르는 맑은 물이 얼음장 아래에서 골골 소리를 내며 흐르고 있었다. 뒤따라오던 윤군평이 걱정이 되는 얼굴로 말했다.

"나리, 관군을 부르는 것이 낫지 않을까요? 너무 무모합니다."

"관군을 불러봐야 정보가 미리 알려질 것이니 좋을 것도 없다고 말하지 않았나."

"하지만 늦은 밤도 아니고, 백주에 적굴을 찾아가는 것은 섶을 지고 불속에 뛰어드는 것과 다를 바가 없습니다."

"윤 교관의 말이 일리 있지만 내 생각은 다르네. 그리고 말이 나온 김에 내가 왜 관가에 선통을 하지 않으려는지 말해주지. 대개 관원들은 별것도 아닌 일에 생색내기를 좋아해서 자그마한 일을 큰일처럼 불려서 큰일을 한 것처럼 떠들고, 작은 공을 크게 부풀려 큰 공을 세운 것처럼 하길 좋아하네. 금성산에서 보았듯이 무지한 양민들이 쌀 다섯 말에 활빈도에 들어와 도적이 되었네. 흉년에 먹을 것이 없으니 칼 물고 뜀뛰기하듯 도적이 된 것이지. 내가 공을 세울 요량으로 도적들의 내막을 관가에 알리고, 조정에 장계를 올린다면 가장 피해를 보는 사람이 누구겠는가? 무고한 양민들이 역적으로 몰려서 화를 당할 것이네. 무고한 양민들을 잡은 공 또한 토벌하는 관원들의 몫이 되겠지. 내가 장계를 올려 무고한 양민들을 토벌한다면 나는 난정공신이 되어 부귀영화를 누릴 수 있겠지만 내가 바라는 것은 일신의 영화가 아닐세. 의원은 병을 고치기 전에 병의 원인을 진단하고 침과 뜸과 약을 쓰네. 내가 보기에 활빈도의 우두머리는 세상에 불만이 있는 유자儒者로, 비판자들을 모아 조직을 정비하고, 어리석은 백성들을 먹을 것으로 유인하여 나라를 전복하려는 계획을 세운 것이 분명하네. 하여 나는 병의 근원을 뿌리 뽑기 위해 곁가지부터 잘라내려 하는 것이네. 내가 왜 관의 도움을 받지 않고 그대들을 위험의 구렁텅이로 몰아가는지 알겠는가?"

"예."

윤군평과 배복룡이 목례를 하였다.

실권은 눈시울이 뜨거워졌다. 강보에 싸여 있던 어린 우치가 이렇게 대견하게 자라서 백성들을 생각하는 관원이 된 것이 자랑스러웠기 때문이다.

"참, 어제는 경황이 없어서 물어보지 못했는데 나리를 협박하던 자를 어떻게 기절시키신 겁니까?"

배복룡이 물었다.

"그러게, 어떻게 한 겁니까?"

"일지침이라는 것일세."

배복룡과 실권은 고개를 갸웃거리는데 윤군평이 놀란 얼굴로 말했다.

"설마 나리께서 일지침을 터득하신 겁니까?"

우치가 말없이 고개를 끄덕거렸다.

"그럴 리가?"

"왜? 내가 한번 보여줄까?"

우치가 윤군평에게 손가락을 치켜들자 윤군평이 놀란 사람처럼 배복룡의 뒤로 숨었다.

"왜? 내가 한번 보여준다니까."

"됐습니다. 정 보여주시려거든 도적들한테 쓰십시오."

"자네 같은 사람도 일지침이 두려운가?"

"두렵지요. 흔히 그것을 살殺 맞는다 하는데 보이지도 않는 경풍을 맞는 게 좋은 일은 아니지요."

배복룡이 고개를 갸웃거리며 말했다.

"도대체 무슨 말이오? 일지침이라니?"

윤군평이 웃으며 배복룡에게 물었다.

"궁금하면 네가 맞아볼 테냐?"

"그까짓 침이 뭐가 무섭다고 그러세요?"

"그것은 침이 아니라 지풍이다. 네가 한번 맞아보거라."

윤군평이 배복룡의 덜미를 잡고 웃으며 말했다.

"나리, 복룡이가 일지침을 맞고 싶다 하니 한번 보여주십시오."

"좋지."

우치가 소매를 걷고 손가락 끝을 배복룡에게 향했다. 배복룡이 그제서야 금성산의 두령이 쓰러진 이유를 깨닫고,

"아이구, 저는 살 맞을 이유 없습니다. 나리, 제게 침을 쏘지 마십시오."

하고 호들갑을 떨며 몸을 피하려 하였지만 윤군평이 등덜미와 목을

잡아 꼼짝하지 못하였다.

"성님, 왜 이러시오? 이러지 마시오. 내가 살을 맞아야 쓰겠소?"

배복룡이 창백한 얼굴로 우치의 손가락을 바라보며 죽는 소리를 하였다.

"나리, 제가 살 맞으면 일꾼 하나가 없어지는 겁니다."

"약하게 할 것이니 염려 말게."

우치가 손가락으로 몇 번 찌르는 시늉을 하니 배복룡이 펄쩍펄쩍 뛰며 나 죽는다 소리를 지르다가 멍하니 우치를 바라보았다.

"하하하, 설마 내가 우리편에게 침을 놓겠나? 놀려주려고 그런 것이네."

우치가 목을 젖혀 웃자 윤군평과 실권이 함께 웃는데 배복룡은,

"성님, 정말 그러시는 거 아닙니다."

하고 섭섭한 듯 볼멘 소리를 했다.

"자네가 보기보다 엄살이 심하네."

네 사람이 한바탕 웃다가 인적드문 길을 한참 걸어가다 보니 장엄한 절간이 나타났다. 도갑사였다. 일주문一柱門에 들어서서 얼마 가지 않아 해탈문解脫門이 나타났는데 그때까지 한 사람도 발견할 수 없었다.

우치가 이상하게 생각하며 해탈문으로 들어가니, 해탈문 좌우 앞쪽 칸에 금강역사상金剛力士像이 있고 다음 칸에는 문수동자文殊童子와 보현동자상普賢童子像이 모셔져 있었다.

불상을 보노라니 자연히 경건한 마음이 우러나와서 두 손을 모아 합장을 하고 나오는데 해탈문 앞뒤에서 무기를 든 험상궂은 사내들과 중들이 몽둥이를 들고 나타났다.

"뭐 하는 놈이냐?"

"알아서 뭐 할 테냐?"

실권이 맹호처럼 달려들었다. 도갑사로 올라오다가 마련한 몽둥이 하나를 들고 있던 실권이 성난 호랑이처럼 달려들어 이리 휘둘러 쓰러뜨리고 저리 휘둘러 쓰러뜨리니 일시에 앞문을 막고 서있던 도적들이 비명을 지르며 경내로 달아났다.

배복룡이 영암에서 미리 준비해온 노끈으로 쓰러진 도적들을 묶으니 사방에서 도적들이 고함을 지르며 달려와 네 사람 주위를 물샐틈없이 포위하였다.

머리를 깎은 중과 머리를 깎지 않은 사내의 수가 서른 명은 됨직하였다.

윤군평은 들고 있던 지팡이를 고쳐 쥐고는 배복룡에게,

"동생은 나리를 지키게. 내가 버릇을 단단히 고쳐주지!"

하곤 성난 사자처럼 도적들 사이로 파고들어 도적 떼를 쓰러뜨렸다. 도적 떼가 수만 많을 뿐 무예를 배우지 못한 오합지졸들이라 천변만화하는 윤군평의 천둔검법에 허수아비처럼 쓰러지니, 마치 가을바람에 마른 잎 떨어지듯이 수많은 도적이 대웅보전 앞마당에 널브러져 잃는 비명을 질렀다.

반대편에는 실권이 있어 검술뿐 아니라 권각에 능하여 몽둥이를 휘두르는 틈틈이 주먹과 발길질로 달려드는 도적들을 쓰러뜨렸다. 일시에 서너 명이 바닥으로 쓰러져 얼마 되지도 않아 서른 명이 넘는 도적이 모두 바닥에 쓰러진 채 다친 곳을 부여잡고 있었다.

"저, 저놈들이 인간이냐?"

두 사람이 서른 명을 순식간에 쓰러뜨리는 것을 보고 놀란 도적들이 허둥거리며 도망을 쳤다.

"보게, 내 말이 맞지 않은가. 자네들 세 사람만 있으면 수가 아무리 많아도 문제없네."

우치가 배복룡의 어깨를 두드리며 말하니 배복룡이 혀를 내두르며,

"참말 나리 말씀이 맞습니다."

하곤 어깨를 으쓱거렸다.

바로 그때, 커다란 함성과 함께 절간의 뒤에서 또 한 무리의 도적 떼가 몰려들었다. 그 중에는 십여 명이 넘는 궁수가 있어 대웅보전 좌우에서 무릎을 꿇더니 활 시위를 당겼다.

"뭣들 하느냐? 저놈들을 향해 활을 쏴라."

팔척장신의 우락부락한 사내가 대웅보전 위에서 호령하니 궁수들이 일제히 당겼던 시위를 놓았다. 배복룡이 깜짝 놀라 우치를 끌어당겨 옆에 있던 긴 석조石槽 뒤로 몸을 숨기니 화살이 석조에 맞아 우수수 떨어졌다. 우치가 좌우를 바라보니 실권은 졸개를 방패삼아 피해 있고, 윤군평은 물미장에서 칼날을 뽑아 날아오는 화살을 쳐내고 있었다.

"나리, 아무래도 안 되겠구먼유. 일단 물러나셔유."

실권의 말에 고개를 끄덕이며 상황을 살피니 궁수들이 좌우로 흩어지며 장검을 든 발 빠른 사내들이 움직이는 것이 보였다.

"군평 성님, 제가 나갈 테니 함께 사수들을 처리합시다."

"어서 나오기나 해라."

윤군평이 화살을 막으며 소리치니 배복룡이 석조 옆으로 몸을 굴리며 연검을 뽑아들어 사수들을 향해 달려갔다.

윤군평과 배복룡이 좌우에서 달려들고 졸개를 방패막이로 한 실권이 가운데에서 달려드니 사수들이 우왕좌왕하여 화살을 시위에 끼우려다가 주춤거리며 도망을 쳤다. 그러자 장검을 든 다섯 사내가 앞을 막아섰다.

"동생, 여긴 내가 맡을 테니 사수들을 처치하면 좋겠구먼."

실권이 방패막이하던 사내를 다섯 검객에게 내던지는 사이에 배복룡이 사수들의 뒤를 쫓았다. 실권의 옆에 윤군평이 멈추어 섰다.

석조 뒤에 숨어 있던 전우치가 석조 위로 얼굴을 내밀어보니 마당 가운데 다섯 명의 사내가 날카로운 눈빛으로 실권과 윤군평을 노려보고 있었다. 시퍼런 장검이 햇빛을 받아 번뜩거리고 살기를 머금은 다섯 사내의 눈빛이 칼날보다 더 서슬이 푸르렀다.

우치가 일지침을 사용할 생각으로 호흡을 가다듬어 암암리에 진기를 검지에 끌어모으고 있을 때 다섯 사내 가운데에 서있던 키가 엄청나게 큰 사내가 장검을 치켜들고 소리쳤다.

"대체 네놈들은 누구냐? 혹시 나주의 활빈도를 깨뜨린 놈들이냐?"

"잘 아는군!"

윤군평이 시퍼런 칼날을 늘어뜨리며 짧게 대답하였다.

이날 아침 일찍 소식을 전하는 파발꾼 하나가 도갑사로 달려와서 나주 금성산 미륵원에 웅거하고 있던 활빈도가 단 네 사람에 의해 해산되었으며, 우두머리가 전모田某라는 양반이더라는 소식을 전하였기 때문에 도갑사가 술렁거리고 있었던 것이다.

우두머리인 듯한 사내가 윤군평에게 물었다.

"그럼 네가 전모라는 자냐?"

"아니, 내가 전우치다."

우치가 석조에서 나와 성큼성큼 윤군평과 실권 사이에 멈추어 섰다. 우두머리가 우치의 행색을 아래위로 훑어보니 꾀죄죄한 도포에 망가진 제량갓을 쓴 남루한 선비였다.

"네가 무슨 이유로 우리 일을 방해한단 말이냐?"

"나랏일을 하는 사람이 나라를 전복하려는 음모를 꾸미는 이들을 벌하는 것은 당연한 일이 아닌가?"

"우리는 호락호락한 사람이 아니다."

"나도 호락호락한 사람이 아니다. 왜 그런지 보여주랴?"

우치가 검지를 들어 끌어모은 진기를 팔척장신의 거한을 향해 격출하였다. 보이지 않는 일지침의 경력이 화살처럼 날아가 그 사내의 인당혈을 때리니 말을 하던 사내가 캑 소리를 지르며 비틀거리다가 맥없이 주저앉고 말았다.

급살急殺을 맞은 사람처럼 한 사내가 맥없이 쓰러지는 것을 보고 놀란 네 사내가 장검을 휘두르며 우치에게 달려들었다.

실권이 몽둥이를 휘둘러 두 사람을 막고, 윤군평이 두 사람을 막는 사이에 우치가 물러나서 다시금 손가락을 바라보며 진기를 돋웠다.

"연달아 나오게 하는 방법은 없을까?"

우치가 손가락에 정신을 집중하는 사이에 실권과 싸우던 사내 하나가 우치에게 달려들었다. 우치가 놀라 뒷걸음질치면서 사내의 가슴팍을 향해 손가락을 찔렀다.

치칙, 손가락 끝에서 무언가가 나가는 듯한 느낌이 드는 순간, 달려들던 사내가 갑자기 칼을 떨어뜨리며 그 자리에서 엎어졌다. 그와 동시에 실권이 상대하던 사내의 복장을 내질러 쓰러뜨리고 윤군평과 싸우는 자에게 달려들었다. 일 대 이로 싸우던 것이 일대일이 되니 두 사람이 십여 합을 견디지 못하고 무릎을 꿇게 되었다.

우치가 좌우를 둘러보니 마당에 쓰러진 도적들의 비명 소리가 경내에 가득하고 둘러서 있던 도적들이 무기를 던지고 도망가기 바빴다.

바로 그때였다.

"이놈들아, 어딜 도망가느냐? 내가 왔다."

팔척거구의 사내 하나가 대웅보전 뒤에서 철추를 들고 달려오며 소리쳤다.

"저놈이 두목인 마엄신인 모양이구나."

우치의 말이 끝나기도 전에,

"도련님, 제가 처치하겠구먼유."

하고 실권이 거구의 사내를 향하여 달려들었다.

"하룻강아지들, 박살을 내 주마!"

철추를 든 사내가 달려오는 실권을 향하여 힘차게 철추를 휘둘렀다. 바람을 가르는 소리와 함께 철추가 실권의 머리를 때리려는 순간 실권의 몸이 미꾸라지처럼 사내의 품속으로 파고들며 오른 손바닥이 거구의 턱을 쳐올렸다.

'억' 하는 단발의 비명 소리와 함께 팔척거구의 사내가 허공으로 날아오르더니 땅바닥에 떨어져 몇 번 꿈틀거리다가 멈추었다. 기절한 모양이었다.

우치는 번개 같은 실권의 모습에 자신도 모르게 입이 쩍 벌어졌다.

팔척거구를 한 주먹에 쓰러뜨린 실권이 기마자세에서 몸을 일으키니 대웅보전 뒤에서 쏟아져 나오던 도적들이 저마다 무기를 버리고 살려달라고 애걸하며 땅바닥에 머리를 조아렸다.

실권이 거구의 옷을 벗겨 다리와 발을 묶는 동안에 우치는 대웅보전 계단 위에 올라가 엎드려 빌고 있는 졸개에게 이것저것 물어보았다.

졸개의 말이 방금 쓰러진 거구의 사내가 도적 떼의 우두머리인데 함경도 신흥新興 사람으로 이름이 마엄신馬嚴身이라 하였다. 앞서 제압당했던 다섯 사내들 역시 함경도 사람인데 두령으로 선봉장 격을 맡아보던 무인들이라 하였다.

우치가 이들이 나주에서 자결한 사내들과 같은 함경도 사람임을 짐작하고, '이 절에 원래 있던 스님들은 어찌 되었느냐?'고 물어보니 늙고 나이 든 중은 상견성암上見性庵에 감금하였고, 젊고 힘이 있는 무승들은 왕인박사의 서굴書窟에 감금하였단다.

우치가 즉시 명을 내려 그곳에 감금되어 있는 스님들을 모두 모셔오도록 이르고 마당에 마엄신과 함경도 출신의 다섯 무사를 데려오라고 일렀다. 우치는 한편으로 도적 떼의 장부를 관리하는 이를 불러 당적부와 인근 마을에서 빼앗은 양식과 재물을 적은 장부를 확인하니 당적부에 기록된 도적의 수가 오백여 명이 넘고, 며칠 전에 5천 석이 넘는 곡식은 목포로 보내었으며, 1천 석 정도의 곡식과 금은보패를 국사전과 명부전, 세진당과 지혜당에 쌓아두었다 하였다. 곡식 3천 석은 원래 이 절에 있던 것이고, 나머지는 인근 고을을 횡행하며 부자들의 곳간을 털어 마련한 것이라고 하였다.

우치가 즉시 명을 내려 네 군데 법당에 있는 양식들을 대웅보전 앞 마당에 가져다놓으라고 명하니 도적들이 절뚝거리며 부산하게 움직여 마당 가운데에 산더미처럼 쌀섬을 쌓아놓았다.

우치가 금성산에서처럼 당적부를 불사르고 양민들에게 곡식을 주어 돌려보낸 후에 마엄신과 다섯 명의 두령에게 말했다.

"나는 너희가 세상을 바꾸려 함을 잘 알고 있다. 그러나 왜구와 야인을 끌어들여 세상을 바꾸려 함은 승냥이를 데려오는 것과 같아서 백성들의 고통을 덜어주는 것이 아니라 도리어 백성들을 사지로 몰아넣는 것과 같다. 나는 너희에게 죄를 물을 생각은 없다. 듣기에 보름 후에 목포에서 왜구에게 넘길 곡식을 실은 배가 떠난다 하던데 너희와 내통하는 자가 누구인지만 알려다오."

마엄신이 우치를 올려다보다가,

"먼저 내 이야기를 들어주시겠소?"

하곤 자신의 내력을 일렀다.

본래 마엄신은 함경도 신흥 사람으로 기골이 장대하고 힘이 장사로 이름이 났으나 출신이 고리백정이라 신분의 벽에 막혀 꿈을 펼칠수 없었던 터에 새로운 세상을 만든다는 말에 도적이 되었다 하였다.

"금수들은 나면서 차별이 없이 평등하지만 어찌하여 사람은 반상의 구별을 만들어 차별을 하는 것인지 나는 알 수가 없소. 제기, 왕후장상의 씨가 따로 있답디까? 내가 도적이 되어 세상을 바꾸지 못할바에야 이런 빌어먹을 세상을 살아서 무엇 하겠소? 나는 이렇게 더러운 세상에 하루도 살 생각이 없으니 내 부하들이나 부탁하오."

마엄신은 말을 마치자 혀를 물고 엎어졌다. 우치가 달려가보니 마엄신이 눈을 하얗게 뒤집고 있는데 입가에 선혈이 주르르 흘러내리고 있었다. 혀를 물고 절명한 것이었다.

우치가 침울하게 자리에서 일어나니 다섯 명의 두령들 역시 슬피 흐느끼다가 혀를 물고 마엄신을 따라 자결하였다. 우치가 도갑사 마당에 죽어 나자빠진 여섯 구의 시신을 내려다보곤 길게 한숨을 내쉬었다.

이들이 목숨을 버려가며 바꾸고 싶었던 세상이 무엇인지 우치는 확연하게 알 수는 없었지만 이상을 위해 기꺼이 목숨을 버리는 이들을 바라보자니 가슴속에 묘한 회한이 일었다.

우치가 양반으로 태어나서 양반으로 살아왔다면 모르되, 상사람의 자식으로 자라나 양반에게 치이고 아전에게 발리는 현실을 익히 아는 터라 죽은 자들의 한이 피부에 와닿는 것 같았다. 죽은 이들이 역심을 품었을지라도 불쌍하게만 보였다.

어둠이 내려앉은 월출산 봉우리에 창백한 둥근 달이 걸리었다. 대웅보전 뒤로 사람의 말소리가 들리더니 젊은 스님들이 늙은 스님들을 부축하여 내려오다가 대웅전 안에 도적들의 우두머리들이 누워 있는 것을 발견하고 놀라 걸음을 멈추었다.

우치는 스님들에게 여섯 사람의 시신을 수습하게 한 후에 주장승과 함께 대웅전 안으로 들어가 도적들의 남은 재물로 인근의 불쌍한 백성들을 구휼하는 것을 도와 달라고 부탁하였다.

주장승이 흔쾌히 허락하여 우치 일행은 그날 밤을 도갑사에서 보내고 다음 날 아침 일찍 산을 내려왔다.

구림촌 앞에 도착하니 수십여 명의 군관이 창과 육모방망이를 들고 도갑사로 올라가고 있었다. 간밤에 도갑사의 도적 떼가 해산하였다는 이야기가 날개 달린 듯이 퍼진 까닭에 움츠리고 있던 관아에서 진상을 알아보기 위하여 도갑사로 올라가는 중이었다.

"도련님, 여기도 나주와 별반 다를 게 없구먼유."

실권의 말에 배복룡이 맞장구를 쳤다.

"관군들이 하는 일이 그렇지요. 백성들에게 세금을 거둘 때는 선봉이요, 싸울 때는 후진이니 나라꼴이 이 모양인게지요."

윤군평은 말이 없고, 우치는 멀어져가는 군관들을 바라보며 한숨을 내쉬었다.

"나리, 어디로 가실 겁니까?"

윤군평의 물음에 우치가 대답했다.

"목포로 가자. 가서 왜구에게 갈 곡식을 빼앗아야 할 것 아닌가."

우치가 앞장서서 서쪽으로 걸음을 옮겼다.

6

영암에서 목포까지는 칠십 리 길이다. 중간에 영산강 나루를 건널 때 시간을 지체했을 뿐 저녁 땅거미가 깔리기 전에 우치 일행은 목포 읍성에 도착할 수 있었다.

목포는 과거부터 왜적의 침입이 빈번했던 까닭에 육 척 돌성이 마을을 둘러싸고 있고 남쪽으로는 그리 높지는 않지만 빼어나게 솟아난 유달산儒達山이 눈에 들어왔다.

읍성을 벗어나니 보리를 심은 넓은 들판과 봉긋봉긋 솟아난 작은 언덕이 푸른 소나무와 더불어 싱그러운데 눈앞에 광활하게 펼쳐진 바다와 커다란 포구가 한눈에 들어왔다.

목포는 영산강榮山江의 수리水利를 통해 전라도의 물산物産이 모여들고 해로海路를 따라 조선 팔도로 물산이 이동하는 까닭에 포구에는 초가들이 포도송이처럼 붙어 있고 커다란 객주들도 빼곡하게 들어서 있었다.

포구 좌우에 돌성이 길게 늘어서 있는데 이곳에 수군영水軍營의 깃발이 펄럭이고 포구 좌측에 전선戰船 예닐곱 척이 정박하여 있으며 창을 든 군졸들이 파수를 보고 있는 것으로 보아, 목포에는 도적이 들어설 수 없음을 짐작할 수 있었다.

윤군평이 우치에게 말했다.

"도적들이 무슨 수로 7천 석이나 되는 쌀을 왜구에게 넘길 수 있을까요?"

"객주를 이용하는 것이겠지. 상단과 연계하지 않으면 7천 석이나 되는 곡식을 옮길 수 없을 것이네. 의외로 쉽게 누가 도적의 물주인지 찾을 수 있을 것 같네."

우치가 일행과 함께 포구로 내려오니 포구는 장사치들로 인산인해를 이루고 있었다. 우치가 가까운 객주에서 물어보니 목포에 커다란 객상이 수십여 개라고 했다.

한양의 경상객주, 의주의 만상객주부터 개경의 송상객주, 보상객주, 보행객주, 환전객주, 무시객주, 청과객주, 수산물객주, 곡물객주, 약재·직물·지물 등 수많은 객주들이 들어서 있었다.

돈이 돌고 도는 까닭에 사람도 많고 기생들이 있는 여각도 많아서 그동안 전라도 고을에서 느꼈던 황량하고 쓸쓸한 정취를 이곳에서는 찾아볼 수가 없었다.

우치가 객주의 심부름꾼에게 쌀을 거래하는 곡물객주가 몇이나 되는지 물어보니 가장 큰 세를 자랑하는 것이 경상이요, 송상과 만상이 그 다음인데 그 밖에도 곡물객주가 몇몇 더 있다 하였다.

우치가 경상을 의심하면서, 열흘 후에 곡식을 싣고 떠나는 배가 있는지 수소문해보니 김계민金計敏이라는 상인이 관장하는 객주에서 쌀 7천 석을 실은 배가 떠난다는 것이었다.

김계민은 의주 만상에 몸을 담았던 사람으로 작년에 이곳에 객주를 열고 나주 일대에서 나는 곡식을 사들여 재미를 많이 보았다고 하는데 사람들이 그를 김 행수라 부른다 하였다.

"나리, 모든 정황을 보건데 김계민의 곡물객주가 활빈도의 무주라는 것이 확실합니다. 가까운 곳에 수군영이 있으니 이번에는 관의 도움을 요청하는 것이 어떻습니까?"

윤군평의 말에 우치가 말했다.

"김계민의 곡물을 빼앗자는 것인가?"

"예. 그리하면 대마도에 보낼 곡식이 없어지니, 활빈도와 대마도주 간의 맹약이 깨어질 것이 아니겠습니까?"

우치가 잠시 말 없이 생각하다가 탄식을 하며 도리머리를 흔들었다.

"나리, 왜 그러십니까?"

윤군평의 물음에 우치가 물끄러미 윤군평을 바라보았다.

"김계민의 객주는 겉보기에 합법적인 상단이네. 그자가 대마도의 왜구들에게 쌀을 보내려 한다는 것을 우리가 어떻게 입증할 수 있겠나?"

멍하니 우치를 바라보던 윤군평이 말했다.

"증거가 없군요."

"이건 심각한 문제일세. 우리가 활빈도의 당적부를 없애 버렸을 때부터 우린 막다른 길을 가게 된 것이네. 이제 와서 관의 도움을 받을 수는 없네. 내가 어사이지만 무턱대고 밀어붙일 수만은 없는 일이네. 만약 우리가 관가에 가서 그동안의 사정을 이야기하고 관의 도움을 받게 된다면, 그리하여 장계가 궁으로 올라간다면, 우린 조명을 받은 관원으로서 사사로이 역모를 꾀한 자들의 죄를 덮어주려 한 대역죄인이 되는 것이네."

윤군평의 얼굴빛이 창백해졌다.

"그럼 이제 어떡하지요?"

"관의 도움을 받지 않고 우리끼리 일을 처리해야지."

"나리, 지금이라도 손을 떼시는 것은 어떻습니까?"

"자네는 종기가 나서 피고름이 살 속에 있는데 가만 놔두란 말인가? 김계민이 왜구에게 곡식 7천 석을 보내는 날이면 왜변이 닥치게 될 걸세. 닥쳐오는 화를 쉬쉬하잔 말인가?"

윤군평이 땅이 꺼져라 한숨을 내쉬었다.

잠시 방 안이 쥐 죽은 듯 정적에 휩싸였다. 골똘히 생각하던 우치가 무언가를 결심한 듯 무겁게 입을 열었다.

"우리가 해결하세."

"어떻게 하실 작정이십니까?"

"어차피 돌아갈 수 없는 강을 건넜네. 이젠 하는 수 없어. 내가 전라도를 돌아보니 잦은 재변으로 기흉을 면치 못할 것 같았네. 당장 석 달 후에 닥쳐올 보릿고개를 생각하면 활빈도의 곡식들을 우리가 다른 곳으로 빼돌렸다가 보릿고개가 닥쳤을 때 백성들에게 나누어 주었으면 하는데 자네 생각은 어떤가?"

윤군평이 손을 내저으며 말했다.

"도적들의 곡식을 빼돌리신다고요? 나리, 그건 아니 될 말씀입니다. 암행의 임무를 띠고 내려온 관원이 어떻게 그런 생각을 하십니까? 그것은 도적질이나 한가지입니다. 관원이 도적질이라니요? 아무리 돌아오지 못할 강을 건넜다 하지만 그건 아닙니다."

배복룡이 끼어들었다.

"성님, 제가 들어보니 어사또 나리 말씀이 천번 지당하십니다. 관모 쓴 나리들이 아전들과 한통속이 되어 도적질하는 것을 못 보셨습니까? 관모 쓴 나리들은 큰 도적들이고, 아전들은 작은 도적들이며, 양반들은 그보다 작은 도적들이지요. 그에 비하면 어사또 나리는 도적 중에서 의적이지요. 생각해보십시오. 만약 나리가 관의 도움을 얻어 김계민에게 곡식 7천 석을 빼앗았다 칩시다. 압수한 곡식이 7천 석이 된들 백성들에게 돌아갈 것이 한 주먹이라도 있을 것 같습니까? 사모 쓰고 벙거지 쓴 도적들이 웬 떡이냐 하며 나누어 먹을 것이 뻔하지 않습니까? 관원들에게 돌아갈 떡을 백성들에게 돌리려 하는 어사또 나리가 무슨 잘못입니까? 어차피 도적에게 빼앗은 물건 아닙니까?"

"실없이 지껄이지 마라."

윤군평이 배복룡을 노려보니,

"내 입 가지고 내가 말하는데 무슨 상관이오? 어차피 이래 죽으나 저래 죽으나 죽기는 매일반이요, 칼 물고 뜀뛰는 수밖에는 도리가 없으니 하는 말이오."

하곤 배복룡이 팔짱을 끼고 고개를 돌렸다.

우치가 윤군평에게 차분한 목소리로 말했다.

"윤 교관, 우리가 하는 일이 당장은 나라와 임금께 불충한 일이지만 백성들에게 이익이 될 수 있다면 그것이 곧 나라와 임금께 충성하는 길이 아니겠는가? 자네가 나를 도와줄 수 없겠나? 이젠 자네나 나나 다른 길이 없네. 후에 모든 책임은 내가 질 테니 나를 도와주게."

윤군평은 땅바닥이 꺼져라 한숨을 길게 내쉬었다. 딱히 다른 방법이 생각나지 않았다. 어리석은 백성들을 구하기 위해 당적부를 불사른 것이 이렇게 큰일이 될 줄은 윤군평은 생각지도 못했다. 이제 와서 관의 도움을 얻자면 자초지종을 이야기해야 할 것이니 불충한 죄로 금부에 끌려갈 것은 자명한 일이었다. 그렇다고 관에 이야기를 하여 곡식을 빼앗는다 치더라도 그것이 어사또 말마따나 전라도 백성들에게 돌아가리라 생각할 수도 없었다.

"이미 배는 떠났으니 할 수 없지요. 불충이 충성된 길이라면 가는 수밖엔 없지요."

우치가 윤군평의 손을 잡으니 배복룡은,

"허허허, 성님. 잘 생각하셨소! 이젠 성님이나 저나 피차 활빈도가 되었소. 저도 힘을 보태겠습니다."

하고 우치와 윤군평의 손 위에 자신의 손을 올려놓았다.

"저는 도련님이 하시는 일이라면 뭐든 말릴 생각이 없구먼유."

실권이 미소를 지으며 중얼거리니 우치와 윤군평, 배복룡이 서로의 얼굴을 바라보며 말 없이 웃었다.

다음 날 아침 조반을 먹고 우치 일행은 포구로 나가보았다. 포구는 이른 아침부터 상단들의 짐을 나르는 일꾼들과 시장에서 물건을 팔고 있는 장사치들로 인산인해를 이루었다.

포구 안에는 큰 시장이 있었는데 유기전, 포목전, 어물전 등 버젓이 판을 벌인 번지르르한 가게들과 처마 아래에 산나물을 팔러 나온 아낙들, 떡을 파는 아낙들, 신명 나는 가위춤을 추며 사람들을 불러 모으는 엿장수까지 한데 어우러져 사람들로 부산하였다. 이 시장 안에 경상, 만상, 송상 등의 상단이 객주를 얻어 물건을 사들이거나 이동하는 창고로 쓰고 있었는데 바닷가 포구와 가까워 이동에 용이한 장점이 있었다.

사람들의 물결 속에서 시장을 구경하던 우치는 김계민의 객주 앞에 이르렀다. 돌로 만든 담장 위에 초가로 이엉을 얹은 객주에서는 쌀섬을 실은 수레들이 들어갔다 나오기를 부산하게 반복하고 있었다.

소가 끄는 수레 위에는 산더미 같은 쌀섬들이 실려 있었다. 우치와 실권이 어슬렁거리며 수레 뒤를 따라가보니 수레는 포구에 정박하고 있는 커다란 배 앞에서 멈추었다. 이내 일꾼들이 달려들어 수레에 실린 쌀섬을 배로 날랐다.

우치가 살펴보니 좌측의 수군영에 정박하고 있는 전선戰船과 똑같이 생겼는데 큰 배가 모두 다섯 척이요, 중간 배가 두 척이나 되었다. 우치가 이상하게 생각하며 가까운 곳에서 그물을 손질하고 있는 어부에게 다가가 넌지시 물었다.

"여보, 저 배는 전선 같은데 쌀을 싣고 있구려?"

어부가 그물을 손질하다 말고 대답했다.

"야, 전선 맞지라. 경상상인들이 퇴병선退兵船을 사들여서 쓰고 있당게요. 배가 커서 짐도 많이 실을 수 있고, 튼튼하고, 왜구들도 전선인 줄 알구 피해 다니니 상인들 중의 십중팔구는 퇴병선을 사들여 쓰지라."

"저 배에는 쌀이 얼마나 들어가겠소?"

"큰 배는 1천 석 정도 들어간다 하고 중간 배는 4백 석 정도 들어간다 하지라."

우치가 어부의 말을 듣고 보니 모두 5천8백 석이나 되는 어마어마한 양이다. 우치가 놀라 눈이 휘둥그레져 있을 때 옆에 있던 실권이 어디론가 걸어가는 것이보였다.

우치가 그 뒤를 따라가 보니 실권이 키가 작고 백발이 희끗희끗한 상사람에게 다가가고 있었다.

실권이 그에게 다가가 얼굴을 뚫어지게 바라보더니 입을 열었다.

"자네, 개칠이 아닌겨?"

"뉘신가?"

키가 작고 다부지게 생긴 중년 사내가 눈을 가늘게 뜨고 실권의 얼굴을 바라보다가,

"엉, 이게 누구야? 청하동 실권이 아닌가?"

하고 눈을 크게 뜨며 아는 척을 하였다.

"맞네, 실권이구면."

"이 사람, 그동안 어떻게 지냈는가? 나는 자네가 죽은 줄로만 알았네. 살아 있었으면 찾아오지 그랬어?"

개칠이 실권을 부둥켜안고 좋아라 하였다.

실권이 팔을 풀며 말했다.

"미안하네. 사정이 있었구면."

"전 처사님의 따님을 대행수께서 맡아 키우셨는데 아시는가? 그 아드님이 얼마 전에 어전별시에 급제하여 벼슬을 얻었다네. 자네 모르지?"

"나도 알고 있구면."

실권은 고개를 돌려 손을 잡고 있는 사내를 우치에게 소개하였다. 실권이 소개한 사내는 개칠이라 하는데 젊을 적 송방의 주먹패로 이름을 날리던 사내였다.

"자네, 인사드리게. 전 처사님의 아드님이신 전우치 도련님이구면."

개칠이 꾸벅 인사를 하곤,

"아이고, 몰라 뵈어 죄송합니다요. 척 보니 영락없는 전 처사님입

니다요. 그렇잖아도 얼마 전에 아씨께 도련님을 만났다는 소식을 들었습니다요. 어전별시에 급제하셨다고 들었는데 폐포파립이 웬일입니까?"

하곤 안타까운 얼굴로 우치를 뚫어지게 바라보았다.

대답이 궁해 우물쭈물거리다가 우치가 말을 돌려 물었다.

"목포에 송방도 있소?"

"예. 요즘엔 곡식장사가 가장 이문이 남아서 목포와 법성포에 송방 객주가 하나씩 들어서 있습니다. 마침 대행수께서 내려와 계신데 잘 되었습니다. 함께 가시지요."

개칠이 우치 일행을 송방객주로 안내하였다.

송방은 경상보다 세력이 못했지만 객방이 오십여 칸에 창고가 오십여 칸이나 되었다. 그 까닭에 대문을 들어서니 창고로 들일 물건들이 넓은 마당에 산더미처럼 쌓여 있어 우치의 눈길을 끌었다.

송방의 대행수는 송대교宋貸交라 하는데 철로 된 주판을 가진 탓에 송철주宋鐵籌라 불리고 있었다.

송방은 송도를 중심으로 하여 무역을 하였는데 삼사 년 전부터 전국에 흉년이 들어서 가을부터 겨울까지 곡식을 사들여 봄에 내다파는 것으로 큰 이문을 남기고 있었다.

개칠이 송방 객주로 들어가서 송방 대행수 송철주에게 전우치를 소개하니 송철주가 손을 모아 가볍게 목례를 하며,

"오! 그렇지 않아도 얼마 전에 소식을 들었습니다. 태임이가 오라비를 만났다고 말입니다. 어전별시에서 장원하신 이야기도 들었습니다만 이렇게 만나뵙게 되니 참으로 반갑습니다. 이렇게 믿음직스럽

게 자라신 것을 전 처사께서 보시면 참으로 자랑스럽게 생각하실 겁니다."

"아닙니다. 제 동생을 맡아주신 것에 감사할 뿐입니다."

우치가 송철주와 맞절을 하고 자리에 앉으니, 그 옆에 있던 실권이 송철주에게 큰절을 하였다.

"자네가 죽은 줄로만 알았는데 살아 도련님을 모시고 있으니 참으로 다행한 일일세."

"그러게 말입니다. 강산이 두 번 바뀌었는데 행수 나리께서는 변함이 없으시구먼유."

"나도 많이 늙었지."

송철주는 과거 전 처사에게 은혜를 많이 입고 지우知友로서 가깝게 지냈는데 전 처사가 사화에 연루된 후 잇단 불행으로 전씨 일가가 멸문한 것이라 생각하여 마음 한편에 큰 슬픔을 간직하고 있었다. 그러던 차에 이렇게 전 처사의 자제를 만나게 되니 그 기쁨을 이루 형언할 수 없다고 말했다. 이어 송철주가 실권에게 그간의 일을 물으니 실권이 이십여 년 전 청하동이 도적의 소굴로 오인 받아 토벌을 당한 후 살아온 내력을 열거하고, 우연한 기회에 전우치를 만나게 된 사연까지 이야기하였다.

"한데 실권이 네 말투가 많이 바뀌었구나. 예전에는 충청도 사투리만 하더니 이제는 한양 말씨도 제법 들쭉날쭉하게 하네그려."

"세파에 실려 이리저리 떠돌다보니 그렇게 되었구먼유."

실권은 머리를 긁적이며 멋쩍게 웃었다.

송철주가 빙그레 웃다가 이번엔 전우치에게 그동안 살아온 이야기를 물으니 전우치도 그간의 이야기들을 쭉 늘어놓았다.

천마산에서 심마니의 아들로 자라다가 정희량을 만나 암자에서 생활한 이야기, 이회를 만나 의술을 배운 이야기, 출생의 비밀을 알게 되고 세상 구경을 한 이야기, 한양에서 중국 사신의 콧대를 꺾은 이야기까지 구구절절 늘어놓으니 이야기가 끝이 없었다.

송철주는 우치의 이야기에 시간 가는 줄 모르고 연방 감탄을 하며 들었다. 긴 해가 서쪽으로 떨어지자 저녁상이 들어왔다.

저녁식사를 하는 중에 송철주는 사람을 시켜 우치가 원래 머물고 있던 여각에서 셈을 치르고 짐을 가져오게 하였다. 식사가 끝나자 송철주는 일행을 물리게 하고 우치와 독대하였다.

"대행수께 부탁할 것이 있습니다."

"제게 부탁이 있다하심은?"

"전라도에 활빈도라는 도적들이 횡행하고 있다는 것은 잘 알고 계시지요?"

"예."

"활빈도의 모주가 목포에서 버젓하게 상단으로 행세하고 있습니다."

"그린 일이?"

우치가 품속에서 마패를 꺼내어 송철주의 앞에 놓았다. 송철주가 놀라는 기색도 없이 말했다.

"어전별시에서 급제하시고 폐포파립으로 이렇게 다니시는 것을 보고 짐작은 하였습니다. 제가 도울 일이 있다면 도울 것이니 거리낌 없이 말씀하십시오."

"제가 부하들의 도움으로 나주와 영암의 활빈도 산채를 깨뜨리면서 우연하게 활빈도가 나라에 불만이 많은 자들을 꿰어 나라의 전복을 꾀하고 있다는 사실을 알게 되었습니다. 나주와 영암에서 가져온 곡식은 대마도의 왜구들을 끌어들일 목적으로 마련된 것인데, 이를 사전에 끊을 생각입니다. 제 짐작으로는 곡물객주 김계민이 도적과 연계되어 있는 듯합니다."

송철주가 우치의 말을 듣고 심각한 얼굴로 고개를 끄덕이다가 말했다.

"그렇지 않아도 요즘에 쌀값이 천정부지로 치솟아 나라 전체가 곤경을 겪고 있는데, 그러한 사정과 음모가 숨어 있는지는 소인도 몰랐습니다. 전라도에 도적이 출몰하는 바람에 쌀의 수량이 모자라서 쌀값이 폭등하였고, 그로 인하여 나라의 재정은 물론이요 백성들도 기근에 허덕이고 있습지요. 이번에 제가 직접 목포까지 내려온 것은 쌀을 많이 확보하기 위해서입니다. 물론 이문이 많이 남기 때문이기도 하지만 목포에 내려와 보니 세곡으로 충당되어 조창漕倉으로 들어가는 곡식을 빼고는 대부분 김계민의 객주에서만 미곡의 왕래가 빈번한 것을 보고 이상하게 생각하였습니다만, 김계민이 도적과 연계되어 있을 줄은 몰랐습니다. 내일이라도 당장 목포 현감에게 이 사실을 알려 김계민의 재물을 압수하면 큰 공을 세우실 것입니다."

"제가 마음을 먹었다면 벌써 김계민의 재물을 모조리 압수했을 것입니다. 그러나 짧은 소견에 관의 도움을 얻자면 제가 공은 세우게 되지만 백성들이 덕을 입지 못하게 될 것입니다."

"백성들이 덕을 입지 못한다니 그게 무슨 말씀입니까?"

"곧이곧대로 장계를 올려 조정에서 토포사가 내려오면 쌀 다섯 말에 도적이 된 양민들은 살아남지 못하게 됩니다. 공을 세우기 위해, 도적을 색출한다고 관군들이 죄 없는 양민들을 이 잡듯이 한다면 전라도 고을이 쑥대밭이 될 것은 불을 보듯 뻔한 일이 아니겠습니까? 제가 장계를 올리거나 관의 도움을 얻지 못하는 첫 번째 이유입니다."

"두 번째 이유도 있습니까?"

"어사란 백성들의 억울함을 해결해줘야 하는 것이 소임이 아닙니까. 그런데 올해도 어김없이 천재지변이 곳곳에 발생하였으니 내년 춘궁기에는 없는 자들이 꼼짝없이 굶어죽게 되었습니다. 풀뿌리를 캐어 먹고 똥구멍이 찢어지는 고통을 겪게 될 백성들을 생각하면 편법을 쓰는 것이 좋겠다고 생각하였습니다. 이왕 백성들의 죄를 덮어주기로 하였으니 이렇게 하면 더욱 백성들에게 득이 될 것이 아니겠소."

"어사께서 불법을 저지르겠다는 말씀이십니까?"

"그렇습니다."

우치와 송철주가 서로의 눈을 바라보았다. 송철주의 축 처진 가는 눈이 우치의 눈을 응시하고 있고, 우치는 미동 없이 송철주의 두 눈을 바라보았다.

"허, 마음을 굳게 잡수신 모양입니다."

"그렇습니다."

"위험부담이 너무 큰 일입니다."

"알고 있습니다. 그러나 다른 수가 없지 않습니까. 왜구에게 갈 곡식을 백성들에게 돌려주는 일입니다. 도와주십시오."

"관아가 버젓하게 있는 이곳에서 김계민의 미곡을 털 수는 없지 않습니까?"

"도와주시겠단 말씀입니까?"

"능주로 귀양 갔던 조정암이 사약을 받아 죽은 것을 아십니까?"

뜬금없는 송철주의 말에 우치가 멍하게 대답했다.

"조정암이 사약을 받아 죽었습니까?"

"그렇습니다. 김정·기준·한충·김식 등 현량과로 벼슬을 얻은 청현직의 젊은 벼슬아치들 역시 귀양 갔다가 사형을 받거나 자결하였습니다. 김구 등 수십 명도 역시 유배되고, 이들을 두둔한 김안국·김정국 등도 파직이 되었습지요. 이 일에 공을 세운 남곤은 좌의정이 되어 권세가 하늘을 찌르고 있고, 심정과 홍경주의 집 대문간이 공물짐으로 시정이 되어버렸습니다. 충성스런 신하가 불충죄로 죽는 세상입니다. 제가 어사또의 눈에서 한 점 부끄러움을 보지 못하였으니 불충이 아니요, 백성을 위해 충성으로 나라에 보답하겠다는 것이 흉이 될 수 없지요. 제가 어사또를 도와드리겠습니다."

"고맙습니다."

"김계민의 곡식을 탈취할 좋은 묘안이라도 있으신가요?"

"그러지 않아도 묘책을 강구하려고 포구에 나온 것입니다. 행수께서는 좋은 묘안이 없으십니까?"

"군사들과 사람들이 많은 이곳에서 도적질을 할 수도 없는 노릇이고……. 바다에서나 도적질을 하면 모를까?"

송철주가 중얼거리는 말이 우치의 귀에 언뜻 들어왔다.

"아! 그렇군요. 바다에서 가로채면 되겠군요."

"바다에서 가로챘다고요?"

송철주가 우치의 얼굴을 바라보았다.

우치가 밝은 얼굴로 말했다.

"어르신, 이곳에서 곡물을 나르는 배의 주인이 누굽니까?"

"조선 팔도의 미곡을 나르는 곡물 운반선은 대부분 경상이 소유하고 있습니다. 나라에서는 관선을 이용하여 세곡을 운반하기도 하지만 대부분 경상이 대행해서 운반을 하지요. 한양의 남쪽을 흐르는 강줄기를 경강京江이라 하는데, 서해안과 한강의 하류를 통하여 전라도·충청도 지역과 황해도·평안도 지역, 한강의 상류인 남한강·북한강을 통하여 충청도 내륙과 강원도 지역 및 경상도 지역의 물자를 운반합니다. 경상이 1년에 받는 선가船價가 대략 만여 석이나 되니 물건을 팔아 남기는 이윤과는 비교가 안 될 정도지요. 우리도 대동강 선단을 보유하고 있고 의주 만상에도 압록강 선단이 있긴 하지만 그래도 경상보다는 적은 편이지요. 배에 관해서는 저보다 도사공이 더 나을 테니 잠시만 기다리십시오."

송철주가 아랫사람을 불러 도사공을 데려오라 명하니 잠시 후에 머리가 희끗희끗한 사내 하나가 문을 열고 들어와 인사를 굽실하였다.

"대행수 어르신, 소인 돌쇠 대령했습니다요."

"오! 이리로 와서 앉게."

돌쇠라는 사내가 다가와 우치의 옆에 자리를 잡고 앉았다. 우치가 돌쇠의 얼굴을 자세히 보니 우선 커다란 덩치에 무성하게 자란 희끗희끗한 바늘수염과 부리부리한 눈, 이마에 깊게 패인 주름이 과연 거친 바다와 싸우는 바닷사람다웠다.

이때 실권은 우치의 뒤에 앉아 있다가 돌쇠의 얼굴을 보고 놀라 중얼거렸다.

"호, 혹시 임진강에서 사공을 하던 돌쇠 형님 아니셔유?"

돌쇠가 우치의 어깨 너머로 고개를 들어보니 중년의 노복 하나가 자신을 뚫어지게 보고 있었다.

"나를 어떻게 아시우?"

돌쇠가 눈을 휘둥그레 뜨고 바라보니 실권이 촛불 가까이로 다가와 불빛에 얼굴을 비치며 돌쇠에게 말했다.

"형님, 나유. 실권이. 개성의 실권이를 기억하시겠수?"

돌쇠가 그 말을 듣고 눈이 휘둥그레져서 자세히 바라보니 나이가 들어 갸름하던 얼굴이 넓어졌지만 그 눈매며 코와 입술이 이십여 년 전 고락을 함께하였던 실권이 틀림없었다.

돌쇠가 실권의 손을 덥석 잡으며 말했다.

"아이구, 동생. 실권이 동생이었구먼. 이렇게 살아서 다시 만나다니 이게 꿈인가 생신가?"

돌쇠는 얼굴이 붉어지더니 닭똥 같은 눈물을 뚝뚝 흘렸다. 돌쇠는 소매로 눈물을 닦으며 연신 실권의 손을 잡고 그동안의 안부를 묻고 또 물었다.

대행수 송철주와 전우치는 두 사람의 모습에 영문을 몰라 어리둥절하였다. 이윽고 송철주가 두 사람 사이의 인연을 물어보니 실권이 과거 임진강에서 돌쇠를 만난 적이 있으며 힘을 합쳐 흉악한 왈패들을 물리친 적이 있었노라고 이야기를 하였다.

101

"거참, 희한한 인연이군 그래. 오늘 이렇게 두 사람을 한자리에서, 그것도 이십여 년 만에 만나다니 정말 희한한 일이야."

송철주의 말에 돌쇠가 소매로 눈시울을 닦으며 말했다.

"저는 실권이 죽은 줄로만 알았구먼요. 이렇게 살아서 다시 만나게 되다니 정말 꿈인지 생시인지 모르겠네요."

"저도 그렇구먼유. 그런데 형님, 반촌 오형제는 어찌 되었어요?"

"그, 그것은 나중에 조용할 때 이야기해줌세."

실권은 돌쇠의 얼굴에서 불편한 기색을 발견하고 더 이상 말을 걸지 않았다.

송철주는 자리를 환기시키기 위하여 돌쇠에게 엄숙하게 말하였다.

"여보게, 도사공. 내가 자네를 부른 이유는 다름이 아니라 떳떳한 일을 떳떳하지 못하게 하려고 부른 것이네."

"떳떳한 일을 떳떳하지 못하게 하다니요? 그게 무슨 말씀인지 쇤 네는 잘 모르겠습니다요."

"우리가 이번에 도적질을 할 생각일세."

"예? 대행수 나리, 도대체 무슨 말씀이세요? 도적질이라니요? 대행수 나리께서 뭐가 부족해서 도적질을 하신단 말입니까?"

송철주는 전라도를 횡행하는 활빈도라는 도적들이 미곡상 김계민과 얽혀 있으며 그들이 야인들과 왜구들과 결탁하여 나라의 전복을 꾀하고 있다고 알려주었다.

"이번에 김계민의 미곡선을 바다에서 탈취하려 하는데 바다를 잘 아는 자네의 도움이 필요해서 이렇게 불렀네. 김계민 상단이 왜구를 불러들이는 것을 막는 일은 도적질이 아니라 나라를 위하고 백성을 위하는 길이네. 자네가 나를 도와줄 수 있겠나?"

돌쇠는 송철주의 말이 떨어지자마자 두 무릎을 꿇고 송철주에게 말하였다.

"예. 이 한몸 마땅히 사력을 다하여 행수 어른의 견마犬馬가 되겠습니다요."

돌쇠는 허락을 한 후에 그동안의 경력을 이야기하였다. 실권이를 만나 애꾸를 혼내준 일로 돌쇠는 쫓기는 몸이 되어서 흘러 흘러 내려오다가 법성포로 흘러들어와 강금산의 상단에 몸을 담게 되었다 하였다.

강금산은 진주 사람으로 바람난 아내를 죽이고 도망쳐서 자수성가 하였는데 해적질로 부를 일군 자였다. 그는 당시 팔도 도적의 수괴이며 활빈당의 당수인 홍길동의 수하가 되어 미곡선을 훔쳐 백성들을 구휼하기도 하였는데 돌쇠가 강금산의 밑에서 그 광경을 목격하였다 하였다.

"새 임금이 갈릴 때에 홍길동이 관여한 것을 아십니까? 원래 홍길동이 썩은 나라를 갈아엎으려고 박원종과 성희안과 공모하였습지요. 그러나 박원종과 성희안이 홍길동을 두렵게 생각하여 충청도 대적인 당래와 황해도 대적인 미륵을 끌어들여 저희끼리 반정을 일으켜서 권세를 휘어잡았지요."

"홍길동은 어찌 되었나?"

"홍길동은 비밀리에 부하인 강금산에게 큰 배 수백여 척을 마련하게 하였는데 반정이 되어 새 임금이 들어선 이후에 무리와 함께 이 나라를 떠나버렸지요. 제가 강금산 두목의 밑에 있을 때에 법성포에서 올라가던 미곡선을 탈취한 적이 있는데 어떻게 한지 아십니까? 왜구로 꾸며서 어렵지 않게 미곡선을 탈취하였습지요. 큰 절을 털거나 탐관오리를 징죄하고 관아를 털 때에도 해운을 이용하여 많은 물량을 흔적없이 탈취하였습지요. 제가 당시에 함께 활빈도가 되었다가 저처럼 홍길동을 따라가지 않은 자들을 알고 있는데 이런 일이라면 흔쾌히 동참하지 싶습니다. 제가 알아봐 드릴까요?"

"고맙네."

"제가 실권이에게 신세진 것도 있고, 백성들을 구휼하기 위해 하는 일이니 당연한 일입지요."

우치는 공교롭게도 뜻을 함께할 조력자를 만나게 되어 행운이라고 생각하였다. 그야말로 과거 이천년이 자신에게 남겨준 계언에 있는 '行善必運선을 행하면 반드시 운이 따른다' 이라는 말과 다름이 없었다.

이날 저녁 사랑채에 여섯 사람이 모여 밤이 새도록 배를 탈취할 궁리를 하고 다음 날부터 부산하게 뭔가를 준비하였다.

열흘 후, 김계민의 미곡선단이 포구를 떠나 바다로 출항하였다. 미곡이 대량으로 운반되는 까닭에 객주의 우두머리인 김계민이 직접 배에 타 선단을 지휘하였다.

미곡 7전 석을 실은 대선 7척이 출항하는 큰 선단이었다. 배는 순풍을 타고 바다를 가르고 도사공의 선창에 사공들이 노를 저으며 후창을 하니 잔잔한 날씨만큼 평화롭기 그지없었다.

포구를 벗어난 미곡선은 좌우에 널린 작은 섬들을 제치며 유유히 남쪽으로 내려가기 시작하였다.

바닷물은 푸르고 공기는 맑은데 좌우에 보이는 수많은 섬들은 제

각각 특이한 모습으로 바다 위에 솟아 아름다운 장관을 연출했다.

날씨도 좋고 파도도 높지 않아 김계민의 선단은 눌도와 장좌도를 빠져나가 남으로 방향을 틀어 정오 무렵에는 진도 앞바다까지 진출했다.

배가 진도와 조도 사이를 빠져나올 즈음에 조도와 군암도 사이에서 관선 세 척이 불쑥 나타났다.

돛대 위 흰 깃발에 水라는 글자가 쓰여 있고 갑판 위에서 쾌자 입고 벙거지 쓴 군사들이 부산하게 움직이는 것이 전라수군영에서 인근 바다를 순찰하는 순찰선인 모양이었다.

순찰선이 바람을 맞으며 김계민의 선단을 막아섰다. 이내 호각이 울리며 갑판 위에서 노란 깃발이 흔들렸다.

"돛을 내리고 배를 멈춰라."

관선에서 우렁찬 목소리가 전해지자 앞서가던 도사공의 목소리가 아래에서 위로 잇달아 전해져서 앞서가던 배부터 차례로 돛을 내리었다.

군선이 서서히 다가와서 김계민이 탄 배 가까이로 다가왔다.

김계민이 얼굴을 찡그렸다. 수군들이 미곡선을 세우는 이유는 간단하였다. 박봉의 수군들에게 미곡선단은 저녁 술값이라도 벌 수 있는 봉이었다. 말하자면 통행세를 받아내기 위함이었던 것이다.

김계민이 옆에 서있던 행수에게 말했다.

"도적놈! 모두 세 척이니 넉넉하게 준비하거라."

"예."

행수가 꾸벅 목례를 하곤 부산하게 갑판을 돌아다니며 수하들에게 곡식을 가져오라 술을 가져오라 수선을 떨었다.

수군의 배가 김계민의 배에 닿자 밧줄이 던져지고 나무다리가 놓였다. 배 위로 남철릭에 환도를 찬 사령이 올라오고 그 뒤로 벙거지 쓰고 창을 든 군사들이 비호처럼 올라와서 갑판에 둘러섰다. 그 모습이 예전과는 판이하게 달라보여서 김계민이 이상하게 생각하였지만 사령에게 다가가 웃음 띤 얼굴로 말했다.

"수고가 많으십니다."

"수고?"

사령이 김계민을 노려보다가 크게 소리쳤다.

"모두 사로잡아라. 한 놈도 놓치지 마라."

말이 떨어지기 무섭게 사령의 옆에 있던 군관의 환도가 번개처럼 나와 김계민의 목 앞에 멈추었다.

"뭣들하느냐? 어서 잡아들이지 않고."

관군들이 벌 떼처럼 달려들어서 사공이며 상단의 사람 할 것 없이 잡아서 포박을 하였다. 순식간에 김계민과 상단의 사람들이 굴비 엮이 듯 묶여서 갑판 위에 무릎이 꿇렸다.

포박된 김계민이 미소를 지으며 사령에게 물었다.

"도대체 무슨 죄로 이러시는지 모르겠습니다."

"네놈들이 무슨 죄를 지었는지 모른단 말이냐?"

"제 죄가 무엇인지 안다면 순순히 오라를 받지 않을 까닭이 없겠지요."

"네놈이 활빈도의 모주라는 것이 들통이 났다. 마엄신이란 자가 금부에서 자백을 하였다."

김계민의 얼굴빛이 창백하게 변하여 사령의 얼굴을 바라보았다.

사령 복색을 한 사람은 다름 아닌 전우치였다. 우치는 미곡선이 오래된 수군의 배를 가져다가 사용한다는 것에 착안하여 송방의 배를 관선으로 꾸몄던 것이다.

도사공 돌쇠는 예전에 활빈도를 하던 선군들을 규합하였는데 김계민의 곡물선이 왜구를 만나기 위해 출항하는 물길을 미리 예상하고, 전날 목포에서 송방의 배 세 척을 출항시켜 진도에 머무르며 만반의 준비를 한 후 다음 날 김계민의 미곡선이 진도와 조도 사이를 지나기를 기다렸던 것이다.

김계민은 나주와 영암의 활빈도가 흩어진 사실을 듣고 사방팔방으로 정보를 캐러다녔지만 관이 개입한 흔적을 찾지 못하여 처음의 계획을 실행에 옮기었다가 뜻밖에 영암의 활빈도 두목인 마엄신이 금부에서 토설했다는 말을 듣고 눈앞이 깜깜해지고 하늘이 무너지는 것 같았다.

"망할 놈. 똥물에 튀길 놈. 정말 마엄신이 자백을 했단 말이오?"

"그렇다. 네가 지금이라도 실토를 한다면 살길은 열어주겠으되 실토하지 않겠다면 금부에서 모진 고문을 당하다가 죽는 수밖에는 도리가 없다."

"흥, 죽는 것이 뭐가 두려운가!"

김계민이 도리어 당당하게 우치를 올려다보았다.

"네 이놈, 정녕 죽음이 두렵지 않단 말인가?"

"그렇다. 사내대장부가 세상에 태어나 천대받고 살 바에야 용이나 한 번 써보고 죽는 것이 낫지. 어차피 내가 할 일을 못했고, 내 꿈도

사라져 버리고 말았으니 더 이상 살아야 할 희망도 없소."

"네 꿈이 무엇이고 네 희망이 무엇이기에 그리도 당당하단 말이냐?"

"내 꿈은 천대받는 백성들이 천대받지 아니하고 당당하게 살 수 있는 나라를 만드는 것이오. 내 희망은 그런 나라에서 호조의 수장이 되어 백성들을 이롭게 하는 것이오."

"네 꿈과 희망은 좋다만 그 뜻을 이루기 위해 왜구를 불러들이고, 야인들을 규합하는 것이 옳다고 생각하느냐?"

"당장 우리의 힘이 약하니 그것밖에는 방법이 없지 않은가? 야인들과 왜구들에게 땅을 내주고 자유를 얻는 것이 잘못인가?"

"잘못이다. 지금은 관원들과 양반들이 백성들을 수탈하고 있지만, 네 뜻대로 된다면 아마 야인들과 왜구들이 백성들을 수탈할 것이다. 만약 그렇게 된다면 도대체 무엇이 바뀐다는 것이냐? 너와 네 우두머리는 호의호식하겠지만 백성들은 또 다시 같은 삶을 살게 될 것이다. 그것이 네가 바라는 꿈과 희망이냐?"

"왜구와 야인들은 힘을 합쳐 쫓아버리면 되지 않는가?"

"그따위 궤변일랑 늘어놓지 마라."

김계민이 우치를 물끄러미 올려다보았다.

"넌 도대체 누구냐? 관에서 나온 사람이냐?"

우치가 고개를 내저었다.

"내가 속았구나."

김계민이 이를 우두둑 갈았다.

"속았다고 분해할 것 없다. 이 곡식은 내년 봄 전라도에 구황이 일어날 때 전라도 백성들을 위해 사용될 것이다."

"그러지 말고 활빈도에 들어오는 것이 어떤가?"

"너희와 나는 가는 길이 다르다. 너희는 쌀 다섯 말로 어리석은 백성들을 역적으로 만들었다. 백성들을 돕겠다는 이들이 나라를 갈취할 흉계를 꾸미고 있으니 이는 내가 바라는 바가 아니다."

우치는 김계민과 수하들을 갈마도에 내려놓게 한 후에 북쪽으로 배를 몰게 하였다. 미곡 7천 석을 실은 배는 이들을 갈마도에 내려놓고 푸른 바다 저편으로 멀어져 버렸다.

"모든 일이 글러버렸다. 모든 일이……. 꿈도 희망도 사라졌다. 이제 무슨 낯으로 주군을 다시 볼 수 있단 말인가!"

갯바위 위에서 사라져가는 배를 바라보던 김계민이 갑자기 실성한 사람처럼 앙천대소를 하였다.

하늘을 향해 크게 웃던 김계민이 갑자기 파도 치는 바닷속으로 몸을 날렸다. 하얀 거품을 일으키며 부서질 듯 갯바위를 치는 파도에 휩쓸린 김계민의 모습이 잠시 후에는 보이지 않게 되었다.

8

탈취한 미곡선을 마진도에 정박시킨 후에 우치와 실권은 미리 기다리고 있던 작은 배에 올랐다. 다른 배에 타고 있던 돌쇠가 우치에게 다가가 목례를 하고 말했다.

"나리, 저는 곧바로 대동강으로 올라가 송방 창고에 쌀을 저장하겠습니다요."

"알겠소."

돌쇠가 고개를 돌려 실권에게 말했다.

"동생, 이번에는 일 때문에 회포도 제대로 풀시 못했지만 다음번에는 거하게 마시며 회포를 풀어보세. 반촌 오형제는 새 세상을 찾아 떠나 버리고 나만 홀로 남았는데 아마도 내가 자네를 보려고 그랬던 모양이네. 내가 먼저 개성에 올라가서 자네를 기다릴 테니 개성에서 보세. 내 장성한 아들놈도 보여줄 테니. 알겠지?"

"예, 형님."

우치와 실권이 돌쇠와 이별하고 곧장 배를 타고 목포로 돌아왔다. 우치 일행이 송방 대행수에게 감사의 뜻을 전하고 영광으로 갈 뜻을 말했다.

"영광은 무슨 일로?"

"영광 법성포에 의주로 가는 곡식이 있다고 들었습니다. 알아보고 야인들에게 갈 곡식도 빼앗을 방도를 찾아야겠습니다."

"노파심이지만 어사또를 보면 외줄 타는 광대를 보는 것 같습니다. 편한 길을 놔두고 어려운 길을 가려 하시니, 그것이 백성들을 위한 것이지만 도리어 비수가 되어 돌아올 수도 있습니다."

"독약은 사람을 죽이는 약이지만, 의원이 약을 쓸 때에 병자의 증상에 따라 때론 독약을 쓰기도 합니다. 독약이 사람을 살리는 약이 되기도 하기 때문이지요. 옳은 일을 위해 하는 그른 일이니 후회는 없습니다. 이것이 백성들을 위하는 길이라 믿기 때문입니다."

"의지가 굳으시니 더 할 말은 없습니다. 그동안 상단의 아이들을 시켜 전라도 일대의 도적들에 대해 알아보았습니다. 정읍에 내장산을 무대로 도적들이 횡행하고 있는데 처음에는 그 세가 굉장하였으나 내장사와 백양사의 무승武僧들이 협력하여 핍박하는 까닭에 걱정할 것은 아니 되고, 고창 역시 검단선사黔丹禪師의 법을 이어받은 선운사禪雲寺의 무승들이 핍박하여 세력이 약해졌는데 근래 때 이른 서리로 흉년이 들어서 굶주려 아사하는 백성들이 수를 셀 수 없을 지경이라 합니다. 그 와중에 전주에 두 해가 함께 나타났다 하여 민심이 동요되어 고을마다 활빈도에 가담하는 양민들이 갑자기 늘어났습지요. 순창에는 추령秋嶺에 도적 떼가 웅거하고 있고, 담양에는 병풍산에 상당히 큰 도적 떼가 웅거하고 있는데 굶어 죽지 않으려는 양민들이 도적 떼에 합세하여 그 세가 커졌다고 합니다.

광주와 주변 스물세 개의 읍이 역시 작년 가을에 큰비가 와서 흉년이 된 까닭에 도적들이 많이 늘었으며 민심이 바닥을 치고 있다 합니다. 영광은 전주 일대에서 불어난 도적들이 고성산古城山·태청산太淸山·장암산場巖山·불갑산佛甲山·모악산·군유산으로 모여들어서 형세가 커져 관아에서도 전전긍긍하는 모양입디다. 전주 감영에서 알면서도 모르는 척하고 있는 실정이니 작은 고을이야 더 말할 것도 없겠지요."

"그렇다면 먼저 급한 고을에 구휼미를 내면 어떨까요? 양민들이 도둑이 된 원인이 흉년에 있으니 활빈도에게 빼앗은 곡식을 나누어 준다면 도적이 늘어나지는 않을 것 아닙니까?"

"맞는 말씀입니다만 아직은 시기가 아닌 것 같습니다. 추수를 한 지 몇 달 지나지 않았으니 곡식이 절실하게 필요할 때가 아닙니다. 또 갑작스럽게 곡식을 풀게 되면 활빈도처럼 큰 도적들이 송방을 의심의 눈초리로 볼 것입니다. 보란 듯이 적을 만들 이유가 없지요."

"그럼, 구휼하는 문제는 대행수님께 맡기겠습니다."

"알겠습니다."

송철주가 빙그레 웃으며 말했다.

"이미 말씀드린 대로 어사또께서 지금 하시는 일은 외줄을 타는 것이나 다름없습니다. 몸을 조심하시고, 어려운 일이 있으면 제가 도울 것이니 언제라도 연락주십시오."

"고맙습니다."

우치 일행은 다음 날 아침에 영광으로 출발하기로 하였으나 윤군평과 배복룡은 영광의 사정을 알아보기 위해 이른 아침에 먼저 떠나고, 우치와 실권은 정오 무렵에 출발하였다.

낮은 산과 너른 들판이 연이은 남도의 들길을 따라 올라가서 첫날은 무안에서 숙소하고 이튿날은 함평咸平에서 숙소하고 사흘째 되는 정오 무렵에 우치 일행이 영광의 경계에 다다랐다.

좌측에 솟아난 산은 군유산君遊山이요, 우측으로 삐죽하게 솟아난 산은 모악산母岳山이니 이 산들이 함평과 영광의 경계를 짓는 것이었다.

우치와 실권은 군유산과 모악산 가운데로 난 고개로 올라갔다.

사방을 병풍처럼 둘러싼 산의 음지에는 녹지 않은 눈이 담요를 쓴 것 같은데 날씨가 제법 따뜻하여 봄날 같은 온기가 있었다. 자연은 언제나 그렇듯이 평온하고 고요하기만 한데 이 고개를 지나면 도둑 떼가 웅거하고 있다는 영광 고을이라고 생각하니 우치는 마음이 편치 않았다.

꾸불꾸불한 산길을 걸어 올라가자니 산중턱에서 한 무리의 사람이 나타나 길을 막았다. 십여 명 정도 되는 사내들의 손에는 칼과 창, 몽둥이와 같은 무기가 들려 있었는데 한눈에도 산적임을 알 수 있었다.

"이놈들, 게 섰거라!"

우두머리인 듯한 도끼를 든 거구의 사내가 소리쳤다.

"어디로 가는 게냐?"

실권이 말했다.

"영광으로 갑니다유."

"영광에는 뭐하러?"

"친척을 만나러 갑니다유."

"친척이 누군데?"

"그걸 말하면 아시겠어유?"

"이놈이, 죽으려고 환장했느냐? 잔말 말고 대가리를 날려버리기 전에 네놈들이 가진 짐들을 모두 내려놓아라."

"우리 짐은 왜유?"

실권의 물음에 사내는 노기가 솟구쳐 도끼를 휘두르며 달려들었다.

"이놈의 자식, 말로는 안 되겠구나. 내 손에 한번 죽어봐라!"

거구의 사내가 다짜고짜 달려들어 실권의 머리를 노리고 시커먼 도끼를 힘차게 휘둘렀다. 실권이 태연하게 서있다가 도끼를 살짝 피한 후 왼 무릎으로 사내의 명치를 가격하며 동시에 오른손으로 사내의 왼쪽 따귀를 '짝' 하고 때렸다.

거한이 마치 고목이 쓰러지듯 허물어졌다.

뺨을 한 대 때렸을 뿐인데 거구가 맥없이 허물어지자 놀란 도적들이 주춤거리며 슬금슬금 물러서더니 살 맞은 뱀처럼 숲 속으로 달아나버리고 말았다.

"도련님, 과연 도적들이 횡행하는 고장답구먼유."

"그렇군요."

"그건 그렇고 이제 이놈은 어떡할까요?"

말이 끝나기도 전에 고개 아래에서 도적들이 함성을 지르며 달려들었다. 도망쳤던 도적들이 무리를 데리고 온 모양이었다. 도적들의 수가 서른 명도 넘어 보였다.

앞서 달려오던 자가 걸음을 멈추더니 활을 겨누어 쏘았다. 허공에 포물선을 그리던 활이 실권의 가슴팍으로 날아들었다. 실권이 몸을 굴려 피하니 화살이 간발의 차이로 빗겨 떨어졌다. 활을 든 자가 다시 화살을 전통에서 뽑는 것을 보고 실권이 소리쳤다.

"도련님, 활을 잘 쏘는 잡니다. 피하셔야 해유."

우치와 실권이 고개 위로 곤두박질하듯 달아나니 도적들이 우르르 몰려들었다.

도적들이 길가에 쓰러져 있던 거한을 깨웠다.

"두령님, 괜찮으십니까?"

머리를 흔들어 정신을 차린 채수염의 거한을 보고 활을 들고 있던 제비수염 사내가 입을 열었다.

"자네를 한 주먹에 쓰러뜨리다니 대단한 놈이군! 혹시 그놈들이 나주와 영암의 우리 패거리를 해산시킨 놈들이 아닐까?"

"내 생각엔 그놈들이 분명한 것 같아. 그런데 그놈들이 어디 갔지?"

"고개를 넘어갔으니 영광으로 갔겠지."

"그럼 어서 가서 대장님께 이 사실을 알리고 영광현에 기별을 넣도록 하게."

거한이 주먹을 불끈 쥐고 이를 갈며 중얼거렸다.

"이놈들, 네놈들이 무사할 수 있을지 어디 두고 보자!"

9

우치와 실권이 고개를 내려오니 넓게 펼쳐진 푸른 들판이 시야에 들어왔다. 들판에 파릇파릇하게 솟아오른 보리싹을 보니 보기만 해도 배가 부른 것 같았다.

황조롱이 한 마리가 먹이를 발견한 듯 푸른 하늘에서 빙글빙글 돌고 있었다. 들판을 지나 이십여 리를 더 가니 따닥따닥 붙은 초가가 나타나고 커다란 읍성이 보였다. 육 척 정도 되는 영광읍성의 홍예문 위에는 진남루鎭南樓라는 성루가 있고 홍예문 앞에서 파수를 보는 군솔늘이 장을 들고 오락가락하며 행인들을 엄중하게 검문하고 있었다.

우치가 실권과 함께 읍성 안으로 들어가려 하니 한 군졸이 길을 막아섰다.

"호패戶牌 좀 봅시다요."

다른 군졸이 실권에게도 손을 내밀었다.

"호패를 내놔라."

실권이 호패를 꺼내려고 허리춤을 잡는데 난데없이 두 명의 군졸이 실권의 양어깨를 붙잡았다.

"이보게, 지금 뭣 하는 건가?"

우치를 검문하던 군졸이 곱지 않은 눈으로 우치를 노려보더니 우치의 팔을 붙잡았다. 우치가 군졸의 손을 떨쳐내면서,

"이놈, 무례하다."

하고 소리치니 군졸이 얼른 손을 끌어당기며 말했다.

"그럼 얼른 호패를 꺼내보시오."

"내가 호패를 깜빡 잊고 가져오지 않았다."

"그렇다면 어디 사시는 누구시오?"

"나는 개성 사는 전우치라 하는데 우리 집 노복과 함께 목포에 왔다가 올라가는 길이다."

군졸들이 서로를 바라보다가 우치에게 말했다.

"죄송하지만 저희와 함께 관아로 가시지요?"

"무엇 때문에 내가 관아로 간단 말이냐?"

군졸은 읍성 옆에 있는 화상畫像과 방문榜文을 가리켰다.

"저기 걸린 방문 옆에 있는 화상들은 모두 나라에 큰 죄를 짓고 도망친 죄수들인데, 지금 온 나라에 네 사람의 방이 걸렸습지요. 한양으로 올라가시는 길인 모양인데, 나루나 관문이 있는 곳이나 주요한 길목에는 모두 저 네 놈을 잡는 방이 걸려 있습니다요."

군졸이 우치를 관아에 데려가려는 이유는 이러했다. 방에 걸린 네 사람은 김식金湜·김덕순金德純·박연중朴連中·하정河珽인데 김식은 금

년 서른여덟 살로 중종 14년에 현량과에 장원급제하여 부제학副提學
과 대사성大司成을 지냈고 기묘사화己卯士禍 때 선산善山으로 귀양 갔
다가 얼마 전에 도망을 쳤다고 하였다.

　김덕순은 김식의 아들로 나이 열여덟에 용력이 뛰어나 김덕순의 처
이씨 유모의 의자義子인 박연중과 함께 좌의정 남곤南袞, 이조판서 심
정沈貞, 좌찬성 홍경주洪景舟를 살해하려 했다는 것이다. 하정은 김식
과 비슷한 나이로 무과에 급제하여 칠원 현감을 지냈던 사람인데 김
식과 역모를 꾀하다가 붙잡혔으나 영산에서 도망을 쳤고, 그밖에도
김식의 아들 덕수德秀, 노비 우금산于音山 등이 더 있으며 의금부에서
는 그들을 잡기 위해 선전관宣傳官을 파견하고 각 고을에 수포절목을
마련하여 관문과 나루, 중요한 도로, 사람이나 말이 건널 수 있는 얕
은 고을에 도직을 정하고, 네 사람의 나이와 용모를 게시하여 잡게 하
였다는 것이었다. 그들을 잡는 사람 중에서 향리鄕吏, 역리驛吏, 공천
公賤*은 당자에 한하여 신역을 면제해주고, 남을 죽인 죄가 있는 잡범
은 사형을 면제해주고, 온 가족이 변방에 들어가 사는 죄를 지은 자,
도망자, 유민, 영구히 정속定屬*된 사람은 죄를 면죄해주며, 스스로
잡지 못하더라도 숨은 곳을 알아 고발한 자는 천인이면 베 오백 필을
상으로 주고, 양인이면 벼슬이 있건 없건 자급을 올려준다 하였기 때
문에 사람들이 눈에 불을 켜고 찾아다니고 있다는 것이었다.

---

* 공천 : 궁가·관가에 딸린 천인. 민의 신분을 사·서로 나누고, 서를 다시 양·천으로 나누
는데, 천에는 사유의 천인, 곧 사천과 공천이 있다. 사천은 곧 사노비이며, 공천은 공노비
·역리·충군된 자 등인데 여기서는 특히 공노비를 지칭한 것이다.
* 정속 : 관에 소속되어 천역에 종사하는 것

"호패가 없어도 죄가 없으면 큰 허물이 아닙니다. 잠시 관아로 가서 간단한 조사만 마치시면 되니 저를 따라오십시오."

"나는 방문에 걸린 사람이 아니고 또 용모도 저들과 다른데 왜 관아에 가야 하는가?"

"죄송스럽지만 사또의 엄명이라 저희도 어쩔 수 없습니다요."

우치는 죄가 없으니 별일 없으리라 생각하고 순순히 군졸을 따라 읍성 안으로 들어갔다. 실권도 순순히 우치를 따랐다. 읍성 안으로 들어서니 대로를 따라 얼마 가지 않아 관아가 보였다. 군졸의 인도로 이층 누각이 한눈에 들어오는 관아로 들어가니 우치를 인도한 군졸이 갑자기 소리쳤다.

"이놈들을 잡아라!"

일시에 군졸 수십여 명이 우치와 실권의 두 손과 양다리를 잡아 바닥에 쓰러뜨리고는 밧줄로 꽁꽁 묶어 바닥에 꿇어앉혔다.

"도, 도대체 왜 이러시오?"

우치가 군졸에게 물으니 군졸이 씽긋 웃으며 말했다.

"네놈들이 영광과 나주의 활빈도를 없애버린 바로 그놈들이 아니더냐?"

우치는 순간적으로 군졸들이 도적의 일당임을 깨달았으나 모른 척하고는 도리어 물었다.

"우리 무리라니 그것이 무슨 말이오? 나는 무슨 영문인지 모르겠소."

실권도 시치미를 뚝 떼고 말했다.

"여보세유, 생각해보세유. 두 사람이 무슨 수로 도적 떼를 없앤단 말입니까? 말도 안 되는구먼유."

군졸이 우치와 실권의 짐을 살피다가 우치의 짐에서 마패와 금척과 봉서를 발견하고 실권의 봇짐 속에서 시커먼 식칼 같은 도검을 발견하였다.

실권이 군졸에게 소리쳤다.

"이놈들아, 어사또님이시다. 어서 풀어드리거라."

군졸이 코웃음을 쳤다.

"이제 보니 너희가 조명을 받아 나온 어사와 수행원이로구나."

"알았으면 어서 밧줄을 풀어달란 말이다."

"아직도 상황판단을 못한 모양이구나. 이놈을 정신이 번쩍 들도록 혼을 내주거라."

말이 떨어지자마자 한 군졸이 발길질로 실권의 가슴팍을 차서 쓰러뜨리더니 육모방망이를 마구 휘둘러 초다듬이질을 하니 졸지에 실권의 머리가 깨져 피투성이가 되었다.

육모방망이를 휘두르던 군졸이 방망이를 바닥에 내던지고는 숨을 헐떡이며 소리쳤다.

"이놈들을 끌어다 감옥에 가두어라. 두목님께서 돌아오시기 전까시는 물 한 모금 밥 한 알도 주시 마라."

군졸들이 우치와 실권의 상투를 잡아 옥사로 끌고 가서는 옥문을 열고 바닥에 내던지더니 차꼬와 수갑을 채우고 목에 칼을 씌우고는 옥문을 잠그고 사라졌다.

우치는 손발이 묶여 몸을 일으키지 못하고 더구나 칼을 차고 있는 터라 고개만 돌려 실권을 바라보았다.

"아저씨, 괜찮습니까?"

"저는 괜찮아유. 그보다 지는 도련님이 걱정이구먼유."

"저, 저도 괜찮아요."

온몸을 움직이지 못하게 고정한 탓에 우치는 죽을 것 같아서 식은 땀을 뻘뻘 흘렸다. 우치가 간신히 몸을 움직여 벽에 기대어 주위를 살피니 한 사람이 포박되어 있는데 두 눈을 감고 벽에 기대어 있었다. 좌우편에 있는 감옥 안에도 사람들이 갇혀 있는데 모두 퀭한 얼굴로 우치를 바라볼 뿐 말이 없었다.

우치는 옆에 앉아 있는 사내에게 말했다.

"여보시오, 여보시오?"

눈을 감고 있던 사내가 눈을 뜨더니 고개를 돌려 우치를 바라보았나. 이목구비가 뚜렷하고 수염이 탐스러운 사내였다.

"여보시오, 내 말이 들리오?"

우치의 물음에 사내는 아무 대꾸도 않고 눈을 감았다. 그러자 감옥의 옆 칸에서 한 사람이 우치에게 말했다.

"무례하다. 수령께 무슨 말이냐?"

우치와 실권의 눈이 휘둥그레졌다. 우치가 옆 칸에서 호령을 한 사내에게 물었다.

"이분이 수령이라고? 그럼 당신은 뉘시오?"

"나는 병방비장이다."

"대체 어떻게 된 일이오? 수령이 감옥에 갇히다니. 그렇다면 정말 관아가 도적의 소굴이 된 거요?"

"그렇다. 하루 전에 도적들과 아전들이 공모하여 관아에 침입해서

사또와 우리를 감옥에 가두곤 저희가 가짜 관원노릇을 하고 있는 것
이다."

우치와 실권이 서로 얼굴을 바라보았다. 연산주 때에 도적들이 관
아에 침입하여 곡식과 무기를 약탈한 적은 있지만 도적들이 대담하
게 관아를 손아귀에 넣을 줄은 상상도 하지 못한 일이었다.

"도련님, 이제 어쩌면 좋겠어유?"

"이렇게 되어서는 나도 어찌해야 할지 모르겠군요."

"윤 교관과 배복룡은 어찌 되었는지 모르겠구먼유."

말이 끝나기 무섭게 감옥 문이 열리며 칼을 든 두 사람이 조심스럽
게 들어왔다. 한 사내는 감옥 문 앞에 멈추어 서있고 한 사내가 우치
가 갇힌 감옥 앞에서 걸음을 멈추었다.

"나리."

우치가 바라보니 윤군평이었다.

"호랑이도 제 말하면 온다더니 자네들 이야기를 하고 있었는데 바
로 찾아왔구먼."

윤군평이 손에 든 열쇠로 자물쇠를 열었다.

"나리, 나리께서 잡혀 들어가신 것을 보고 구하러 찾아왔습니다."

이내 감옥 안으로 들어온 군평이 차꼬와 수갑, 칼을 풀어주었다.

"어떻게 된 건가?"

"어제 엄준이라는 활빈도의 두목이 갑작스럽게 관아를 습격하고
법성창을 손아귀에 넣었습니다. 아무래도 김계민 상단이 실패한 사
실이 전해진 모양입니다. 저희는 곧장 법성창으로 가서 동정을 살펴
보았는데 법성창의 미곡을 미곡선에 옮겨 싣는 것으로 보아 김계민

이 빼앗긴 7천 석을 법성창의 세곡으로 메워 왜구들에게 보내려는 모양입니다."

"큰일이군!"

"어떡하지요?"

"우선 관아를 되찾고 봐야지."

우치가 수령에게 다가가 그의 몸을 묶은 밧줄을 풀어주었다. 수령이 감았던 눈을 떠 우치 일행을 물끄러미 바라보다가 물었다.

"대체 뉘시오?"

"나는 전라재상어사로 파견된 전우치요."

수령이 멍하니 우치를 바라보다가 고개를 숙였다.

"어쩌다가 이 지경에 이르렀는지……. 어사또께 드릴 말씀이 없습니다."

"활빈도는 보통 도적이 아니오. 일단 우리가 이곳을 나가 도적 떼를 일망타진하여 관아를 되찾을 테니 수령께서도 힘을 모아 주시오."

"제가 무슨 말을 더 하겠습니까? 저도 힘을 보태겠습니다."

"그런데 도대체 어떻게 된 것인지 자초지종이나 들어봅시다."

우치가 수령에게 그간의 일을 물어보니 수령이 한숨을 쉬며 입을 열었다.

영광 군수의 이름은 이길이었다. 그는 무과에 급제하여 대궐문을 수직하다가 작년 봄에 영광에 부임하였다 했다.

영광은 전라도의 작은 고을이지만 전라도 스물여덟 고을의 조세곡을 거두어 저장하는 법성창이 있는 까닭에 영광 군수는 그 책임이 막중한 자리였다. 본래 법성창은 이조 초기 영산창과 함께 전라도 이대

조창二大租會이었는데 1510년 삼포에서 왜변이 일어나 왜구가 침입하기 시작한 데다가 영산강이 토사로 메워져서 영산창의 곡식 운반이 어렵게 되자 중종 9년1514년에 영산창을 폐쇄하고 법성창으로 모두 옮기게 하였다. 그 까닭에 전라도의 세미는 법성창으로 모이게 되었다.

이길은 무반 출신이라 부임하자마자 법성포에 돌성을 축조하고, 읍성을 보수하고, 병기를 수선하고, 백성을 안심시키려 하였는데 작년 가을과 올 봄에 흉년으로 늘어난 유랑민들이 갑자기 도적으로 돌변하여 관에서 감당할 수 없는 지경에 이르렀다. 급기야 어젯밤에는 무력으로 관아를 접수하고 도적의 두령으로 가짜 수령을 삼아 자기들 마음대로 하고 있다는 것이다.

영광읍성뿐 아니라 법성포에는 법성창의 방비를 위해서 진양진陣良鎭 수군만호水軍萬戶를 배치하고 조선漕船이 서른여덟 척, 조군漕軍이 천여 명이 넘는데 수군만호도 자신과 마찬가지로 도적에게 사로잡혀 법성성法聖城의 옥사에 갇힌 신세가 되었으며 도적들이 가짜를 내세워 법성포를 제 마음대로 하고 있다는 것이다.

윤군평이 말했다.

"나리, 관아가 도적의 수중에 들이갔다면 영광이 온통 도적들의 천지인데 우리 네 사람이 관아의 도적들을 물리친다고 뾰족한 수가 날까요?"

이길이 말했다.

"그렇지는 않습니다. 영광읍성에는 그동안 도적들에게 시달리고 억울하게 맞아 죽어 원한을 가지고 있는 사람들이 많습니다. 만약 우리가 관아를 다시 되찾을 수 있다면 감옥에 갇혀 있는 유림들과 함께 백성들에게 도움을 청하여 도적들과 대항할 수 있을 것입니다. 수령이 도적에게 고을을 빼앗긴 것도 어처구니없는 노릇이요, 이 일이 궐내에 알려지면 목숨을 부지할 수 없을 터이지만 이대로 있을 수만은 없는 노릇 아니겠습니까? 제발 어사또께서 저를 도와주십시오."

이길의 간곡한 부탁에 우치가 고개를 드니 다른 감옥 안에 있는 이들도 창살에 얼굴을 내밀고 애원하는 눈빛으로 바라보고 있었다.

"도련님, 결정을 하시지유?"

실권이 우치에게 말했다.

우치가 잠시 생각하다가 결심을 내린 듯 입을 열었다.

"일당백의 장수가 세 명이나 되고 감옥 안에 갇힌 병력도 적지 않으니 일단 옥문을 열고 관아를 되찾도록 합시다."

"고맙습니다."

수령도 힘이 나는지 자리에서 벌떡 일어났다.

윤군평이 열쇠를 들고 감옥 문을 하나씩 열었다. 이길과 함께 갇혀 있던 아전들과 비장들이 비틀거리며 바깥으로 나오고 억울하게 갇혀 있던 양민들도 감옥 바깥으로 나오자 망을 보던 배복룡이 쓰러진 도적을 한 손에 하나씩 잡아 감옥에 집어넣었다.

우치가 실권과 윤군평, 배복룡을 보곤 고개를 돌려 이길에게 말했다.

"이제 우리가 힘을 합쳐서 관아를 되찾읍시다. 무기가 될 만한 것을 잡고 우리 뒤를 따라오시오."

"예."

이길이 바닥에 떨어진 창을 잡으니 양민들 중에 힘쓸 만한 이들도 몽둥이를 구해 쥐고 관아를 되찾고자 다짐하였다.

이길의 비장 다섯 사람은 평소에 불만이 있던 도적들이 연일 불러 구타를 하는 통에 몸이 온전하지 못하였으나 몽둥이를 들고 절룩거리며 이길의 뒤를 따랐다.

일행이 옥 밖으로 나가 밀물처럼 관아로 쳐들어갔다. 삼문 앞에서 노닥거리던 군졸로 가장한 도적 두 명이 깜짝 놀라 창을 치켜들고 달려들었다.

"이 도적놈들!"

실권이 가볍게 창을 피하며 한 명은 뺨을 때려 기절시키고 한 명은 무릎치기로 쓰러뜨렸는데 실로 눈 깜짝할 사이에 일어난 일이었다. 비명 소리를 듣고 창과 육모방망이를 든 도적들이 삼문으로 쏟아져 나왔다.

"나리, 저놈들은 제가 처리하겠습니다요."

바닥에서 육모방망이를 집어든 배복룡이 도적들 사이로 뛰어들어 갔다. 실권이 그 뒤를 따라 배복룡과 합세하여 도적들을 때려잡는데 어른이 아이 상대하는 것처럼 거침이 없어서 추풍에 낙엽이 우수수 떨어지는 것 같았다.

영광 군수 이길은 우치의 부하가 방망이 하나로 도적들을 낭패시키는 것을 보고 놀란 입을 다물지 못하였다. 도적들은 놀라 비명을 지르며 물러나서 동헌의 대문을 닫아걸었다.

실권이 닫힌 문 앞으로 달려가더니 모둠발로 몸을 날려 대문짝을 차버렸다.

쾅 하는 소리와 함께 동헌의 문짝이 활짝 열리며 기둥에 있던 경첩까지 뽑혀 덜렁거리었다. 대문 뒤에 있던 도적 둘이 뜻밖의 횡액을 당하여 대문과 함께 넘어지며 기절하였다.

우치가 윤군평과 함께 앞장서서 동헌 마당으로 들어서니 뒤따라오는 이길과 비장, 군사들이 함성을 지르며 동헌으로 내달렸다. 그 모습이 암행어사가 출두한 듯했다.

동헌에 진을 치고 있던 도적들은 놀라고 당황하였으나,

"이놈들이 죽고 싶어 환장하였구나. 오냐! 그럼 죽여주마."

하며 서슬 푸른 창과 칼을 치켜들고 달려들었다.

동헌 앞마당에서 육박전이 벌어졌는데 실권과 윤군평, 배복룡이 선봉으로 달려가서 닥치는 대로 도적들을 쓰러뜨리니 뒤따라오던 이길과 군사들이 싸울 사이도 없이 동헌 앞마당에는 기절한 도적들이 가득하였다.

"이, 이게 어떻게 된 일이냐?"

우두머리인 듯한 도적이 놀라 동헌 마루에서 두 눈을 비비고 있다가 슬금슬금 뒷걸음질을 치며,

"아, 안 되겠다. 철수하라. 철수하라!"

하고 소리를 지르니 우치가 읍성 앞에서 자신을 유인하였던 군졸임을 깨닫고 손가락질하며 소리를 쳤다.

"저놈을 잡아라!"

실권이 즉시 들고 있던 육모방망이를 힘차게 던지니 사내가 등덜미에 방망이를 맞고 그 자리에서 고꾸라졌다.

도적들이 이 모습을 보고 놀라 동문으로 도망치려 하는데 어느새

배복룡이 시퍼런 연검을 꺼내 들고 크게 소리쳤다.

"걸음을 멈추지 못할까! 한 걸음이라도 움직이면 황천으로 보내줄 테다."

천둥같은 고함 소리에 도적들은 땅에 못 박힌 듯 멈추니 윤군평이 물미장에서 날이 선 칼을 뽑아들며 소리쳤다.

"손에 든 병기를 내려놓고 무릎을 꿇어라!"

도적들이 하나둘 눈치를 보다가 창이며 칼이며 육모방망이를 내려놓고 슬그머니 무릎을 꿇으니 군졸들이 재빨리 뛰어가 병기를 빼앗아 들고는 동헌 마당 가운데로 가져왔다.

관아 안팎에 있던 도적들은 동헌에서 들리는 소리를 듣고 창을 들고 문을 나서다가 양민들이 동헌에 가득하고 동료들이 바닥에 쓰러져 있거나 투항하여 무릎을 꿇고 있는 것을 보고 삼문 밖으로 도망을 쳤다.

도적들이 고래고래 악을 쓰면서 부중을 빠져나갔다는 보고를 듣고 우치가 동헌 마루 위에서 명을 내렸다.

"도적들이 입은 쾌자를 벗기고 모두 감옥에 가둬놓아라."

군졸들이 도적들의 쾌자를 벗긴 후에 포박하여 옥에 가두고 객사와 내아를 뒤져 산당을 색출하였다.

이길이 동헌 마당에 석고대죄하였다.

"어사또, 제가 어리석어 도적에게 관아를 빼앗기는 치욕을 범하였습니다. 어떤 처분이든 달게 받겠으니 벌을 내려주십시오."

바로 그때였다. 화살 하나가 날아와 동헌 기둥에 박혔다. 실권이 기둥에서 화살을 뽑아 우치에게 건네니 우치가 서신을 풀어보았다.

옥에 갇힌 도적들을 풀어주지 않으면 성을 함락하여 보복하겠다는 짧은 글이 쓰여 있었다.

"그 일은 후일에 처리해도 늦지 않으니 자리에서 일어나시오. 힘을 합쳐서 영광의 도적을 물리치는 것이 먼저요!"

영광 군수 이길은 우치의 명에 따라 옥에 갇혀 있던 토호와 유림들에게 민병대를 결성하여 도적 떼로부터 재산과 생명을 지킬 것을 다짐받고는 집으로 돌려보냈다. 따로 마을마다 격문을 돌려 도적에 대항할 민병들을 모집하였다. 그러나 도적 떼의 보복이 두려워 나서는 사람이 없었으니 이제는 후일이 걱정이었다.

129

10

우치는 사로잡은 도적들을 문초하여 도적의 현황을 알아내었다.

영광의 도적 떼는 세 패로 나뉘어져 있는데 읍성 동남쪽에 있는 불갑산에 한 패, 읍성 남쪽에 있는 모악산에 한 패, 읍성 북서쪽에 있는 고령천 하구의 법성포에 한 패가 있다 하였다.

모악산에 있는 활빈도 우두머리의 이름은 엄준이라 하는데 영암 미륵사가 없어지면서 이곳의 우두머리가 되었다 하였다. 불갑산의 도적 우두머리는 엄상기이며, 원래 모악산과 불갑산을 관장하다가 형인 엄준에게 불갑산을 내주었다고 하였다. 법성포구의 조창을 징악하고 있는 이는 최응서라 하는데 이들의 우두머리가 따로 있으나 이름과 성을 알지 못한다 하였다.

우치가 탁자 위에 펼쳐진 지도를 보고 지형을 살펴보니 읍성의 사방이 온통 도적들로 둘러싸여 있는 꼴이었다.

"사방이 온통 도적들이니 만약 그들이 소문을 듣고 일거에 읍성으로 쳐들어온다면 정말 큰일이겠군요."

이길이 고개를 끄덕이며 말했다.

"무슨 좋은 방책이 없을까요?"

우치가 갑자기 떠오르는 생각이 있어 이길에게 물었다.

"도적 떼에게 몰살된 마을이 있다 하였는데 맞습니까?"

"예. 작년에 관아에서 심부름을 하던 공생貢生 녀석이 읍성 바깥에 있는 기재골에 살았는데 도적들이 공공연하게 관을 침탈하는 것을 전하러 전주 감영에 가다가 발각이 나서 기재골의 수백 호가 도륙이 나고 말았지요. 그 후부터는 사람들이 겁을 먹어 아무도 나서지 않아서 이 모양이 되고 말았답니다. 영광에서 사방으로 통하는 길목은 모두 도적들이 막고 엄중히 감시하고 있어서 들어오는 사람은 있을지언정 나가지는 못할 것입니다. 그런데 그것은 왜 물어보십니까?"

"제게 좋은 계책이 있습니다."

우치는 즉시 필묵에 먹물을 듬뿍 묻혀 몇 글자를 종이 위에 써서 이길에게 보였다.

"이 방을 늦은 밤에 저잣거리에 붙이면 될 거요."

이길이 보니 종이 위에 큰 글씨로 '必沒殺반드시 모조리 죽이겠다'이라는 세 글자가 쓰여 있고 그 옆에 活貧盜활빈도라는 글자가 쓰여 있었다. 이길이 이상하게 생각하며 우치에게 물었다.

"이 글을 보면 백성들이 되레 겁을 내지 않을까요?"

"내 이야기를 들어보시오. 옛날 중국 송나라에 원나라 군사들이 침입을 해왔는데 그들이 잔인하기 이를 데 없어서 성을 함락하고 사람들을 모조리 죽여 버린 까닭에 양양성의 백성들이 일치단결해서 목숨을 다하여 성을 지킨 선례가 있지요. 사람들이 겁을 내겠지만 일변 일치단결하여 성을 지킬 수도 있소."

이길은 무반이라 우치의 말에 고개를 끄덕이며 말했다.

"아! 참으로 좋은 계교로군요. 그렇다면 이것은 물이 없다뿐이지 배수진이나 마찬가지로군요."

"그렇습니다. 이제 잠시 후면 영광읍성의 백성들이 모여들 것이니 기다려보십시다."

우치의 말대로 다음 날 아침에 장정들이 하나둘 관아 앞으로 모여들기 시작하더니 급기야 남녀노소 할 것 없이 여인네들까지 관아 앞에 모여들었다.

활빈도의 도적이 저잣거리에서 영광의 사람들을 모조리 다 죽이겠다는 방문을 붙여놓고 갔다는 소문이 발이 달린 듯 퍼져서 앉아서 죽기보다는 민병대에 들어가, 죽이 되든 밥이 되든 도적들에게 대항해볼 생각으로 몰려든 것이었다.

마을의 부로들과 양반들도 집안의 하인들과 함께 관아로 올라와 민병이 되길 자원하였으니 남자 삼백여 명에 아녀자까지 합치면 사백 명이 넘는 수였다.

이길이 우치의 지혜에 삼복하여 그와 더불어 관아 앞 이층 누각인 운금정雲錦亭에 올라가 모인 사람들에게 도적 떼로부터 성을 굳게 지키자고 다짐하니 사람들이 한마음이 되어 사기가 하늘을 찌르는 듯하였다.

우치는 삼포왜란의 경험이 있는 실권이를 보병대정으로 삼아 건장한 장정들을 각각 지휘하여 사방의 성루를 방어하게 하고, 배복룡은 석시대정으로 삼아 아낙들과 아이들에게 돌팔매질을 가르치게 하는 한편 윤군평은 활 잘 쏘는 장정들을 뽑아 성루에 배치하도록 하였다.

이길은 군기고軍器庫를 열어 민병으로 자원한 장정들에게 창과 칼, 활과 화살을 나눠주고 지킬 성문을 지정해주었다.

윤군평이 물었다.

"나리, 영광의 도적들이 사방에 진을 치고 있는데 원군도 없이 도적들을 막아낼 수 있을까요?"

"감영에 연락하여 원군을 청하게 되면 영광 군수와 법성포 만호가 웅천 현감 한윤처럼 될 것이 아닌가."

우치가 자신의 목을 긋는 시늉을 하였다.

"그렇다면 관의 도움이 없이 도적들을 물리친단 말씀입니까? 그건 아무리 생각해봐도 무리인 것 같습니다."

배복룡이 끼어들었다.

"관의 도움 없이 원군을 청할 수 있습니다."

"어떤 방법이 있단 말인가?"

"사찰마다 무승들이 있습니다. 미륵사의 벽송 스님만 하더라도 경오년에 승병장으로 큰 공을 세우지 않았습니까? 승병들을 이용하면 관의 도움을 받지 않고 원군을 청할 수 있을 것입니다. 제가 당장 영광을 벗어나 도움을 청하겠습니다. 미륵사의 벽송 스님을 통하면 각지의 승병들을 모을 수 있을 것이니, 제게 서신을 주시면 이른 시일에 승병들을 데리고 오겠습니다."

"오! 그렇다면 자네가 원군을 청하는 임무를 맡아주게."

"예."

배복룡이 꾸벅 인사를 하고 물러나니, 영광 군수 이길은 어사인 전 우치가 자신의 죄를 눈감아주려 하는 것을 보고 어쩔 줄을 몰라 고개를 숙이며 말했다.

"어사또의 하해 같은 은덕에 몸둘 바를 모르겠습니다."

"그대의 죄는 도적을 몰아내고, 백성들에게 선정을 베푸는 것으로 갚으시오."

이에 읍성의 남문은 이길이 지키고, 서문은 병방비장이, 동문은 자신과 실권이, 북문은 윤군평이 맡도록 하고 각자 민병들을 이끌고 맡은 곳으로 이동하였다.

우치는 실권과 함께 동문으로 무리를 이끌고 가서 성문을 수레로 막게 한 후 경계를 게을리하지 말라고 명하고 성루인 빈양루賓暘樓 위에 앉아 그동안의 정황을 가만히 더듬어보았다.

'활빈도가 다섯 말 곡식으로 양민을 도적으로 만들었을 뿐 아니라 나라에 앙심을 품도록 조장하고 있으니 불만에 가득한 양민들이 미구에 큰 난리를 일으킬 것은 자명한 일이다. 더구나 법성포에 스물여덟 고을의 조세미를 모아두는 조세창租稅倉이 있는데 그것을 빼앗겼으니 도적들에게 충분한 군량이 생긴 것이나 다름이 없다. 아! 어떻게 이 화란을 막을 수 있을 것인가.'

우치가 길게 한숨을 내쉬고 있을 때에 실권이 동문 밖을 가리키며 말했다.

"도련님, 저기 오는 것이 도적 떼가 아닌감유?"

우치가 자리에서 일어나 바라보니 과연 한 무리의 인마가 흙먼지를 일으키며 맹렬한 기세로 달려오고 있었다.

성문 위에 있던 장정들이 북을 치고 고함을 질렀다.

잠시 후, 인마가 동문 앞에 멈추더니 백마를 탄 젊은 장수가 다가왔다. 그 장수는 붉은 전포에 번쩍이는 은비늘 갑옷을 입었는데 왼팔뚝에 보라매 한 마리가 앉아 있고 오른손에 방천극方天戟을 들고 있었다. 장수가 성루 위에 서있는 사람들을 보며 소리쳤다.

"이놈들, 어서 문을 열지 못하겠느냐!"

우치가 성루 위에 서서 크게 소리쳤다.

"네놈은 누구냐?"

"나는 엄상기다. 내 이름을 묻는 네놈은 누구냐?"

"나는 전우치다."

"전우치? 오호라, 그러고 보니 네놈이 나주와 영암의 우리 무리를 해산시킨 놈이로구나. 전가야, 네 무술이 뛰어나다는 소리는 늘었다만 어디 나와 한번 겨루어보자. 성루에 숨어 있지만 말고 어서 나와서 내 칼을 받아라!"

옆에 서 있던 실권이 다가와 우치에게 말했다.

"도련님, 제가 나가보겠습니다유."

실권이 되찾아온 봇짐 속에서 시커먼 도검을 하나 꺼내들었다.

"이 도검은 인영도라는 것인데 주인어른, 그러니까 도련님의 부친께서 저에게 물려주신 것이지유. 그동안 저도 도법을 많이 연마하였으니 저를 믿어보셔유."

우치는 실권의 무술 실력을 굳게 믿는 까닭에 고개를 끄덕여 허락을 했다.

"그럼, 다녀오겠구먼유."

실권은 우치에게 꾸벅 인사를 하더니 성루를 내려가 성문을 열고 바깥으로 나아갔다.

엄상기는 노복의 복장을 한 중년 사내가 도검 한 자루를 들고 성밖으로 나오자 전우치가 자신을 우롱한다는 생각에 노기충천하여 소리쳤다.

"누가 저 중늙은이를 베어버릴 사람이 없느냐?"

그러자 무리 중에서 팔 척 거구의 사내가 시커먼 도끼를 들고 불쑥 튀어나와 소리쳤다.

"제가 나가 저놈의 대가리를 바수고 오겠습니다."

"오! 정 선봉이로구먼. 어서 가서 공을 세우고 오너라."

정 선봉이라는 자는 원래 이름이 정강쇠라는 자로 불갑산 도적 떼의 선봉장 역할을 하는 자인데 힘이 장사에 도끼를 잘 휘둘러 도끼야차라 불리는 잔인하기 이를 데 없는 사람이었다. 이 사내는 불갑산 도적 떼 중에서도 앞장서 나가길 좋아하여 도적들은 정 선봉이라 불렀는데 통인이 발고를 하려던 앙갚음을 하기 위해 마을의 수백여 가구를 도륙하는 데 앞장서서 수많은 사람을 죽인 까닭에 영광읍성의 사람들은 저승사자라 하며 두려워하였다.

성루에 서있던 사람들은 도끼야차 정강쇠가 나오자 겁에 질려 술렁거렸다. 정 선봉은 성문 앞으로 천천히 걸어나오는 실권의 초라한 모습에 자만심이 일어나,

"네놈의 대가리를 반으로 쪼개주마!"

하고 소리치더니 양손에 도끼를 하나씩 들고 실권을 향해 뛰어왔다.

정강쇠가 성난 황소처럼 콧바람을 뿜으며 뛰어오는 동안 실권은

마치 참선에 들어간 고승처럼 조용히 그를 응시하였다. 이윽고 정강쇠가 실권을 향해 쌍도끼를 종횡으로 휘둘렀다. 성루에 모인 사람들은 정강쇠의 기세에 벌써부터 주눅이 들어 중년의 실권이 속절없이 죽었구나 생각하였다. 그러나 실권은 귀신 같은 신법으로 정강쇠의 쌍도끼를 유유히 피해 다녔다.

실권의 신법은 만변행신萬變行身으로 과거 전유선에게 배운 천하의 절학이다. 만변행신의 수법이 오랫동안 숙달되어 몸에 익은 실권인지라 정강쇠가 아무리 쌍도를 휘둘러보아도 실권이의 옷자락 하나자를 수 없었다.

실권이 뒷짐을 지고서는 정강쇠가 휘두르는 쌍도끼를 유유히 피하는 것을 보고 성루의 백성들은 사기가 올라 함성을 지르는데, 도적들은 사기가 떨어져 서로의 얼굴을 바라보았다.

두령인 엄상기는 실권이 뒷짐을 지고 정강쇠의 도끼를 피하는 것을 보고 생각보다 고수임을 직감하였다.

'이것도 견뎌낼 수 있나 한번 보자.'

엄상기는 오른손으로 실권을 가리키더니 갑자기 보라매를 허공으로 날렸다. 그러자 새까만 보라매가 화살처럼 허공으로 솟구쳐 오르더니 실권이의 목덜미를 노리고 달려들었다.

실권은 정강쇠의 도끼를 피하다가 갑자기 허공에서 시꺼먼 물체가 날아드는 것을 보고 가슴이 철렁하여 즉시 몸을 날려 피하였다. 암기일지도 모른다는 본능 때문에 몸을 날려 피하고 보니 날렵한 매 한마리가 공중으로 날아 올라가는 것이었다.

실권이 엄상기의 보라매임을 깨닫는 순간 정강쇠의 도끼가 벼락처럼 날아왔다. 실권이 깜짝 놀라 등을 돌리니 작은 도끼가 실권의 등에 꽂혔다.

"아저씨!"

우치가 깜짝 놀라 성루의 난간을 짚고 소리쳤다.

"하하하, 나의 작은 도끼 맛이 어떠냐?"

정강쇠는 허리에 차고 있던 작은 도끼가 상대방의 등에 박힌 것을 보고 크게 웃었다. 우치는 눈앞에 보이는 사실이 믿어지지 않아 두 손으로 눈을 비비며 중얼거렸다.

"그, 그럴 리가 없어. 그럴 리가 없어. 실권이 아저씨가 저렇게 허무하게 당할 리 없어!"

이때 실권의 등허리에 꽂힌 도끼가 바닥으로 툭 떨어지더니 실권의 신형이 날렵하게 땅을 박차고 뛰어올랐다. 안심하고 있던 정강쇠가 자세를 잡을 사이도 없이 실권의 왼발이 정강쇠의 복장을 차더니 그와 동시에 오른발로 정강쇠의 왼뺨을 강하게 차고는 가볍게 착지하였다. 그러고는 이미 정신을 잃어 몸이 기우는 정강쇠의 멱살을 움켜잡았다. 두 차례의 가격으로 기절하여 눈이 풀린 정강쇠가 손에 쥐고 있던 도끼 두 자루를 바닥에 떨어뜨렸다. 이때 등 뒤에서 보라매 한 마리가 화살처럼 실권의 목을 향해 날아왔다. 실권이 살짝 몸을 피하니 보라매가 정강쇠의 목을 할퀴고 허공으로 날아올랐다.

실권은 이를 놓치지 않고 몸을 날려 오른발로 날아오르는 보라매를 가격하였다. 보라매는 강한 발길질에 맥없이 바닥으로 떨어져 두 날개를 퍼덕거렸다. 실권이 보라매의 날개와 머리를 덥석 잡아 그 자리에서 보란 듯이 보라매의 목을 뽑아버리고 말았다.

고목처럼 쓰러진 정강쇠의 목에서 핏물이 분수처럼 솟아 땅을 적시고, 목을 잃은 보라매는 양 날개를 퍼덕거리며 땅바닥을 껑충껑충 뛰어다니다가 제풀에 꼬꾸라져 바닥에 두 날개를 비볐다.

보라매의 머리를 땅바닥에 내던진 실권은 고개를 돌려 우치가 서 있는 성루를 향해 손을 흔들었다.

"등 뒤에 도검을 메고 있어서 괜찮았구먼유. 도련님, 안심하세유."

간이 철렁거릴 정도로 놀란 우치가 반가운 마음에 소매로 눈물을 닦으며 중얼거렸다.

"정말 죽는 줄로만 알았습니다."

성루에서 조바심을 내며 지켜보던 민병들은 실권이 저승사자라 불리는 정강쇠를 쓰러뜨리는 것을 보고 함성을 지르며 환호하였다.

11

엄상기는 이긴 줄로만 알았다가 아끼던 보라매와 선봉장 정강쇠를 일시에 잃고 나자 노기충천하여 방천극을 휘두르며 말을 몰아 실권에게 달려들었다.

실권은 도적 떼의 두령이 직접 달려오는 것을 보고 등 뒤에 차고 있던 인영도를 뽑았다. 노도같이 달려드는 말과 장수를 노려보던 실권은 말이 십 보 앞까지 다가오자 즉시 말의 앞다리를 향해 인영도를 날렸다.

표창 같은 기세로 빙글빙글 날아가던 인영도가 말의 앞다리를 자르고 바닥에 박혔다. 순간 달려가던 말이 중심을 잃으며 고꾸라지니 엄상기의 몸이 허공으로 튕겨져 나왔다. 엄상기는 즉시 방천극을 땅바닥에 꽂으며 그 반동으로 몸을 튕겨 공중제비를 돌고는 안전하게 바닥에 내려서니 도적들이 그의 날렵한 모습에 환호성을 질렀다.

실권은 말을 쓰러뜨리면 도적의 두령을 쉽게 잡을 줄 알았다가 생각보다 상대방의 무예가 뛰어난 것을 보고 천천히 바닥에 꽂힌 인영도를 잡아들었다.

"제법이구나. 네놈의 권술이 뛰어나지만 오늘이 네가 죽는 날이다!"

엄상기가 방천극을 휘두르며 실권에게 달려들었다. 방천극은 긴 창의 좌우에 반월 모양의 도검이 붙어 있는데 상하좌우로 모두 날카로운 흉기가 달려 있어 찌르는 법이 주가 되는 일반 창과는 다른 병기다.

그러나 실권 역시 인영도를 휘두르니 엄상기의 방천극에 대항하여 밀리는 법이 없었다. 권각에 뛰어난 실권이 인영도로 방천극을 막으며 주먹과 발길질로 엄상기를 공격하니 엄상기는 비록 갑주를 입고 있었지만 맞은 곳이 얼얼하였다.

두령인 엄상기가 밀리는 것을 보고 도적 떼 중에서 검은 옷을 입은 다섯 사내가 장검을 들고 뛰어나왔다. 그들은 아래위로 검은 옷을 입었는데 발걸음이 날렵한 것이 무예를 익힌 자들 같았다.

"저걸 어떡한다?"

우치가 발을 동동 구르며 중얼거리고 있을 때에, 바로 옆에서 귀에 익은 목소리가 들려왔다.

"나리, 제가 가겠습니다."

우치가 고개를 돌려보니 북문을 맡고 있던 윤군평이 서 있었다. 동문에서 도적들과 접전 중이라는 소식을 듣고 부랴부랴 달려온 것이었다.

윤군평이 성루 위에서 칼을 빼어들고 훌쩍 뛰어내렸다. 성의 높이가 육 척이니 장정의 키 정도인데 성벽 아래 깊게 땅을 파서 넓은 구렁을 만든 까닭에 적이 올라오기 쉽지 않기도 했지만 단번에 뛰어내릴 수는 없는 높이였다. 그러나 윤군평이 성루에서 몸을 날려 내려오

141

다가 오른발로 성벽을 차 그 반동으로 넓은 구렁을 뛰어넘어 바닥에 가볍게 내려서니 우치뿐만 아니라 성 위에 있던 민병들의 눈이 휘둥그레졌다.

윤군평이 화살처럼 빠른 속도로 실권에게 달려가니 다섯 명의 흑의인이 방향을 바꾸어 윤군평에게 달려들었다. 실권이가 싸우고 있는 좌측에서 윤군평과 흑의인들의 싸움이 벌어졌다. 흑의인들은 윤군평의 사방으로 퍼지는 듯하더니 윤군평을 띠처럼 둘러싸고 포위하기 시작했다.

이때 한 사내가 윤군평의 등 뒤에서 허리를 향해 도검을 휘둘렀다. 군평은 즉시 오화번신五華繁身의 일초로 칼을 나선형으로 휘두르며 허리를 찔러오는 도검을 막아내고는 칼끝을 치켜들어 사내의 가슴팍을 찔렀다. 그러나 칼 끝이 적의 가슴을 찌르기도 전에 윤군평은 등 뒤에서 바람 가르는 소리를 듣고 즉시 몸을 돌려 등을 찔러오는 검을 막았다. 이와 동시에 전후좌우에서 은빛 검이 매섭게 군평을 향해 찔러 들어왔다. 어떤 검은 느리게, 어떤 검은 빠르게, 어떤 검은 좌우에서 쓸면서, 어떤 검은 창처럼 찌르듯이 팔다리 할 것 없이 전후좌우에서 공격해 들어오니 군평은 피하고 막는 데 급급하여 제대로 검법을 펼칠 수 없었다.

윤군평이 보기에 하나하나의 무술이 두목만큼 강한 것은 아닌데 진세陣勢에 의존하니 그 위력이 가공할 만하였다. 훈련원의 교관으로 일대일의 대련에 단련이 되어 있던 윤군평이 이 같은 검진을 처음 접하게 되니 피하고 막기에 급급한 것은 당연한 일이었다.

실권은 윤군평이 다섯 흑의인에게 밀리는 것을 보고 마음이 급해졌다. 마음이 안정되지 않으니 자연히 도법이 산란해졌다. 엄상기가 이 틈을 보아 방천극을 세차게 휘두르며 실권을 몰아붙였다.

두 사람이 성문 밖에서 치열하게 싸우는 것을 보고 성문 위에 있던 민병들은 고함을 지르고 북을 치며 두 사람을 응원하였다. 맞은편에 있던 도적 떼도 지지 않고 고함을 지르고 징을 치고 뿔피리를 불며 두령들의 사기를 돋웠다.

한편 동문에서 싸움이 벌어졌다는 말을 듣고 남문에 있던 이길이 달려왔다. 이길은 화살을 뽑아 동개활에 끼우고 여차하면 활을 쏘려고 준비하였다.

우치는 마음이 급해져서 손가락을 펴고 일지침이 나오도록 연습을 하였다. 우치가 그들에게 도움이 될 방법은 미륵사에서 터득한 일지침밖에는 없었기 때문이었다. 깊게 호흡을 내쉬고 진기를 끌어올려 법문에 나온 것처럼 기운을 검지에 집중하였다. 우치가 성루에 걸린 북을 향해 손가락을 뻗어 화살을 쏘듯 힘을 주니 처음 두 번은 안 되다가 세 번째에서 쿵 하는 북소리가 들렸다.

"됐다."

우치는 이길에게 남문을 부탁하곤 성문을 열게 하여 바깥으로 뛰어 나갔다. 우치가 성문을 뛰어나오는 것을 보고 흑의인 두 사람이 칼을 들고 달려왔다.

"나리, 피하십시오."

윤군평이 다급히 소리를 지르며 쫓아가려는 것을 세 사내가 칼을 휘둘러 포위망 안에 가두었다. 실권도 마음이 급해져서 엄상기의 방천극을 막기에 급급했다.

우치는 마음을 가라앉히고 손가락을 들어 흑의인들이 가까이 오기를 기다렸다. 손가락 끝에 기운이 모인 것이 느껴졌다.

우치가 앞서 달려오는 흑의인을 바라보았다. 흑의인의 시퍼런 칼날을 보니 갑자기 가슴이 두근거렸다. 우치는 그 사내의 가슴을 향해 일지침을 쏘았다. 그런데 화살처럼 나가는 기분이 들지 않았다. 그러는 사이에 흑의인이 열 발자국 앞까지 다가와서 칼을 높이 쳐들었다.

퍽, 하는 소리가 나더니 순간 흑의인이 그 자리에서 고꾸라졌다. 뒤따라오던 흑의인이 뛰던 걸음을 멈추고 성루를 바라보니 이길이 화살을 겨누고 있었다. 흑의인이 몸을 돌려 달아나려는 순간 화살 하나가 흑의인의 등판에 꽂혔다. 그 역시 맥없이 나동그라졌다.

성안의 민병들이 환호성을 질렀다.

우치는 검지를 물끄러미 내려다보다가 고개를 돌려 이길을 올려다보니 이길이 엄지를 치켜들고 웃고 있었다.

이길이 화살로 흑의인들을 처치한 것을 보고 윤군평은 안심이 되었다. 나머지 흑의인들이 윤군평을 맹렬하게 몰아붙였으나 다섯 명이 협공할 때보다는 한결 여유가 있었다.

엄상기에게 기선을 빼앗긴 실권도 우치가 위험에서 벗어난 것을 보고 안정을 되찾았다. 실권은 상내방의 빈 틈을 찾기 위해 차분히 정신을 집중하였다. 인영도로 방천극을 막던 실권은 오랫동안 도검을 쓰지 않은 탓인지 도법이 손에 익지 않았다. 그동안 몇 번의 빈 틈이 있었는데 인영도 때문에 놓쳐버린 것이 아쉬웠다.

'차라리 맨손으로 싸우자.'

실권은 머리를 쪼갤 듯이 달려드는 방천극을 막으며 곧장 뒷걸음질쳐서 물러서더니 인영도를 등 뒤에 멘 도검집에 꽂았다. 그러고는 손을 내밀어 느릿느릿 어름어름 다가서며 물러나길 반복하였다. 이 것은 어리대기로 다가서기를 하면서 손을 내밀어 상대를 현혹하는 수법이었다.

"네놈이 맨손으로 나를 상대하겠다고?"

엄상기는 중늙은이가 맨손으로 자기를 상대하겠다는 것을 보고는 오기가 솟구쳐 기합을 지르며 실권에게 달려들었다.

어리대기를 하던 실권은 방천극이 가슴을 향해 찔러오는 것을 보고 몸을 굼실거리며 방천극을 피하는 동시에 왼발 끝을 죽 뻗었다.

악, 실권의 왼발 끝에 방천극을 쥐고 있던 손가락을 맞은 엄상기가 비명을 지르는데 이번에는 실권의 오른발이 방천극의 손잡이를 차올 리니 방천극이 하늘 위로 올라갔다.

순간 실권의 몸이 굼실거리는 것 같더니 송곳처럼 엄상기의 몸으 로 파고들었다. 이내 실권의 오른 장심이 번개처럼 엄상기의 턱을 쳐 올렸다. 엄상기가 순간적으로 깜짝 놀라 두 팔로 실권의 어깨를 잡으 며 고개를 뒤로 젖혀 턱치기를 피했다. 실권은 상대가 민첩하게 턱치 기를 피하는 것을 보고 눈이 휘둥그레졌다.

"흐흐흐. 이놈, 나를 애송이로 알았더냐?"

엄상기는 실권의 어깨를 부러뜨릴 듯 두 손아귀에 힘을 주며 고개 를 바로 하여 실권을 노려보았다. 실권의 얼굴에 미소가 피어오르는 순간 갑자기 뭔가가 가슴팍 가운데로 솟아올랐다.

실권의 발끝이 가슴팍 가운데로 올라오며 엄상기의 턱을 차올렸다. 거구의 엄상기가 허공으로 솟구치더니 바닥으로 떨어져 흙먼지를 일으켰다. 급소를 맞은 엄상기는 그 자리에서 기절해버리고 말았다.

이때 윤군평은 천둔검법으로 흑의인을 한 명 베어 쓰러뜨리고 두 사람을 상대하고 있었다. 흑의인 하나가 엄상기가 쓰러지는 것을 보고 성문 앞에 혼자 서있는 우치에게 곧장 달려갔다.

우치가 손가락을 치켜들고 정신을 집중하였다. 흑의인이 우치에게 근접하였을 때 화살 하나가 날아들었다. 흑의인이 몸을 굴려 피하곤 우치에게 칼을 휘두르려는 순간 갑자기 허공에서 튕겨지듯이 흑의인이 바닥으로 굴렀다. 가슴팍을 잡고 일어나던 흑의인이 맥없이 쓰러져버렸다.

우치는 안도의 한숨을 내쉬었다. 검지에 팽팽하게 모아졌던 경력이 살처럼 쏟아져서 흑의인의 가슴팍에 일지침이 적중한 것이다.

바로 그때, 성문이 열리며 창과 칼, 곡괭이와 몽둥이를 든 군사들과 민병들이 함성을 지르며 노도처럼 쏟아져 나왔다. 우두머리를 잃은 도적 떼는 망연자실하고 있다가 민병들이 몰려나오자 살 맞은 뱀처럼 도망을 치기 시작했다.

동문 밖의 도적 떼를 쫓아버리고 도적들의 우두머리 엄상기와 살아남은 두 명의 흑의인을 꽁꽁 묶어 들어오니 민병들의 사기가 하늘을 찌를 듯하였다.

엄상기와 흑의인들의 목에 스무 근 칼을 씌우고 손과 발에 수갑과 족쇄를 채워 관아의 감옥 안에 가두었는데 정강쇠는 피를 너무 많이 흘려 그만 죽고 말았다. 그러나 정강쇠의 죽음을 누구 하나 가엾게 여기는 사람이 없었다. 우치가 정강쇠를 불쌍하게 생각하여 동문 밖에 그의 시신을 묻어주도록 하니 민병들이 우치를 더욱 따르고 사랑하였다.

우치와 실권이 다시금 동문에 돌아와 있으려니 이번에는 남문에서 전고戰鼓 소리가 들렸다. 통인이 달려와 소식을 전하기를 남문 앞에 모악산의 도적 떼가 나타나 진을 치고 성을 포위하고 있으니 급히 와 달라고 했다.

우치와 실권이 즉시 남문 위에 있는 진남루로 올라가니 도적 떼가 남문 앞 하천에 새까맣게 진을 치고 있었다. 도적 떼 가운데에 절따 마를 타고 붉은 전포에 은빛 쇄자갑을 입은 사내가 있었는데 그 좌우로 푸른 전포를 입고 갑주를 입은 장정들이 말을 타고 있었다.

이길이 은빛 쇄자갑을 입은 사내를 가리키며 말했다.

"저놈이 바로 모악산 도적 떼의 우두머리인 엄준입니다."

엄준은 영광 군수 이길이 영광 관아를 되찾았다는 소문을 듣고 법성 포에서 읍성으로 오던 중이었다. 그런데 동생인 엄상기가 젊은 혈기에 자신을 기다리지 않고 공을 세우려다가 관군에게 사로잡혔다는 말을 듣고 노하여 엄상기의 패잔병들을 흡수하여 남문 앞에 진을 쳤다.

엄준이 엄상기의 패잔병과 영광 관아에서 도망쳐온 첩자에게 사정을 들어보니 전우치라는 자가 노복들과 함께 영광으로 들어와서는 이길을 도와 관아를 되찾았으며, 엄상기와 부하들을 사로잡았다는 것이었다.

"그렇다면 금성산과 월출산의 우리 패를 모두 해산시킨 놈이 바로 그놈이구나. 대체 그놈이 우리와 무슨 원한이 있기에 이렇게 우리 일을 방해하는 것이냐?"

엄준은 이를 갈며 생각에 잠겼다.

'엄상기를 사로잡을 정도라면 전우치라는 놈과 그 노복의 실력이 상당한 수준에 이른 것이 분명하다. 분하지만 섣불리 공격을 할 수 없고 일단은 최응서가 오기만을 기다리는 수밖에……'

엄준이 졸개들로 하여금 목책을 만들라 명하니 졸개들이 근처에 초가집을 무너뜨려 기둥과 서까래로 목책을 만들었다.

영광 군수 이길은 성 앞에서 도적들이 목책을 만드는 것을 보고 우치에게 말했다.

"엄준은 도적들의 우두머리답게 신중하기 이를 데 없군요. 목책을 만드는 것을 보니 상기전을 생각하는 듯합니다."

"그렇습니다. 왠지 엄상기와는 다르군요."

이때 서문에서 장정 하나가 뛰어와 이길에게 급한 보고를 하였다.

"서문 앞에 도적 떼가 진을 치고 있습니다."

"뭐라고? 서문 앞에? 그들은 어디에서 왔느냐?"

"법성포 방면에서 몰려와서 진을 쳤습니다. 대략 삼백여 명 정도

된다고 수령께 전하라 하였습니다."

우치가 이길에게 말했다.

"그렇다면 법성포를 장악하고 있는 최웅서가 분명합니다."

이길이 말했다.

"어사또, 병방비장으로는 무리인 것 같습니다. 도적들이 사방에서 몰려들어 영광읍성을 띠처럼 포위하였으니 동요하고 두려워하는 이들이 생길 것입니다. 방도를 가르쳐주십시오."

전우치가 옆에 있는 실권에게 물었다.

"아저씨, 저들이 성을 공격해오면 어떻게 방비하면 좋겠습니까?"

이길은 우치가 노복에게 방책을 물어보는 것을 보고 얼굴을 찌푸리며 말했다.

"어사또, 노복이 뭘 알겠습니까?"

"모르는 소리 마시오."

우치가 이길에게 따끔하게 이른 뒤에 실권이에게 말했다.

"아저씨는 삼포왜란에 출정하였으니 성을 방비하는 법을 잘 알 것입니다. 아시는 대로 일러주세요. 급합니다."

"도련님, 지금부터 아녀자나 어린애들을 시켜 돌이나 부서진 기와를 성벽 위에 쌓아놓게 하셔유. 성벽 위에 솥을 가져와 물이나 기름을 펄펄 끓여놓고 적들이 공격해오면 돌을 던지거나 뜨거운 물을 퍼부으면 성은 방비할 수 있구먼유. 성문 뒤에는 수레나 무거운 것들을 쌓아 성문을 부수는 것을 방비하시면 어렵지 않게 성을 지킬 수 있어유. 삼포에 왜란이 일어났을 때에도 그렇게 방비를 하였지유."

우치가 실권의 말을 듣고 이길에게 고개를 돌렸다.

"옛말에 좋은 계책이 있다면 아래에서는 젖 먹는 아이부터 위로는 제후나 천자까지 그 방책을 쓰도록 해야 한다 하였소. 들은 대로 하시면 서문을 방비할 수 있을 거요. 어서 전하여 시행하게 하시오."

"알겠습니다."

이길이 무안해하면서 급창을 일러 서문과 북문에 이야기를 전하게 하여 그대로 시행하도록 하였다. 이내 수레와 나무로 성문을 단단히 막고 성벽 위에 수북하게 돌을 쌓아놓고 솥에 물을 팔팔 끓이니 동요하는 사람들이 안심하기 시작하였다.

한편 최응서는 영광읍성 안에서 일어난 소식을 전해 듣고 졸개들을 모아 서문 앞에 진을 치게 하고는 말을 몰아 동문에 진을 치고 있는 엄준을 찾아갔다. 엄준은 장막에서 최응서를 맞이하여 의자에 앉게 하였다. 최응서가 물었다.

"도대체 어떻게 된 일인가? 관아가 현감의 손에 다시 들어갔다니? 그리고 상기가 사로잡혔다는 말은 또 무언가?"

엄준이 한숨을 쉬며 대답했다.

"오늘 낮에 전우치라는 자가 관아로 들이닥쳐서 영광 군수를 복귀시켰다는 소식을 듣고 급한 마음에 부하들을 이끌고 성을 치러 왔다가 허무하게 사로잡혀 버리고 말았다네."

"상기는 무예실력이 뛰어나서 쉽게 사로잡힐 사람이 아니지 않은가. 또 휘하에 다섯 소두령도 있고 쌍도끼를 잘 쓴다는 정강쇠라는 자도 있지 않은가? 그럼 그들도 화를 당했다는 말인가?"

엄준이 침울하게 고개를 끄덕였다.

"사실이라네. 도망 온 자들에게 들은 말로는 전우치의 노복들이 무예가 출중하다더군. 내 생각엔 전우치라는 자가 나주와 영암의 활빈도를 해산시킨 바로 그놈 같네."

"뭐라고? 그놈이……."

최응서는 자리에서 벌떡 일어나 서성거리며 엄준에게 말했다.

"근래 왜 이렇게 일이 꼬이는지 모르겠군. 그러지 않아도 목포의 김계민이 대마도에 갈 미곡 7천여 석을 바다에서 빼앗겨 부득이 법성창을 수중에 넣어 약속을 지키려 했는데 이런 일이 생기다니……."

"법성창의 조세미로 대마 도주와의 약속을 지키고 거사를 치를 군량이 되겠는가?"

"보름 전에 야인들에게 곡식을 보냈고, 이번에 의주로 곡식을 보냈으니 평안도와 함경도 일대의 백성들을 끌어모을 군자금과 야인들의 군량은 마련되었네. 이제 대마 도주에게 곡식을 보낸다면 대략 2만 석 정도의 곡식이 남네. 그 정도면 거사를 치를 수 있네."

"안심이군."

"안심하긴 이르네. 영광을 빼앗겼으니 놈들이 원군을 부른다면 법성창도 안전하지 못하네. 부지런히 곡식을 실어도 모레나 되어야 떠날 텐데 대마 도주에게 갈 곡식을 빼앗기고 군량이 될 법성창마저 빼앗긴다면 우리의 거사는 반 토막이 나는 것이나 마찬가지란 말일세."

"그렇다면 반드시 영광을 수중에 넣는 수밖에는 없군그래."

"그렇다네. 우리가 이곳을 지키지 못한다면 주군의 큰 꿈을 이룰 수 없게 되는 것이네."

엄준이 눈을 부릅뜨고 말했다.

"공든 탑이 무너질까? 이미 사방의 길목을 차단하도록 파발을 보냈으니 그 점은 염려 말게. 그리고 전라도 일대의 아전들 치고 우리의 끄나풀이 아닌 자들이 있던가? 지금 조정에서는 도망간 김식을 잡는다고 온 정신을 쏟고 있으니 걱정 말게. 입단속을 잘한 까닭에 조정에서는 우리를 단순한 도적으로 알고 있으니 말일세."

"그렇다면 다행이네. 하지만 돌다리도 두들겨보고 건너라 하였네. 상황이 이렇게 되었으니 하루빨리 영광을 함락하는 수밖에 없게 되었네. 우리가 하루빨리 성을 함락해야 상기도 구할 수 있고 말일세."

"자네는 무슨 계책을 가지고 있는가?"

최응서가 대답했다.

"읍성의 높이가 여섯 척이니 사다리를 준비해서 사방에서 들이치면 성을 함락시키는 것은 어려운 일이 아니나 전우치란 놈과 그놈의 노복이 그 틈을 타서 어디론가 도망가버린다면 두고두고 심복지환心腹之患을 안고 사는 것이 아니겠는가. 내일 아침 자네와 내가 전우치와 노복을 꼬여내어 한 번에 죽여버리고 그 후에 영광을 함락하세. 제깟 놈들의 무술이 강하다고는 하지만 우리를 당할 수 있겠는가. 우리가 배운 오독공烏毒功은 대국에서 주군이 가르쳐주신 법이 아닌가. 그 자들이 어찌 감당할 수 있겠나."

"그렇다면 오늘 밤은 영광읍성의 네 군데 문 앞을 굳게 지켜 쥐새끼 한 마리도 빠져나가지 못하도록 감시하고 내일 아침 두 놈을 성 밖으로 나오게 해서 우리 두 사람이 오독공으로 그 자들을 일거에 없애버리세."

"좋아. 그럼 내일 아침에 보세."

두 사람은 장막에서 그렇게 합의를 보았다.

엄준은 남문과 동문 앞에 하채下寨하고 졸개들은 길목을 지키게 하고, 최웅서는 서문과 북문 앞에 하채하여 길목을 막았다.

최웅서는 김민기로 하여금 북문을 지키도록 명하고 장막으로 들어와 검은 항아리 두 개를 좌우에 놓고 그 가운데에 가부좌를 틀었다.

최웅서는 호흡을 고르며 진기를 유동시켜 한동안 운기조식을 하다가 이윽고 항아리 뚜껑을 열었다. 뚜껑을 여니 비릿하고 매캐한 냄새가 항아리 위로 올라왔다. 최웅서는 항아리 안에 두 손을 집어넣고 길게 호흡을 가다듬으며 조식을 시작하였다.

최웅서의 머리에서 하얀 수증기가 피어나더니 얼굴에 굵은 땀방울이 맺히기 시작하였다. 항아리 위로 보이는 팔뚝이 시커멓게 변하는 듯하더니 어느 순간 본래의 색으로 돌아왔다. 한동안 항아리에 손을 담그고 있던 최웅서는 이윽고 두 손을 빼내 가슴 앞에 모았다. 최웅서의 장심은 검푸른색으로 물들어 있었는데 손바닥에서 허연 연기가 일어나더니 서서히 갈색으로 변하였다. 이윽고 갈색이던 장심이 완전히 피부색으로 돌아오자 최웅서는 길게 숨을 내쉬며 조식을 멈추었다.

2

서산에 땅거미가 지기 시작하더니 금세 어둠이 스며들었다. 아낙들이 집 안에서 곡식을 긁어모아 저녁 대신 주먹밥을 만들어 민병대에 나누어 돌렸다. 잇단 흉년에 집집마다 식량이 동이 나 아낙들은 이길에게 식량이 부족하다 하소연하였다.

이길은 눈앞에 닥친 도적 떼를 상대하려니 별수 없어서 관아의 창고를 열어 밥을 지어오게 하니 읍성 안의 사람들이 골고루 먹으며 좋아하였다.

저녁밥을 배부르게 먹게 된 빈병들의 사기가 하늘을 찌르는 반면에 이길의 얼굴에는 수심이 어렸다.

우치가 물어보니 영광읍성 안에 있는 사창社倉의 곡식은 사환미社還米로 2만 석이 채워져 있어야 하는데 도적들이 다 가져가 지금은 얼마 남지도 않았는데 이제 백성들에게 나누어줘버렸으니 후일의 문책이 두렵다는 것이었다.

"그렇다면 도적 떼에게 사로잡혀 옥에 갇혔다는 것이 알려지는 것은 두렵지 않습니까?"

이길이 탄식하며 말했다.

"입이 열 개라도 할 말이 없습니다. 일이 이 지경이 되고 말았으니 저는 죽은 목숨이나 다름이 없습니다."

"하늘이 무너져도 빠져나갈 구멍이 있다 합니다. 반드시 방도가 있을 것이니 염려 마시고 우선은 도적 떼나 방비하십시다."

이길은 어사인 우치의 말을 듣고도 안심이 되지 않아 길게 한숨을 내쉬고 성 바깥을 바라보다가 다시금 우치에게 말했다.

"어사또, 도적들이 사방의 대문을 막고 공격도 아니하고 포위만 하고 있으니 도대체 무슨 꿍꿍이속인지 모르겠습니다."

"저도 저들의 속셈을 모르겠습니다. 사방에 목책을 만들고 사대문 앞을 막고 있을 뿐 일절 움직임이 없으니 말입니다."

실권이 말했다.

"엄동이라 밤에 움직이는 것이 꺼려질 거구먼유. 낮에 패한 터라 성문을 공격하기엔 위험하니 내일 날이 밝아서야 움직일 것 같어유. 각자 맡은 곳으로 돌아가셔서 방비를 하시는 것이 옳을 것 같구먼유."

우치와 이길이 실권의 말을 따라 동문과 남문으로 돌아왔다. 그날 밤은 날씨가 매서워서 이곳저곳에서 피우는 불빛이 수십 군데였다. 민병들은 불 주위에서 겉옷을 껴입고 추위를 쫓았는데 이날 서리가 하얗게 내려 을씨년스러움이 더하였다.

다음 날 아침 온 세상이 서리를 맞아 은빛으로 반짝였다. 나무와 풀들은 하얀 얼음옷을 입고, 초가와 기와 지붕도 하얀 이불을 덮었다. 민병들은 추위를 견디려고 발을 동동 구르며 언 손을 비비고 그도 성에 차지 않는지 따스한 입김으로 두 손을 녹이다가 그도 별 효과가 없자 가까운 곳에 피워놓은 횃불에 두 손을 쬐고있었다.

꼬끼오.

어디서 수탉 우는 소리가 요란하게 들리더니 얼마 되지 않아 지평선 위로 붉은 해가 떠오르기 시작하였다. 쟁반 같은 붉은 태양이 지평선 위로 머리를 내밀며 붉은빛이 노랗게, 노란빛이 하얗게 바뀌었다. 태양은 그 크기가 점점 작아지는 것처럼 보였는데 하얗게 서리 맞은 세상이 빛을 받아 더욱 차가워 보였다.

밤새 추위에 떤 도적들도 부산하게 움직이며 추위를 쫓고 있었다. 밤을 추위 속에서 지새우고 식사도 제대로 하지 못한 탓인지 도적들의 몸놀림은 날렵해 보이지 않았다.

한편 성 안에서는 이른 아침부터 아낙들이 부산하게 움직이며 민병들이 먹을 밥을 지어 날랐다. 밥을 배부르게 먹은 민병들은 걸음걸음에 활기가 돌았다.

"우리 편의 사기가 이 정도라면 충분히 방수할 수 있겠어유."

전쟁 경험이 있는 실권이 우치에게 말하니 우치도 고개를 끄덕이며 기뻐하였다. 이때 남문에서 진고 소리가 울리며 통인이 달려와 도적의 우두머리가 싸움을 걸어오니 빨리 남문으로 오라는 전갈을 전하였다.

우치가 실권과 함께 남문의 성루에 올라가니 윤군평이 이길의 옆에 있다가 읍하였다. 이때, 영광 군수 이길은 붉은 전포에 황동은린갑을 입고 위풍당당하게 장창長槍을 빗겨들고 서있다가 우치에게 읍하곤 성 밖을 가리켰다.

"지금 도적의 우두머리가 성 밖에서 어사또를 찾고 있습니다."

우치와 실권이 고개를 돌려보니 도적들이 세워놓은 목책 앞에서 두 명의 선비가 말도 타지 않고 뒷짐을 지고 서 있었다.

"저들이 엄준과 최웅서라는 도적 두목입니다."

우치가 이길의 말을 듣고 바라보니 붉은 저고리와 붉은 바지를 입고 있는 이가 엄준이요, 푸른 저고리에 푸른 도포를 입고 있는 이가 최웅서다. 두 사람 모두 싸움을 하러 나와서인지 상투 차림으로 머리에는 갓을 쓰지 않았는데 손목과 종아리에 검은 물소가죽 각반脚絆을 차고 허리에 칼을 차고 있는 모습이 장수답지 않게 특이하였다.

붉은 옷을 입은 엄준이 성루 위에 사람들이 모이는 것을 보고 크게 소리쳤다.

"전우치와 그 노복이 왔느냐? 왔으면 나와 한번 겨루어보자."

엄준의 목소리는 성 위에 창을 들고 서 있던 민병들이 얼굴을 찡그리고 귀를 막을 정도로 쩌렁쩌렁 울려퍼졌다.

윤군평이 눈을 휘둥그레 뜨며 말했다.

"저 자의 목소리가 우렁우렁 울리는 것을 보니 상당한 수련을 쌓은 내가의 고수 같습니다."

"내가의 고수?"

"예. 운기행공을 오래하여 내공이 깊은 사람이라는 말입니다."

"그래봐야 도적놈이요."

이길은 호기가 솟아 장창을 움켜쥐고 엄준을 가리키며 소리쳤다.

"이 도적놈아, 내가 내려가 너를 잡아주마."

엄준이 껄껄 웃으며 소리쳤다.

"네놈은 내 상대가 아니니 전우치의 노복을 내보내거라."

이길은 엄준의 말에 자존심이 상해 노한 얼굴로 성문 안으로 고개를 돌려 소리쳤다.

"내 말을 준비하여라. 내가 직접 나갈 것이다."

말구종이 부리나케 달려가 청총마의 고삐를 잡고 달려왔다.

우치는 왠지 마음이 내키지 않아 이길에게 말했다.

"수령, 저들은 범상한 사람들이 아닙니다. 윤 교관과 실권이 아저씨가 있으니 수령은 마음을 가라앉히십시오."

이길이 고개를 내저으며 말했다.

"어사또는 저 도적놈의 소리를 듣지 못하였습니까? 저놈이 저렇게 나를 무시하는데 어떻게 참으란 말입니까? 내가 수령으로서 망신스러운 꼴을 당하였지만 나도 엄연히 무반이오. 오늘은 내가 나가 공을 세우고 돌아오겠습니다."

이길은 성큼성큼 걸음을 옮겨 성문 아래로 내려가버렸다.

"도련님, 그럼 제가 따라가 볼까유?"

실권이 우치의 안색을 보고 물으니 윤군평이 나섰다.

"나리, 제가 나가겠습니다. 실 장사는 어제 엄상기를 사로잡았으니 오늘은 마땅히 세가 공을 세워보겠습니다."

"그렇다면 자네가 나가보게."

"예."

윤군평이 우치에게 꾸벅 인사를 하곤,

"자네는 나리를 잘 모시게."

하고 실권에게 당부한 후에 누각 아래로 성큼성큼 내려갔다.

3

남문이 열리더니 금빛 갑주를 입고 청총마青聰馬를 타고 장창을 빗

겨든 이길이 위풍도 당당하게 성문을 나섰다. 그 뒤로 윤군평이 빠른
걸음으로 이길을 따랐다.

엄준과 최응서는 갑옷을 입은 영광 군수와 낯선 사내가 나타나자
서로 얼굴을 바라보았다.

엄준은 윤군평을 전우치로 알고 최응서에게 말했다.

"내가 전우치를 맡겠네. 자네가 이길을 맡게."

최응서가 대답하였다.

"내가 전우치를 맡겠으니 자네가 영광 군수를 맡게."

두 사람이 이렇게 옥신각신하는 동안 이길이 청총마를 타고 엄준
에게 달려들었다. 엄준이 실랑이를 하다가 땅을 차고 훌쩍 뛰어 장창
을 피하니 최응서가 윤군평에게 달려들었다.

본래 최응서가 검법에 능하나 오늘은 쌍장을 교차하며 윤군평에게

달려들었다.

"박투로 하자는 게냐?"

윤군평도 상대방이 검을 사용치 않으므로 박투로서 승부를 내려고 마음먹고 활갯짓으로 최웅서의 팔뚝을 쳐내며 안면을 노리고 왼발을 후려찼다.

최웅서가 번개 같은 공격에 깜짝 놀라 머리를 살짝 젖히며 한 걸음 물러나니, 윤군평이 이를 놓치지 않고 연달아 허공으로 훌쩍 뛰어 바른발로 최웅서의 가슴을 내밟듯이 찼다.

순간 최웅서가 땅을 차고 미끄러지듯이 뒤로 물러서며 윤군평의 발길질을 피하였다. 이때 군평의 바른발이 땅을 밟으며 그 반동으로 높이 뛰어오르더니 물러선 최웅서의 얼굴을 왼발 오른발로 번갈아 차며 공격하였다.

최웅서는 예상하지 못하고 있다가 다시 물러서며 군평의 왼발과 오른발을 두 손으로 막으며 물러서니 바닥으로 착지한 윤군평의 눈이 휘둥그레졌다.

'굉장한 실력이구나. 나의 공격이 먹혀들지 않는다.'

윤군평이 이렇게 탄복하는 사이에 최웅서도 윤군평의 전광석화 같은 동작에 감탄하며 말했다.

"알고 보니 택견의 고수였군. 과연 보통 실력이 아니야."

그러고는 암암리에 장심으로 진기를 불어넣었다. 최웅서의 장심이 점점 선홍빛을 띠더니 차츰 푸르스름해지며 나중에는 까맣게 변했다.

윤군평은 피부가 까맣게 변하는 조화를 생전 본 적이 없었던지라 눈이 휘둥그레졌다. 이 모습에 최응서가 음흉한 미소를 지었다. 순간 최응서의 신형이 화살처럼 윤군평에게 다가왔다. 몸을 구부리지도 않고 빠르게 다가오는 것 역시 윤군평이 전에 본 적이 없는 신법이라 당황하여 뒷걸음질을 치니 최응서가 시꺼먼 장심으로 윤군평의 가슴을 향해 일장을 날렸다.

군평은 자기도 모르게 오른발 째차기로 최응서의 우장을 막으며 복부에 왼주먹을 날렸다.

"아이쿠."

복부를 맞은 최응서의 입에서 비명이 흘러나왔다.

'됐다.'

기선을 잡은 군평이 이를 놓치지 않고 왼손으로 최응서의 멱살을 잡자마자 오른 손바닥으로 다시 최응서의 턱을 내리쳤다. 이때 최응서의 좌장이 윤군평의 오른 손바닥을 막으며 우장이 되레 군평의 복부를 때렸다. 복부에 쇠몽둥이가 파고드는 고통이 느껴지는 순간 군평의 몸이 허공에 잠시 머물렀다가 바닥으로 떨어졌다.

군평이 고통에 얼굴을 찡그리며 바닥에서 일어나 자세를 잡으려 하는데 갑자기 구역질이 나고 배가 불에 타는 것 같았다. 고개를 숙여보니 저고리에 둥글게 구멍이 뚫렸는데 배 가운데에 시꺼먼 손자국이 보였다.

최응서는 우장이 군평의 복부에 적중한 것을 보고 뒷짐을 지고 고개를 돌려 엄준을 바라보았다.

군평이 노기충천하여 최응서를 향해 한 걸음 내딛는 순간 뭔가가 울컥 올라오는 것이 느껴졌다. 이내 군평의 입에서 붉은 선혈이 뿜어져나왔다.

피비린내와 함께 생선이 썩는 듯한 역겨운 냄새가 코끝으로 올라왔다. 군평은 눈앞이 빙글빙글 돌아가고 의식이 가물거리는 것을 느꼈지만 무너져가는 몸뚱이를 간신히 지탱하였다.

이때, 엄준은 경신술을 사용하여 이길의 창끝을 여유롭게 피해 다니다가 최응서가 윤군평과 싸우는 것을 보고는 성루에 있는 실권을 끌어들이고 싶어서 걸음을 멈추었다.

"이놈, 네놈이 도망가봐야 부처님 손바닥 안이다."

이길은 도망 다니던 엄준이 걸음을 멈추자 머리 위로 장창을 돌리며 엄준을 향해 말을 몰았다. 청총마가 흙먼지를 일으키며 엄준에게 달려오는데도 엄준은 동요됨이 없이 그 자리에 서서 이길을 노려볼 뿐이었다.

이길은 엄준에게 다가가 엄준의 가슴팍을 장창으로 힘껏 찔렀다. 이때 엄준의 신형이 미끄러지듯 뒷걸음질쳐 움직이며 왼손으로 가슴을 찔러오는 장창을 덥석 붙잡더니 힘껏 당겼다. 손아귀가 찢어지는 것 같은 고통이 밀려와 이길이 들었던 창을 놓치니, 엄준은 즉시 빼앗은 창을 크게 휘둘러 청총마의 발목을 힘껏 때렸다. 놀란 말이 비명을 지르며 두 발을 번쩍 치켜드니 이길이 말 등에서 굴러떨어져 땅바닥에 굴렀다. 앞다리를 번쩍번쩍 들어올리며 발광을 하는 말은 앞다리가 부러졌는지 입과 코로 거품을 일으키며 마구 날뛰었다.

이때 엄준이 낙마한 이길을 잡을 생각은 하지 않고 성루 위에 모인 사람들을 바라보더니 허공으로 훌쩍 뛰어 미친 듯이 날뛰는 말머리를 향해 일장을 후려쳤다.

정수리에 일장을 맞은 말은 앞다리가 맥없이 접히며 주저앉더니 코피를 쏟다가 급기야 긴 혀를 늘어뜨리고 바닥으로 쓰러졌다. 검푸른 피가 말의 눈과 코에서 뚝뚝 떨어지는데 바동거리던 네 다리가 차츰 둔해지며 흔들거리던 말꼬리도 더 이상 움직이지 않았다. 엄준의 한 주먹에 청총마가 죽어버린 것이었다.

낙마한 이길은 혼비백산하여 성문을 향해 달음질하였다. 다행스럽게도 떨어질 때 낙법을 사용한 까닭에 큰 상처를 입지는 않았지만 무기를 빼앗긴 데다 도적의 괴수인 엄준이 한 주먹으로 말을 잡는 것을 보자 혼이 빠져서 자개바람을 일으키며 성문을 향해 뛰었다.

"후후후, 네놈이 도망가봐야 부처님 손바닥 안이다."

엄준은 이길이 했던 말을 그대로 읊으며 날렵한 신법으로 이길에게 다가갔다. 엄준은 땅 위를 미끄러지듯이 달려 잠시 만에 이길의 등 뒤에까지 육박하였다. 이길은 무거운 갑옷을 입은 까닭에 동작이 빠르지 못하여 숨을 헐떡거리며 도움을 요청하였다.

"나, 나를 구해주시오."

엄준은 이길의 덜미를 덥석 움켜잡았다. 그때 화살 하나가 엄준의 이마로 날아왔다. 진남루 위에 와 있던 병방비장이 이길을 구할 요량으로 살을 먹여 엄준을 향해 쏜 것이다. 엄준은 바람 가르는 소리를 듣고 이길의 덜미를 잡았던 왼손으로 화살을 쳐내고 우장으로 이길의 등허리를 내리쳤다.

억, 단발의 비명을 지르며 이길이 중심을 잃고 맥없이 앞으로 엎어졌다.

실권이 이를 보고 진남루에서 뛰어내렸다. 누각을 박차고 나간 신

163

형은 먹이를 낚아채는 독수리처럼 바닥에 착지하기 무섭게 이길과 윤군평를 향하여 달려나가는데 우치도 허둥지둥 성루 계단을 내려와서 성문을 열고 바깥으로 뛰어나갔다.

엄준과 최응서는 육 척 돌성을 가볍게 내려오는 것을 보고 실권이 엄상기를 쓰러뜨린 자임을 직감하였다. 그리고 그 뒤를 따라 허둥지둥 달려오는 양반 복색의 사내를 보고 도포를 입은 젊은이가 전우치라는 것을 알아차렸다.

"저놈은 내가 맡겠네."

엄준은 최응서에게 한마디 하고 곧장 전우치를 향해 달려갔다.

실권은 비틀거리며 간신히 중심을 잡고 있는 윤군평이 걱정되어 곧장 윤군평에게 달려갔다. 최응서가 그 모습을 보고 이 사내가 바로 전우치의 노복임을 알았다.

"그럼 그렇지."

최응서는 장심에 내력을 돋워 실권을 향해 달려들었다. 시커멓게 변한 손으로 최응서가 쌍장을 휘두르며 달려드는 것을 보고 실권은 즉시 허공으로 몸을 날렸다가 곧 최응서의 가슴팍을 내찼다.

최응서가 실권의 기세가 세찬 것을 보고 비응보로 가볍게 몸을 피하며 쌍장을 휘두르니 실권이 두 손으로 활갯짓을 하며 최응서의 쌍장을 막고 뒷걸음질쳐 한 걸음 물러섰다.

최응서의 손에 닿은 소매가 펄럭거리며 떨어졌다. 실권은 소매에서 비릿한 냄새를 맡고 얼굴을 찌푸렸다. 이때 실권은 팔뚝이 화끈거리는 것을 느꼈다. 실권이 팔뚝을 바라보니 멍든 것처럼 시커멓게 변해 있었다.

실권은 최응서의 쌍장을 활갯짓으로 막았을 뿐인데 그렇게 변하니 어찌 된 영문인지 알 수가 없었다. 그때 뒤따라온 우치에게 엄준이 달려가는 모습이 보였다.

"도련님!"

실권이 즉시 몸을 돌려 우치에게 달려가니,

"이놈, 내가 순순히 보내줄 것 같으냐?"

하고 소리치며 즉시 비응보로 눈 깜짝할 사이에 실권에게 육박하여 좌장을 그의 등줄기에 격출하였다.

실권은 등 뒤에서 경풍이 일어나자 즉시 몸을 돌려 활개 돌리기로 최응서의 좌장을 막으며 왼발로 최응서의 얼굴을 차올렸다.

최응서는 실권이 오독烏毒에 중독되었다 생각하고 마음을 놓았다 가 뜻밖의 일격에 관자놀이를 맞고는 나가떨어지고 말았다. 최응서 는 한순간 정신이 아찔하였지만 곧 의식을 차려 몸을 튕겨 벌떡 일어 났다. 어느새 실권이 엄준에게 달려가 허공을 훌쩍 뛰어올라 인영도 를 휘두르고 있었다.

우치에게 다가가던 엄준이 놀라 몸을 굴려 피하니 실권이 전우치 의 앞을 가로막아섰다.

엄준이 몸을 털면서 일어나,

"오독에 중독된 놈이 아직까지 견디다니 대단하구나. 어디 내 칼을 받아보거라."

하고는 실권에게 검을 휘둘렀다.

실권이 인영도를 휘둘러 엄준의 검을 막으니 불꽃이 번쩍거리고 하얀 검무劍霧가 두 사람 주위에 일어났다.

우치가 두 사람이 치열하게 싸우는 것을 보고 있으려니 이번에는 최응서가 우치에게 달려들었다.

우치는 최응서가 윤군평를 일장에 쓰러뜨리는 것을 보았던 터라 그의 장력이 엄청난 위력을 지니고 있음을 알고 있었다.

'어쩔 수 없다. 일지침밖에는……'

우치는 호흡을 고르게 하여 암암리에 검지에 진기를 불어넣었다. 우치는 손가락에 기력을 모으며 다가오는 최응서를 향해 손가락을 쳐들었다. 진기를 불어넣으니 검지에 맺힌 기운이 쇠구슬을 매달아 놓은 듯 무겁게 느껴졌다. 실로 엄청난 양의 진기가 모여든 것이다.

"이놈, 네놈이 전우치지? 대가리에서 목을 떼어주마."

최응서가 환도를 뽑아들었다.

"누구 마음대로."

우치는 오른손 검지를 펴며 최응서를 향하여 일지침을 쏘았다. 화살처럼 손가락을 빠져나간 일지침은 최응서의 복부로 정확하게 파고들었다. 일격에 끝을 내려고 환도를 뽑았던 최응서는 별안간 단전에 뜨거운 화살이 박히는 듯한 통증에 저도 모르게 뒷걸음질을 쳤다. 갑자기 눈이 화끈거리며 시야가 하얗게 변했다.

"이! 이! 눈, 눈이 보이지 않아. 눈이 보이지 않는다."

최응서는 정신이 산란하고 눈앞이 보이지 않게 되자 자신의 눈을 마구 비비며 고함을 질렀다. 최응서의 코에서 붉은 피가 터져나오더니 시커먼 독장毒掌으로 비빈 눈에서 검푸른 피가 흘러나오고, 상처를 통하여 독이 퍼지자 사지가 마비되기 시작하였다. 아무것도 보이지 않는 검은 공간에서 수많은 마귀魔鬼들이 시뻘건 두 눈을 번뜩이며 달려들었다. 수백만 마리의 개미 떼가 온몸을 기어가다가 일시에 깨무는 듯, 무수한 송곳이 온몸을 돌아가며 찌르는 듯하더니 불벼락이 떨어져 온몸이 불에 덴 것처럼 화끈거려 최응서는 고통을 참지 못하고 온몸을 쥐어뜯으며 괴성을 질렀다.

"아! 나를 살려줘. 마귀들이 나를 잡으러 온다. 으아아악! 사람 살려!"

최응서는 바닥에 주저앉아 두 손을 모아 빌었다. 얼굴에 흐르는 선혈이 흙먼지와 뒤엉겨 그 비참한 몰골은 차마 말로 표현할 수가 없을 지경이었다. 최응서는 고통을 참지 못하고 이리 구르며 비비고, 저리 구르며 사정하다가 마침내 입으로 붉은 선혈을 토하며 쓰러져 두 다리를 버둥거렸다.

우치는 최응서의 모습을 보고는 상기上氣되어 주화입마走火入魔 되었다는 것을 알 수 있었다. 일지침의 경력이 최응서의 기운을 상기시켰던 것이다. 고통에 울부짖던 최응서의 몸이 천천히 굳어지더니 더 이상 움직이지 않게 되었다.

이때 엄준은 최응서가 별안간 괴성을 지르다가 피투성이가 되어 쓰러지는 것을 보고 자신의 눈을 의심하였다. 엄준은 실권을 공격하다가 즉시 좌장을 펼쳐 독룡운산毒龍雲散의 일초를 격출하였다.

실권이 엄준의 칼을 막아내다가 갑자기 음한한 장력이 밀려오는 것을 느끼고 뒷걸음질쳐 물러나니 엄준이 도적들 사이로 뛰어가버렸다.

우치는 피투성이가 된 최응서가 더 이상 몸을 움직이지 않자 재빨리 맥을 살폈다. 최응서의 맥을 찾을 수 없었다. 코에 손을 갖다대보니 숨이 완전히 끊어졌는데 간간이 다리가 꿈틀거릴 뿐이었다. 천천

167

히 최응서의 시신을 살펴보던 우치의 두 눈이 휘둥그레졌다.

'독이다.'

우치가 뒷걸음질을 쳐서 근처에 쓰러져 있는 이길에게 다가가 살피니 이길의 미간에 검은빛이 있고 입술이 바짝 말라 있었다. 두꺼운 갑옷을 입고 있었지만 독이 파고들어 이길을 중독시킨 것이다.

우치는 이길은 물론이거니와 최응서의 독장을 정통으로 맞은 윤군평도 생사가 위험하다는 것을 깨달았다. 우치는 즉시 이길을 업고 성문으로 달려가며 실권에게 소리쳤다.

"윤 교관을 어서 데리고 오십시오."

실권은 자신의 팔뚝을 바라보았다. 검은빛이 잿빛으로 변하고 화끈거림이 점점 퍼져서 어깨까지 후끈거렸다.

실권이 쓰러진 윤군평을 업고 성문을 향해 뛰었다.

한편 도적들 가운데로 돌아온 엄준은 절따마에 올라타고 영광석성을 바라보며 뜨거운 눈물을 흘렸다. 생사를 함께하자던 최응서와 마엄신이 죽어버렸고, 동생 엄상기가 사로잡히니 마음에 의분이 북받친 것이다.

"이놈들, 모두 죽여 버리겠다."

엄준이 환도를 치켜들고 도적들을 향해 소리쳤다.

"뭣들 하는 게냐. 저놈들을 잡아라."

도적들이 함성을 지르며 성문으로 달려왔다. 막아두었던 봇물이 터지듯 목책으로 쏟아져 나온 도적 떼는 성난 벌 떼처럼 우치와 실권을 쫓았다.

진남루에 있던 병방비장은 우치가 이길을 업고 달려오자 성문을 열고 나왔다. 뒤이어 천지를 뒤흔드는 함성 소리에 고개를 돌려보니 실권이 윤군평를 업고 뛰어오고 있는데 그 뒤로 수백 명이 넘는 도적 떼가 창과 칼을 휘두르며 쫓아오고 있었다.

"큰일났군."

병방비장이 졸개들에게 이길을 넘기고 성루로 올라가 사수들을 도열시켰다.

"이놈들, 어딜 가느냐?"

말을 탄 엄준이 질풍처럼 달려와 실권의 등 뒤에서 장검을 치켜들었다. 병방비장이 소리쳤다.

"말을 탄 자를 쏴라."

성루에서 화살이 소낙비처럼 쏟아졌다. 놀란 엄준이 말 등에 몸을 붙이고 말을 몰아 선회하고 보니 우치가 실권과 함께 성문 앞까지 다달았다.

"내가 놓칠 줄 알고?"

엄준은 다시금 질풍처럼 말을 몰아 두 사람의 뒤를 쫓았다. 병방비장이 활을 빼앗아 화살을 시위에 먹여 조준하다가 엄준이 두 사람의 바로 뒤에까지 육박하자 깍지를 잡은 손을 놓았다.

핑, 바람을 가르며 날아간 화살이 엄준의 가슴팍을 꿰뚫으려는 순간 엄준의 칼날이 허공으로 치켜올라가며 화살을 동강내버렸다. 엄준은 병방비장을 비웃듯이 허공을 향해 장검을 들어보였다. 이내 발굽을 차 맹렬하게 실권의 뒤를 쫓기 시작하였다.

"호호호, 밟아버리리라. 밟아 버리겠다."

분노가 극에 이른 엄준은 곧장 실권을 향해 말을 달렸다.

'크, 큰일이다.'

우치는 엄준이 바로 뒤까지 육박하자 성문에서 달려와 실권의 뒤에 멈추어 서서 오른쪽 검지를 펴 말의 가슴팍을 향하여 일지침을 쏘았다. 손가락에서 빠져나간 경력이 느껴지는 순간, 잘 달리던 말이 갑자기 놀란 듯 비명을 지르며 펄쩍펄쩍 뛰었다.

엄준은 두 사람을 말발굽으로 밟아버리려고 생각하던 차에 말이 갑자기 발광을 해대자 들고 있던 장검을 놓치고 말았다. 놀란 말이 미친 듯 비명을 지르며 발광을 하다가 방향을 바꾸어 목책 쪽으로 마구 달려나갔다.

엄준은 즉시 말 등을 왼팔로 잡고 우장으로 말의 정수리를 내리치며 허공으로 솟구쳐 오르더니 바닥에 가볍게 내려섰다. 발광하던 말은 코와 입에서 붉은 피를 토하며 그 자리에 나뒹굴었다. 뿌연 먼지가 일어나는 사이에 우두커니 서있던 엄준은 이를 갈면서 성문 앞에 다다른 우치와 실권을 가리켰다.

"저놈들을 잡아라. 읍성에 먼저 들어가 공을 세우는 자에게는 큰 상을 내리겠다!"

도적들은 우두머리가 한 주먹에 말을 죽이는 괴력을 보고 사기충천하여 기세를 멈추시 않고 함성을 내지르며 우치와 실권을 쫓았다. 그 사이에 우치와 실권, 윤군평 세 사람은 성문으로 들어올 수 있었는데 쫓아오던 도적들이 성문이 열린 것을 보고 벌 떼처럼 달려들었다.

바로 그때였다. 허공에서 난데없는 돌멩이들이 날아들었다. 무수히 날아드는 돌비에 도적들은 머리가 깨어지고 온몸에 멍이 들어 성문으로 들이치지 못하고 비명을 지르며 달아났다.

진남루에 있던 병방비장이 도적 떼가 성문 앞으로 몰려드는 것을 보고 민병들에게 돌을 던지라 명한 것이었다. 전고 소리, 함성 소리와 함께 성문에서 돌소나기가 쏟아지자 도적들은 머리를 감싸안고 돌비를 피하기 위해 허둥지둥 달음질을 하였다.

와아 와아……

도적들이 도망가는 것을 보고 민병들은 두 손을 들고 함성을 질렀다. 그동안 성문이 굳게 닫히며 민병들은 수레와 통나무를 성문 앞에 쌓아놓았다. 우치와 실권은 안도의 한숨을 내쉬었다.

"정말 큰일날 뻔했습니다."

실권이 창백한 얼굴로 우치를 바라보며 웃었다.

"아저씨, 다쳤습니까?"

"저는 괜찮어유."

"괜찮은 것 같지 않아요."

우치가 실권의 저고리를 걷으니 몸이 푸른빛으로 물들어 있었다.

"독이에요."

우치가 이번에는 얼굴이 검게 변한 윤군평을 보고 그의 저고리를 들추니 배와 가슴이 온통 검푸르게 물들어 있었다. 이길의 갑옷을 벗겨 등을 살펴보니 그 역시 등 뒤에 시커먼 손도장이 찍혀 있었다.

"큰일났군. 모두 독에 당했어요. 어떻게 이럴 수가 있지요?"

"대국에서는 독으로 무예를 수련하는 경우가 있다고 하더먼유. 아마도 도적들이 대국에서 무예수련을 한 모양이네유."

"당장 치료를 하지 않으면 생명이 위험합니다."

병방비장이 심상찮음을 느끼고 우치에게 말했다.

"바로 앞에 민가가 있으니 그곳으로 가시죠."

군졸들이 윤군평과 이길, 실권을 부축하여 성문 앞에 있는 민가로 옮겨놓았다.

우치가 이부자리를 펴고 두 사람을 눕힌 후에 맥을 짚어보니 숨소리가 끊어지며 맥이 고르지 않은데 이길보다 윤군평이 더욱 위중하였다.

실권이 우치의 옆에서 윤군평의 이마에 맺힌 식은땀을 닦았다.

"아저씨, 조금만 기다리세요."

"저는 견딜 수 있으니 염려마셔유."

윤군평이 감았던 눈을 힘겹게 뜨고 우치를 바라보았다.

"윤 교관, 내가 살릴 수 있으니 염려 말게. 내가 살릴 것이네."

우치는 「원시침경」에서 보았던 독을 치료하는 법을 생각해내고 정신을 집중하여 검지에 진기를 집중하였다. 단전에서 올라오는 진기가 어깨를 따라 내려와 검지에 집중되니 진기가 팽팽하게 뭉쳤다. 우치는 이부자리 위에 윤군평을 가부좌를 틀게 하여 앉히고는 오른손 검지를 백회혈百會穴에 대고 진기를 흘려보냈다. 일지침의 강력한 진기가 곧장 백회혈을 뚫고 들어가 사방으로 퍼지며, 장기에 퍼진 독기운을 명문혈로 몰았다.

원래 일지침은 불문의 최상승 무술인 직지선에서 유래하였다. 그런 까닭에 진기의 강력함이 상상을 초월할 정도였다. 마치 주먹으로 치는 위력이 날카로운 못 끝에 집중되는 것과 같아서 우치가 경력을 집중하니 그 위력이 산을 무너뜨리고 둑을 터뜨리는 것 같았다. 그러나 몸 안에 퍼진 맹독을 끌어모으는 일인 만큼 진기의 소모가 커서 우치의 상투 위로 허연 연기가 피어올랐다.

한동안 정신을 집중하여 독기를 모은 우치는 왼손에 든 대침으로 윤군평의 명문혈을 찔렀다. 그러자 시커먼 피가 대침을 타고 쏟아졌다. 백회혈에 대고 있던 검지를 떼고 명문혈에서 흘러나온 비릿한 독액을 닦아낸 우치는 윤군평의 미간에서 검은빛이 사라진 것을 보고 안도의 숨을 내쉬었다.

실권이 군평의 저고리를 열어보니 가슴에 퍼져 있던 검은빛은 사라지고 붉은 손바닥 자국만이 선명하였다. 그것은 최응서의 장심에 맞은 자국이었다.

"도련님, 윤 교관은 이제 괜찮남유?"

우치는 공력을 많이 소모한 탓인지 초췌한 얼굴에 미소를 띠며 고개를 끄덕였다.

"괜찮을 거예요. 지장수地漿水를 마시게 하면 체내에 남은 독이 해독될 것이니 염려 마세요. 윤 교관은 몸이 실한 사람이니 장심에 맞은 상처는 차차 나아지겠지요."

우치는 이번에는 윤군평의 옆에 누워 있는 이길을 살폈다. 갑옷을 입은 탓에 윤군평만큼 큰 상처는 입지 않았으나 독장에 맞은 탓에 정신을 잃고 식은땀을 흘리며 신음하고 있었다.

우치는 공력을 많이 소모하였지만 다시금 진기를 끌어올려 일지침으로 이길의 몸에 퍼진 독을 몰아내었다.

"도련님, 괜찮으세유?"

실권은 우치의 얼굴이 창백해진 것을 보고 안타까운 마음에 우치에게 다가갔다. 우치가 빙그레 웃으며 손을 뻗어 실권의 맥을 살폈다.

"도련님, 왜 그러세유?"

"아저씨도 독에 중독되었으니 치료를 해야 돼요."

실권은 손을 빼며 말했다.

"아니구먼유. 저는 됐으니 도련님 몸부터 회복하세유."

우치는 실권이 자신을 걱정하는 말에 피곤함이 말끔히 가시는 것 같았다. 우치가 실권을 끌어당겨 같은 방법으로 몸에서 독을 몰아냈다. 그리곤 바깥으로 나와 군졸에게 황토를 구해오도록 하여 항아리에 넣고는 지장수를 만들었다.

4

엄준은 막사로 돌아와 최응서의 시신을 수습하고 두령들을 모두 집합시켰다. 엄준의 휘하에는 네 명의 소두령이 있었으니 김계맹, 서문탁, 녹쇠, 하정이었다.

최응서의 휘하에는 두 명의 소두령이 있었으니 권명회, 곰개였다. 그리고 서문을 지키던 김민기를 더해서 모두 일곱의 두령이 있었다.

김계맹은 죽은 김계민의 동생으로 모악산 산채를 지키고 있다가 엄준의 명으로 부랴부랴 달려오고, 서문탁은 군유산을 맡고 있다가 달려오고, 곰개는 월암산에서 달려오고, 녹쇠는 엄상기를 대신하여 불갑산 산채를 지키고 있다가 엄상기가 사로잡혔다는 소식을 듣고 헐레벌떡 달려왔으니 이 중에서 하정과 권명회, 김민기는 경제와 사무에 능한 문인이고, 김계맹과 서문탁, 녹쇠와 곰개 네 사람은 무술에 능했다.

엄준이 막사에 일곱 명의 소두령을 불러놓고 김계맹, 서문탁, 녹쇠에게 각각 졸개 이백여 명을 데리고 가서 동문, 서문, 북문을 공격하게 하고 곰개에게는 자신을 보필해 함께 남문을 공격하도록 하였다. 한편 김민기는 하정과 권명회를 거느리고 법성창으로 가서 군량을 싣고 오도록 명하였다. 임무를 부여받은 소두령들은 각자 맡은 대로 무리를 거느리고 이동하였다.

성 바깥에 모여든 도적들의 수가 차츰 늘어나더니 무장한 도적 떼가 무리 지어 이동하는 것을 보고 성 안의 민심이 흔들렸다.

우치가 민가에서 치료를 하는 동안 영광 군수 이길이 도적에게 맞아 사경을 헤매고 있다는 소문이 읍성 안에 퍼져서 민심이 동요되었던 것이다.

병방비장이 이런 사정을 알고 급하게 사람을 시켜 우치와 실권을 데려오도록 하니 우치와 실권이 피곤한 몸을 이끌고 남문의 진남루로 올라왔다.

"어사또, 큰일 났습니다. 어사또께서 윤 교관과 수령을 치료하는 동안 모악산과 불갑산, 법성포의 도적 떼가 모두 남문으로 모였는데 그 수가 일천여 명이 넘는 것 같습니다. 지금 사방의 성문으로 도적 떼가 흩어져 이동하고 있는데 머지않아 사방에서 공격을 해올 것 같습니다. 사방의 성문에서 민병들을 지휘하지 않는다면 읍성이 함락될 것입니다. 민심이 급속도로 동요되고 있으니 어사또께서 지휘를 맡아주십시오."

"내가 지휘를 맡으란 말인가?"

"예. 병가에서는 병사들의 사기를 제일로 칩니다. 영광 군수께서 부상당한 지금, 영광의 백성들이 가장 믿는 사람이 바로 어사또님과 실 장사입니다. 그렇지 않아도 어사또께서 무기도 없이 최응서를 처치하신 일로 도술을 부린다고 백성들 사이에 소문이 자자하게 퍼졌습니다. 마땅히 어사또께서 지휘하신다면 백성들이 한마음으로 도적을 물리칠 수 있을 것입니다."

"읍성의 지도가 있소?"

우치의 물음에 병방비장이 읍성의 지도를 펼쳤다. 우치가 한동안 살피다가 물었다.

"동서남북 네 문이 있는데 지금은 세 사람뿐이니 한 사람이 부족하오. 사령 가운데 믿을 만한 사람이 없겠소?"

"그, 그게……."

병방비장이 난처한 얼굴을 하고 있을 때,

"내가 있으니 염려 마시오."

하고 창백한 얼굴의 윤군평이 성루로 올라왔다.

"윤 교관, 괜찮은가?"

우치가 걱정스런 얼굴로 물었다.

"나리 덕분에 그럭저럭 견딜 만합니다. 나리께서 그렇게 심후한 내공을 지니고 계신 줄은 몰랐습니다."

"심후한 내공?"

"예. 기공을 오래 연마하면 단전에 내단이 형성되는데 그것을 내공이라고도 하지요. 내공이 깊지 않고서는 몸 안의 독을 몰아낼 수 없습니다. 그 일지침이라는 것, 정말 대단한 무예가 틀림없습니다."

"그래?"

우치가 자신의 손가락을 바라보다가,

"자, 우리 네 사람이 각자 성문을 하나씩 맡아 지키면 되겠군."

하고 각 문을 방수할 사람을 지정하였으니 남문은 전우치가 맡고, 동문은 실권이, 서문은 윤군평, 북문은 병방비장이 맡기로 정하였다. 우치가 실권의 조언을 받아 성문을 방수하는 방책을 조목조목 이야기한 후에 각자 맡은 곳으로 흩어졌다.

세 사람과 헤어진 우치는 피곤한 몸으로 성벽을 둘러보았다. 우두머리가 없어서 두려움에 떨고 있던 민병들은 도술을 할 줄 안다는 전우치가 군수를 대신하여 남문을 지휘하게 되자 사기충천하여 성 위에 돌멩이를 모으고 뜨거운 물을 끓이며 도적의 침입에 대비하였다. 우치는 자신을 보고 힘을 내는 백성들을 보고는 피곤한 기색을 보일 수 없어서 두 팔을 활짝 펴고 숨을 깊게 들이마시며 소리쳤다.

"자! 힘을 냅시다. 우리가 합심해서 막아낸다면 도적들이 성문 안으로 들어올 수 없을 것이오. 용기를 내십시다."

돌멩이를 나르던 아낙과 어린아이들도 손을 흔들며 기뻐하고 지팡이를 짚고 서 있던 노인들도 이제는 안심하여도 되겠다며 중얼거렸다.

우치가 진남루에 서서 적정을 살펴보니 목책이 가지런하게 늘어서 있고 도적들이 목책 앞으로 질서정연하게 모여들고 있었다. 검은 말을 타고 있는 엄준의 모습도 보이고, 갈색 말을 타고 있는 사내가 도적들의 대열을 맞추기 위해 소리를 치고 있는 것도 보였다.

이윽고 남문 밖의 도적들이 뱀처럼 길게 도열하니 검은 말을 탄 엄준이 그 앞에서 이리저리 달리다가 손을 치켜들고 소리쳤다.

"모두 공격하라. 먼저 성 안으로 들어가는 자에게 큰 상을 내리겠다!"

그러자 전고와 호각 소리가 일제히 울리고 도적들이 함성을 지르며 달려오기 시작하였다. 소두령 곰개는 말을 타고 뒤에서 칼을 휘두르며 도적들을 내몰았다.

"어서 뛰어라. 어서 뛰지 못하겠나!"

도적들의 대부분은 유랑민들이라 곰개가 뒤에서 칼로 위협을 하니 마지못해 함성을 지르며 앞서가는 도적을 따라 성문을 향해 뛰어갔다. 도적들은 어디서 구했는지 커다란 나무를 묶은 수레를 끌고 왔는데 좌우로 사람들이 붙어 달려오고 있는 모양으로 보아 성문을 무너뜨릴 심산 같았다.

이를 보고 성루에 있던 사수가 활을 꺼내어 수레를 끌고 오는 도적들을 향해 쏘았는데 화살이 매번 빗나갔다. 평소에 활 쏘는 훈련이 되어 있지 않다는 것을 짐작할 수 있었다.

우치는 성루에 올라와서 돌을 들고 있는 석전군들을 바라보다가 도적들이 성 앞까지 다가오길 기다려 크게 소리쳤다.

"돌을 던져라!"

성 위에서 돌을 들고 있던 민병들이 일제히 돌을 던졌다. 돌멩이가 소나기처럼 떨어지니 도적들이 머리와 얼굴을 감싸고 비명을 지르며 대열이 사분오열 모래알처럼 흩어졌다.

엄준이 남문을 깨려 하다가 날아오는 돌벼락에 정신을 차리지 못하고 말 등을 붙잡고 혼비백산 되돌아가니, 기세가 꺾인 도적들이 엄준의 뒤를 따라 줄행랑을 놓았다. 성문을 부수려던 수레도 멈추고 수레를 끌던 사람들도 돌비를 감당하지 못해 뿔뿔이 흩어지니 성문 앞에 무수한 돌멩이와 함께 수레 한 대가 덩그렇게 서있을 뿐이었다.

민병들이 이 모습을 보고 환호성을 지르며 도망가는 도적 떼를 손가락질하며 웃으니 사기가 하늘을 찌를 듯 했다.

한편 사방으로 들이치라는 엄준의 명에 따라 전고 소리를 신호로 공격을 감행하던 소두령들은 성벽 위에서 소나기처럼 쏟아지는 돌무더기 때문에 성문 앞까지 다가서지도 못하고 무수한 부상자만 내고 물러나서는 엄준에게 사람을 보내어 방책을 물었다.

엄준은 무예가 절륜한 고수였지만 사방에서 날아오는 돌비를 감당할 수는 없는지라 대책을 강구해야 했다. 상대가 성벽에 의지하고 돌맹이를 던지니 다가갈 수가 없어 성문을 깰 수도 없고, 사다리를 걸어 성벽을 넘어갈 수도 없으니 문제는 돌맹이를 피하는 것이었다.

"문짝을 가져와라. 돌을 막을 방패를 만들어야겠다."

엄준이 명을 내리니 졸개들이 일사분란하게 성문 밖의 집을 돌아다니며 문짝을 부수어 방패가 될 만한 것을 모조리 가져와 목책 앞에 쌓아 놓았다.

성벽 위에서 솥에 물을 끓이고 있던 늙은이가 그 모습을 보고 지팡이를 짚고 우치에게 다가와 말했다.

"장군님, 저놈들이 방패를 만드는 것 같습니다요."

우치가 이상하게 생각하던 중에 늙은이의 말을 듣고 깨우치는 바가 있었다.

"이르신, 그렇다면 좋은 방법이 없겠습니까?"

"어르신이라니요? 하대하십시오."

"괜찮으니 말씀하십시오."

노인은 우치의 부드러운 얼굴에 마음이 놓였는지 앞니가 듬성듬성 남아 있는 쪼글쪼글한 입을 열었다.

"제가 어렸을 적에 왜구를 막던 선조들의 이야기를 선친에게 들었사온데 적병이 방패로 돌멩이 세례를 막으며 다가올 때는 불로 막았다 하셨습니다요."

노인이 조목조목 이야기하니 우치가 듣고는 고맙다고 사례하였다. 우치는 곧 민병들을 시켜 볏짚을 수백 단 성 위로 가져오게 하였다. 민병들이 집집마다 돌아다니며 볏짚을 가져와 성벽 위에 보이지 않게 쌓아놓았다. 우치는 사람을 시켜 방비하는 계책을 사방의 성문을 지키는 이들에게 전하게 하였다.

한편 돌멩이를 막을 방패가 마련되었다는 보고가 들어오자 엄준은 다시금 대열을 정돈하여 성문을 공격하도록 명을 내렸다. 전고 소리, 호각 소리가 크게 일어나며 사방에서 함성과 함께 도적들이 성문을 공격하였다. 도적들은 삼삼오오 머리 위에 나무로 만든 문짝을 이고 달려오고 있었는데 앞장서는 사람은 날아오는 돌멩이를 막으려 앞이 훤히 보이는 빗살문을 들었다. 도적들이 방패에 몸을 숨기고 성문으로 다가오니 목책 앞에서 말을 타고 이 모습을 바라보던 엄준은 이제는 남문이 무너졌다 생각하고 회심의 미소를 지었다.

성벽 위에 있던 민병들은 도적들이 성문 바로 앞에 다다르자 조급한 마음에 발만 동동 구르며 우치의 신호를 기다렸다.

"볏단을 던져라!"

진남루 위에 있던 우치가 소리치자 민병들이 불이 붙은 볏단을 성벽 아래로 던졌다. 불이 붙은 볏단들이 무수한 불꽃을 일으키며 성벽 아래로 떨어졌다. 어떤 것은 문짝 위로 떨어지기도 하고 어떤 것은 문짝 아래로 떨어져 도적들의 옷을 태우기도 하였다.

일시에 성문 앞의 도랑이 불바다가 되니 도적들이 화들짝 놀라 불

181

이 붙을까 방패를 버리고 도랑을 기어올라 도망가는데 이때 다시금 성 위에서 돌비가 소나기처럼 쏟아지니 돌에 맞아 비명을 지르는 도적들이 부지기수로 우왕좌왕 머리를 가리고 도망가기 바빴다.

"이런 일이……."

엄준은 자신의 계책이 또다시 실패로 돌아가자 어쩔 줄을 몰라 했다.

'작은 성 하나를 함락시키는 것이 이렇게 어려울 줄이야.'

엄준은 두 손을 들고 승전가를 부르는 민병들을 바라보며 한숨을 내쉬다가 막사로 돌아와 교의에 앉았다. 잇달아 소두령들이 패전하였다는 비보가 날아오자 엄준은 의기소침하여 한동안 깊은 생각에 잠겼다.

이때 법성창으로 군량을 가지러 갔던 김민기가 하정, 권명회와 함께 막사로 돌아왔다.

김민기는 소두령 곰개로부터 이미 두 차례 패전 소식을 들은 바 있는지라 조심스럽게 전투에 충당할 군량을 가져와 분산하였다고 보고하였다. 엄준이 이 보고를 듣고 고개를 들어보니 김민기와 하정, 권명회가 모두 지략이 있는 문인들이라 좋은 계책이 있을까 싶어 물었다.

김민기가 입을 열었다.

"저들이 철통같이 방비를 하고 있으니 무턱대고 공격을 하는 것은 무리라고 생각됩니다. 제 생각 같아서는 무예가 뛰어난 자들로 하여금 야음을 틈타 성을 넘어가서 성 안에 불을 지르게 하고 그 불을 신호로 하여 사방에서 공격해 들어간다면 성을 함락시킬 수 있으리라 생각됩니다."

"무예가 뛰어난 자들이 안에서 호응하고 우리가 밖에서 들이치면 된단 말이지?"

"그렇습니다."

엄준이 심히 흡족하게 생각하고 가져온 군량으로 그동안 주려왔던 도적들을 배부르게 먹이도록 하고는 소두령들을 불렀다. 소두령들이 부름을 받고 막사로 집결하니 엄준이 입을 열었다.

"오늘 밤 성을 몰래 넘어가서 성 안에 불을 질러 내응하려 하는데 나설 두령이 있느냐?"

"제가 가겠습니다."

엄준이 바라보니 녹쇠와 곰개, 서문탁, 김계맹과 김민기 모두 다섯 사람이 나왔다.

엄준은 소두령들이 모두 나서는 것을 보고 기뻐하며 말했다.

"소두령들의 충성심이 대단하군그래. 삼문을 공격할 소두령을 빼고 두 사람이 갔으면 좋겠다."

엄준이 소두령들의 얼굴을 보다가 곰개와 김민기를 지목하니 녹쇠가 나서서 말했다.

"제가 몸이 날렵하고 단검을 잘 사용하니 제가 적격입니다. 저를 보내주십시오."

녹쇠는 오 척 단신에 몸이 날래고 암기를 잘 사용하여 삵이라 불렸다. 엄준이 그 말을 듣고 보니 곰개 역시 표창에 능하고 녹쇠처럼 단신에 몸이 날랜 자라 이 계책에 적합할 듯했다.

"그렇다면 곰개와 녹쇠가 가고 북문은 김민기가 맡아라."

그리하여 엄준이 남문을 맡고, 김계맹이 동문을, 김민기가 북문을, 서문탁이 서문을 맡고 있다가 밤중에 성 안에서 불이 나는 것을 신호로 일제히 사방에서 공격하기로 하였다.

5

　우치는 적의 목책에서 밥 짓는 연기가 흘러나오는 것을 보고 허인욱에게 잠시 성루를 맡기고 진남루 아래에 있는 주막으로 내려왔다. 우치는 윤군평와 이길의 상처를 살펴본 후에 옆방으로 건너가 운기조식을 하였다.

　방 안에 단정하게 앉아 온몸의 근육을 풀어준 후에 정좌하여 호흡을 가다듬으며 단전으로 정신을 집중하니 단전에서 진기가 기경을 타고 흐르기 시작하였다. 한동안 운기조식을 하지 않은 까닭에 막혔던 진기가 곧 둑이 터지듯 온봄을 타고 흐르자 온몸에 힘이 솟구치는 것 같았다. 몇 차례 진기를 돌리고 조식을 마치니 우치는 몸이 가벼워지고 온몸에 힘이 넘치는 것을 느꼈다.

　"일지침을 무기처럼 사용하면 좋겠군."

　우치가 손가락에 기운을 불어넣어 창을 향해 일지침을 쏘았다. 팍 하는 소리와 함께 들창에 동그란 구멍이 뚫렸다.

"내 마음대로 일지침을 쓸 수 있도록 연습해야겠다."

우치가 몇 번 더 들창을 향해 손가락을 찌르니 기운이 손가락으로 빠져나가는 느낌이 날 때마다 들창에 구멍이 숭숭 뚫렸다. 한동안 들창을 향해 일지침을 찌르고 나니 들창에 벌집처럼 구멍이 나서 차가운 바람이 방 안으로 들이쳤다.

우치가 슬그머니 문을 열고 나가니 주모가 밥상을 차려 들고 오다가 걸음을 멈추고 말했다.

"어사또 나리, 식사하셔야지요. 식사를 차려왔습니다요."

우치가 밥상을 바라보니 하얀 쌀밥에 삶은 닭 한 마리가 옹배기에 통째로 담겨 있었다.

"흉악한 도적놈들이 성문을 열고 들어오면 우리를 다 죽인다 하였는데 다행스럽게도 어사또님이 지켜주셔서 마음을 놓을 수 있었습니다요. 좀 전에 들어오시는 것을 보니 피곤하신 것 같아서 제가 닭을 잡았습니다. 부디 배부르게 드시고 힘을 내서 우리를 지켜주세요."

주모의 말에 우치는 그러하겠노라고 고개를 끄덕이며 대답하고는 상을 받았다. 밥맛이 꿀맛이었다. 우치가 허겁지겁 고기와 닭 국물을 먹으니 주모가 부지런히 밥을 나르는데 한 그릇이 두 그릇이 되고 두 그릇이 세 그릇이 되었다.

"나리, 그래서 힘쓰시겠어요? 더 드세요."

주모가 밥그릇에 밥을 수북하게 담아주는데 성의를 거절하기 어려워서 꾸역꾸역 한 그릇을 더 비웠다.

"참말 잘 드시네요. 한 그릇 더 퍼 드릴까요?"

"아, 아니 되었소. 잘 먹었습니다."

185

터질 것 같은 배를 부여잡고 주막 마당을 나오는데 별안간 고양이 한 마리가 마당에 노는 병아리를 채어 달아났다. 주모가 부지깽이를 들고 고양이를 쫓아가니 고양이가 지붕 위로 뛰어올랐다.

"며칠 전부터 병아리가 없어진다 했더니 네놈 짓이로구나. 망할 놈의 고양이."

주모가 부지깽이를 들고 고래고래 소리를 지르는 것을 보고 우치가 손가락을 들어 고양이를 향해 일지침을 쏘았다.

고양이가 갑자기 허공에서 펄쩍 뛰더니 마당으로 떨어져서 입에 문 병아리를 떨어뜨리고 부리나케 도망을 쳤다.

"에구, 어사또께서 도술을 부리신다는 말이 참말인 모양이네."

주모가 중얼거리는 말을 들으며 우치는 주막을 나와 성문 옆으로 난 계단을 따라 진남루로 올라갔다. 진남루로 올라간 우치는 도적이 꼼짝 않고 있는 것을 보고 남문에 있는 실권을 청하여 물어보았다. 실권이 곰곰이 바깥의 상황을 살피다가 입을 열었다.

"제 생각에는 도적들이 야습을 할 것 같구먼유."

"야습이오?"

"예. 왜놈들도 저희가 불리하다 싶으면 야습을 자주 하였구먼유. 그놈들에게는 닌자忍者라는 훈련받은 자객들이 있는데 그놈들이 성벽을 타고 올라와 장수들을 죽이거나 성문을 열곤 하였습지요."

"그렇다면 방비를 해야겠군요."

"방비를 하긴 해야겠습니다만 야음을 틈타 침투한 한두 명 자객을 막기란 쉬운 일이 아닌데 걱정이네유. 아무튼 성문의 방비를 철저히 해야겠구먼유."

우치는 각 성문에 사람을 보내어 성문의 방비를 철저하게 하는 한편 성벽 위에 횃불을 준비하여 야음을 틈타 들이닥칠 자객에 대비하도록 일렀다.

이윽고 날이 저물자 초승달이 창백한 얼굴을 드러냈다. 우치는 다시 한 번 민병들에게 성문 위에 불을 피워 주변을 환하게 밝히도록 하고 성문 주위에는 인원을 보강하여 철통같이 방비하도록 명하였다.

"저놈들이 우리의 계책을 알고 있는 것인가?"

엄준은 오늘따라 성벽 위에 불을 놓아 주위가 더욱 환한 것을 이상하게 생각하며 곰개와 녹쇠를 막사로 불렀다. 곰개와 녹쇠가 흑의를 입고 단검을 차고 막사로 들어오니 엄준은 미리 준비한 술과 고기를 두 사람에게 권하며 말했다.

"너희가 큰 공을 세운다면 후일 내가 가만히 있지 않을 것이다. 우리의 뜻이 이루어지는 날 반드시 너희에게 높은 벼슬을 주고 죽을 때까지 부귀영화를 누리게 해주마."

곰개와 녹쇠는 본래 상사람이라 엄준이 이렇게 말하고 술을 따라주니 황송하여 술잔을 받아 한입에 털어넣고 말했다.

"반드시 공을 세워 돌아오겠습니다."

"죽음을 무릅쓰고 공을 세우겠습니다."

엄준은 흡족한 미소를 지으며 탐스러운 수염을 쓰다듬더니 눈을 부릅뜨고 두 사람에게 말했다.

"그 마음을 알았으니 되었다. 오경五更이 되면 놈들이 한창 잠이 올 시각이니 그때 가거라. 영광성은 둘레가 이십여 리나 되니 반드시 경계가 느슨한 곳이 있을 것이다. 너희를 믿겠다. 성공하고 다시 만나기로 하자!"

곰개와 녹쇠가 큰절을 올리고 막사에서 물러나와 각자 어둠 속으로 사라졌다.

밤은 깊어 하늘에 별빛이 가득한데 횃불에서 탁탁 불똥이 튀는 소리가 들렸다. 먼 산 뻐꾸기 우는 소리는 처량한데 피곤에 지쳐 창에 기대어 꾸벅꾸벅 졸고 있는 병사들을 보니 우치는 마음이 안타까웠다.

'누가 이들을 이렇게 내몰았는가? 선량한 양민들끼리 칼을 겨누고 싸우게 되다니 기가 막힌 일이로구나!'

우치는 진남루를 나와 성벽을 돌며 졸고 있는 병사들을 위무하였다. 호젓한 밤에 좁은 성벽으로 난 길을 걷다가 한 곳에 이르니 횃불 앞에서 낭랑한 목소리가 들려왔다.

소쩍소쩍 소쩍새야 솥 적다 하지 마라
너는야 쌀이 많아 밥 지을 수 없다지만
금년엔 쌀이 귀해 끼니 잇기 어렵구나

우치가 낭랑한 난가短歌를 듣고 생각하니 재기才氣가 넘치는 노래였다. 소쩍소쩍 우는 소쩍새 소리를 솥이 적어 울고 있다는 것이다. 솥이 적어 밥 지을 수 없다고 하소연하는 소쩍새 소리를 듣고 자신의 처지를 빗대어 부르는 소리에 재주 있는 자라 생각한 우치가 기침을 하며 다가가니 열대여섯 살쯤 된 소년이 허리에 목검을 차고 서있다가 우치를 보고 꾸벅 절을 하였다.

우치가 찬찬히 다가가 얼굴을 살펴보니 눈빛이 초롱하고 이목구비가 뚜렷한 것이 범상한 인물은 아니었다.

"이름이 어떻게 되는가?"

"이은연李恩淵이라고 합니다."

"보아하니 양반집 자제 같은데 무섭지 않은가?"

"무섭지 않습니다. 도적에게서 생명을 지키는 일인데 양반이고 상놈이 따로 있겠습니까? 작은 힘이라도 보태야지요."

"고마운 일이구나."

우치는 이은연의 어깨를 토닥거리며 순시를 하다가 진남루로 돌아왔다. 진남루로 돌아와 이은연의 단가를 곱씹으며 생각해보니 세상이 이토록 뒤숭숭한 것은 모두 백성들이 살기 힘든 때문이었다. 천재지변이야 어쩔 수 없는 것이지만 나라에서 가혹한 세금을 거두어들이고 땅 가진 양반네들이 핍박하니 먹을 것이 부족한 백성들이 먹고 살기 위해 도적이 되는 것이었다.

우치는 나라의 백성들이 도적이 되어가는 것도 모르고 권력싸움에 날이 새는 줄 모르는 조정의 관리들이 원망스러워 하늘에 뜬 초승달을 바라보며 한숨을 길게 내쉬었다.

그때였다. 성문 안에서 "불이야!" 하는 고함 소리가 들리며 불길이 치솟았다. 마을 가운데 있는 초가 위에 붉은 불빛이 일어나자 매캐한 연기가 피어오르며 불을 끄는 사람들의 고함 소리가 들렸다. 성벽 위에 있던 민병들이 동요하여 성 아래로 내려가려 하는데 잠잠하던 도적들이 함성을 지르며 남문을 향하여 달려들었다.

우치는 진남루 안에 걸린 전고를 두드리며 소리쳤다.

"돌을 던져라. 어서 돌을 던져라!"

민병들이 성 아래로 내려가다 말고 돌멩이를 주워 도적들을 향해 던졌다. 무수한 돌비가 날아들자 도적들이 방패로 막으며 달려들었다.

"볏단에 불을 붙여라!"

우치가 소리를 지르자 성벽 아래로 벌겋게 불이 붙은 볏단이 떨어졌다. 도적들이 도랑까지 내려왔다가 불 붙은 볏단을 보고 비명을 지르며 도망을 쳤다. 도적들의 뒤에서 말을 탄 엄준이 칼을 휘두르며 소리쳤다.

"어딜 도망가느냐? 도망가는 자는 내 손에 먼저 죽는다. 죽고 싶은 자는 도망가도 좋다. 성문이 곧 열릴 테니 쉴 틈을 주지 말고 공격하라."

돌에 맞아 머리가 깨어진 도적들이 등 뒤의 칼이 무서워 바닥에 떨어진 돌을 주워 성벽 위를 향해 내던졌다. 돌 던지는 수가 차차 늘어나더니 마침내 쌍방에서 돌비가 날아드는 석전石戰이 되고 말았다. 날아드는 돌멩이에 눈이 달리지 않았으니 성벽 위에서 돌을 던지던 민병들도 돌에 맞아 부상자가 속출하고, 성벽 아래에서도 돌멩이에 맞아 쓰러진 부상자가 늘어났다.

수가 많은 도적들이 극렬히 저항을 하니 민병들의 기세가 꺾였다. 기세가 오른 도적들이 사다리를 구하여 성벽에 걸치고 재빨리 올라왔다. 민병들이 솥 안의 뜨거운 물을 끼얹었다. 사다리를 타고 올라오던 도적들이 비명을 지르며 우르르 떨어졌다. 민병들이 커다란 돌을 들어 사다리를 타고 올라오는 도적들에게 던지고 그마저도 여의치 않으면 사다리를 밀치며 올라오는 도적들을 막는 치열한 사투가 계속되었다.

우치는 날아오는 돌멩이를 피하여 진남루에 매어둔 전고를 두드리며 지휘를 하다가 돌아보니 읍성 가운데 일어난 불길이 자꾸만 퍼지고 있었다. 시뻘건 불길이 걷잡을 수 없이 번지고 연기가 허공을 회색빛으로 물들이는데 아녀자들이 불을 끄기 위해 아우성치는 소리가 삼악도三惡道에 빠진 중생들이 억겁의 고통을 느끼며 부르짖는 비명소리 같았다.

"크악."

성문 아래에서 비명 소리가 들려와 진남루 아래를 바라보니 두 명의 흑의인이 성문을 지키던 민병들을 쓰러뜨리는 모습이 보였다.

"자객이다. 자객이다!"

우치가 즉시 진남루에서 뛰어내려오니 두 명의 자객이 성문 앞을 막아놓은 수레를 치우다 말고 우치에게 달려들었다.

6

녹쇠와 곰개는 야음을 틈타서 허술한 성문을 타고 올라와 읍성 가운데 있는 초가를 불태우고 사방이 소란스러워지자 남문을 열기 위해 달려왔다. 엄준이 있는 남문을 열어 공을 세우기 위해 달려온 두 사람은 표창을 던져 성문 앞을 가로막는 민병들을 쓰러뜨리고 문을 막고 있는 수레를 치우려 하였다. 그때 성루에서 전우치가 뛰어내린 것이었다.

녹쇠가 우치를 향해 달려드는 순간, 곰개는 허리춤에서 표창을 꺼내어 우치에게 던졌다. 그때 누군가가 우치의 앞을 막아섰다.

따땅, 허공에 불꽃이 일어나며 표창이 바닥으로 떨어졌다. 우치가 바라보니 좀 전에 만난 이은연이라는 소년이 목검을 들고 우치의 앞을 막고 서있었다.

"어사또, 제가 도와드리겠습니다."

이은연이 홀쩍 뛰어내려 녹쇠를 향해 목검을 휘둘렀다. 몸이 날랜 녹쇠가 활갯짓을 하며 목검을 막는 순간 이은연의 왼주먹이 녹쇠의 몸을 몇 차례 때렸다. 이내 이은연의 목검이 녹쇠의 오른 다리를 때리고 지나가니 녹쇠의 몸이 기우뚱거리다가 그 자리에서 쓰러져버렸다.

곰개는 녹녹찮은 녹쇠가 어린 소년에게 어이없이 당하자 싸우는 것을 단념하고 수레를 밀치고 성문을 열려고 하였다. 소년이 이번에는 곰개에게 달려들었다. 곰개는 얼른 표창과 단도를 던졌다. 이은연이 암기를 피해 물러서니 우치가 달려가 오른손 검지를 뻗어 곰개를 가리켰다.

"이놈, 가만있지 못하겠느냐?"

"가만있지 못하겠다면 어쩔테냐?"

우치가 곰개의 가슴을 조준하고 진기를 끌어올려 일지침을 쏘았다. 곰개는 갑자기 명치 끝에 화살이 파고드는 듯한 통증을 느끼고는 복부를 움켜잡았다.

"뭐, 뭐지?"

잇달아 가슴에 화살 같은 무언가가 불처럼 파고들었다.

"억!"

곰개가 단발의 비명을 지르며 수레바퀴 위로 쓰러졌다.

"가만있으면 당하게 되는 거다."

우치가 손가락에 입김을 불어넣으며 중얼거리니 뒤편에 서있던 이은연이 멍하니 우치를 바라보았다.

우치가 민병들을 시켜 두 자객을 포박하고 이은연과 함께 진남루 위로 올라가니 민병들이 죽을 힘을 다해서 올라오는 도적들을 저지하고 있었다. 이은연이 목검을 휘둘러 사다리를 타고 올라오는 도적

193

들을 떨어뜨렸다. 우치는 도적들을 향해 일지침을 쏘았는데 허공을 격하고 있으되 거짓말처럼 도적들이 쓰러지는 것을 보고 민병들은 저마다 전우치가 도술을 쓰는 것이라 생각하였다. 사기가 오른 민병들이 함성을 지르며 도적들을 상대하는 동안 어느덧 동녘 하늘이 서서히 밝아오고 있었다.

바로 그때였다. 북문에서 와 하는 소리와 함께 비명 소리가 들렸다. 병방비장이 맡고 있던 북문이 깨진 모양이었다. 읍성에 불이 나서 연기와 불길이 치솟았다.

우치가 민병들을 향해 소리쳤다.

"아직 성문이 깨어진 것이 아니오. 힘을 내시오."

"어사또 나리, 저건 뭡니까?"

이은연이 가리키는 방향을 바라보니 엎친 데 덮친 격으로 목책 뒤에서 개미 떼처럼 사람들이 몰려오는 것이 보였다.

'도적들의 수가 이렇게 많았단 말인가? 아! 이제 영광이 무너지는 것인가?'

새까맣게 몰려오는 사람들을 본 우치는 일순간 맥이 빠졌다. 바로 그때였다. 허공에서 한 사내의 신형이 까마귀처럼 우치를 향해 날아왔다. 우치가 깜짝 놀라 진남루로 몸을 피하니 누군가가 우치가 서 있던 자리로 사뿐히 내려섰다.

도적의 우두머리 엄준이었다. 엄준은 승세를 타기 시작하자 성벽 위에 있는 우치를 발견하고 달리던 말에서 몸을 던져 사다리를 차고 성 위로 올라온 것이었다.

이은연이 재빨리 우치의 앞을 가로막았다.

"나리, 제가 지켜드리겠습니다."

엄준이 이은연이 연소한 것을 보고 콧방귀를 끼며 우치를 노려보았다.

"이놈, 네놈의 운도 이제는 끝이다."

엄준이 검을 뽑아 달려들자 이은연이 목검을 들어 엄준을 공격하였다. 어린 소년의 검술이 무척이나 매서웠다. 두 사람이 누각 위에서 한동안 겨루다가 엄준이 물러서며 소리쳤다.

"네놈이 어떻게 자미검법을 하는 것이지?"

이은연이 지검세로 목검을 곧추세우며 말했다.

"그러는 당신은 어떻게 자미검법을 알지?"

엄준이 이은연에게 말했다.

"네놈의 스승이 누구냐?"

"그건 알아서 무엇 할 거냐?"

이은연이 또랑또랑한 목소리로 말했다.

"네놈이 따끔한 맛을 보아야 하겠구나."

엄준의 장검이 은빛의 눈보라처럼 이은연의 몸을 향해 송곳처럼 찔러들었다. 답설면산踏雪面霰의 일초였다. 이은연은 목검을 좌우로 크게 휘둘러 엄준의 공격을 피하였으나 엄준의 목검 끝이 화살 끝처럼 요해처를 공격해오자 잇달아 뒤로 물러나며 피하기에 급급하였다. 아직 어린 소년이 어른을 상대하기가 벅차 보였다.

우치는 얼른 기운을 끌어모아 손끝으로 기를 불어넣었다.

"엄준, 나를 상대해보라!"

엄준이 진남루 가운데 있는 우치를 보고 달려가니 우치가 손가락에 기운을 불어넣었다.

"나리, 제가 상대하겠습니다."

이제 도착했는지 배복룡이 진남루로 훌쩍 뛰어올라 우치의 앞을 가로막고 연검을 뽑아들었다. 우치는 일지침을 얼른 거두었다. 바로 그때에 천지를 뒤흔드는 듯한 함성이 남문 밖에서 들려왔다.

엄준이 고개를 돌려 성루 밖을 살펴보니 어디선가 달려온 무리가 긴 봉을 들고 도적 떼의 후방을 급습하였다. 도적 떼가 모래알처럼 흩어지기 시작하였다.

"저, 저건 또 무어냐?"

엄준이 고개를 돌려 도적들을 흩어지게 하는 무리의 모습을 자세히 바라보았다. 하얗게 서리가 내린 대지를 힘차게 달려온 이들은 스님들이었다. 회색 승복을 입은 스님들이 긴 봉을 휘두르며 도적들을 몰아내고 있었다.

"구원군이 왔다. 구원군이 왔다!"

시시각각 좁혀오는 도적 떼의 공격에 점점 힘이 빠지던 민병들이 이 모습을 보고 힘을 얻어 고함을 지르며 도적들에게 달려들었다. 도적들은 생각지도 않았던 승병들의 공격에 우왕좌왕 정신을 차리지 못하고 송사리 흩이지듯 도밍을 쳤다.

승병들은 대부분 불무도를 배운 이들이라 유랑민들로 구성된 도적들로서는 역부족이었다. 이미 이틀간 차가운 바깥에서 지새운 자들이 민병들과 승병들의 협공을 당해낼 수 없었으니 기세를 올리던 도적들은 힘없이 무너져버리고 말았다.

엄준이 힐끔 진남루 안에 있는 우치와 이은연, 배복룡을 노려보곤,

"아! 하늘이 우리를 버리는가?"

하고 장탄식을 하더니 성루에서 몸을 날려 남문 밖에 서있는 말을 타고 서쪽으로 달아났다.

"이놈, 어딜 도망가느냐?"

배복룡이 그 뒤를 쫓아가려는 것을 우치가 말렸다.

"지금은 적장을 쫓을 때가 아니다."

우치가 바닥에 떨어진 북채를 들어 전고를 힘차게 두드리니 민병들은 더욱 힘을 내어 항거하였다. 사기를 잃은 도적들은 더 이상 견디지 못하고 투항하여 도적 떼의 삼분의 이가 사로잡히는 신세가 되고 말았다.

민병들이 승리의 함성과 함께 승전가를 부르는 동안 전우치가 남문을 열어 승병들을 맞이하였는데, 눈에 익은 모습들이 보였다. 미륵사의 벽송 스님이었다.

"벽송 스님, 먼 길 오시느라 고생하셨습니다."

"자비란 방관이 아니올시다. 당연이 제가 와야 할 자리지요. 다행히 늦지 않았습니다. 어사께서 다급하게 도움을 청하시니 각지의 사찰에 급히 연락을 청했습니다. 실상사와 백양사, 선운사의 무승들에게 연락을 취하여 합세하였는데 영광읍성이 급하게 되었다는 말을 듣고 곧장 달려왔습니다."

벽송이 합장을 하곤 그간의 사정을 이야기하고 있을 때 읍성의 대로에서 실권과 윤군평이 사람들에게 둘러싸여 오고 있는 것이 보였다. 윤군평과 실권이 벽송 스님에게 인사를 하고 다시 배복룡이 때마침 원군을 불러온 것을 칭찬하였다.

윤군평과 실권이 우치에게 전말을 보고하였다. 동문을 지키고 있던 실권은 어렵지 않게 소두령인 김계맹을 잡았으며, 윤군평은 도망가는 소두령 서문탁을 쫓아가서 사로잡았으나 병방비장은 북문이 깨어질 때 다쳐서 의원이 치료하고 있다고 말하였다.

우치가 벽송에게 말했다.

"스님, 도적의 두목이 도망쳤으니 이 기회를 놓치지 말고 가서 그를 잡아야 할 것 같습니다."

"도적의 두목이 어디로 도망쳤습니까?"

"아마 법성포로 갔을 겁니다. 법성포를 수중에 넣었으니 서두르지 않으면 미곡선을 타고 도망갈 것입니다."

"그렇다면 어서 가서 도적들을 몰아냅시다. 이 기회를 놓치면 안 되오."

벽송은 즉시 승병들을 남문 앞으로 소집하였다.

우치는 크게 다치지 않은 아전들과 부로들에게 일러 성 안에 난 불을 끄고 백성을 안정시키게 하고 운신이 가능한 민병들을 모아 승병들과 함께 엄준을 쫓아 법성포로 향하였다.

7

갑작스런 승병들의 협공에 대패한 엄준이 김민기와 권명회, 하정과 함께 법성성으로 도망쳐서 인원을 점검하니 따라온 졸개들의 수가 일백여 명도 되지 않았다.

엄준은 법성창의 내아에 앉아 비통한 얼굴로 생각에 잠겼다.

'대업에는 반드시 천명이 따른다 하였는데 어찌하여 이럴 수 있는가? 정녕 하늘은 우리를 버리시는가!'

엄준은 길게 한숨을 내쉬었다.

엄준이 내아에서 침묵하는 동안 승병들과 민병들이 몰려온다는 보고를 받고 겁을 먹은 졸개들이 슬금슬금 흩어져버렸다. 김민기가 내아로 들어와 엄준에게 말했다.

"두목님, 더 버틸 수 없습니다. 이제는 물러설 수밖에 없습니다."

엄준은 노기충천하여 탁자를 치며 소리쳤다.

"뭐라고! 법성창에 쌓아놓은 군량은 어떡하고 물러선단 말인가."

"하지만 방법이 없습니다. 승패는 병가에 흔한 일이라 하였습니다. 지금은 저들과 맞설 상태가 되지 못하니 어서 몸을 피하시지요."

엄준이 고개를 돌리니 권명회와 하정이 침울하게 눈을 감고 고개를 끄덕였다. 엄준이 눈을 부릅뜨고 김민기를 바라보다가 환도를 뽑아 김민기의 가슴을 베었다. 김민기는 썩은 나무토막처럼 쓰러져서 즉사하였다.

"패전지장이 말이 많구나."

권명회와 하정이 그 모습을 보고 놀라 창백한 얼굴로 바라보니 엄준은 눈을 부릅뜨고 죽어 나자빠진 김민기를 바라보다가 교의에 앉아 길게 한숨을 내쉬며 두 사람에게 말했다.

"나는 가지 않을 테니 너희 둘은 배를 타고 피신하거라."

권명회와 하정이 엄준의 앞에 무릎을 꿇고 말했다.

"두목님, 같이 가십시오. 한 번을 참지 못하면 큰일을 이룰 수 없는 법입니다."

"그렇습니다. 한 고조는 백 번을 실패하였으나 한 번의 승리로 천하를 얻었습니다."

엄준은 한숨을 쉬며 손을 내저었다.

"나는 가지 않을 테니 너희나 가거라. 주군을 뵐 낯이 없다. 나는 이곳에 남아서 할 일이 있다."

권명회와 하정이 몇 번을 설득하였으나 엄준은 요지부동이었다.

"너희는 살아 돌아가 주군께 내가 실패하고 죽음으로써 사죄하더라 전하거라."

엄준은 자리에서 벌떡 일어나 성문을 향해 성큼성큼 걸어나갔다.

"나리, 저희와 같이 가십시오."

권명회와 하정이 눈물을 흘리며 애원하였으나 엄준은 아무 말도 하지 않고 법성성 문 앞으로 나가 석상처럼 서서 다가오는 사람들을 바라보았다. 엄준은 법송과 나란히 서있는 우치를 노려보다가 손가락으로 가리키며 말했다.

"전우치라 하였던가? 나와 한번 겨루어보자."

우치가 엄준에게 말했다.

"이제 다 끝났소. 이제 그만 투항하시오."

"투항이라고? 하하하하."

엄준은 앙천대소를 하다가 웃음을 뚝 멈추고 우치를 노려보며 말했다.

"이것은 끝이 아니야. 이제부터 시작이야!"

엄준이 발끝으로 땅을 차고는 미끄러지듯 우치에게 달려오며 허리에 찬 장검을 뽑아들었다. 벽송이 선장을 들어 막으려 할 때에 뒤편에 서있던 실권이 번개처럼 우치의 앞을 막아서며 인영도를 빼들었다.

"제가 할 거구먼유."

우치는 실권의 어깨를 잡아 비켜나게 하고 오른손 검지로 엄준을 가리켰다. 실권이 우치가 일지침을 사용하려는 것을 알아채고 비켜서니 엄준이 충혈된 눈으로 장검을 휘두르며 소리쳤다.

"내 갈 때 가더라도 네놈을 데려가고 말 테다."

우치는 검지에 진기를 모아 엄준이 열 걸음 앞까지 달려오기를 기다려 거료혈에 일지침을 격출하였다.

엄준은 갑자기 왼다리에 뜨거운 불화살이 파고들며 통증과 함께 다리 전체가 마비되는 것을 느끼고 그 자리에 뒷걸음치다가 걸음을 멈추었다. 왼손으로 거료혈을 어루만져 보니 화살이 박히지 않았는데도 다리에 감각이 없다. 거료혈에 파고든 기력을 진정시키느라 얼굴이 시뻘겋게 물든 엄준이 우치를 노려보며 입을 열었다.

"이, 이게 무슨…… 이게 무슨 무술이냐?"

"일지침이라고 한다."

"일지침?"

"직지선이라고도 부르지."

"직지선? 그, 그것이 아직까지 존재하는가?"

엄준은 이 젊은이가 불문의 최고 무술인 직지선을 사용하여 자신의 혈도를 마비시킨 것을 경험하고서야 최웅서가 죽은 이유를 알 수 있었다.

"칼을 놓아라."

우치의 말이 떨어지기 무섭게 엄준은 오른손에 화살을 맞은 듯한 통증을 경험하였다. 칼을 잡은 오른손이 마비되는 것이 느껴졌다. 엄준이 왼손으로 떨어지는 칼을 잡아채고는 우치를 노려보며 치켜드니 우치의 손가락이 다시금 그를 향하고 있었다.

"아!"

엄준은 일이 완전히 글렀다 생각하였다. 눈앞에 보이는 젊은이가 직지선을 사용한다는 것을 일찍 알았더라면 상황이 달라졌을 것이나 지금은 너무 늦어버린 것이었다. 엄준은 평생 세상을 바꾸기 위하여 노력한 것들이 모두 헛되게만 느껴졌다.

"아! 허무하구나, 내 일생. 허무하도다. 천명이 있음인가? 천도를 바꾸려 한 것이 잘못된 것인가? 아! 허무하구나."

엄준은 장탄식을 하더니 고개를 돌려 우치를 노려보며 소리쳤다.

"네놈이 전우치로구나."

"그렇다."

"네놈이 무슨 이유로 내 일을 방해하는 것인지는 모르나, 아직 끝난 것이 아니다. 명심하거라!"

엄준은 들고 있는 장검으로 자신의 목을 찔렀다. 붉은 선혈이 허공으로 솟구치며 엄준의 몸이 힘없이 무너져 내렸다. 말릴 사이도 없이 일어난 일이라 놀란 우치가 쓰러진 엄준에게 다가가니 엄준은 피투성이가 되어 눈을 부릅뜬 채 죽어 있었다.

"나무아미타불 관세음보살."

벽송과 다른 승려들은 엄준을 둘러싸고 합장하며 염불을 외우고, 우치도 비록 도적이지만 일세의 기재奇才가 세상을 잘못 타고나 덧없이 죽은 것이 안타까워 가만히 눈을 감고 엄준의 죽음을 애도하였다. 법성성 내아에서는 권명회와 하정이 들보에 목을 매달아 스스로 목숨을 끊었다.

우치 일행은 두 사람의 시신을 수습하고 법성성의 옥사 안에 갇혀 있던 진양진 수군만호 김영수와 관원들을 풀어주었다.

김영수는 도적 떼에게 갇혔다 풀려난 것을 부끄럽게 여기며 우치의 처분을 기다렸으나, 우치는 조정에 비밀로 부치는 조건으로 한 가지 조건을 내걸었다.

목이 잘려 조리돌림을 당해도 시원찮을 판에 살 길이 열렸으니 수군만호 김영수는 두말하지 않고 어사의 조건을 받아들였다.

우치가 영광읍성으로 돌아와 훼손된 성과 불에 탄 가옥들을 복구하고 영광군과 인근의 부로들을 모두 불러들여 동헌 안에 모아놓고 영광관아와 법성성이 도적 떼에 점거당한 것을 비밀로 하라고 명했다. 이유인즉 영광 관아가 도적 떼에 점거된 것이 조정에 알려지면 군수와 수군만호가 파면되는 것은 물론이거니와 마을 사람들을 도적과 한패라고 의심하여 연좌될 것이니 이때에는 싫든 좋든 마을의 부로들이 막심한 피해를 입을 것이며, 군이 강등될 뿐 아니라 앞으로 벼슬길에 나가려는 사람에게도 누가 된다는 것이었다.

마을의 부로들이 어사의 말을 들으니 구구절절 옳은 말이었다. 소문이 나서 득될 것이 하나 없으니 이를테면 자기 얼굴에 먹칠을 하는 것이나 다름이 없어서 부로들은 얼굴이 백반처럼 하얗게 변하여 모두 입단속을 철저히 하리라 약속하고 이를 어기는 자는 징죄하리라 저희끼리 맹약하였다.

소문을 단속시킨 후에 우치는 사로잡힌 녹쇠와 곰개를 불러내어 활빈도의 우두머리가 누구인지 물어보았다. 그러나 모진 형장에도 모르쇠로 일관하는 탓에 알아낼 도리가 없었다. 우두머리를 잡지 않고서는 병의 근원을 뽑아낸 것이 아니기에 우치가 한동안 전전긍긍하다가 문득 이은연이라는 소년이 생각났다.

엄준이 이은연의 자미검법을 알고 있다면 둘 사이에 어떤 연관이 있으리라 생각했던 것이다. 우치가 윤군평에게 물었다.

"이은연이라는 아이가 지금도 있는가?"

"떠났습니다."

"떠났다고?"

"예. 그러지 않아도 그 아이가 어사께 쪽지 하나를 남겼습니다."

우치가 윤군평이 건넨 쪽지를 펴니 '智異山지리산 靑鶴洞청학동 靑鶴上人청학상인 魏漢祚위한조' 라는 짧막한 글이 쓰여 있었다.

"청학상인 위한조? 그는 어쩌면 활빈도의 우두머리가 누군지 알고 있을지도 몰라……."

"지리산으로 가실 작정이십니까?"

우치가 말 없이 고개를 끄덕였다.

8

지리산은 영남과 호남에 걸쳐 있는 큰 산으로 삐죽삐죽한 봉우리가 동서로 백여 리요, 하늘을 찌르는 산세가 남북으로 육십 리나 이어지는 까닭에 산이 넓고 골이 깊어 곳곳에 사찰과 암자들이 즐비하고 그 밑자락에는 이루 셀 수 없는 인가들이 산을 의지하며 살았다.

우치가 영광에서 설을 보내고, 윤군평과 배복룡에게 따로 일을 지시한 후에 실권과 함께 지리산으로 출발하여 구례에 도착하니 정월 보름 무렵이었다.

우치가 구례에서 청하동과 청학상인을 물어보니 청학동은 법계사 인근 마을이었다. 청학상인은 폐주가 쫓겨나고 새 임금이 들어설 무렵에 지리산에 찾아온 도사인데 도술이 대단해서 근방의 사람들이 생불로 여긴다는 것이었다. 제자 하나를 데리고 산 바깥으로 내려오는 법이 없다는 말을 듣고 그 제자가 이은연이라는 것을 짐작하였다.

우치가 구례에서 하동으로 갔다가 법계사를 찾아서 올라갔다. 이른 아침 동당골에서 출발하여 깊고 깊은 산골짜기에 난 가파르고 좁은 길을 따라 올라가니 정오 무렵 풍경 소리가 들리는 산사 하나가 나타났다. 그 절이 법계사이니 신라 때에 연기 조사가 창건했다는 절이었다.

우치가 절간 앞에 있는 약수를 한 잔 마시고 숨을 돌리고 있을 때에 눈에 익은 소년이 절간 안에서 나왔다. 청학상인의 제자인 이은연이었다.

"먼 길 오시느라 수고 많으셨지요? 스승님께서 나리를 모셔오라고 하셔서 이렇게 기다리고 있었습니다."

이은연이 공손하게 인사를 하였다.

"우리가 올 것을 알았느냐?"

"예."

우치는 잠시 숨을 돌린 후에 소년을 따라갔다. 법계사 위로 난 가파른 산길을 따라 한참을 올라가니 곧 천황봉이라. 우치와 실권이 한동안 천황봉에 앉아 구불구불 뻗어내려가는 산하를 바라보며 땀을 식혔다. 이내 이은연을 따라 구불구불한 산등성을 내려가길 한참 후에 우치는 작은 초옥 하나를 발견할 수 있었다. 싸리나무로 울타리를 만든 초옥의 마당은 아주 넓었으며, 가운데 마루가 있고 좌우에 방이 하나씩 있는 삼간 초옥이었다.

이은연이 마당으로 들어가 두 손을 모아 공손하게 입을 열었다.

"스승님, 어사또 나리를 모셔왔습니다."

방문이 열리더니 납의에 머리를 길게 기른 청수한 도사가 나타났다.

"추운데 방으로 들어오시지요."

우치가 방 안으로 들어갔다.

"먼 길 오시느라 수고가 많으셨습니다. 위한조가 어사또를 뵙습니다."

위한조가 절을 하자 우치가 맞절로 예를 갖추었다.

주인과 손이 마주앉았다. 위한조는 까무잡잡한 얼굴에 이마가 넓고 눈썹과 눈은 팔八자로 처졌는데 콧날이 낮고 입술은 크고 두터운 기이한 얼굴이었다. 긴 머리가 희끗희끗하여 오십대 초반 정도로 보이는데 눈이 빛났다.

방문이 열리며 이은연이 차를 가지고 들어왔다. 은은한 향이 감도는 차를 앞에 놓고 위한조가 미소를 지었다.

"지리산에서 딴 녹차이지요. 맛이 괜찮습니다."

우치가 주인을 따라 녹차를 맛보니 과연 부드러운 향과 쌉싸름한 맛이 일품이었다.

"차 맛이 참 좋습니다."

위한조가 미소를 지으며 차를 한 모금 마시고는 입을 열었다.

"제게 궁금하신 것이 있으시지요?"

"예. 얼마 전에 죽은 활빈도의 두목 엄준이 이은연과 싸울 때에 서로 검법이 같다고 한 적이 있습니다. 제가 찾는 것은 활빈도의 괴수인데 도대체 누가 이 나라의 전복을 꾀하는지 궁금합니다."

"생각나는 사람이 하나 있습니다. 그 전에 제가 살아온 이야기나 들어보시겠습니까?"

위한조가 전력을 이야기하였다.

위한조는 갑산甲山 사람으로 선조는 중국 사람이었다. 그 선조가 고려 때 망명해서 살다가 선초에 화를 입어 갑산으로 귀양 와서 선조 이래로 내내 수자리마을에서 터를 닦고 살았다.

갑산은 산이 험하고 물이 깊은 곳이라 야인들의 침입이 빈번하여 열다섯 살 때부터 변방에서 수자리를 하느라 허리가 꺾이게 고생을 하였는데 혜산령 너머 혜산진뿐 아니라 멀리 압록강 이북까지도 가 본 적이 있었다.

"변방 수자리로 살다보니 강 건너의 야인들을 하나씩 알게 되었는데 야인들은 사냥으로 먹고사는 사람들이라 짐승의 가죽이 많아서 공물 대신 조정에 바치는 터였지요.

야인들은 번호藩胡와 심처호深處胡로 나뉘는데, 조선의 변방 가까이에 사는 야인으로서 조선과 무역을 하며 공물을 바치는 야인을 번호라 하고, 조선과 무역도 않고 공물을 바치지도 않는 오랑캐를 심처호라 하지요. 번호들은 심처호가 변방으로 들어오려 할 때 일차적으로 막아주는 역할을 하기 때문에 조선 군사와도 가까워 자주 접촉을 하곤 하는데 대개 변방에 부임하는 자들은 하는 일 없이 놀다가 번호들로부터 공물을 받아서 제 사리사욕을 챙기는 자들이 많아서 문제가 되곤 했지요. 번호들 가운데에는 우리나라 상인들과 밀매를 하는 자들도 있었는데 저도 그들 중에 하나였습니다. 수달피나 범피 같은 것들은 시중에서 고가이기 때문에 야인들이 따로 빼두었다가 우리와 무역을 하였는데 수달피는 대개 면포 한 필이면 거래가 되지만 시중에 나오면 면포 열 필은 줘야 하고 꽃범의 가죽 같으면 면포 한 동 정도의 이득이 남으니 가죽만 취급하여도 큰 이문이 되었지요. 그러나 꼬리가 길면 잡히는 법이라 갑산 부사가 그 사실을 알게 되어 하릴없이 쫓기는 신세가 되고 만 것입니다. 밀매를 하다가 걸려도 번호는 갑산 부사에게 뇌물을 떠넘기면 탈이 없지만 저 같은 경우에는 사거리에서 목이 잘릴 판이었으니 별수가 없었지요. 압록강을 건너서 가다보니 중국이 나옵디다. 참말 대국은 대국이었소. 땅의 크기는 말할 것도 없고 성곽이나 성의 크기도 비교가 안 됩디다. 들판은 끝이 없고, 강이나 호수도 바다처럼 길고 넓어서 사람들이 왜 대국이라 하는지 알 것 같았습니다.

중국에서 부표처럼 떠돌이 생활을 하던 저는 그림 같은 산을 만나게 되었소. 화산華山이라고 하는데 기암괴석이 우뚝우뚝 솟아 있고 절벽에 구름과 안개가 걸려서 선경이 따로 없었지요. 그 산꼭대기에 도관이 하나 있었는데 딱히 갈 곳도 없는 저는 무작정 그 도관으로 찾아가 하룻밤 쉬어가길 청하였습니다. 때마침 도사의 어린 제자가 산 밑으로 내려가서 홀로 있던 도사가 몇 가지 술법을 보여주는데 정말 대단했습니다. 하여 제자가 되게 해 달라고 몇날 며칠을 졸랐더니 도사가 몇 번 거절하다가 마침내 저를 제자로 받아주었지요. 그 도사의 이름이 양운楊雲이라 하는데 신통하기가 이를 데 없어서 산 아래 사람들은 옥황진인玉皇眞人이라 하기도 하고 양신선楊神仙이라 부르기도 하면서 공경하였습니다.

제가 그분의 제자로 10년 동안 술법을 배우고 하산해서 천하를 떠돌다가 고향산천이 그리워 다시 돌아와 팔도를 돌아다니다 무량사의 학조 대사에게 혜손 선생의 이야기를 듣고 나주 보릿고개를 찾아갔었지요. 혜손이라는 분은 백우자라는 도호를 가지고 있는 분인데 김시습 같은 이인이 첫손으로 꼽는 분이었소. 나주 사람들은 그 분을 멍태공이라 불렸는데 하는 일 없이 낚싯대를 드리운다고 붙여진 이름이었지요. 제가 어릴 적 자만심에 취해서 그분을 찾아가 도술을 겨루다가 제 주제를 알았지요. 그래서 그 길로 자만심을 버리기 위해 팔도의 산천을 주유하며 마음 다스리는 법을 배우다가 이곳에 자리를 잡게 되었지요."

"도술이라면 대체 어떤 것입니까?"

"부끄러운 잡술이지만 한번 보시겠소?"

위한조가 찻잔을 들어 차 한 모금을 마시다가 별안간 허공으로 찻물을 내뿜었다. 뿜어진 물이 허공에서 갑자기 꽃잎으로 변하여 눈처럼 나풀거리더니 떨어져 내렸다.

우치가 멍하니 바라보고 있으니 위한조가 미소를 지으며 다시 한번 물을 뿜었다. 입에서 뿜어져나온 물방울들이 갑자기 수만 마리 나비로 변해서 허공을 팔랑거리며 날아다니는데 우치는 보고도 믿을 수가 없어서 두 눈을 비벼댔다.

"모두 허상이올시다. 사람을 홀리는 재주지요."

위한조가 진언을 외우자 꽃과 나비가 일시에 사라져 버렸다.

"제가 이런 재주가 쓸모없다는 것을 백우자 선생을 만난 후에 깨닫게 되었습니다. 차차 수양을 하게 되면서 그동안 배웠던 도술들이 허상이며, 그것을 좇기 위해 얼마나 많은 시간을 허비했는지 알게 되었습니다."

위한조가 한숨을 내쉬다가 잠시 이야기를 그치곤 우치를 바라보았다.

"제가 양운 선생에게 술법을 배울 때에 왕륜王倫이라는 사람이 있었습니다. 왕륜은 고려 때의 왕족으로, 언젠가 이씨에게 빼앗긴 나라를 되찾겠노라고 말하곤 하였지요. 제가 대국에 있을때 왕륜에게 한동안 자미검법을 배운 적이 있습니다. 자미검법은 왕건이 만든 검법으로 왕씨들에게 전해 내려오는 가전의 검법입니다."

"그렇군요."

"제 생각으로는 엄준이란 자가 자미검법을 쓴다면 왕륜이 가르쳤을 것입니다. 그가 대고려를 되찾기 위해 농간을 부리는 것이 틀림없을 것입니다."

"아! 그러고 보니 최응서라는 자가 독장을 써서 몇 사람을 중독시켰는데 사람들 말이 대국에서는 독으로 무예를 연마하여 손바닥을 마주쳐도 극독에 중독된다고 합디다."

"그렇다면 틀림없군요."

"그를 어떻게 찾을 수 있겠습니까?"

"때가 되면 만나게 될 것입니다."

"제가 왕륜의 음모를 발본색원할 수 있겠습니까?"

"그보다 은연이 말로는 나리께서도 도술을 한다고 들었습니다."

위한조가 말을 돌렸다. 우치는 위한조가 스승인 정희량처럼 앞일에 대해 말하기를 꺼린다는 것을 짐작하곤 물음에 대답하였다.

"우연하게 직지선이라는 것을 익히게 되었습니다."

"직지선이라면 허공을 격하고 기력을 화살처럼 쏘아 상대방을 쓰러뜨릴 수 있는 불문의 최상승 무예가 아니오? 아직 연소하신데 어떻게 직지선이 가능한지 궁금하외다."

우치는 어릴 적에 산삼을 먹었고, 정희량 선생에게 행기를 배웠으며, 작년에 부석사에서 백보환이라는 환약을 먹었는데 의술을 배운 이회에게 일지침의 법문을 배우게 되어서 가능하게 되었다고 이야기해주었다.

"선재입니다. 음복입니다. 나리께서 활빈도를 물리치신 것은 그렇게 될 수밖에 없는 운명이기 때문입니다. 또한 저를 만난 것도 그렇습니다. 만약 나리께서 일부러 저를 찾아오지 않았다면 이런 일을 알 수가 없었겠지요. 선재입니다."

우치는 그날 늦게까지 위한조와 이야기를 나누다가 다음 날 정오에 지리산을 내려왔다.

영광으로 돌아온 우치는 기다리고 있던 윤군평과 배복룡을 만나 전라도 각 고을에 구휼미를 돌리기로 하였다.

우치가 지리산에 다녀오는 동안 윤군평과 배복룡은 영광 군수 이길의 도움을 얻어 도적들이 모아놓은 곡식을 찾았다. 불갑산과 모악산, 입암리笠岩里 고법성古法聖이란 동네에 군량이 산처럼 쌓여 있었다. 도적들이 모은 곡식과 법성창의 곡식을 모두 합하니 무려 십팔만 석이나 되었다.

법성창에서는 선치미 천이백육십오 석, 대동치미 육백칠십육 석, 상납미 사천오백오십삼 석, 군병 훈련도감미 삼백팔십사 석, 호조조군 및 호과미 사백육십오 석을 보관하던 터라 일만 석을 내주어 넉넉하게 채웠다.

영광읍성의 텅텅 빈 사창에는 이만 석을 가득 채워주고 읍성의 백성들에게도 곡식을 넉넉하게 나누어주었다. 그러고도 남은 곡식이 십오만 석이었다.

우치가 남은 기간 동안 흥덕, 부안, 함평, 무장, 장성, 정읍, 고부, 고창, 옥과, 담양, 진원, 창평, 순창, 곡성 등 전라도 스물여덟 고을을 돌면서 고을 원의 악정을 치죄하고 남은 곡식으로 보릿고개에 신음하는 헐벗은 백성들을 구휼하는 데에 힘을 써서 전라도 각 고을이 활개를 찾았다.

전라도를 구휼하고 남은 나머지 오만 석은 송방 대행수를 불러 대동강 포구에 옮겨 황해도와 평안도 일대의 헐벗은 백성들을 구휼하도록 하였는데 이때가 보릿고개가 한창인 삼월 초순 무렵이었다.

1

우치는 기한을 맞추어 한양으로 돌아가 마패와 금척을 반납하였
다. 우치는 백성들을 위해 선행을 했지만 임금을 속인 것이 마음에
걸려서 벼슬을 그만두고 시골로 돌아가 병자들을 고치면서 살아가기
로 작정하고 임금에게 사직 상소를 올릴 생각을 하였다.

우치가 궐 밖으로 나가서 기다리고 있던 실권과 배복룡, 윤군평을
만났다. 윤군평도 우치와 마찬가지로 병조로 돌아가서 복귀신고를
하고 온 터였다. 네 사람은 서로를 위로하기 위해 가까운 주막에 모
여 술잔을 마주하였다.

"나리, 이제는 궐내에서 벼슬하시겠습니다."

윤군평의 물음에 우치가 고개를 내저었다.

"자네도 알다시피 임금을 속인 내가 뭐 잘한 것이 있다고 벼슬을
하겠는가. 이번에 집으로 돌아가 사직 상소나 올릴 생각이네."

배복룡이 말했다.

"나리께서 임금님을 속였다 하지만 제가 보기에는 아니올시다. 전라도 백성들이 나리 덕에 역적이 되지 않았고 목숨도 구하고 보릿고개를 넘겼지 않습니까? 그런 일은 임금님이 직접 오셔도 어려울 겁니다. 아닌 말로 우리가 입을 꾹 다물고 모르쇠하면 누가 알겠습니까? 영광 군수나 법성포 만호가 입을 열겠습니까? 풍문이 날개가 있다지만 궐 안으로 들어가는 법은 좀체 없다 합니다. 나리께서 관원이 되시면 수많은 백성들이 덕을 입을 텐데 사직한다니요. 그러지 마십시오."

윤군평이 말했다.

"제 생각도 그렇습니다. 제가 곰곰이 생각해보니 나리께서 원칙대로 하셨다면 수천 명의 사람이 역적으로 죽임을 당했을 것이고, 수만의 사람이 흉년으로 굶어 죽었을 겁니다. 그런 일은 아무나 할 수 있는 일이 아닙니다. 실력 있는 사람이 제자리에 있어야 백성들이 덕을 얻을 것입니다."

"그렇게 말해주니 고맙구만."

"그렇지 않아도 이번에 배복룡을 훈련원에 데려갈 생각입니다. 무예 실력이 출중하니 포도청이나 훈련원의 말단 관원이라도 시켜 놓으면 뭐가 되도 되겠지요."

배복룡이 눈을 크게 뜨고 윤군평에게 말했다.

"성님, 저를 관원으로 만들어주시겠다고요?"

"그래. 이따가 나와 함께 훈련원으로 가세."

배복룡이 좋아서 입이 벌어지는 것을 보고,

"자네 실력을 올바르게 쓸 곳이 생겼으니 축하할 일이네. 가서 잘해보게."

우치가 빙그레 웃으니 윤군평이 고개를 돌려 우치에게 말했다.

"참, 그런데 이야기 들으셨습니까?"

"무슨 이야기 말인가?"

윤군평이 목소리를 낮추어 말했다.

"병조에 들어갔더니 요즘 함경도가 불안하다 합니다. 제 생각에는 활빈도의 우두머리가 그 배후에 있는 것 같습니다."

"자세히 좀 일러 보게."

"작년 구월에 북쪽에서 단련사 홍자연洪自淵이 거느리고 간 군사가 북쪽 야인들에게 사로잡히는 일이 있었습니다. 근래 평안도 삭주朔州의 여연閭延·무창茂昌에 야인들이 눈덩이처럼 불어났는데 야인들의 우두머리인 김주성합金朱成哈이란 자가 우리 땅에서 살게 하지 않는다면 공세를 늦추지 않겠다고 위협을 하고 있다 합니다. 그 때문에 상께서 일이 심각하다 생각하시고 경회루에 납시어 무신들의 활쏘기를 구경하시고, 변방의 일을 해결할 방략도 물어보시면서 자주 군사들을 사열하셨지요. 그런데 이번 정초에 종성부사鐘城府使 김세준金世準이 일변도日變圖를 그려 올렸는데 그림이 심상치 않아서 북쪽에 병화가 있지 않을까 의론이 분분하였습니다."

"일변도를 보았는가?"

"그렇지 않아도 병조에 갔다가 제가 그림을 보고 왔습니다. 채홍彩紅이 해를 세 겹으로 쌌고, 또 연포練布 같은 백기白氣가 동북쪽으로부터 해를 꿰어 채홍의 밖을 둥글게 둘러쌌으며, 해의 양 곁에 각각 홍점紅點이 있었는데 해와 비슷하였으나 해보다 작고 희미하였습니다. 또 그 홍점의 남쪽과 북쪽 두 곳에 각각 홍점이 있었는데 해와 비슷하였으나 해보다 작고 더욱 희미하였으며, 또 홍기紅氣가 남쪽에 가로질러 있었는데 무지개 같으면서도 무지개가 아니었습니다. 그 일변도를 보고 다들 북방이 병란의 징후라며 흉흉하다고 합니다."

우치가 윤군평의 말을 듣고 보니 야인들의 세가 불어난 것이 활빈도와 관련이 있는 것 같았다. 법성포에서 수만 석의 곡식이 북쪽으로 실려 갔으니 야인들이 준동하는 것은 어찌 보면 당연한 일인지도 몰랐다.

"왕륜이라는 활빈도의 우두머리가 관여된 일이라면 나리께서는 더욱 사직을 생각하시면 안 됩니다."

"좀 더 생각을 해보세."

막걸리 몇 사발을 둘러 마신 후에 각자 흩어졌다.

우치가 주막을 나오니 실권이 물었다.

"도련님, 어디로 가실 작정이셔유?"

"안국동에 동생 집이 있어요. 당분간 그곳에서 머무를 생각입니다."

"그럼 저는 잠시 전주에 다녀오겠구먼유."

"황 비장한테 가려고요?"

"예. 그 놈이 저에게는 자식과도 같은 놈인데 잘 지내고 있을지 궁금하기도 하네유. 가서 만나보고 도련님께 돌아오겠구먼유."

"그러지 말고 나하고 동생 집으로 가세요. 가서 내 쌍둥이 여동생도 만나보고 며칠 쉬다가 전주에 다녀오세요."

"아니구먼유. 이번에 다녀오면 도련님 댁에서 영원히 도련님을 모시고 살 작정이니께 아가씨께는 돌아와서 인사드리겠구먼유."

"아저씨 마음이 그렇다면 할 수 없지요. 안국동 이세장의 집을 찾아오면 됩니다."

"예. 그럼 저는 먼저 가보겠어유."

실권이 우치에게 인사를 하고 인파 사이로 사라져 갔다.

"허, 이제 혼자 남았구나!"

우치는 광화문 앞 사거리에 안국동으로 들어서서 이세장의 집으로 가려다가 방향을 바꾸어 이행의 집을 찾아갔다. 우치가 눈에 익은 솟을대문을 보고 문을 두드렸다. 대문이 열리며 늙은 청지기가 삐죽 얼굴을 내밀었다.

"뉘십니까?"

"날세, 전우치."

"아! 시 잘하시는 나리시군요."

우치가 이교리의 집에서 며칠간 머물렀던 까닭에 늙은 청지기가 알아보고는 반겨 맞았다. 우치가 청지기를 따라 대문 안으로 들어가니 넓은 행랑마당에 말도 매여 있고 보교도 놓여 있었다.

"그렇지 않아도 우리 주인께서 나리 이야기를 자주 하십니다. 나리가 가신 이후에 우리 영감님께서 벼슬이 오르셔서 지금은 공조참판 겸 홍문관예문관대제학이 되셨지요. 대제학은 정2품 당상관이시니 임금님을 바로 앞에서 모시고 계십지요. 마침 나리께서 오늘은 일찍 퇴궐하셨는데 탕춘대로 야유회를 가셨습니다. 사랑에서 기다리시려면 오래 걸리실 텐데 기다리시겠습니까? 아니면 대감께서 야유회 가신 지 얼마 되지 않으니 그곳으로 가보시는 것이 어떻겠습니까?"

"탕춘대가 어디오?"

"제가 안내하겠습니다요."

청지기가 얼른 의관을 입고 나와 앞장서니 우치가 그 뒤를 따랐다.

청지기는 한양의 북문인 창의문彰義門을 나가 계곡을 올라갔다. 탕춘대는 북악산北岳山과 남장대南將臺, 비봉碑峯에 둘러싸이고 사천沙川이 흐르는 곳에 위치하고 있었는데 일찍이 연산군이 수각水閣을 짓고 놀던 장소였다.

탕춘대 앞에는 활쏘기를 할 수 있는 사단射壇이 있고 계곡 맞은편에 과녁을 설치하여 시인묵객들뿐 아니라 풍류를 즐기는 활량들도 활쏘기 연습을 하러 많이 찾아오는 곳이었다.

우치가 청지기를 따라 탕춘대에 도착하니 계곡 아래에서부터 교꾼들과 말구종들이 모여 떠들썩하고, 관복을 입은 군졸들이 창을 들고 어지러이 뛰어다녔다. 사단에는 여러 명의 활량이 활을 들고 서있는데 자신이 들고 있는 화살을 살펴보기도 하고, 활을 무릎 사이에 끼워 당기기도 하며 이야기를 나누고 있었다. 그 뒤로 어여쁘게 차려입은 기생들이 북과 장구를 들고 서있었다.

탕춘대 위에 지어진 정자 안에 산해진미 주육이 풍성하고 아리따운 기녀들의 웃음소리와 술에 취한 고관대작들이 기녀를 희롱하는 웃음소리가 어지럽게 들려왔다.

우치는 전라도 재상어사를 하면서 백성들의 고초를 살갗으로 느낀 탓에 고관대작들의 풍류놀음이 기꺼워 보이지 않았다. 이때 누각 위에서 한 선비가 난간을 붙잡고 크게 소리쳤다.

"여봐라, 궁술회弓術會를 열 것이니 준비하라!"

청지기가 우치 옆에 서있다가 그가 병조판서 고형산高荊山이라 알

려주었다. 병판의 명이 떨어지자 북소리가 울리더니 하인들이 형형
색색의 깃발을 준비하였다. 이윽고 모든 준비가 끝났다고 사단 앞에
있던 획창獲唱*이 고형산에게 아뢰었다.

청명한 하늘 아래 둥 둥 북소리가 울려퍼지더니 잠시 후 탕춘대 누
각 위에 서있던 고형산이 소리쳤다.

"궁술회를 시작한다. 선사善射에게는 큰 상을 내릴 것이니 모두 자
신의 기량을 십분 발휘하기 바란다!"

붉은 깃발, 푸른 깃발이 차례로 흔들리더니 활량들이 각 편의 행수
行首를 우두머리로 편을 나누어 탕춘대 아래에 도열해 섰다. 이들은
훈련도감·어영청·총융청·금위영·수어청에서 뽑혀온 실력 있는 사수
들이었다.

한 편마다 다섯 명씩 모두 스물다섯 명의 궁사가 위풍당당하게 탕
춘대에 도열하자 장내는 이내 고요해졌다. 잠시 후 북소리가 둥 둥
울리고 사정射亭 앞에 자리 잡은 획창이 응사원을 호명하자, 왼편에
있던 사내부터 과녁을 향해 화살을 쏘았다.

멀리 계곡 가운데에 붉은 점을 찍은 듯한 과녁이 세워져 있고, 그
좌측에 포졸 한 사람이 붉은 깃발을 들고 서있었는데 화살이 과녁에
맞으면 깃발을 힘차게 휘둘렀다. 그럴 때마다 누각 위에 앉아 있던
대관들은 크게 환호성을 질렀고 뒤에 있던 기생들도 노래를 부르거
나 술을 따라주며 흥을 돋궜다.

이 시합에서 어영청에서 나온 이 중에 다섯 발을 맞춘 이가 한 사람

---

* 획창 : 사정 앞에 자리 잡고 앉아서 응사원을 호명하고, 결과를 알리는 사람

이요, 훈련도감에서 한 사람이요, 총융청에서 두 사람이요, 수어청에서 두 사람이라 세 사람이 모두 화살을 적중시킨 금위영이 승리했다.

다시금 과녁에 적중한 아홉 사람이 사단에 모여 최고의 사수를 뽑게 되는데 이 시합은 일백팔십 보의 전후 거리에 있는 과녁에 다섯 발을 쏘았다. 이때 가장 점수가 높은 사람에게 선사라는 칭호를 주며 때때로 선사에게는 벼슬자리도 주어졌다.

화살은 한 발마다 십오 점을 부여하는데 정곡正鵠*을 뚫었을 경우에는 두 배를 부여하였다. 처음에 쏜 사내는 금위영의 갑사인 이장길李長佶이라는 이로 다섯 발 모두를 돼지머리에 명중시켜 일백오십 점을 얻었고, 다른 이들은 한두 발씩 정곡을 벗어나 점수가 깎였다.

"오늘의 선사는 이장길이오!"

획창이 큰 소리로 이름을 부르자 풍악이 울리고 기생들이 이장길의 주위를 돌며 춤을 추고 노래를 불렀다. 이장길이 두 손을 쳐들고 기뻐할 때에 누각 위에서 한 사내가 사단으로 내려오며 말하였다.

"그렇다면 오늘 선사에게 시험을 한번 해볼까?"

고형산이 바라보니 얼마 전 경회루에서 임금을 모시고 열린 궁술회에서 일등을 차지한 선전관 박지화朴枝華였다. 박지화는 검푸른빛이 나는 커다란 활과 이상히게 생긴 거다란 화살을 가시고 나왔는데, 처음 보는 화살인지라 고형산이 화살을 가리켜 말했다.

"박 선전은 이상한 활과 화살을 가지고 있구려. 도대체 그 화살은

---

* 정곡 : 과녁의 표적을 삼등분한 중앙의 한 부분을 말한다. 정곡은 사방이 육 척尺에 흰색을 칠한 가죽으로 만들어 후侯의 복판에 붙이고, 돼지머리를 그린다.

뭐요?"

박지화는 화살을 꺼내어 아전에게 주며 말했다.

"이 활은 정량궁인데 보통 정량궁이 아니오. 태조께서 사용하시던 철태궁鐵胎弓과 같은 활로 무게가 오십 근이나 되지요. 이 화살은 대초명적大哨鳴鏑이라는 화살로 과거에 태조대왕께서 즐겨 사용하시던 것이지요."

"오! 이것이 대초명적이라는 화살인가?"

고형산은 아전에게 화살을 건네받고는 놀라며 그것을 자세히 살펴보았다.

대초명적이라는 화살은 일반 화살보다 길이가 길고 폭이 넓었으며 화살 끝이 배梨처럼 생겼는데 가운데 작은 구멍이 뚫려 있었다. 고형산은 그것을 여러 대관들에게 돌려가며 구경을 시킨 후 아전을 시켜 박지화에게 돌려주었다.

박지화가 대초명적을 들고 말했다.

"이 화살은 육량전보다도 길고 크며 무거운데 내가 가진 활을 사용해서 화살을 쏘아 과녁에 맞히면 그는 정말로 참다운 선사가 될 자격이 있지요."

그는 가지고 있던 검푸른빛이 감도는 커다란 활을 다시 아전에게 건네었다. 아전은 활을 받자마자 팔이 축 늘어지더니 두 손으로 낑낑대며 들고서 고형산에게 다가갔다. 고형산이 커다란 활을 받아드니 그 무게가 엄청났다.

"박 선전이 가지고 있을 때는 아주 가벼워 보이던데, 과연 일백 근짜리 활이 분명하구려. 하기야 대초명적 같은 화살을 쏘려면 이 정도는 되어야겠지."

고형산은 아전을 시켜 박지화의 활과 화살을 사정에 도열한 아홉 명의 궁사들 앞에 가져다놓게 하였다. 그러자 획창이 사정 앞에서 크게 소리쳤다.

"한 명씩 나와서 이 활과 화살로 과녁을 쏘시오!"

한 사내가 나와 화살을 시위에 끼워 과녁을 향해 들었다. 그러나 시위도 당기기 전에 활을 쥔 손이 부르르 떨리더니 죽머리*가 축 처지기 시작했다. 활의 무게를 감당할 수 없었던 것이다. 그는 몇 번을 다시 시도해보았으나 미처 시위를 당겨보지도 못했다. 얼굴이 붉게 변한 사내는 활과 화살을 제자리에 놓고 탕춘대를 올려다보며 고개 숙여 인사를 한 다음 사단을 내려와 사람들 틈으로 사라졌다.

대관들은 궁사가 시위를 당기지도 못하는 것을 보고는 놀라 저마다 수군거렸다.

"시위를 당기지도 못하는 걸 보니 보통 활이 아닌 모양이네."

"활만 그런가? 저 화살을 좀 보게. 화살촉에 사과 하나가 달린 것 같은데 저런 화살이 날아가긴 하겠는가?"

이번에는 덩치가 건장한 사내가 나와 활을 들었다. 그는 무거운 활을 거뜬히 들었으나 이번에는 휠의 시위를 당기지 못해 몇 번씩 안간힘을 쓰다가 식식거리며 사단을 내려와버리고 말았다. 그러자 탕춘대의 분위기가 갑자기 찬물을 끼얹은 듯 고요해졌다.

잇달아 여덟 명의 궁사가 활시위를 제대로 당겨보지도 못하고 사

---

* 죽머리 : 활을 잡은 쪽의 어깨

단을 내려가자 분위기가 냉랭하게 변했다. 이제 사단에는 이장길과 박지화 두 사람만이 은은하게 불어오는 미풍을 받으며 서있었다.

이장길이 천천히 나가 활과 화살을 들었다. 이장길은 화살을 시위에 끼우고 숨을 깊게 들이쉰 후에 죽머리를 평행하게 들더니 천천히 시위를 당겼다. 거뭇거뭇한 커다란 활이 서서히 휘어지자 사람들의 탄성이 하나둘 들려왔다. 그러나 시위가 반쯤 당겨졌을 때 벌써 이장길의 죽머리가 부들부들 떨리면서 이마와 목에 핏줄이 울긋불긋하게 솟아올랐다. 그는 시위를 완전히 당기지 못하고 숨을 내쉬며 시위를 원상태로 돌렸다. 사람들 속에서 작은 탄성이 들려왔다.

후, 이장길은 다시 한 번 숨을 길게 내쉬고는 머리를 좌우로 돌리고 오른팔을 아래위로 휘둘렀다. 잠시 후 그는 다시 활을 들더니 시위를 서서히 당겼다. 이번에도 역시 시위가 반쯤 당겨지고는 더 이상 당겨지지 않았다. 이장길은 한참 동안 안간힘을 쓰다가 결국 반쯤 당겨놓은 시위를 놓았다. 그러자 삐 하는 힘없는 소리와 함께 화살은 팔십 보 거리에 있는 과녁에 미치지도 못하고 힘 없이 떨어지고 말았다. 이장길은 힘없이 떨어지는 화살을 보고 머리를 좌우로 내저었다.

박지화는 빙그레 웃더니 이장길에게서 철태궁을 건네받아 왼손에 잡고 대초명적을 꺼내 시위에 끼운 후 말했다.

"누가 이 활을 쏠 사람이 없는가?"

나서는 사람들이 없어서 대관들이 혀를 차고 있는데 정자 안에 있던 이행이 우치를 보고 손을 흔들었다. 우치가 이행을 보고 손을 흔드니 사람들의 시선이 우치에게 쏟아졌다.

"거기가 활을 쏘겠다고 하셨소?"

획창이 얼른 다가와 우치의 소매를 끌어당겨 사단으로 데려왔다. 청천대낮에 날벼락을 맞은 꼴이라 우치가 어리둥절하게 사단으로 끌려오니 이행이 사단 위의 정자에서 우치에게 물었다.

"자네가 활도 쏠 줄 아는가?"

"그, 그게 아니고……."

우치가 말을 끝내기도 전에 박지화가 철태궁을 내밀었다.

"그 몸으로 이것을 쏠 수 있겠소?"

우치는 박지화가 무시하는 듯한 말에 화가 나서 선뜻 철태궁을 받았다.

"제가 한번 당겨보지요."

우치가 박지화에게 활을 받아드니 무게가 대단하였다. 그러나 우치도 힘으로는 다른 이 못지않다고 자부하는 터였다. 봉팔은 우치가 힘이 센 것이 어릴 적에 산삼을 먹었기 때문이라고 말하곤 했다.

'까짓것, 칼 물고 뜀뛰기한다 생각하고 힘 한번 쓰지 뭐.'

우치는 손아귀에 힘을 주어 활을 쳐들었다. 우치가 아무렇지 않게 철태궁을 들고 대초명적을 들어 시위에 끼워넣으니 이행이 놀란 눈으로 우치를 바라보았다. 우치는 대초명적을 끼운 철태궁의 시위를 천천히 당겼다.

끙, 아랫배에 힘을 주어 시위를 힘껏 당기니 어느새 활을 끼운 각지가 얼굴에 도달해 있었다.

"어, 장사일세. 자네 이제 보니 문무겸전일세."

이행이 감탄하여 말했다. 실눈을 뜨고 보던 박지화도 우치의 근력에 놀라 두 눈을 크게 떴다. 잠시 후 전우치는 철태궁의 시위를 귀밑까지 당겨 과녁을 조준한 후 시위를 놓았다.

삐이이이이 하는 경쾌한 소리와 함께 대초명적이 포물선으로 날아 갔다. 그러나 화살을 처음 쏴보는 우치가 팔십 보 거리의 과녁을 맞힐 리 만무하여, 화살은 과녁에서 한참이나 떨어진 곳에 떨어졌다. 고전기告傳旗가 과녁 뒤에서 흔들리자 사정 앞에 있던 획창이 기다렸다는 듯이 크게 소리쳤다.

"실失이오."

비록 과녁에 맞히지는 못하였으나 탕춘대 위에 있던 사람들은 우 치의 용력에 놀라 두 눈이 휘둥그레졌다. 이행은 용력 있는 무인들도 쏘기 어렵다는 철태궁을 전우치가 쏘는 것을 보고는 익은 밤송이처 럼 입이 벌어졌다.

"저자가 대체 누구야?"

탕춘대 위의 대감들이 수군거렸다.

"대감들께서도 잘 아시지요? 어전별시에게 장원급제했던 전우치 입니다. 조명을 받잡고 갔다가 돌아온 모양입니다."

이행이 이름을 이야기하니 탕춘대에 모인 대감들이 우치를 기억해 내곤 저마다 문무겸전이라며 칭찬을 하였다. 그동안 우치는 대초명적 이 과녁 옆으로 날아가자 다시금 화살을 건네받아 쏘았는데 네 번 만 에 과녁에 맞힐 수 있었다. 일백 근짜리 철태궁을 아무렇지도 않게 네 번이나 쏘아대는 것을 보고 사람들이 놀란 것은 말할 것도 없었다.

삐이이이이 하는 경쾌한 소리와 함께 대초명적이 날아가 팔십 보 거리의 과녁을 맞히니 거기擧旗가 붉은 깃발을 힘차게 휘두르고, 사 정 앞에 있던 획창이 기다렸다는 듯이 크게 소리쳤다.

"명중이오!"

구경하던 사람들이 일제히 환호성을 질렀다. 사단 뒤에 조용히 서 있던 기생들이 일제히 북과 장구를 치며 노래를 불러 흥을 돋우니 이행은 말할 것도 없고 고형산도 난간 위에서 손뼉을 치며 기뻐했다.

박지화는 빙그레 웃더니 전우치에게서 철태궁을 건네받아 왼손에 잡고 말했다.

"궁력弓力이 대단하시군! 탄복하였소이다."

"과찬이십니다."

"아니오. 내가 이제껏 사정에서 많은 사람을 만나보았지만 나의 철태궁을 끝까지 당겨 과녁에 맞힌 사람은 그대가 처음이오. 그대의 이름이 무어요?"

우치가 고개숙여 읍하며 말하였다.

"전우치라고 합니다."

"전우치라면 한강정에서 당고의 코를 납작하게 만들고 어전별시에서 장원한 분 아니시오. 허, 반갑소. 나는 박지화라고 하오. 이렇게 만나게 되어 반갑소이다."

두 사람이 인사를 나누고 있을 때 이행이 누각 아래로 뛰어내려와 우치의 손을 잡으며 빈가이 말했다.

"이 사람, 자네가 문무겸전일세. 대감들이 자네를 기다리네."

이행은 우치의 손을 끌어 탕춘대 위로 안내하더니 사람들에게 소개하였다. 탕춘대의 상석에는 영의정 김전, 좌의정 남곤, 남양군 홍경주가 앉아 있고 좌우로 병조판서 고형산, 공조판서 홍숙, 예조판서 권균, 호조판서 한세환이 좌정하고 우측에 한성부판윤 한형윤, 병조

참판 방유령, 지변사 윤희평, 오보, 김석철, 우치의 뒤를 따라온 선전관 박지화 등이 앉아 있었으니 대부분 당상의 위치에 있는 사람들이었다.

상석에 앉은 영의정 김전이 우치를 가리키며 물었다.

"자네가 이매망량을 지은 전우치인가?"

"예. 그러합니다."

이행이 대신 대답하였다.

좌의정 남곤이 우치의 아래위를 쓸어보다가 말했다.

"어전별시에서 급제한 후에 한동안 아니 보이더니 행색을 보아하니 이유를 알겠네. 조명은 착실하게 수행하고 돌아왔는가?"

"예."

김전이 웃으며 말했다.

"자네가 우리에게 인사를 하러 온 모양이군. 자네 재주는 일찍이 들은 바 있네. 들자하니 시재가 출중하다 하는데 이 자리에서 시 한 수 지어보는 것은 어떠한가?"

"맞소. 문장이 뛰어나다하니 시 한 수 지어보시오. 자, 자 그렇게 서있지만 말고 이리 와서 내 술 한잔 받으시오."

박지화가 우치를 끌어당겨 술잔을 채워주었다.

우치가 술 한 잔을 마신 후에 기녀가 준비해온 지필묵을 끌어당겨 종이 위에 일필휘지로 시를 썼다.

布穀布穀　　　뻐꾹뻐꾹

布穀聲中春意足　뻐꾹새 울음소리에 봄이 무르익었네.

蕩春曲水喜滿滿　　탕춘의 곡수曲水*놀이에 즐거움 가득하지만
布穀啼血田園空　　들판이 비어 뻐꾹새 목 놓아 우네.

　기녀가 시를 읽으려다 말고 주저하니 박지화가 기녀의 손에서 시
문을 빼앗아 보고 큰 소리로 웃으며 시를 읊기 시작하였다.
　시를 듣는 사람들의 안색이 편안치가 않았다. 산중에 우는 뻐꾹새
를 비유하여 부른 노래가 심중을 거북하게 찌르니 좌중의 분위기
가 찬물을 끼얹은 모양으로 금세 가라앉고 말았다.
　이행은 우치의 시가 교묘하지만 삼공구경三公九卿*들의 약점을 찌
르는 내용이며 분위기를 떨어뜨리는 글이라 점잖게 타일렀다.
　"이 사람, 이 자리에서 이런 시를 쓰면 어쩌누? 자네가 이런 시를
지으면 내 체면이 어찌 되겠나?"
　우치는 다시 시를 지을까 생각하다가 구차하게 아부를 해서 무엇
하나 싶어 자리에서 일어나 큰절을 하고 말했다.
　"제가 눈치 없이 대감님들의 흥겨운 연회에 끼어들어 큰 실례를 하였
습니다. 불청객은 이만 물러나오니 염락濂洛의 즐거움을 누리십시오."
　우치가 몸을 돌려 누대를 내려가는데,
　"잠깐!"
하고 등 뒤에서 칼칼한 목소리가 들렸다.

---

* 곡수 : 중국 절강성에 있는 강으로 위진남북조시대 왕희지가 명사 43인과 더불어 곡수에
서 술잔을 띄우고 놀았다 하여 유상곡수라 부른다.
* 삼공구경 : 조선시대에, 삼정승과 의정부 좌우참찬, 육조판서, 한성판윤을 통틀어 이르
던 말

우치가 고개를 돌려보니 상석에 앉은 남곤이었다.

"네 기상이 마음에 드는구나. 허나 조광조처럼 천지도 모르고 하늘에 주먹질을 하다가는 벼슬길이 평탄치는 못할 것이다."

"듣자하니 벼슬길이 대감의 손에 달린 것 같습니다."

"방자하구나. 허나 틀린 말은 아니다. 네가 우리의 비위를 잘 맞춘다면 얼마든지 가능한 일이니 말이다. 네가 하고 싶은 벼슬이 있느냐?"

우치가 싱긋 웃으며 말했다.

"병마절도사라면 해볼 만하겠습니다."

남곤의 얼굴에서 웃음기가 사라졌다. 병마절도사는 지방의 병권을 관리하는 벼슬로 그 품계가 무려 종2품이나 되는 막중한 벼슬이었다. 아무리 어전별시에서 장원을 하여 벼슬길에 올랐다지만 종2품의 벼슬을 달라 하니 남곤뿐 아니라 연회에 모여 있던 대감들은 기가 막혔다. 남곤이 노기충천하여 탁자를 치며 소리쳤다.

"이놈아! 네 놈의 눈에는 벼슬이 우습게 보이느냐? 성상의 과분한 총애를 입어 벼슬을 얻었다고 눈에 뵈는 것이 없느냐?"

주연에 모인 정승판서들이 모두 불쾌한 눈으로 우치를 노려보는데 이행이 홀로 식은땀을 뻘뻘 흘렸다.

우치는 기색 하나 변하지 않고 웃다가 조용히 읍하며 말했다.

"장부가 벼슬을 구할 양이면 그 정도는 되어야 하지 않겠습니까?"

홍경주가 우치를 노려보다가 자리에서 벌떡 일어나 소리쳤다.

"이놈이 여기가 어느 안전이라고 그따위 망발이냐! 네놈이 정말 제명에 죽고 싶지 않은 모양이구나! 잔치의 흥을 깨도 유분수지, 네놈의 간이 배 밖으로 나왔구나?"

남곤이 갑자기 미소를 지으며 입을 열었다.

"좋다. 네가 병마절도사를 하고 싶다 하니 나와 내기를 해서 모두 이긴다면 내가 너를 천거해주마."

홍경주가 남곤에게 말했다.

"남 정승, 그게 무슨 말씀이오? 정말 저자와 내기를 하시려고 그러시오?"

남곤이 우치를 쏘아보며 말했다.

"병마절도사를 걸고 내기를 할 수 있겠느냐?"

"못할 것도 없지요. 무슨 내기입니까?"

"첫 번째는 활쏘기요, 두 번째는 수박희요, 세 번째는 칼 쓰기를 겨룰 것이니 네가 이 세 가지 내기를 할 수 있겠느냐?"

"소생은 어려서부터 무예를 배운 적이 없어서 그런 내기는 할 줄 모릅니다."

"스스로를 지키지 못하는 자가 병마절도사를 하겠단 말이냐?"

"제갈량諸葛亮이 무술을 할 줄 알아 백만대군을 지휘했다는 말은 들어본 적은 없지만, 빈형臏刑을 당한 손무孫武가 초군을 잘도 무너뜨렸다는 이야기는 들은 적이 있습니다."

"네놈의 입이 청산유수로구나. 그럼 좋다. 네 대신 시험볼 사람을 데려오너라. 제갈량과 손무가 사람을 잘 썼으니 너도 네 능력을 보이거라. 기한은 사흘을 줄 터이니 그 안에 사람을 데려오지 못하면 네가 대신들을 기망한 죄값을 치러야 할 것이다."

대제학 이행이 슬그머니 자리에서 일어나 여러 대감들에게 작별을 고한 후에 허겁지겁 누대를 내려와 우치의 손을 잡아 이끌었다.

"이 사람아, 자네 이제 어쩌려고 그러는가? 병마절도사라니. 자네도 참 어지간하이. 홍문관 교리 한 자리 하거나 승지쯤이면 간단할 것을 병마절도사가 뭐야. 남양군 대감은 공주에서 결찌가 자네에게 혼이 나서 가산을 빼앗기고 귀양간 것에 앙심을 품고 있고, 남 정승은 자네 때문에 골이 났으니 자네가 내기할 자들을 데려오지 못하면 무사할 수 없을 것이네."

"어떻게든 되겠지요."

우치가 얼굴이 굳은 이행에게 미소를 지어보였다.

233

2

우치는 이행과 함께 집으로 돌아와 사랑에서 그동안 한양에서 일어난 일을 들었다.

작년 12월에 조정암이 사헌부와 사간원의 관원들과 합세하여 병인년 반정공신 가운데 아무 공로 없이 참여한 사람들의 공신 칭호를 깎아버리자고 주장하였다. 임금이 그 말을 좇지 않다가 공론이 분분하게 들고 일어나고 양사가 불같이 들고 일어나서 마침내 반정공신 중의 사등공신은 전수를 없이 하고 삼등공신은 추려 없애 화천군 심정과 남양군 홍경주가 군_君 칭호를 빼앗기게 되었다.

무공 없이 받은 공신 칭호이지만 관작을 빼앗긴 조정대신들이 분심이 돋지 않을 수 없었다. 이에 홍경주가 언문 편지를 가지고 밀지密旨라 일컬으면서 불평을 가진 정승들에게 말하여 기묘년 11월 15일 밤에 신무문을 열고 여러 정승들을 들어오게 하여 이경二更에 남양군 홍경주, 공조판서 김전, 예조판서 남곤, 병조판서 이장곤, 호조판서 고형산 등이 합문 밖에 모였고, 도총관 심정과 병조 참지 성운이 직소에서 나와 모였다. 그때 남소南所의 위졸衛卒들이 궁전 뜰에 호위해서 있었는데 내고內庫의 무기를 내다 섬돌 사이에 늘어놓게 하였다. 그 형세가 정난靖難을 벌이는 것 같았다.

임금이 대신들의 말을 좇아서 금부관원을 시켜 대사헌 조광조, 우참찬 이자, 형조 판서 김정, 도승지 유인숙, 좌부승지 박세희, 우부승지 홍언필, 동부승지 박훈, 부제학 김구, 대사성 김식 등을 대궐로 붙잡아오게 하였다. 다음 날 조광조·김식 등이 문초를 받게 되었는데 사대문 안팎의 사람들이 몰려나오고 성균관의 유생들과 사부학당의 유생들까지 경복궁 대궐 앞으로 몰려들어서 광화문 앞에서 종로 큰길까지 사람 천지가 된 것과 해태 앞과 금부 앞이 인산인해를 이루었다고 금부관원들과 다툼이 일어서 수백여 명이 구금되기까지 하였다.

임금께서 금부에서 문초한 것을 보고받고 조광조 이하 여덟 사람을 귀양 보내었는데 조광조는 능주로 갔다가 닷새만에 사약을 받고 죽고, 김식은 절도로 이배되자 망명하다가 자살했고, 김구는 남해로 옮겼다가 신사년에 다시 임피로 양이되었고, 김정은 진도로 옮겼으며 윤자임은 북청으로, 박세희는 강계로, 박훈은 의주로, 기준은 온성으로 귀양갔다고 하였다.

"조광조가 충심으로 주상을 섬기었지만 그 섬김이 과하여 주상의 의심을 사고 미움을 얻었으니 청렴하고 깨끗함이 지나쳐서 화를 입은 것이 아니겠는가. 환로宦路는 작은 물이 모인 큰 바다와 같은 곳이니 어찌 깨끗할 수만 있을 것인가. 조광조가 화를 입은 것은 더러운 물을 갑자기 깨끗하게 하려던 때문일세."

235

우치는 이행의 이야기를 들으면서 언젠가 정희량이 했던 말을 떠올리곤 말 없이 고개를 끄덕였다.

"자네가 성은을 입어 어사가 되었다는 이야기는 들었네. 전라도 고을이 자네 덕을 많이 봤다고 하던데 환로에 고생이 많았지?"

"감찰하는 일이니 고생이라고 할 것이 있습니까?"

우치가 말이 나온 김에 공주에서 데릴사위로 구처한 일을 이야기하였다. 계룡산의 도적을 물리치고 여식을 꾀려는 사기꾼으로 모함을 받아 관아에 끌려가 곤장을 맞은 일을 이야기하고 충청 감사의 도움으로 위기에서 벗어나 홍집강이 치죄되고 데릴사위로 정혼을 약속한 이야기를 하니 이행이 무릎을 치고 웃었다.

"자네가 전라재상어사가 되어 민정을 살피러 갔다가 구처하였으니 어사의 본분을 톡톡히 하였구먼. 이제 돌아왔으니 심부름하는 사람을 보내서 어서 혼례를 올려야겠구먼."

그때 수청 청지기가 바깥에서 손님이 왔다고 고하였다.

"박 선전 나리께서 나리와 손님을 뵈러 오셨는데 어찌할까요?"

"박지화가? 어서 들어오라 하게."

잠시 후 청지기가 박지화를 데려오니 박지화는 사랑방 거문고 옆에 철태궁과 전통箭筒을 놓아두고 사리에 앉았다. 사랑방에 새롭게 주안상이 차려졌다.

박지화가 다시 자기소개를 하였다. 그의 자는 군실君實이요, 호가 수암守菴으로 서경덕의 문인이었다. 이행이 박지화에게 말했다.

"박 선전이 화담 선생에게 선가의 비술을 배워 힘이 장사인 것처럼, 전우치는 정희량에게 비술을 배워 힘이 절등한 모양이오."

"전 급제가 정희량의 제자입니까?"

"그렇다오. 갑자년에 사라진 정희량이 죽은 것이 아니라 이천년이라고 변성하고 다닌다지 뭐요. 작년에 소격서동에 나타났던 김륜이라는 사주쟁이가 정희량의 제자였답니다."

"그렇군요. 그자의 사주가 범상치 않다 소문이 자자하더니 정희량의 제자였군요."

"참, 이 밤에 박 선전께서 무슨 일로 찾아오셨소?"

"전 급제가 걱정되어서 이렇게 찾아왔지요. 사람은 구하셨소?"

"아직 구하지 못했습니다."

이행이 박지화에게 물었다.

"그보다 남 정승은 누굴 내보낼 것 같소?"

"활 쏘는 것은 오늘 장원한 이장길이 나올 것 같고, 칼 쓰는 것은 남곤의 식객인 홍만종이라는 검객이 나올 것 같습니다. 이장길은 무과급제한 사람인 만큼 활을 잘 쏘기로 소문난 사람이고, 홍만종은 본국검법을 배웠다 하는데 휘두르는 칼날이 눈에 보이지 않을 정도로 빨라 표풍검豹風劍이라는 별명이 있습니다. 수박하는 이는 남곤의 식객으로 있는 수달이라는 자가 나온다 하는데 참나무 몽둥이를 맨손으로 부러뜨리는 장사라 합니다."

이행이 걱정스런 얼굴로 우치에게 말했다.

"이보게, 조정암이 사약을 받은 후로 남 정승의 위세가 하늘을 찌른다네. 지금이라도 늦지 않았으니 남 정승을 찾아가 사죄하는 것이 어떤가?"

"아직 사흘 말미가 있으니 염려마십시오."

"자네가 어디 믿는 구석이 있는 모양이구먼."

우치는 윤군평과 배복룡을 생각하였다. 셋 중에 두 사람이 이기면 될 것이니, 활은 포기하더라도 검술과 수박을 이기면 될 터였다. 윤군평과 배복룡 두 사람이 검술과 권각에 뛰어나니 내일이라도 불러서 청하면 어렵지 않게 될 것 같았다.

우치는 이행, 박지화와 더불어 이런저런 이야기를 나누다가 헤어져서 가까운 이세장의 집으로 갔다. 청지기를 따라 사랑으로 들어가니 퇴청한 이세장과 태임이 반겨 맞이하였다. 우치가 사랑에 앉아서 이런저런 이야기를 하다가 공주에서 정혼한 이야기를 꺼내니 이세장과 태임이 좋아라 하였다.

"그렇잖아도 가까운 곳에 오라버니의 집을 한 채 구했어요. 오라버니가 돌아오시면 혼처를 알아볼 생각이었는데 알아서 구처하셨다니 다행이에요."

"집을 구했다고?"

"예. 양아버지께서 한 달 전에 가까운 곳에 오라버니 집을 구해주셨어요."

"송방 대행수께서?"

"에. 목포에서 오라버니를 만났다고 하시년서, 덕을 많이 보았으니 고마움을 표시하라고 하셨어요. 내일 날이 밝으면 함께 가보세요. 새집도 있으니 새언니가 들어오면 안성맞춤이겠어요."

태임이 밝게 웃었다.

3

　다음 날 아침에 전우치는 동생과 함께 새 집을 구경하였다. 우치의 집은 이행의 집에서도 가깝고 이세장의 집에서도 멀지 않은 맹현 아래에 있는 화개동의 칸수가 큰 저택이었다. 우뚝하게 솟은 커다란 솟을대문을 지나니 만장같이 너른 행랑 마당이 있고 행랑채와 창고가 줄 지어 늘어서 있었다. 안중문을 들어가니 너른 마당에 일곱 칸 사랑채가 있고, 우측 담장아래에 있는 문으로 들어서니 아름다운 정원이 있고 다섯 칸 안채가 그림처럼 서있었다. 창고에는 쌀과 보리, 수수 같은 곡식이 넉넉하게 쌓여 있고 면포와 비단까지 없는 것이 없을 정도였다.

　우치가 일행과 함께 집 구경을 하는 동안 송방의 집사가 노복들을 대청마당으로 불러모았으니 의복을 맡은 침모, 살림의 권을 쥔 차집이 있고, 수청 청지기와 큰 상노, 작은 상노, 안심부름하는 안별감까지 우치가 일일이 인사를 받으니 그 수를 헤아릴 수 없을 지경이었다.

"세칸 초가면 족할 것을 너무 과분하구나."

"양아버님의 성의라고 생각하세요."

"아니다. 이건 너무 과분하다. 내게 맞지 않는 것 같으니 네가 말 좀 잘해다오."

우치가 집을 나와서 동생과 함께 이세장의 집으로 돌아가 점심밥을 먹고 윤군평을 찾아서 훈련원으로 향했다.

안국동을 내려와서 종로 큰길을 따라 동쪽으로 죽 가다가 이교를 지나 남쪽으로 꺾인 길을 내려가서 마전교를 지나니 훈련원이 나타났다. 우치가 훈련원 앞에서 윤 교관을 찾으니 뜬금없는 대답이 돌아왔다.

"윤 교관 나리는 오늘 아침에 함경도로 떠나셨습니다."

"함경도로?"

"예. 함경 절제사께서 윤 교관 나리의 동생이신데 교관님을 급하게 청하신 지 오래입니다. 나리께서 그동안 조명을 받고 외지에 계시다가 어제 돌아오셨는데, 어제 저녁에 이야기를 듣고 오늘 아침에 급하게 함경도로 떠나셨습니다."

"그럼 혹시 배복룡이라는 이도 함께 갔는가?"

"예. 그런데 그걸 어떻게 아십니까?"

우치는 하늘이 무너지는 것 같아서 대꾸도 아니 하고 힘 없이 몸을 돌려 훈련원을 나왔다.

함경도로 갔다니 야인들 때문에 파견된 것 같았다. 철석같이 믿었던 두 사람이 먼 곳으로 떠나고, 실권이까지 전주에 가 있으니 믿을 것은 자신밖에 없었다.

활을 쏘아본 적이 없으니 활쏘기는 질 것이 뻔하고, 검술 역시 칼을 쥐어본 적이 없었으며, 수박 또한 배운 적이 없었다. 우치가 배운 것은 과거 개통 스님에게 배운 점혈법과 일지침이 고작이었으니 반드시 남곤을 이기려면 일지침을 사용해야만 하였다. 그러나 일지침이라는 것이 허공을 격하고 사람을 상하게 하는 것이라서 상대방을 이긴다 하더라도 무언가 꼬투리를 잡히거나 고관대작들이 이상하게 생각할 것 같아서 마음이 찜찜하였다.

우치가 길게 한숨을 내쉬면서 왔던 길을 돌아나와 종로에 이르렀을 때 인파 사이에서 눈에 익은 두 사람이 우치의 시야에 들어왔다. 한 사람은 등에 활을 메었고, 한 사람은 등에 광목을 칭칭 감았는데 두 사람도 우치를 바라보곤 걸음을 멈추었다.

"어?"

우치도 그들 앞에서 걸음을 멈추었다.

"이, 이게 누구야? 동생 아닌가?"

하고 말하는 이는 육견지이고,

"아니, 이게 누구야? 전우치 아닌가?"

하는 것은 백무직이었다.

"형님들이 여긴 어떻게?"

우치가 반가운 마음에 달려가 육견지와 백무직의 손을 잡았다.

"동생, 두루마기 입고 갓을 쓰니 몰라보겠네. 옷이 날개라더니 입성이 좋으니 잘난 얼굴이 더욱 돋보이는구먼."

"그동안 장가라도 갔는가? 머리를 올린 것이 새신랑 같네그려."

육견지와 백무직이 농을 하였다.

"그보다 형님들이 여긴 웬일이세요?"

육견지가 말했다.

"자네, 생각 안 나는가? 동생 스승님께서 내년 봄에 한양성중에 오면 벼슬길이 열린다 안 하시던가. 그래서 이틀 전에 죽령 동생하고 한양엘 왔지. 객점에서 이틀간 지냈는데 벼슬길 커녕 벼슬아치 하나 못 보았네. 객점에서 마냥 놀고 있자니 좀이 쑤셔서 견딜 수가 있어야지. 그래서 한양 좋은 풍경이나 구경하자고 나온 참이네."

우치는 정희량의 말을 기이하게 생각하면서 육견지와 백무직에게 말했다.

"형님들, 잘 만났습니다. 그렇지 않아도 형님들이 필요하던 참이었어요."

육견지와 백무직이 서로의 얼굴을 바라보았다.

세 사람은 이세장의 집으로 돌아와 우치가 거처하는 작은 사랑에 모여 앉았다.

우치가 작년 한양에서 대국 사신들의 어려운 시에 대구하게 된 것과 그 일로 말미암아 어전별시에서 장원하여 벼슬하게 된 이야기를 하였다.

우치는 이제 한양으로 돌아왔다가 탕춘대에서 남곤과 벼슬내기를 걸었고, 내일 탕춘대에서 내기를 해야 하는데 마땅한 사람이 없어서 고민하던 참에 두 사람을 만나서 다행이라고 말을 하였다.

"못 본 사이에 자네가 현달을 하였구면. 이제는 신분이 달라졌는데 우리가 자네를 어떻게 불러야 하나?"

육견지가 서운한 듯 말하고, 백무직은 입이 닫힌 듯 종시 말이 없었다.

"그냥 동생이라 부르십시오."

"그럴 순 없습니다. 딸이 왕비가 되어 자급이 높아지면 아버지도 딸에게 하대하지 못하는데 우리가 처음 만날 때와 지금은 신분이 다른데 어떻게 그럴 수 있겠습니까?"

육견지가 말을 높였다.

우치가 육견지와 백무직을 번갈아 바라보다가 입을 열었다.

"그럼 다른 사람이 있을 때는 저를 높여 부르시고, 다른 사람이 없을 때는 동생처럼 부르는 것이 어떻습니까? 양반 노릇한지 반 년도 안 되어서 그런 소릴 들을 때마다 낯이 간지럽습니다. 사실 말이 났으니 하는 말이지만 양반 전우치보다 산사람 전우치가 저는 편합니다."

육견지와 백무직이 우치의 얼굴을 보고 피시시 웃었다.

"자네, 내일 내기가 있다 했지?"

육견지가 잠시 생각하다가 말했다.

"에구, 자네 스승님이 추산을 잘한다더니 참으로 그런 모양이네. 마침 자네가 벼슬 내기로 우리가 딱 필요할 때에 불러들였으니 말이야. 자네 스승님이 십+자 성을 가진 사람을 따라 갈 운이라 하던데 자네 성에 십자가 있는가?"

"밭전田을 파자하면 입구口와 열십+이니 십자가 있네요."

"에구, 그럼 우리가 자네를 따라서 벼슬살이 한다는 말이 아닌가. 아니 그런가?"

육견지와 백무직이 우치를 바라보았다.

"형님, 그럼 호형호제는 또 어떻게 되나요? 상관에게 동생이라 불러도 되는 건가요?"

백무직의 말에 육견지가 입맛을 다시며 말했다.

"우리 두 사람은 지금부터라도 말을 고쳐야겠네."

우치가 말했다.

"형님들, 그러지 마십시오. 제가 몸둘 바를 모르겠습니다."

육견지가 고개를 저었다.

"우리가 관로에 뜻이 없다면 상관없지만 저희는 나라를 위해 저희의 실력을 쓰고 싶은 소망이 있습니다. 나리가 상관이 되시면 저희는 부하가 되는데 만약 말을 놓게 된다면 상하의 구별이 없어지는 것입니다."

우치는 죽령 고개를 내려오면서 스승이 술 이야기 말미에 '나중에 두 사람을 어떻게 보려고 호형호제를 했느냐'고 했던 말이 생각났다. 스승은 이런 일이 일어날 것을 미리 짐작했던 것이다.

백무직이 결심한 듯 고개를 숙이며 말했다.

"나리, 앞으론 편하게 이름을 불러주십시오."

육견지도 머리를 숙였다.

"그렇게 하십시오. 잎으로 우리가 모시게 될 상관에게 하대하는 것은 있을 수 없는 일이니 저희를 형제처럼 생각하는 마음만 잊지 말아주십시오."

우치가 대답하지 못하고 육견지와 백무직의 손을 잡았다.

육견지가 주먹을 불끈 쥐며 말했다.

"이게 다 이천년 선생께서 점지하신 일이 아니겠습니까? 저희가 내일 겨루기에서 이겨서 나리가 관로에 나가도록 하고 말겠습니다."

"그럼요."

"고맙습니다."

우치가 육견지와 백무직을 바라보며 눈물을 글썽거렸다.

4

　다음 날 아침에 우치는 기운을 돋울 양으로 닭백숙으로 요기를 한 후에 육견지, 백무직과 함께 탕춘대로 향했다.

　안국동에서 북쪽 길로 죽 올라가서 곧장 서쪽으로 꺾으니 삼청동이 나왔고 경복궁의 북문인 신무문 앞을 지나서 일마장을 올라가니 도성의 북문인 창의문이 나왔다. 창의문에서 삼각산을 바라보니 그 갈라진 산세로 삐죽삐죽한 바위들이 남과 북으로 달리고 그 사이 맑은 내가 흐르는 것이 대단히 수려한 풍광이었다.

　창의문을 내려와서 골을 따라 오 리쯤 올리기니 넓은 들판이 나타났다. 산에서 내려오는 골짜기의 물이 굽이도는 언덕 위에 탕춘대가 있었다. 탕춘대 위에는 붉은 깃발이 형형한데 술좌석이 벌어졌는지 풍악 소리와 기녀들의 웃음소리가 들렸다.

　우치가 탕춘대로 올라가니 탕춘대 누각 위에서 남곤과 심정, 홍경주가 주안상 앞에 앉아 있고 탕춘대 좌우로 덩치 좋은 무사들이 둘러서 있었다.

"사죄하러 올 줄 알았더니 무사를 구했구나. 네 기개가 가상하다."

남곤이 이죽거렸다.

우치가 말 없이 가볍게 읍하니 남곤이 우치의 뒤에 서있는 육견지와 백무직을 훑어보았다.

"네가 데려온 사람이냐?"

"예."

"어째서 두 명을 데려왔느냐?"

"두 명 모두 이긴다면 제가 이긴 것이니 상관없지 않습니까?"

"허, 그도 그렇구나."

남곤이 실낱 같은 눈을 들어 큰 활을 멘 육견지와 큰 칼을 등에 진 백무직을 바라보았다.

"활량과 검객을 데려온 모양이니 첫 번째로 칼싸움을 보자꾸나."

남곤이 턱수염을 비비 꼬며 소리쳤다.

"만종아, 이리 나오너라."

누각 뒤편에서 건장한 사내 하나가 나타나 남곤에게 꾸벅 인사를 하였다. 다부진 체격과 날카로운 눈매를 보니 이 사내가 박지화가 말한 본국검법을 배운 홍만종이라는 사내인 모양이었다.

"만종아, 검을 뽑으면 무라도 잘라야 하느니, 사정을 보지 말거라."

"예."

홍만종은 남곤에게 꾸벅 인사를 하곤 언덕 아래로 내려갔다. 언덕 아래에는 제법 넓은 들이 있어 검술을 겨루기에 적합하였다.

"제가 다녀오지요."

백무직이 씩씩하게 대답한 후에 홍만종을 따라갔다. 두 사람은 일장 간격을 두고 물러서서 읍을 하곤 도검을 꺼냈다. 백무직은 커다란 귀두도요, 홍만종은 얇고 가벼운 표풍검이었다.

칭, 하고 종소리같이 맑고 경쾌한 음향을 일으키며 검집을 빠져나온 도검이 햇살을 받아 반짝거렸다.

"빠른 검을 무거운 도가 상대할 수 있겠는가? 칼 맞기 십상이지."

남곤이 중얼거리며 이행에게 술잔을 건네고 술을 따라주니 이행이 불안하여 술잔을 받는 둥 마는 둥 좌불안석이었다.

백무직과 홍만종이 도검을 들고 마주하였다. 검객들은 상대방과 싸우기 전에 그 호흡과 눈빛을 살피기 마련이었다. 홍만종은 처음에 백무직을 가볍게 보았다가 호흡과 눈빛을 보노라니 쉽게 상대할 만한 사람이 아님을 알았다. 호흡이 길고 끊어지지 않는 데다 흔들리지 않는 일상적인 눈빛이 그가 전에 상대해보았던 사람들과 다른 점이 많았다. 또한 무거운 도검의 장점을 무시할 수 없어서 쉽사리 공격할 수가 없었다. 백무직 역시 홍만종이 날이 선 가벼운 검을 들고 호흡을 느리고 길게 쉬는 것을 보고 보통 상대가 아니라는 것을 직감하였다. 때문에 두 사람은 칼을 들고 우두커니 서있을 따름이었다. 남곤은 술잔을 들어 마시다가 답답해하며 소리쳤다.

"도대체 뭐 하는 거냐? 그렇게 서있기만 할 테냐?"

홍만종이 남곤의 말을 듣고 좌우로 움직이며 백무직의 틈을 엿보았다. 백무직은 그 자리에서 가만히 서서 귀두도를 조금씩 움직이며 홍만종을 경계할 따름이었다. 뭐라 형언하지 못할 무거운 중량감이 상대방의 몸에서 느껴져 홍만종의 이마에 식은땀이 배었다.

백무직 역시 도검 한 번 휘둘러보지 못하고 이마에 물처럼 땀을 흘리었다. 떨어지는 나뭇잎을 한 번에 여덟조각 내는 표풍검의 실력을 익히 아는 남곤은 어찌 된 일인지 홍만종이 상대방의 주위를 빠르게 맴돌기만 할 뿐 도무지 공격할 생각을 하지 않는 것이 이상하였다.

"오늘따라 이상하군!"

남곤이 이렇게 중얼거리고,

"표풍검이라 하더니 걸음이 표풍스럽소."

하는 이는 홍경주이고,

"두 사람 실력이 막상막하인 모양이오."

하는 것은 심정이었다. 이행은 조마조마하여 술잔을 잡고 백무직이 이기기를 바랄 뿐이었다.

백무직은 상대방이 공격하지 못하고 주위를 맴도는 것을 보고 입을 열었다.

"네가 나서지 않는다면 내가 공격하겠다."

말이 끝나는 순간 백무직의 발끝이 미끄러지듯이 홍만종을 향해 나아갔다. 홍만종이 움찔하는 사이에 백무직의 귀두도가 우악스럽게 좌우를 파고들었다.

광우참두세였다. 이곳저곳 마구 휘두르는 것 같지만 큰 도신에서 품어나는 위력이 대단하여 홍만종이 섣불리 검을 들어 막지 못하고 뒷걸음질치며 물러나다가 표풍검을 고쳐잡고 반격을 하였다. 홍만종의 표풍검이 수없이 흔들리며 백무직의 요혈을 찔러왔다. 날카로운 칼끝이 눈앞에서 소나기처럼 쏟아지는 것을 보고 백무직이 뒷걸음질치며 검을 들어 막는데 표풍검이 더욱 산란하게 찔러대는 것이 눈을 어지럽게 할 정도라 백무직이 광우참두세로 귀두도를 힘차게 휘둘렀다.

공세를 취하던 홍만종이 공중제비를 돌아 물러서니 백무직이 한 발을 차고 훌쩍 허공으로 뛰어올랐다가 반을 쪼갤 듯이 내리쳤다.

홍만종이 몸을 굴려 칼을 피하며 몸을 틀어 훌쩍 일어나 백무직에게 달려들었다. 두 사람이 한데 어울렸다. 귀두도와 표풍검이 마주쳐 불꽃을 일으키더니 허연 검무劍霧가 일어나는 것을 보고 누각에 앉아 있던 사람들의 두 눈이 휘둥그레졌다.

남곤은 우치가 데려온 사내가 표풍검과 대적할 정도로 실력이 출중한 것을 보고는 벌린 입을 다물지 못했다.

이행은 백무직이란 사내가 표풍검의 한칼에 죽는 것이 아닌가 걱정하다가 대등하게 싸우는 것을 보고 안심이 되었다. 이때 홍만종이 허리춤에서 또 하나의 검을 뽑아들고 백무직을 핍박하기 시작하였다.

홍만종은 휘검향적세와 향우방적세를 번갈아하며 백무직을 밀어붙였다. 두 개의 검이 공격과 방어를 동시에 하게 되자 도검이 하나인 백무직이 차차 뒷길음질을 치면서 물러나다가 광우참두세로 기세를 끊으려 하였다.

홍만종이 오화전신으로 한 걸음 물러섰다가 진전살적세로 숨 돌릴 틈을 주지 않고 다시금 백무직을 공격하였다.

왼발이 앞으로 나가는 동시에 왼쪽 칼이 오른쪽 겨드랑이를 막으며 오른손 칼을 왼쪽으로부터 머리 위로 휘둘러 백무직을 공격하였다. 칼과 칼이 마주치면 불꽃이 일었고, 은빛 검광이 햇빛을 받아 번뜩였다.

머리 위로 날아오는 칼을 막으면 곧바로 반대쪽 가슴께로 칼날이 파고들어 백무직은 난처하였다. 시간이 갈수록 차차 백무직이 밀리는 것이 느껴졌다. 두 개의 날렵한 검을 무거운 도검이 상대하니 자연히 체력의 소모가 많아진 것이다.

홍만종의 칼날이 백무직의 허벅지와 어깨에 생채기를 내는 것을 보고 우치는 백무직이 걱정되었다. 손속에 사정이 없으니 이대로 간다면 백무직이 목숨을 잃게 될 수도 있었다.

우치는 왼손의 검지에 일점지의 기력을 모았다. 손끝에 몽우리같은 기운이 맺히자 우치는 슬그머니 왼손을 뻗어 홍만종의 오른다리를 향해 일점지의 경력을 쏘았다. 보이지 않는 경력이 홍만종의 오른다리에 파고드니 홍만종이 갑자기 활을 맞은 사람처럼 비틀거렸다.

백무직은 홍만종의 검세가 어지러워질 때를 놓치지 않고 홍만종의 가슴팍을 내질러 쓰러뜨린 후에 목을 향해 칼을 겨누었다.

"내, 내가 졌소."

홍만종은 칼을 떨어뜨리고 머리를 설레설레 흔들었다. 갑자기 오른다리가 활에 맞은 듯 시큰하여 맥을 쓰지 못하는 이유를 알 길이 없어서 멍하니 오른 다리를 주물렀다.

탕춘대 누각 위에서 손에 땀이 차도록 긴장하여 이 모습을 보고 있던 이행은 우치가 데려온 무사가 표풍검을 이기는 모습을 보고는 자기도 모르게 손뼉을 치느라 술잔이 바닥에 떨어지는 것도 몰랐다.

남곤은 믿었던 홍만종이 허무하게 제압당하는 것을 보고 술잔을

251

바닥으로 내던지며 턱수염을 꼬았다.

"에잉! 표풍검, 이름이 아깝구먼. 다 이긴 것 같더니 어쩜 저렇게 허무하게 당하누."

홍만종이 고개를 푹 숙인 채 절룩거리며 물러났다.

남곤이 우치에게 말했다.

"이번에는 활쏘기인가?"

"예."

남곤이 손을 들자 사흘 전에 선사가 된 이장길이 사단으로 올라왔다. 육견지가 사단으로 올라와서 이장길과 두 눈이 마주쳤다. 눈에서 불꽃이 튀는 것 같았다.

"나를 기억하시오?"

육견지의 말에 이장길이,

"알고 있소. 초시에서 열다섯 발 모두 맞혀 장원을 한 육견지를 어찌 모르겠는가?"

하니 육견지가 씨익 웃었다.

"나를 이길 수 있겠소?"

"승부는 겨뤄봐야 아는 것 아니겠소?"

남곤이 사단에서 활 쏘는 것이 평범하다 생각하여 허공을 바라보니 마침 새 한 마리가 둥글게 원을 그리며 날아다니고 있었다.

"저 매를 잡아보게. 움직이는 새를 잡는 것이 쉽지는 않을 것이니 저것을 먼저 잡는 이가 이긴 것으로 하지."

이장길과 육견지는 남곤의 말이 끝나자마자 육량전에 화살을 끼워 선회하고 있는 매를 향해 겨누었다. 육량전이 휘어지는 듯하더니 거의 동시에 화살 두 개가 허공으로 날아갔다. 화살 두 대를 맞은 매가 맥없이 바닥으로 떨어졌다.

"둘 다 명중일세."

남곤이 신이 나서 손뼉을 치는데 하인들이 잡은 매를 가지고 와 남곤에게 바쳤다. 남곤이 매를 보니 하얀 깃을 단 화살은 머리를 꿰뚫었고 누런 깃을 단 화살은 몸통을 꿰뚫었다. 남곤이 고개를 들어 전통을 바라보니 육견지의 전통에는 하얀 깃을 단 백우전이 가득하고, 이장길의 전통에는 누런 깃을 단 화살이 가득하였다. 작은 머리를 꿰뚫은 실력이 몸통을 겨눈 것보다 뛰어나지만 날아다니는 매를 잡은 재주가 모두 훌륭하여 손뼉을 치며 말하였다.

"둘 다 재주가 대단하네. 이 승부는 무승부로 하겠네."

육견지는 그렇지 않아도 글을 몰라 낙방한 것이 억울하던 차에 자신이 매의 머리를 맞추고도 무승부가 된 것이 분하여 남곤에게 말했다.

"무승부가 어디 있습니까? 이왕 승부를 겨루기 시작하였으니 결판을 내시지요."

남곤은 육견지가 초시에 장원한 활량임을 들어 알고 있었고, 우치가 수박하는 자를 데려오지 않은 것을 알고 있었기에 벼슬을 주지 않으려고 생떼를 썼다.

"잔말 말아라. 내가 처음부터 세 놈을 데려오라 하였는데 어째서 네가 내 말을 어긴 것이냐? 억울하면 수박하는 자를 데려와서 내기에 응하라."

우치가 한 걸음 나서며 말했다.

"수박은 제가 하겠습니다."

"네가?"

남곤이 목을 젖혀 웃었다. 남곤이 데려온 수달이라는 자는 맨손으로 참나무를 꺾는 장사인데 그런 이를 무예를 배우지 못한 우치가 상대하겠다고 나서니 기가 막혔던 것이다.

"죽고 싶지 않다면 지금이라도 나에게 사죄하고 물러가거라."

"남아가 한 번 칼을 뽑았으면 무라도 잘라야지요. 제가 수박을 하겠습니다."

남곤이 코웃음을 치다가 수달을 불렀다. 탕춘대 뒤편에 있던 수달이라는 자가 앞으로 나섰다. 홑저고리 바람의 그 사내는 덩치가 좋고 가시수염이 난 것이 한눈에도 험악해 보이는 자였다. 큰 몸집에 몸이 단단하고 주먹이 솥뚜껑처럼 생겨서 역사중의 역사처럼 보였다.

남곤이 김덕순과 우음산에게 죽을 뻔한 후에 홍만종과 함께 팔도에서 불러들인 장사였던 것이다.

육견지와 백무직은 녹녹찮게 보이는 자를 우치가 상대한다는 말을 듣고 놀라서 우치의 손을 잡고 만류하였다.

"나리, 지금이라도 늦지 않았으니 포기하십시오. 죽는 수가 있습니다."

"나리, 포기하십시오."

"내게 방책이 있으니 염려 마시오."

우치가 미소를 지으며 앞으로 나갔다.

수달이라는 자가 우치를 아래위로 훑어보다가 피식 웃었다.

"죽고 싶어 환장을 하셨소? 내 주먹은 종자를 가리지 않는다는 것을 알아두시오."

"말이 많구나. 잔말 말고 덤벼보거라."

수달이 주먹을 불끈 쥐며 달려들었다. 우치가 즉시 오른손을 펼쳐 수달의 가슴팍을 향해 일지침을 쏘았다. 수달이 고함을 지르며 달려오다가 맥없이 고꾸라졌다.

탕춘대의 주연석에 앉아서 우치가 낭패하는 광경을 고대하던 남곤이 놀라 자리에서 벌떡 일어났다. 사람들이 달려가서 수달을 살피니 입에 거품을 물고 기절하여 정신이 없었다.

"대체 저것이 어떻게 된 것이냐? 도대체 네놈이 어떻게 한 것이냐?"

놀란 남곤이 우치에게 물었다. 우치가 공손히 읍을 하고 말했다.

"부득이하게 도술을 사용하였습니다."

"도술?"

"예."

남곤이 우치의 말을 듣고 생각해보니 도술밖에는 지금의 상황을 이해할 수가 없었다.

"네, 네가 도술을 할 줄 아느냐?"

남곤이 떨리는 목소리로 물으니 옆에 있던 이행이 대답하였다.

"전우치는 당대 이인 정희량의 제자올시다. 도술 하나쯤은 배웠겠지요."

정희량이 그 제자 김륜과 묘향산에서 공부를 하다가 숲 속에서 우는 여우를 주문을 외워 죽였다는 이야기는 장안에 자자하였다.

남곤은 전우치가 허공을 격하여 싸움꾼 수달을 쓰러뜨리는 광경을 목도하고는 등줄기가 서늘해져서 우치에게 손을 저으며 말했다.

"알았으니 물러가보거라."

우치가 탕춘대에 모인 고관대작에게 꾸벅 인사를 하곤 육견지와 백무직을 데리고 창의문으로 내려왔다.

"나리, 정말 도술을 배우신 겁니까?"

하고 물어보는 것은 육견지요,

"그러고 보니 홍만종의 오른쪽 다리를 꺾은 것도 나리셨군요."

하는 것은 백무직이었다.

우치는 말 없이 미소를 지었으나 보이지 말아야 할 것을 보인 것이 마음에 걸렸다.

5

우치가 도술을 부린다는 것이 알려지면서 관직을 주는 문제에 대

해서 의견이 분분하였다.

좌의정 남곤이 먼저 입을 열었다.

"전우치가 나와 내기를 하여 병마절도사 자리를 원하였으나 병마
절도사가 정2품이나 되는 높은 벼슬인데, 그렇게 위험한 자에게 높
은 벼슬을 줄 수도 없는 일 아니겠소?"

남양군 홍경주가 말했다.

"그렇고말고요. 그놈이 글재주를 믿고 교만한 구석이 있었는데 도
술까지 부리니 병마절도사를 맡아서 흑심을 품는다면 이는 화근을
키우는 일이오. 여러 대감들도 보시지 않았습니까? 그놈이 데려온
자들이 얼마나 무술실력이 뛰어난지 말입니다."

대제학 이행이 말했다.

"본래 전우치는 글재주가 있으니 제 생각에는 정8품 저작著作의 벼

슬을 주고 홍문관에서 일을 맡았으면 하는데 변방외직의 일을 자처하니 그것이 걱정이올시다."

부제학 이빈이 말했다.

"제 생각도 그러합니다. 시를 잘 짓는 것으로 보건대 문장에도 능할 것이니 예문관의 봉교奉教나 대교待教 자리도 무방하리라 생각됩니다."

수염을 비비 꼬며 이야기를 듣고 있던 남곤이 머리를 내저으며 말했다.

"아니에요, 아니에요. 본래 전우치가 변방의 외직을 원하였는데 내직을 재수한다면 내가 그에게 한 약속을 어기는 것이 아니오? 전우치는 위험한 자이니 내직을 해서는 아니 되오. 그렇다고 병마절도사같이 높은 직책도 안심할 수 없으니, 변방의 원을 맡기는 것은 어떠합니까?"

영의정 김전이 말했다.

"병판의 생각은 어떠시오?"

병조판서 고형산이 말했다.

"듣자하니 전우치가 남 정승과의 내기에서 이길 정도이고 박 선전의 일백 근 철태궁을 아무렇지 않게 당기는 용력이 있으니 변방의 일을 맡겨도 무방하리라 생각합니다. 그러나 병마절도사는 아무래도 분에 넘치는 듯하니 남 정승의 말씀대로 변방의 수령을 맡기시는 것이 좋겠습니다."

"변방의 수령이라면 어디가 좋겠는가?"

"여연과 무창이 야인 때문에 위태로우니 혜산진 첨사惠山鎭僉使로 전우치를 임명하는 것은 어떻습니까?"

"그거 좋겠소."

남곤이 말했다.

"나와 내기한 것은 뭐라고 하면 좋겠소?"

"조정의 공론이 모아졌고, 상감께서 직접 이르시면 남 정승을 탓하지 않을 것입니다."

조정의 대신들이 입을 맞춰서 임금께 상달하니 임금께서 여연과 무창이 위태로운 때에 혜산진 첨사로 전우치를 임명하는 이유를 물어보았다. 정승들은 전우치가 박 선전의 철태궁을 당겼으며 자신이 야인들을 평정하길 원하여 그리하였노라는 말을 하였다. 그러자 임금은 우치를 기특하게 생각하고 이날 저녁에 편전으로 들게 하였다.

우치가 이세장의 집에 있다가 늦은 저녁에 임금의 부름을 받고 편전으로 들었다. 임금은 암행을 돌다가 재미난 일이 무엇이었는지 물어보는데 우치가 딱히 할 말이 없어서 공주에서 데릴사위가 된 이야기를 하였다. 임금이 우치의 이야기를 재미나게 듣다가,

"올해 경의 나이가 몇인가?"

하고 물었다.

"올해 스물한 살이옵니다."

"짐은 열두 살에 아내를 맞이하였는데 경은 늦은 감이 없지 않구나. 기다리고 있을 사람을 생각하여 매파를 보내고 이른 시일에 혼례를 올리도록 하라."

"성은이 망극하옵니다."

"그리고 이번에 경이 여연과 무창의 시급함을 듣고 자처하여 혜산진 첨사로 자원하였다는 말을 들었다. 기특한 일이다. 내가 허락해줄 것이니 경이 가서 변방을 평안토록 하라."

"성은이 망극하옵니다."

우치는 남곤의 꾀에 당한 것을 알았지만 이제와서는 어쩔 수 없게 되었다.

"이렇게 오랜만에 경을 만나니 감회가 새롭구나. 나를 위해 시 한 수 지을 수 있는가?"

"신이 용렬한 재주이지만 한 수 지어보겠사옵니다."

우치가 곧 시 한 수를 지었다.

碧山雲萬疊	푸른 산은 구름이 만첩이오
滄海闊無邊	바다는 넓어 가이없도다
爲問緣何事	묻노라 무슨 일을 인연으로
歸心北闕縣	가는 마음이 북궐궁중에 달렸는고

임금이 우치의 시를 듣고 흡족하게 생각하였다.

다음 날 우치에게 직첩職牒이 내려졌으니 정육품진용교위正六品進勇校尉 혜산진 첨절제사惠山鎭僉節制使가 되었으며, 육견지와 백무직에게는 종구품배융교위從九品陪戎校尉 직첩을 내려 우치를 따르도록 하였다. 또 혼례를 올린 후에 임지로 부임하라는 특지가 내려졌다.

육견지와 백무직은 벼슬을 얻어 좋아한 것은 말할 것도 없고, 우치는 공주로 매파를 보내어 혼삿날을 잡고 혼례 준비를 하느라고 눈코 뜰 새 없는 시간을 보내었다.

어명이 떨어져서 우치가 동생인 태임과 의논하여 매파를 공주에
보내 소식을 알리고 사주단자를 보내었다.

공주에서 하루를 일년같이 우치의 소식을 기다리고 있던 안 좌수
는 데릴사위로 삼았던 전우치가 조정의 관원이라는 사실을 알고는
호박이 넝쿨째 굴러들어왔다고 기뻐하며 택일을 하려고 근방에 점을
잘 본다는 사주쟁이를 찾았다.

"신랑이 신부와 궁합이 잘 맞으니 하늘이 내려준 천생배필이올시
다. 그런데 신랑의 사주가 불길합니다."

"신랑의 사주가 불길하다니?"

"신랑이 올해 죽을 사주올시다."

"신랑이 죽는다니? 그게 무슨 말인가?"

"사주를 보면 올해에 죽을 수가 있습니다. 그런데 사람이 두 번 죽
을 수 있습니까?"

"그게 무슨 소린가? 그럼 신랑이 요절할 사주란 말인가?"

"제가 보기엔 그렇습니다."

"이 사람아, 멀쩡한 사람이 요절하다니? 한번 더 보게."

점쟁이가 안 좌수가 불러주는 사주를 듣고 손가락으로 세다가 머리를 갸웃거리며,

"신부와 궁합도 잘 맞고 천생배필인데 신랑은 아무리 봐도 올해 죽을 사주올시다."

하고 더 대답을 하지 못하였다.

"이런 망할 놈이 있나."

열불이 난 안 좌수가 벌떡 일어나서 점쟁이의 가슴을 발로 차니 점쟁이가 나뒹굴며 비명을 질렀다.

"기가 막혀 죽겠네. 이따위로 점을 보고도 용하다고?"

안 좌수가 산판을 발로 걷어차버리고는 점쟁이집을 나와서 용하다는 점쟁이를 다시 수소문하였다. 공주 계룡산 아래에 봉사골이라는 곳이 있었는데 사주 잘 보는 맹인점쟁이가 살고 있었다. 안 좌수가 맹인점쟁이에게 우치의 사주를 보이니 사주쟁이가 고개를 갸웃거리며 말했다.

"이 사주는 참 이상한 사주올시다."

"무엇이 이상하다는 건가?"

"두 번 죽을 사주올시다."

"두 번 죽어?"

"예."

"사주를 보면 올해 죽을 운수가 나옵니다."

앞서 보았던 점쟁이와 같은 대답이 나오자 안 좌수는 털썩 주저앉았다.

"그런데 신랑신부의 궁합을 보면 두 사람이 천생배필이라 백년해로하는 드문 운수올시다."

"요절한다면서 백년해로는 또 뭔가? 신랑의 사주가 올해 죽는다는데 백년해로 한다면 내 여식도 요절한단 말인가?"

"웬걸요? 신부는 천수를 누릴 사주입니다."

"그럼 오래 산단 말인가?"

"두 번 죽는다는 사주가 나온 것으로 봐서는 신랑이 올해 큰 곡경을 겪으리라 예상이 됩니다. 올해만 잘 넘기면 평탄하게 사실 것 같습니다. 제게 비방이 하나 있는데 사시겠습니까?"

"비방이 있다면 사고말고지."

"비방의 값이 비쌉니다. 상목 두 동은 주셔야 합니다."

"상목 두 동이면 스무 필일세."

"신랑 목숨이 스무 필 값이면 한참 싸지요."

"비방이 신통해서 신랑이 액땜을 한다면 뭐든 못하겠나. 상목 두 동을 줌세."

"그럼, 부적 하나 써드리겠습니다."

맹인점쟁이가 서안에서 종이쪽 하나를 꺼내어 세필로 무어라고 쓴 후에 꼬깃꼬깃하게 접어서 주머니에 넣은 후에 안 좌수에게 내밀었다.

"후일에 신랑이 곤경에 처해서 오도 가도 못하는 상황이 되면 펼쳐보라고 하십시오. 그 전에 봐선 소용이 없습니다."

안 좌수가 맹인점쟁이에게서 비방을 받고 불안한 마음이 다소 사라져서 상목 두 동을 흔쾌히 점쟁이에게 주고 택일을 받아 집으로 돌아왔으나 찜찜한 마음이 가시지 않았다.

조광조 같은 명사도 당파싸움에 젊은 일생을 마감하는 판에 전우치가 그리되지 않을 것이라고 보장할 수 없는 노릇이었다.

"안 돼. 금지옥엽으로 키운 딸을 과부가 되게 할 수는 없지."

안 좌수가 도리머리를 흔들다가 손에 든 주머니를 바라보았다.

"신통한 점쟁이에게 액땜이 되는 비방을 샀는데 별일이야 있을라고?"

다음 날 아침에, 공주 목사가 아전을 보내어 혼사 준비를 물으니, 안 좌수가 심부름꾼에게 택일한 서찰을 들려 한양으로 보내었다.

혼인하는 날이 4월 보름으로 잡혀서 폐백 물건을 부랴부랴 준비하여 4월 초닷새에 한양에서 공주로 출발하였다. 이때, 우치는 절따마에 올라타서 앞장서고 그 뒤로 차집이 폐백을 바리바리 실은 하인 십여 명과 함께 뒤를 따랐다. 우치 일행이 공주에 도착하니 4월 열사흘이었다. 공주 목사가 우치와 일행을 객사에서 머물게 하고 지극하게 편의를 돌봐주었으니 안 좌수의 딸이 한양의 이름 있는 벼슬아치와 혼인한다는 이야기가 공주 일대에 크게 소문이 났다.

동네 인근의 사람은 고사하고 먼 곳에 있는 결찌들도 안 좌수를 찾아와 혼인하기 전부터 안 좌수의 집이 잔칫집이나 한가지였다.

혼인 전날, 폐백을 받은 안 좌수는 보물보다 사랑하는 딸을 떠나보내게 되이 마음이 상해서 사랑에 앉아 땅이 꺼져라 한숨을 내쉬었다.

연화가 여종으로부터 안 좌수가 상심하고 있다는 말을 전해 듣고 사랑을 찾아갔다. 사랑문을 열고 들어오는 연화를 보고 안 좌수가 손짓을 하여 자리에 앉게 하였다. 연화가 자리에 앉아보니 안 좌수의 눈이 푹 들어가고 살집이 줄어들어서 쭈글쭈글한 얼굴이 오늘따라 더 초라하게 보였다. 안 좌수의 나이가 일흔이 다 되어가니 살면 얼마나 더 살 것인가. 신랑을 따라 먼 서울로 가게 되면 이것으로 이별이나 다름이 없다 생각하니 연화의 눈에서 눈물이 절로 나왔다.

"애야, 울지 마라."

"아버지……."

채 말을 잊지 못하는데 안 좌수가 연화의 얼굴을 물끄러미 바라보다가,

"연화야, 나는 본래 데릴사위를 구할 생각이었는데 일이 이렇게 되었구나. 네가 멀리 떠나면 나는 누굴 의지해서 사누?"

하곤 고개를 푹 숙였다. 연화가 소맷자락으로 눈가를 닦으며,

"아버지, 가산을 정리해서 한양에서 함께 살아요."

하니 안 좌수가 고개를 내저었다.

"선친의 선영이 이곳에 있는데 어딜 간단 말이냐. 내가 마음에 걸리는 것이 있어서 그런다."

"마음에 걸리는 것이라니요?"

안 좌수는 자초지종을 이야기하였다. 연화는 이야기를 듣곤 입가에 미소를 지으며 말했다.

"제 사주가 좋아서 백년해로 한다 하고, 아버님께서 비방을 가져왔으니 별일이야 있겠어요? 그 비방을 주시면 제가 서방님께 전해드리겠습니다."

"그럼 내가 안심이 되겠구나!"

안 좌수가 맹인점쟁이에게 받은 주머니를 연화에게 건네주었다.

4월 15일 혼인날이 되었다. 해가 서산에 걸릴 무렵에 우치가 사처를 떠나서 안 좌수의 집에 도착하였다.

우치가 사모紗帽를 쓰고 쌍학흉배雙鶴胸背 자수를 놓은 청단령靑團領을 입고 물소 뿔 관대冠帶를 하고 목화木靴를 신고 두 손에 포선을 마주잡아 얼굴을 가리고는 너른 마당으로 나가니 사방에 사람들이 빼곡하게 들어차 발 디딜 틈이 없을 정도였다. 잇달아 맞은편에서 신부가 하님*의 부축을 받으며 들어오는데 미모가 눈이 부실 지경이라 구경꾼들의 탄성이 여기저기서 쏟아져 나왔다.

연둣빛 길*에 자주 깃과 색동 소매가 아리따운 원삼圓衫을 입고 대대大帶 입고 앞 댕기, 도투락댕기를 비녀에 걸치고 손을 가린 한삼汗

---

* 하님 : 여자 종을 대접하여 부르는 말
* 길 : 저고리나 두루마기 같은 웃옷의 섶과 무 사이에 있는 넓고 긴 폭

衫으로 얼굴을 살포시 가린 채 마당으로 나온 신부가 동쪽에 자리를 잡으니 우치가 포선 위로 눈을 살짝 들어 바라보았다. 한삼으로 얼굴을 가린 연화가 부끄러운 듯 고개를 숙이고 있다가 살짝 고개를 드는데 뽀얀 얼굴에 연지곤지 찍고 입술에 붉게 화장을 해서 미모가 눈이 부실 정도라 눈 돌릴 곳을 찾기 어려워 우치가 머쓱하게 웃으며 고개를 숙였다.

"신랑이 좋아 죽는구면."

"벌써 첫날밤 생각을 하는 모양이오."

사람들이 와 하고 웃으니 우치의 얼굴이 붉게 물들고, 신부는 수줍어서 고개를 숙였다.

마당 한가운데에 팔 폭 병풍이 둘러쳐 있고 땅바닥에는 멍석을 여러 개 깔고 그 위에 기직을 깔아놓았는데 초례상醮禮床이 가운데 놓이고, 초례상 위에 양초를 꽂은 촛대 한 쌍이 좌우로 놓여 있었다. 그 주위로 소나무 가지와 대나무 가지를 꽂은 꽃병 한 쌍, 백미 두 그릇, 대추 한 그릇, 곶감 한 그릇, 청색·홍색 보자기에 싼 닭 한 자웅을 남북으로 갈라놓았다.

초례상 앞에 서 있는 집사가,

"교배례!"

하고 소리를 치니 아낙이 물을 담은 대야에 수건을 얹은 작은 상을 들여다 받쳐주었다. 남쪽을 향한 우치가 집사의 말을 듣고 손가락 끝에 물을 적셔 가볍게 털고, 신부는 신부를 받들고 있는 아낙이 대신세 번 물을 튀겼다.

다시 신랑이 서쪽, 신부는 동쪽으로 서로 마주보고 서니 아낙의 부축을 받은 신부가 두 번 큰절하고, 답례로 우치가 한 번 절하였다. 다시금 신부가 두 번 하고 우치가 한 번 더 절을 하였는데 말 그대로 혼이 빠질 지경이라 어떻게 혼례를 치르는지도 모르고 그저 시키는 대로 넙죽넙죽 절을 하다보니 어느새 교배례가 끝이 났다.

집사가 다시금 "근배례요" 하고 소리를 쳤다. 이는 합근례와 같은 말로 술잔을 마주하여 마시는 의식이니 신부를 부축하는 아낙이 술과 안주를 담은 작은 상을 각각 내놓고 신랑신부 각각의 대반이 술잔에 술을 따랐다. 술이 모두 석 잔이라 우치가 주는 대로 마시는데 신부는 주는 술을 마시는 시늉만 했다.

우치가 상에 놓인 밤도 먹지 못하고 고개를 살짝 들어 바라보니 맞은편에서 신부가 술잔에 입을 살포시 대는데 그 입술이 앵두처럼 붉어 우치의 가슴이 두근두근 뛰었다. 이렇게 합근례가 끝이 나니 땅거미가 거뭇거뭇 내려앉았다.

우치가 예복을 벗고 도포 입고 갓을 써 새 옷으로 갈아입고 신부와 함께 모인 하객들에게 인사를 하니 이제는 초야만 남았다.

아낙들이 신방으로 신부를 안내하였다. 신부가 문을 빠져나가 신방으로 가니 새 옷을 입은 우치가 하인의 안내로 그 뒤를 따랐다.

준비한 음식을 배부르게 먹고 있는 이들, 술잔을 기울이며 이야기를 나누는 이들은 푸짐한 먹거리에 흥겨웠다. 초야를 구경하고 싶은 아낙들과 아이들은 어지럽게 우치의 뒤를 따랐다.

실권이 대청의 봉당 아래에서 우치의 혼례식을 지켜보다가 옛날 자신이 비탈이와 치렀던 혼례식 기억이 스쳐갔다. 한편 이런 경사스러운 자리에도 보이지 않는 주인어른 생각에 소매로 자꾸만 눈물을 훔쳤다.

"이제는 걱정을 덜었구먼. 이제는 한시름 놓았어."

우치가 하인의 뒤를 따라 신방으로 들어가니 너른 방에 노란 비단금침이 깔려 있고 화촉이 밝은데 그 앞에 주안상이 놓여 있었다. 우치는 금침머리에 단정하게 앉아 있는 연화를 바라보았다. 호롱불빛에 비추인 연화의 얼굴은 한 폭의 미인도를 보는 듯했다.

신방 방문에 구멍이 하나둘 뚫렸다. 구멍으로 들여다보는 호기심 많은 아낙들의 눈초리가 초롱초롱 마치 불빛이 반짝이는 것 같았다.

우치가 술상에 차려놓은 청주를 한 잔 부어 마시고 신부에게 다가가니 소나기가 내리는 것처럼 방문의 구멍이 다다닥 소리를 내며 일시에 뚫렸다.

"이것 봐요. 이제 그만 좀 봐요. 신랑신부가 일을 보지 못하겠구먼."

구경꾼들이 문 앞을 가로막고 서있는지 사월이의 앙칼스러운 목소리가 들려오더니, 바깥에서 요란하게 웃는 소리가 들렸다.

"무슨 일을 하는지 구경 좀 하자야."

"너도 보거라. 나중에 너도 시집을 갈 것이 아니냐? 미리 봐두어서 나쁠 것 있겠느냐?"

우치는 구렁이 담 넘어가듯 신부에게 다가가 족두리를 벗기려다 말고 오른손으로 신부의 손을 잡았다. 신부가 부끄러운 듯 고개를 숙였다. 우치가 연화를 바라보며 조용히 말했다.

"우리 검은 머리가 파뿌리가 되도록 잘 살아봅시다."

연화는 말없이 고개를 끄덕였다.

우치가 머리에 쓴 족두리를 벗기고 비녀를 뺀 다음 한삼을 풀어주
는데 구경꾼들은 문 밖에서 떠날 생각을 하지 않고 우치의 행동을 걸
쭉한 입담으로 전달하니 웃음이 그치지 않았다.

우치가 원삼을 남겨놓고는 부끄러운 마음에 신부의 얼굴을 바라보
며 빙그레 웃다가,

"우리 오늘밤은 그동안 못하였던 이야기나 하십시다."

하고 오른손을 들어 일지침으로 화촉에 밝힌 불을 쏘니 일시에 화촉
이 꺼지며 신방이 어둠 속에 묻혔다.

출
새
행 出塞行

우치는 초야를 무사히 치르고 안 좌수 집에서 대접을 훌륭히 받고

는 사흘 후에 임지로 떠나게 되었다.

이세장이 말과 승교바탕을 준비해준 까닭에 우치와 육견지, 백무
직은 말을 타고 부인은 가마 타고 부임지로 떠나는데 그 광경이 볼
만하였다. 남철릭에 쾌자 입은 우치가 말을 타고 앞장섰고 실권은 마
부잡이가 되었다. 육견지도 관복을 입고 백따마에 올라탔는데 말안
장 좌측에 육량궁을, 우측에 동개살을 걸어 전통이 각각 두 개씩이었
다. 그 뒤에 나귀가 따르는데 등에 식량과 솥을 얹어 마치 세간이 나
가는 것 같았다.

우치 일행은 개성부에 도착하여 개성 관아의 객사에 사처를 잡고 실
권과 함께 송방을 찾았다. 송방 대행수 송철주를 만나기 위해서였다.

우치는 송철주와 사랑에서 만나서 인사를 나눈 후에 평안도와 황
해도의 기근을 해결한 일에 대해 들었다.

271

전 우 치 Ⅲ

"대행수 어르신이 아니었다면 백성들을 구휼하는 일은 어림도 없었을 겁니다."

"아닙니다. 모두 나리의 덕이지요. 백성들이 있어야 장사도 있는 것이니 장사꾼으로서 당연히 해야 할 일인걸요. 나리 덕분에 크게 손해 보지 않고 황해도와 평안도 일대의 기근을 해결해서 저희 송방도 큰 이익을 보았습니다."

"이익을 보았다고요?"

"예. 저희는 믿음이라는 이익을 얻었지요. 저희는 나리께서 도적들로부터 빼앗은 곡식을 나눠준 것밖에 한 일이 없지만 그 지방 사람들에게는 단단히 신망을 얻었으니 장사꾼의 입장에서 봤을 때는 큰 것을 얻은 것이지요. 참, 제가 따로 조정의 대신들에게도 작은 성의를 보내었습니다."

"조정의 대신들에게 보내셨다고요?"

"예. 영광과 법성포가 도적들에게 함락되었던 사건은 벌써 조정 관원들의 귀에 들어갔을 것입니다. 조정의 관원들은 터무니없는 말이라고 믿지 않겠지만 사람의 일이 어떻게 될지 모르니 후일을 대비해서 입을 막아둔 것입니다."

"대행수께서 깊이 마음을 써주시니 감사할 따름입니다. 그렇잖아도 서울에 집을 구해주신 이야기도 들었습니다."

"당연히 해드려야 하는 일인걸요. 앞으로도 어려워 마시고 말씀하십시오. 제가 해드릴 수 있는 것이면 뭐든 해드리겠습니다."

"고맙습니다."

두 사람이 사랑에서 이야기를 나누는 동안 실권은 송방의 도사공인 돌쇠와 싸움꾼 개칠을 행랑방에서 다시 만났다.

돌쇠는 열일곱 먹은 아들 만수를 두었고, 팔랑거리며 싸움을 걸던 싸움꾼 개칠은 나이 마흔이 넘어 송방 유기점의 의젓한 점주가 되어 있었다. 게다가 개칠의 열다섯 살 먹은 아들 인성이 밑에 줄줄이 딸이 셋 있었으니, 실권은 그들의 모습에서 세월의 무상함을 느꼈다.

"자네도 그렇게 홀아비로 살지 말고 계집 하나 데리고 살림을 차려보게. 헌 계집이라도 내 알아봐줌세."

"나는 되었구먼."

"이 사람아, 늙어 홀로된다는 것처럼 슬픈 일이 없는 거야. 늙고 병들어 수발할 자식이 없다는 것이 얼마나 외로운지 아는가? 그러지 말고 내가 계집 하나 알아봐줄 테니 장가나 새로 들게."

"나는 되었데도."

"열부 났구먼, 열부 났어."

실권이 그날 저녁에 돌쇠와 개칠에게 시달림을 무수히 당하였다.

우치가 그날 저녁 객사로 돌아와 잠을 자다가 이상한 꿈을 꾸었다. 꿈속에서 하얀 옷을 입은 여인이 우치에게 다가와 자애로운 미소를 지으며 누워 있는 우치의 머리를 어루만져주었다. 우치는 갑자기 가슴이 아려오고 목이 메어왔다. 알 수 없는 일이었다. 우치는 뭔가 말하고 싶었으나 아무런 말도 나오지 않았다. 그 여인은 자신과 굉장히 친숙한 사람이고, 아주 옛날부터 잘 알고 있는 사람 같았다. 우치는 그 여인의 손을 잡으려고 손을 뻗었다가 자기도 모르게 눈을 번쩍 떴다.

"엇!"

놀란 눈으로 바라보고 있는 연화의 모습이 보였다. 우치는 그녀의 가녀린 손을 꼭 움켜잡고 있었다. 연화는 얼굴을 붉힌 채 나직이 말했다.

"꿈을 꾸신 모양이지요?"

우치가 연화의 손을 놓으며 생각해보니 꿈이 틀림없었다.

"꿈속에서 어머니를 만난 듯하오. 어머니께서 얼마나 내가 보고 싶으면 나를 찾아 꿈속까지 오셨겠소. 내가 이렇게 성장하였는데 어머니 무덤에도 한 번 찾아가보지 못하였으니 이런 불효자가 어디에 있소?"

우치의 눈에서 눈물이 쏟아지니 연화도 옆에 앉아 눈물을 흘렸다.

그날 아침에 우치가 실권을 불러 어머니의 묘소를 찾아뵙겠노라 말하니 실권은 그제야 자신의 불찰이라 생각하고 묘지가 있는 천마산을 찾아가기로 하였다.

오십 리 길 청하동을 실권과 더불어 오솔길을 만들며 찾아가니 그 옛날 아름답던 동네는 간 곳이 없고 온통 쑥대밭이었다. 실권이 아름다운 시절을 떠올리고 눈시울을 적시며 뒷산으로 올라가니 잡초가 무성한 무덤 한 기가 나타났다. 이곳이 전우치 어머니 묘소인데 오랫동안 돌보지 않아 처음 오는 사람은 이곳이 산소임을 알지 못할 정도였다.

우치가 황폐한 묘소를 보고 가슴이 저려와 자신의 불효를 탓하며 통곡을 하니 실권도 따라서 눈물을 흘렸다.

한동안 통곡을 하다가 가져온 낫으로 정성스레 묘소에 자라난 풀을 베니 그제야 무덤의 모습이 드러났다. 우치가 제물을 상 위에 놓고 술을 따르고 축문을 지어 제를 지낼 동안, 그 무덤에서 얼마 떨어져 있지 않은 참꽃나무 앞의 자그마한 무덤 앞에서는 실권이 막걸리 한 사발을 따라놓고 소리 죽여 눈물을 흘리고 있었다. 그 나무 아래에 실권의 각시였던 비탈이가 묻혀 있었던 것이다.

우치는 제사를 지내고 내친걸음으로 천마산에 살고 있는 양부모님을 만나기로 하였다.

취적봉 천수암에 아직도 정희량이 살고 있는지 궁금하기도 하여 우치는 그 길로 일행을 이끌고 천마산으로 올라갔다. 모두 말끔하게 단장하고 구종과 교꾼을 거느리고 말과 교자를 타고 천마산으로 올라가는 모습이 원유遠遊를 나온 대갓집 행차나 다름이 없었다.

전날 우치가 이회와 함께 살았던 마을을 찾아가니 온 동네가 떠들썩하였다. 심마니의 아들이 급제하여 조명을 받은 관원이 되었으니 이른바 파천황이라 인근의 부로들까지 찾아와서 축하를 해주었다.

우치는 대접을 잘 받고 다음 날 이른 아침에 출발하여 정오 무렵에 천마산에 도착하였다. 눈에 익은 산길을 따라 올라가다보니 연화가 탄 교자가 들어가지 못했다.

일행은 말과 교자에서 내려 산길을 따라 올라갔다. 산으로 나 있는 오솔길을 보니 사람이 다닌 흔적이 있었다. 혹시나 했던 우치는 안심이 되었다. 한참을 산중으로 들어가서야 우치는 사람이 살고 있는 움막과 화전을 발견할 수 있었다. 그곳에 우치의 양부모 외에도 여러 가구들이 화전을 일구고 살고 있었다.

우치는 얼마 가지 않아 자신이 살던 집을 발견하였다. 눈물이 왈칵 쏟아질 것만 같았다. 금의환향錦衣還鄉이라 아리따운 색시를 데리고 비단옷 입고 돌아오는 옛집이니 우치에게 어찌 감회가 없으랴.

우치는 눈물을 참으며 옛집으로 걸음을 옮겼다. 우치의 뒤를 따르는 연화도 우치의 양부모를 대한다 생각하니 괜스레 가슴이 뛰었다.

우치가 일행을 이끌고 집 근처에 다가서자 누군가 싸리 울타리 너머로 얼굴을 내밀었다. 양어머니인 순이였다. 순이는 깊은 산골에 갑자기 많은 사람들이 나타나니 무슨 일인가 불안해 두 눈을 가늘게 뜨고 조심스레 일행을 바라보았다.

우치는 쪼글쪼글한 주름이 가득한 양어머니의 모습을 보자 자신도 모르게 눈물이 쏟아졌다.

"어머니, 우치가 왔어요. 우치가 돌아왔어요."

"뭐라고? 우치라고?"

순이가 사립문을 열고 허겁지겁 뛰쳐나왔다. 순이는 멀쑥하게 차려입은 우치를 한동안 멍하니 바라보았다. 그러더니 우치를 껴안고 한없이 울었다.

"어디 갔다가 이제야 돌아온 것이냐?"

우치는 가슴속에서 한없는 따뜻함이 느껴졌다.

"뭐라고? 우리 우치가 왔다고?"

봉팔이 문을 박차고 마당으로 뛰어나왔다.

"정말 우리 우치가 돌아왔어?"

봉팔은 맨발로 뛰어와서 우치를 꼭 껴안았다.

"그러고 보니 네 행색이 바뀌었구나."

봉팔은 우치의 옷이 신분이 높은 사람이 입는 것이라 두 눈을 휘둥그레 떴다. 봉팔은 우치와 함께 온 일행을 둘러보며 말했다.

"그나저나 뒤에 서있는 저분들은 누구시냐?"

"제 일행입니다. 들어가시지요. 제가 자초지종을 말씀드리겠습니다."

방 안으로 들어간 우치는 연화와 함께 두 사람에게 큰절을 올렸다.

"뉘시냐?"

"제 아내입니다."

"네가 장가를 갔단 말이냐?"

우치가 그동안에 있었던 일들을 이야기하였다. 우치가 옥 목걸이 덕분에 자신의 신분과 친부모를 알게 되었고, 어전별시에서 급제하여 벼슬을 얻게 된 일과 아내를 맞은 일을 차례로 이야기하였다.

봉팔은 꿀먹은 벙어리처럼 말이 없는데, 순이가 우치 옆에 다소곤히 앉아 있는 연화를 보곤,

"참 곱습니다."

하고 미소를 지었다.

"이, 이거 이제부터는 말을 높여야 하는 것 아닌가?"

봉팔이 떨떠름한 얼굴로 물으니,

"그래야죠."

하고 순이가 대답하였다.

"아닙니다. 그러지 마십시오. 양부모님이 없었다면 오늘의 제가 있겠습니까? 예전처럼 편하게 불러주세요."

"그래도……, 그것이 예법이 아니지요."

"짐승도 길러준 은혜를 갚는데 하물며 사람이 은혜를 모르면 사람

277

이라 할 수 있습니까? 예법 이전에 두 분은 제 부모님이십니다. 그러니 예전처럼 대해주세요."

봉팔의 얼굴에 안도의 미소가 감돌았다.

우치가 물었다.

"어머니, 천수암에 거사님이 계십니까?"

"거사님은 작년 겨울에 천수암에 찾아오셨다가 정월 보름 동안거가 끝나자 어디론가 떠나셨는데, 어디로 가셨는지는 알 수가 없구나. 작년에 네 소식을 여쭈었더니 안심하라고 하시며 네가 올 봄에 금의환향할 거라고 하시더니 참말이구나."

우치는 이천년이 떠났다는 말을 듣고 안타깝게 생각하였다. 우치는 한양에 큰 집도 마련하였으니 이참에 산중에서 나와 함께 살자고 청했다.

"산중에서 화전을 일구어 먹고사는 것이 쉽지 않지만 우리 둘이 서로 의지하며 살아가다가 정 힘이 들면 나갈 테니 염려는 접어두거라."

두 사람이 한사코 거절하여서 우치는 이날 밤을 봉팔의 집에서 보내었다. 우치가 다음 날 백두산으로 가는 빠른 역로로 걸음을 옮겼으니 동쪽으로 단조역丹棗驛을 지나 저물 무렵에는 옥계원玉溪院에 당도하였다. 옥계원에서 저녁을 먹고 잠시 쉬고 있을 때에 역원으로 두 사람이 들어오는 모습이 우치의 눈에 들어왔다.

한 사람은 삿갓을 썼는데 백발이 치렁치렁하고, 한 사람은 관복을 입었는데 눈에 익은 얼굴이었다. 그 사람이 마당에 서있는 우치를 보곤 놀란 듯 말했다.

"나리, 나리께서 여긴 무슨 일로?"

다름 아닌 윤군평이었다.

"자네가 여긴 무슨 일인가?"

"그러는 나리께서는 무슨 일이십니까? 그 복장은 또 뭡니까?"

"혜산진 첨사로 부임하는 길일세."

"예?"

"조명을 그리 받았네. 그러는 자네는 함경도로 갔다더니 어쩐 일인가?"

"함경도에서 스승님을 만났기에 며칠 말미를 얻어 동행하여 내려오는 길입니다."

"스승님이라면?"

백발의 노인이 삿갓을 벗으며,

"홍유손이라 합니다. 군평에게서 이야기는 들었습니다."

하고 빙그레 웃었다.

세 사람이 방 안에 앉아서 그동안의 이야기를 하였다. 우치는 탕춘대에서 내기를 해서 병마절도사가 아닌 혜산진 첨사가 되었으며, 어명을 받아 장가를 가게 된 이야기를 하였다. 윤군평은 함경도 절제사인 동생의 부탁으로 절제사영으로 간 사연과 배복룡이 윤희평의 신임을 얻어서 좌병방비장으로 승진한 사연을 이야기하였다.

"나리께서 혜산진 첨사가 되신 것은 뜻밖입니다. 작은 진보의 우두머리가 되어서는 왕륜의 흉계를 막을 방법이 없을 텐데 어쩌지요?"

"어떻게든 되겠지."

말 없이 두 사람의 이야기를 듣고 있던 홍유손이 입을 열었다.

"전조의 왕족이 이 나라를 전복할 흉계를 꾸미고 있다는 말은 참으로 놀랄 만한 일이오만 그렇게 된 원인을 생각하면 안타까울 따름이오."

우치가 홍유손에게 물었다.

"그 원인이 무엇일까요?"

"도덕의 부재에 있습니다."

"도덕이 바로선다고 나라가 바로서는 것입니까?"

"도덕이 바로서면 정치가 바로서고, 정치가 바로서면 나라가 바로서는 것은 고금의 역사를 보면 확연히 드러나지요. 조선이 개국한 후로 세종대왕 때가 태평성세라고 하는데 그때에 유관, 맹사성, 황희같이 깨끗한 이들이 조정에서 내정을 다스렸습니다. 성군의 아래에서 깨끗한 신하들이 내정을 밝게 하니 나라의 창고는 넘쳐났고 백성들은 배를 두들겼지요. 말이 나왔으니 우리의 국호가 조선朝鮮으로 정해진 이유를 아십니까?"

"모릅니다."

"내 말씀드릴 테니 잘 들어보십시오."

홍유손이 잠시 뜸을 들이다가 입을 열었다.

"고려의 태조내왕은 광대한 대륙을 호령하던 고구려高句麗의 이름을 따서 고려高麗라 하였으며, 조선의 태조대왕은 고조선古朝鮮의 이름을 그대로 가져와 조선朝鮮이라 하였으니 이는 광활한 영토를 가진 천자의 나라임을 잊지 않기 위해서였습니다."

"천자의 나라? 우리가 천자의 나라란 말입니까?"

"그렇습니다. 고려 초기 고려의 왕은 왕이 아니라 황제라고 불렸습

니다. 역사를 상고하면 태조대왕왕건은 천수天授라는 연호年號를 사용
했고, 광종光宗은 광덕光德·준풍峻豐이라는 연호를 사용했으며, 개성
開城을 황도皇都라 하고 서경西京을 서도西都라고 하였으니 당시에는
황제로 불렸다는 말이 되지요. 본조에 태조대왕께서 우리 땅을 수복
하기 위해 요동을 정벌하러 갔다가 위화도에서 회군하여 천명을 잡
으셨으니, 원래 우리의 옛 땅을 차지하려는 생각은 태조대왕 때부터
비밀리에 시작되어 세종대왕 때 왕성하게 일어났으나 때를 얻지 못
하고 성종대왕 때까지 이어져오게 된 것입니다."

우치는 눈이 휘둥그레져서 물었다.

"어르신, 저는 믿기 어렵습니다."

홍유손은 고개를 끄덕이며 말했다.

"당연한 말씀입니다. 그렇지만 세종대왕이 제위 기간 중에 간의簡
儀·혼천의渾天儀·혼상渾象·일구日晷·앙부일구仰釜日晷·자격루自擊漏
·누호漏壺·일성정시의日星定時儀 같은 천문기계를 제작한 것을 보면
확연히 알 수 있습니다. 세종대왕께서 무엇 때문에 천체를 관측하는
기구를 만드셨겠습니까? 예로부터 하늘에 제사 지내는 일은 천자天子
만이 할 수 있는 일이었습니다. 세종대왕께서 명나라의 역법을 사용
치 않고 칠정산을 만든 것은 예로부터 우리 겨레가 하늘의 자식이라
는 것을 직접 증명하는 것입니다. 그뿐입니까? 우리의 글인 훈민정
음을 창제하여 말과 언어에서부터 한족과의 구분을 뚜렷이 하지 않
았습니까?"

"듣고 보니 어르신의 말씀이 맞습니다만 과거 우리가 천자의 나라
였다는 것은 상고할 길이 없지 않습니까?"

홍유손은 침울한 얼굴로 한참 동안 고개를 끄덕이더니 천천히 입을 열었다.

"우리나라의 서적이 사라진 사건이 두 번 있었으니 첫 번째는 진秦나라 시황始皇에 의해서이고, 두 번째는 고구려가 멸망했을 때 당唐나라 장수 설인귀薛仁貴와 이귀李貴가 평양에서 동방의 모든 서적을 불태워 없앤 때입니다. 그러니 어찌 우리의 서적으로 우리 역사를 상고할 수 있겠습니까? 우리나라의 고대 역사를 기록한 문헌이 없으므로 이제는 다만 중국의 문자만을 믿을 수밖에 없는데, 눈으로 직접 보지도 못하고 천리 만리 밖의 일을 적은 말이 대부분이니 어찌 다 사실과 맞아떨어질 수 있겠습니까? 사기史記를 짓는 사람들은 사실에 근거하여 기록해야 하건만 정치와 당론에 준거하여 역사를 뜯어고치니 미혹되고 어긋남이 심하여 오늘에 와서는 진위조차 알 길이 없을 정도가 되었으니 안타까운 노릇이지요."

그는 우치를 보며 말했다.

"영흥부永興府에서 서쪽으로 오십 리 떨어진 곳에 비류수沸流水가 있습니다. 『삼국지 위지』를 상고하면 관구검毋丘儉*이 현토玄兎로 나와 고구려 임금 궁동천왕과 비류수에서 크게 싸워 연이어 격파하고 마침내 환도丸都에 올라갔다고 했는데, 환도는 국내성國內城으로 압록강 서쪽에 있으니 비류수가 우리나라 경내에 있지 아니한 것입니다. 그때 요동 지방은 고구려의 땅이었으니 과연 영흥부에 있는 비류수가 『삼국지 위지』에 나와 있는 하천일까요?"

---

* 관구검 : 위나라의 유주자사로 있으면서 서기 246년에 고구려에 침입했다.

홍유손은 우치를 바라보다가 다시 입을 열었다.

"우리나라가 천자의 나라라는 것은 다 이치가 있는 말입니다. 예로부터 우리나라를 배달겨레라고 하는데 그 말뜻에 대해 아십니까?"

"잘 모르겠습니다."

홍유손이 빙그레 웃으며 말했다.

"배라는 것은 밝다는 우리말이요, 달이라는 것 역시 빛나다라는 우리말이니 밝고 빛나는 민족이라는 말입니다. 그러나 이 글자의 뜻을 기록할 수 없어 한어漢語에 의해 배달倍達이라 쓰여지고 있으니 배달의 음운을 자세히 살펴보면 좋은 뜻이 아닙니다. 한족이 우리를 동이라 하여 오랑캐로 부르듯이 저희의 글자로 우리를 좋게 표현할 리는 만무하지 않겠습니까? 단군은 예로부터 배달겨레의 우두머리인 고조선古朝鮮의 제왕을 지칭하는 말인데 단이란 제단을 뜻하며, 군이란 임금을 뜻하니, 곧 하늘에 제사 지낼 수 있는 신분이라는 것을 의미하는 말이지요. 과거 단군 고조선시대에는 우리 조선이 천하를 가지고 있었으며, 오직 고조선만이 하늘에 제사 지낼 수 있었습니다. 그 후 은, 주 왕조를 거치면서 동이민족이 분열되어 사분오열했고, 진나라가 천하를 통일하자 시황제는 책을 태우고 학자들을 땅에다 파묻어버려, 단군겨레가 중국을 지배했던 사료를 모두 없애고 말았소이다. 그 후 중국은 한 고조유방가 천하를 통일한 후에야 천자라고 칭하며 하늘에 제사를 지낼 수 있었는데 그것은 그들이 고조선의 제후국으로부터 완전히 독립한 것을 의미하는 것이었고, 그때부터 한족이라는 말이 생겨난 것이지요. 우리 배달겨레가 약해지고 그들이 더욱 강성해지자 주도권이 바뀌어 그들은 천자의 나라가 되고, 우리나라

283

는 제후국에 불과하게 되었지만 여전히 이 나라의 군왕들은 과거 우리 겨레가 대륙을 지배하던 그때의 이름을 국호로 만들어 영원히 잊지 않도록 한 것입니다."

홍유손은 우치와 윤군평을 번갈아 바라보다가 다시 이야기를 계속했다.

"본조에 들어와 세종대왕께서는 안으로 내정을 견실히 하여 나라를 부강하게 하셨고, 국방을 길러 4군과 6진뿐만 아니라 대마도까지 정벌하여 나라의 영토를 넓히셨지요. 당시에 중국이 막북*의 몽고군을 정벌하기 위해 많은 군비를 쏟고 있었으니 대왕으로서는 북벌을 위한 절호의 기회를 잡은 것이었지요. 만주와 요동 같은 광활한 평원을 수중에 넣기 위해서는 많은 기마병이 필요하지요. 태종대왕과 세종대왕은 그 때문에 목장마다 많은 말을 방목케 하였는데, 명나라의 무리한 징마 요구와 세종대왕의 때 이른 승하로 인해 물거품이 되고 말았습니다. 그래서 다음 왕인 문종대왕에게 북벌의 사명이 넘어갔지요.

문종대왕은 세종대왕의 뜻을 받들어 문무를 아울러 등용하는 등 북벌에 대한 강한 의지를 보이셨습니다.* 그러나 문종은 몸이 약해 재위 2년1452년에 승하하셨고, 어린 노산군魯山君-단종은 재위 3년을 넘기지 못하고 세조대왕에게 선위를 하고 말았지요. 그런데 그 사건은 단순한 왕의 교체를 넘어서 이제껏 꿈꿔왔던 조선 왕조의 공업을 뿌리째 흔드는 결과를 낳고 말았습니다."

---

* 막북 : 사막의 북쪽이라는 뜻으로, 고비 사막 이북인 현재의 외몽골 지방을 이르는 말

방 안에 고요한 긴장이 흘렀다.

"수양대군은 계유정란癸酉靖難을 일으켜 북벌의 선봉장 격인 김종서金宗瑞와 이징옥李澄玉* 등 수많은 대신을 죽여버렸지요. 그 다음해에 단종의 복위를 도모한 성삼문成三問·박팽년朴彭年·하위지河緯地·이개李塏·유응부兪應孚·유성원柳誠源 등 집현전의 여러 신하를 죽였고, 그 다음해에 단종을 노산군으로 강등시켜 영성寧城에 유배시켰다가 시월에 죽여버렸습니다. 세조의 왕위 다툼은 안평대군安平大君과 금성대군錦城大君, 그리고 노산군의 죽음에 이르러 끝이 나는데 노산군의 죽음이 자살이든 타살이든 선초에 일어났던 것과 비슷하게 왕위 문제로 형제 간의 살육이 다시 벌어지게 되었고, 그것은 곧 민심과 인재뿐 아니라 도덕까지 잃어버린 결과를 낳았던 것입니다. 계유정난 이후로 이 땅의 도덕은 땅바닥으로 떨어지고 탐관오리들이 득세하는 세상이 되었습니다. 정치가 타락하니 세상이 타락하여 백성들이 악한 일을 하고도 부끄러운 바를 모르는 세상이 되고 말았소. 이런즉, 나라의 국력은 떨어지고 현자들은 목적지를 모르고 떠도는 부평초와 같은 신세가 되고 말았던 것입니다.

---

* 문종의 북벌에 대한 의지는 제위 기간 찬술했던 「동국병감東國兵鑑」과 「진법구편陣法九篇」을 보면 짐작할 수 있는데, 「진법구편陣法九篇」은 문종이 친히 만들었다.

* 이징옥 : 세종 때 김종서를 따라 육진 개척에 무공을 세운 사람으로 김종서의 추천으로 그의 뒤를 이어 함길도 도절제사가 되었다가, 단종 원년1453년에 김종서를 죽이고 정권을 잡은 세조가 이징옥을 파직시키고 그 후임으로 박호문을 밀파하자 정변의 소식을 알게 된 이징옥이 후임자를 죽이고 난을 일으켰다. 그는 종성種城에서 대금국황제大金國皇帝라 일컫고, 야인과 함께 새 왕권에 반기를 들었으나 정제사 정종鄭種 등에게 살해되어 난이 진압되었다.

친한 친구였던 김시습은 그 소식을 듣고, 통분해서 가지고 있던 책을 모조리 태워 버리고 머리를 깎고 미치광이가 되어 세상을 비웃으며 유랑생활을 하다가 이슬처럼 떠나가고 말았으니 어찌 안타까운 일이 아니겠습니까!

나라에 도덕이 무너지면 임금은 군도를 잃고 신하들은 신도를 잃게 마련이니 백성들은 고단한 삶을 살 수밖에 없는 것이지요. 위로 부정부패가 만연하니 관리들이 도덕에 무감해져서 백성들을 수탈의 대상으로 생각하여 자연히 국력이 쇠하게 된 것이오. 세종 때에 회복해놓은 4군이 세조 때 폐사군이 되어버렸으니 이것만 보더라도 그 폐악을 알 수 있는 것이 아니겠습니까."

4군은 강계 이북의 여연閭延·자성慈城·무창茂昌·우예虞芮의 네 군을 말하는데 조선 세종 때 서북 방면의 여진족 침입을 막기 위해 압록강 상류에 설치한 국방상의 요지이다.

원래 서북 방면의 여진족에 대한 경략은 고려말기부터 시작되었는데 태종 3년1403년에 강계부江界府를 신설하고 이 방면 개척에 힘쓴 결과 갑산 이서의 압록강 남안이 모두 조선 영역이 되었다.

세종 때에 이르러 여진족의 침입이 갑자기 잦아지자 세종 15년1433년에 최윤덕崔潤德을 평안도平安道 도절제사都節制使로 하고, 김효성金孝誠을 도진무都鎭撫로 임명해 이를 토벌케 하였는데, 이때의 경험으로 이 지방이 여연·강계와도 거리가 멀고 교통이 불편하여 위급한 때에 대비하기 어렵다 하여, 그해에 양지兩地 중간에 위치한 자작리慈作里-자성에 성을 쌓고 이에 자성군慈城郡을 두었다. 그러나 이 방면에 대한 여진족의 침입은 여전히 계속되어 세종 19년1437년에 평안도 도절제사 이천으로 하여금 병사 팔천 명으로 재차 이를 토벌케 하여 압록강 건너의 오라산성·오미부 등 그들의 소굴을 무찌른 다음 세종 22년1440년에 여연군 동방, 압록강 남안南岸에 무창현茂昌縣을 설치하였다가 세종 24년1442년에 군郡으로 승격시켰다. 이어서 세종 25년 1443년에는 여연·자성의 중간 지점인 우예보에 우예군을 설치하였다. 이로써 4군의 설치를 보게 되어 동북의 6진과 아울러 우리나라 북경北境은 두만강·압록강 상류에까지 미치게 되었는데, 이때 지금 우리나라의 지도와 같은 경계가 만들어진 것이다.

세종 28년1446년에는 4군을 보강하기 위하여 갑산군甲山郡 내에 삼수군三水郡을 하나 더 설치하고 여진족 내습에 대비하였는데 세종이 승하하자 조정에서는 관리하기 어렵다는 이유를 들어 차츰 4군을 철폐하자는 논의가 일어났고, 1455년단종 3년에 마침내 4군 중 여연·무창·우예의 3군을 폐하고 주민을 강계江界·귀성龜城의 이부로 옮겼으며 세조 5년1459년에는 자성군마저 폐하여 주민을 강계로 옮기게 되었으니 이후 이 지방은 폐사군廢四郡이라 불리게 되었다.

홍유손의 이야기는 계속되었다.

"성종대왕께서 즉위하신 후에 또다시 태평성대가 찾아왔으니 이때는 어진 왕께서 먼저 도덕을 갖추었기 때문이었습니다. 그러나 연산주는 바탕이 어질지 못하여 갖은 패악으로 또다시 이 나라의 도덕이 땅바닥에 떨어졌지요. 임금이 주지육림의 쾌락에 빠진 동안 관리들은 백성들을 핍박하였지요. 나라에 도덕이 무너진다는 것은 곧 정의가 무너진다는 것입니다. 백성이 있고 나서 나라가 있는 것인데 도덕이 무너진 나라에서 무엇을 기대할 수 있겠습니까? 조광조가 죽은 것은 이 나라의 도덕이 무너진 것이나 다름없는 것이니 이제 그 대가는 국력의 쇠약과 백성들의 고통으로 귀결될 것입니다. 아! 생각하면 참으로 안타까운 일이 아닐 수 없습니다."

우치는 홍유손의 말을 듣고 나서 깨우치는 바가 많았다. 백성을 위한 나라를 만들기 위해서는 위정자들이 깨끗해야만 하는 것이다. 위정자들이 깨끗하면 사심 없이 나랏일을 할 수 있으니 자연히 깨끗한 관리들이 등용될 것이고 요순의 태평성대가 자연히 찾아오게 되는 것이다.

위정자들이 권력과 재물을 탐하면 나라의 기초가 무너지고 마침내 핍진한 나라가 되고 마는 것이니 한 나라의 흥망과 성쇠는 도덕에서 결정이 나는 것이었다.

"듣자하니 정희량에게 배웠다고 들었습니다. 정희량은 김시습에게 연단을 배웠고 나 역시 그에게 연단과 검술을 배웠지요. 희량은 추산을 잘하는데 전 공은 무엇을 배웠습니까?"

"저는 추산과 같은 술법을 배우지는 못했고 의술을 배웠습니다."

"직지선을 할 줄 안다고 들었는데……."

"「원시침경」이라는 책 뒤편에 기공을 침처럼 사용하는 법문이 있었는데 그것이 일지침이라고도 하고 직지선이라고도 하더군요."

"먼 곳에 있는 자도 쓰러뜨린다 하던데 그게 사실입니까?"

"일장 정도 거리에 있는 이는 직지선으로 쓰러뜨릴 수 있습니다."

"나이 연소하신데 참으로 대단하십니다. 어린 나이에 기연을 얻어 직지선을 터득한 것도 그렇고, 어전별시에서 장원하시어 활빈도의 무리를 소탕하고 전라도의 기근을 해소한 것은 마땅히 그러한 이유가 있을 테지요. 이번에 혜산진에 부임한다 하셨지요?"

"예. 그렇습니다."

"백두산 산정에 가면 종덕사라는 암자가 하나 있는데 그곳에 이인이 한 분 사십니다. 언제 시간이 나면 가서 만나보십시오."

"알겠습니다."

우치는 다음 날 아침에 홍유손과 윤군평과 헤어져서 출발하였다.

일행이 그날 정오 무렵에 고성을 지나 생창역生昌驛에 도착하였으니 이곳부터는 역로라 가는 길이 한결 편하고 쉬웠다. 일행이 그날 저녁에 은계역銀溪驛에서 숙소하고, 다음 날 아침 일찍 출발하여 고산역高山驛을 지나 안변安邊에서 숙소하였다. 다음 날 영흥永興을 지나 함흥咸興에 도착하였으니 꼬박 백오십여 리를 왔다.

말을 타는 사람들은 어려울 것이 없으나 가마를 멘 교자꾼들이 연일 강행군으로 애를 먹었는데 우치가 삯을 두둑하게 주어 하루 동안 쉬게 하고는 관찰사를 만나러 갔다.

함흥부의 부윤은 관찰사가 겸임을 하는 것이니 곧 함경도 관찰사 이사균李思鈞이었다.

이사균은 전우치가 임금의 과한 은덕을 얻어 어전별시에 급제한 후 좌의정 남곤과의 내기에서 이겨 벼슬을 얻었다는 소문을 듣고 있었다. 경험도 없고 나이도 어린 우치가 그 자리에서 병마절도사를 요구했다는 이야기를 들었던 터라 이사균은 우치를 교만한 자로 여기고 탐탁지 않게 생각하여 시큰둥하게 인사를 받았다.

부임 수령이 인사를 하러 오면 일러준다는 전최고과법殿最考課法도 들려주지 아니하고 혜산진이 요해처니 방비를 잘해야 한다고만 이르고 돌려보내었으니 우치가 이상하게 생각하였다.

　다음 날, 우치는 함흥부를 떠나 홍원역에서 점심을 먹고 북청北靑에
서 숙소하고 그곳에서 북쪽으로 방향을 틀어 갑산甲山으로 향하였다.

2

不歸不歸又不歸불귀불귀우불귀
三水甲山又不歸삼수갑산우불귀

돌아가지 못하리 돌아가지 못하리 다시 돌아가지 못하리
삼수갑산 한 번 가면 다시 돌아가지 못하리

가도 가도 보이는 것이라고는 험준하고 높은 산과 계곡이니 갑산
은 중죄인들이나 가는 귀양지로 알려진 곳이었다. 우치가 길을 따라
가는데도 인가는커녕 사람의 흔적도 발견할 수 없었다. 일행은 저물
녘에 풍산豊山에 도착할 수 있었으니 오십여 호가 읍성 주위에 모여
사는 작은 고을이었다. 다음 날 일행은 갑산부甲山府에 도착할 수 있
었는데 갑산은 백여 호가 마을을 이루어 사는 작은 촌락이었다.

갑산 부사 김인손金麟孫이 이날 저녁 우치와 술잔을 나누며 이야기

를 나누었다. 혜산진은 갑산에서 구십여 리 떨어진 최변방으로 야인들과 마주보고 있기 때문에 중요한 요지지만 지금은 비어 있는 곳이라 하였다. 김인손은 근래에 야인들이 갑자기 불어남에 나라에서 우치를 보낸 줄은 알고 있으나 걱정이 크다고 말했다.

우치가 생각하기에도 방수할 인력이 턱없이 모자랄 뿐 아니라 삼수와 갑산의 병력을 합쳐도 기병騎兵의 수가 백여 명이 채 안 되니 혜산진을 어떻게 지킬지 벌써부터 눈앞이 깜깜하였다. 더구나 삼수에서 갑산까지는 꼬불꼬불하고 험난한 길로 가는 데만 이틀이 걸리니 만약 혜산보에 야인들이 공격해 들어온다면 속수무책으로 당할 것이 분명하였다. 그야말로 혜산진 첨절제사의 직책은 이름은 그럴듯하나 허울뿐인 벼슬이었으니 미관말직도 그런 미관말직이 없었다.

우치는 이날 밤에 갑산 부사 김인손과 이야기를 하다 밤을 지새우고 다음 날 아침에 갑산부를 떠나 혜산진으로 향했다. 운총천雲寵川을 건너 혜산령惠山嶺을 넘어 구십여 리 길이라 혜산진에는 늦은 밤에야 도착할 수 있었다.

혜산진을 지키는 병력이 갑사 다섯에 정병 이십 명이었는데 이밖에 양민 이십여 가구가 살고 있었다. 그들은 새로 온 첨절제사를 맞이하여 돼지를 잡아 산치를 벌였다.

이날 저녁, 우치가 다 쓰러져가는 읍성 안 첨절제사영에서 하루를 보내고 다음 날부터 혜산진을 살펴보았다. 혜산진은 석축으로 주위가 이천삼백이십 척에 높이가 구 척으로 약간만 보수하여도 쓸 만한 성이었다.

세종 때 만들어졌다는 말을 듣고 다시 바라보니 그 당시 융성했던 기세를 알 수 있을 것 같았다.

이 고장에서는 담비·수달·영양각·녹피·인삼·통포와 이리의 꼬리털로 만든 붓이 주로 만들어졌으니 서예가들이 귀하게 여기는 북황모가 이곳에서 난다 하였다. 삼수와 갑산 사이의 물은 모두 이곳으로 흘러 압록강으로 들어가는데 쌀과 소금은 구경하기 어려웠다.

기후가 차기 때문에 개를 길러 그 가죽으로 옷을 만들어 입는데, 이곳의 개는 희고 영리하여 곰이나 범까지 떼로 몰려가서 잡을 정도라 하였다. 어린아이들까지 창을 들고 활을 잘 쏘는데 이것은 모두 짐승을 잡기 위함이었다. 겨울이면 곰과 범까지 사냥한다 하니 변방인의 강인함을 알 수 있을 것 같았다.

부임 첫날부터 혜산진에 사는 백성들은 우치를 찾아 갖옷과 화살 등 여러 특산품을 내놓으며 잘 부탁한다 인사를 하였다. 일주일이 지났을까? 혜산진 이북에 사는 야인들도 찾아와 피혁을 내놓으며 문안 인사를 하였다. 우치는 이상하게 생각해 아전을 불러 물었다.

"신임 관장이 오면 으레 있는 관례입니다."

"으레 있는 관례라고?"

"예."

"그렇지만 야인들이 내게 바치는 것은 귀한 물건이 아니더냐? 그들이 무슨 공으로 내게 귀한 물건을 바친단 말이냐?"

"이를테면 잘 봐달라는 부탁입지요."

"뭘 잘 봐달라는 것이냐?"

우치가 꼬치꼬치 물으니 아전이 우치의 눈치를 살피며 말했다.

"공물을 적게 부과해 달라는 것입니다."

293

"공물을 적게 부과하라고? 대체 백성들과 야인들에게 얼마나 공물을 부과하기에 적게 부과해달라고 귀한 물건을 바친단 말이냐?"

우치가 아전에게 공물장부를 가져오라고 하였다. 아전이 공물장부를 가져와 우치에게 보였다. 우치가 공물장부를 보니 백성들에게 부과하는 공물이 너무 지나쳤다.

"너는 관례라 하지만 이건 너무 과하구나. 조정에 보내는 공물은 10분의 1도 안 되는데 그럼 남은 것은 어디로 가는 것이냐?"

"그것은 모두 인정으로 충당이 됩니다."

"인정?"

"예. 대궐에 보내는 것을 빼고도, 따로 관찰사 영감께도 보내야 하고, 조정의 대소 신료들에게 인정을 보냅지요. 그래서 인정은 바리로 싣고 진상은 꼬치로 뀄다하지 않습니까? 대소 관료에게 인정을 베풀지 않으시면 평생을 이곳에서 썩으셔야 할 겁니다."

"그럼, 뇌물을 보내지 않으면 평생을 변방의 외직에서 썩는단 말이냐?"

"이를테면 그렇습지요. 야인들도 그런 이유로 불만이 많지만 어쩌겠습니까? 우리 땅에서 사는데 세금이라도 내야지 않겠습니까?"

"세금이 너무 과하니 하는 말이다. 이제부턴 정해진 세금을 부과하여 받을 것이다. 그리고 나에게 뇌물을 바친 자들에게 연락해서 물건을 되찾아가게 하라."

"저, 정말 그러실 겁니까?"

아전이 놀란 얼굴로 우치를 올려다보았다.

"나 혼자 잘되려고 백성들을 희생시킬 수는 없는 일이다. 이는 바르지 못한 일이니 너희도 명심하거라. 일체의 부정을 용납하지 않을 것이니 그리 알라."

우치가 단단히 다짐을 주니 아전도 아무 소리 못하고 물러가 우치가 시키는 대로 하였다.

혜산진 일대의 백성들은 공물을 돌려받게 되자 명관이 왔다고 좋아하며 우치를 따랐다. 또 야인들에게는 받은 녹피 같은 물건을 받아 곡식으로 교환해 주니 찾아오는 야인이 부쩍 늘었다.

혜산진 성 안에 우물이 하나라 처음에 아녀자들은 절제사영에서 물을 긷느라 고생을 하였으나 차차 백성들이 하나둘 도와주어 우물을 파고 집을 짓게 되었다. 주위의 도움으로 스산하기 짝이 없던 절제사영도 제법 사람 살기에 편하게 되었는데 그 사이에 백성들도 하나둘 늘어나 오십여 가구가 새로 들어왔다.

육견지와 백무직은 혜산진을 지키는 장교가 되었고 실권이 항상 전우치를 보필하고 있었으니 이 네 사람의 호걸만으로도 혜산진을 지키는 데는 별 문제가 없었다.

우치는 틈이 나면 성을 개축하고 해자를 보수하여 물이 흐르도록 하고 조교弔橋를 놓아 방비를 충실하게 하였는데 야인들과의 충돌이 없어 한가한 시간을 보내던 육견지는 갑사들과 더불어 틈만 나면 사냥을 나갔다. 육견지는 사냥을 나가서 짐승을 발견하여 쏘기만 하면 백발백중이라는 소문이 퍼져서 병사들은 물론, 야인들까지 육견지의 실력을 두려워하였다. 육견지는 일이 없을 때면 혜산진의 갑사들과 병사들, 물론 양민들에게도 활 쏘는 법을 가르쳤다. 그러자 혜산진에는 활 잘 쏘는 이들이 속속 늘어나 어린아이들까지 작은 활을 만들어

쏘고 다닐 정도였다.

실권은 병사들에게 수박희를 가르쳤는데 그의 실력이 워낙 뛰어나 병사들의 실력이 눈에 띄게 발전하였다. 실권은 수박희를 흉내 내는 소년들에게도 틈틈히 수박희를 가르쳤다.

백무직 역시 한가한 시간이면 병사들에게 검술을 가르친 덕분에 혜산진에 때아닌 무풍武風이 일었다.

3

오월 초닷새 단옷날이 되었다. 이날은 우치가 면포 세 필을 내걸고 혜산진 서문 앞 너른 공터에서 활 쏘기와 수박희, 씨름 시합을 벌였다. 백성들은 하던 일을 놓고 참가하여 자웅을 겨루었다.

이른 아침부터 말을 탄 갑사들이 활을 들고 사냥을 나가 짐승을 많이 잡아오니 아낙들이 껍질을 벗기고 국을 끓이고 살을 발라 수육을 만들고 술을 걸러 잔치를 준비하였다. 갑사들과 병사들, 양민들은 웃통을 벗고 수박희와 씨름으로 재주를 겨루었다.

이날 대회가 무르익을 무렵 한 야인이 피투성이가 되어 말을 타고 혜산진을 찾아왔다. 그 야인의 이름은 치오齒梧라 하고 압록강 바로 앞 강전江前 부락에 살고있다고 했다. 야인의 출현으로 대회는 흥이 깨어져 파장이 되고 말았다.

우치가 치오를 데려와 상처를 치료해주고 무슨 일이 일어났는지 물어보니 서수라西水羅 근방에 살고 있는 망합莣哈이라는 자가 강전 부락에 쳐들어와 함께 조선을 침입하자고 권유하였다는 것이었다. 강전 부락의 우두머리는 거이巨耳라는 자인데 그는 우치에게 은덕을 입어 의리를 지킬 작정으로 거부하니 망합이라는 자가 거이를 죽이고 부락을 쑥대밭으로 만들었다 하였다. 망합은 이미 세력을 키워 혜산진 북서쪽에 있는 부락의 남라南羅라는 추장을 죽이고 그 부족을 흡수했다 하였다.

우치가 자세히 물어보니 이들의 우두머리는 왕산적하王山赤下라는 야인으로 건주위建州衛의 야인들이 몇 달 전부터 이 근방의 부락을 모두 흡수하여 큰 세력을 만들었다는 것이다.

우치는 왕륜의 일이 차곡차곡 실행되고 있음을 짐작하곤 치오에게 더욱 자세하게 야인들의 동태를 물어보니 치오는 숨김없이 이야기를 해주었다. 혜산진 강가에서 동북쪽으로 오 식가량 가면 서수라 수동水洞이 있는데 이 지역에 야인野人 삼백여 호가 들어서 있고, 수동에서 서쪽으로 삼 식 가량의 거리에 검천俭川이 있는데 이 지역에 야인 백여 호가 산다 했다. 또 검천에서 서쪽으로 이 식 가량의 거리에 박가천朴加遷이 있는데 이 지역에 사는 야인이 이백여 호나 된다고 하였으며, 그 남쪽에 있는 여연·무창·우예·자성에 김주성합을 우두머리로 하여 야인들이 빌 떼같이 불어났는데 그 인원은 이루 헤아릴 수가 없을 지경이라 평화롭게 살고 싶어도 힘이 없어서 통합될 수밖에 없는 지경에 이르렀다고 하였다.

"나리, 드디어 활빈도당들이 야인들을 들쑤셔 일을 저지른 모양입니다."

육견지의 말에 우치가 고개를 끄덕였다. 이는 작년에 예상했던 일이었다. 왜구들에게 보내는 군량이 우치 때문에 사라졌지만 의주로 보낸 군량은 온전하게 전해졌을 터였다.

우치는 육견지와 백무직에게 혜산진을 부탁하고 실권과 함께 갑산부로 가서 부사 김인손과 이 일에 대해 논의하였다.

"왕산적하가 야인들의 세를 넓히는 것이 심상치 않습니다. 혜산진 앞에 있는 강전 부락이 넘어간 모양인데 머지않아 야인들이 도발해 올 것 같습니다."

김인손이 우치의 말을 듣고 심각한 얼굴로 말했다.

"언젠가 삼수 군수가 사냥을 나갔다가 그들의 무리를 보았는데, 이제는 관군을 보고도 겁을 먹지 않고 도리어 활을 쏘며 공격하는 바람에 그냥 돌아온 적도 있다 하더군요. 그뿐만 아니라 삭주의 4군에도 오랑캐가 늘어나 그 지역의 야인들과 교류하고 있기 때문에 걱정이오."

판관判官인 장기수張起秀가 말했다.

"허나 관찰사께서 가만히 지켜보라는 명을 내렸지 않습니까?"

장기수는 우치가 백면서생에서 출세한 인물이라 우치를 아니꼽게 생각하고 있던 터라 냉랭하게 말하였다. 우치는 장기수의 속내도 모르고 김인손에게 말했다.

"우리 군사들로 저들을 몰아낼 수는 없겠습니까?"

김인손은 마음이 활달한 이라 사실대로 이야기하였다.

"사실 우리가 가진 군사로는 야인을 몰아낼 수 없소이다. 서수라의 야인들을 몰아내려면 적어도 이천여 기의 기병이 필요한데, 연이은 흉년으로 군량을 충당할 수 없을 뿐 아니라 군사들도 부족하니 관찰사께서도 마음은 있으나 현실을 어찌할 수 없어서 지켜보라 하신 게지요. 각 고을에 갑사는 보가 다섯 명, 정병은 보가 세 명인데 그 보의 인원들을 방수에 투입하지 않고 관아의 역무에 투입하고 있는 실정이니 어찌 야인들을 상대할 수 있겠습니까? 평안도 같으면 보충병력이 있으므로 전력이 괜찮고 싸움에 익숙하여 야인을 만나면 곧잘 싸운다 하던데 이곳의 군사들은 싸우지도 못하고 보충병력조차 없는 상태라 야인들을 몰아내기란 애초에 불가능한 일이지요."

"그렇다면 앉아서 당하라는 말씀이오?"

장기수가 미간을 찌푸리며 말했다.

"아직 혜산진에 야인들이 침입한 것이 아니고, 들어보니 저희끼리 야라耶羅를 한 것 같은데 너무 민감하신 것 아니오?"

"야라가 무어요?"

"부임하신 지 한 달밖에 되지 않았으니 잘 모르시겠군요. 야라란 야인들 말로 보복이라는 뜻입니다. 야인들끼리 보복을 하여 서로 죽이는 일이 종종 있습니다. 제가 보건대 첨사께서 부임하신 지 얼마되지 않아 야인들의 사정을 잘 모르고 지레 겁을 먹고 달려오신 것이 아닌가 싶습니다."

"내가 부임한 지는 얼마 되지 않았으나 사태가 심상치 않다는 것쯤은 느낄 수 있소. 그러니 이 길로 함경 관찰사에게 군사를 보내 달라고 장계를 올려주시오."

"알겠습니다. 그리 부탁하시니 장계를 올리겠습니다."

우치는 김인손의 대답을 듣고 다시 말을 달려 혜산진으로 돌아왔다.

4

혜산진에 돌아오니 성문 앞 땅바닥에 화살이 꽂혀 있는 것이 눈에 띄었다. 우치가 실권과 함께 남문으로 다가가니 성루에 있던 병사들이 확인하고 조교를 내렸다.

우치가 성 안으로 들어가자 육견지가 야인 수백여 명이 성문 앞에 몰려왔다가 돌비와 화살비를 견디지 못하고 물러갔다고 보고하였다.

우치는 성문 안팎의 방비를 철저히 하라 명하고 관찰사의 답신이 오기만을 기다렸으나 열흘이 지나도록 아무런 연락이 없었다. 이 동안에도 야인들이 서너 번이나 침입해 혜산진을 포위하였다가 돌아갔는데 우치는 쓸데없이 야인들을 죽여 원한을 사지 못하도록 명을 내려 성의 방비만 충실히 할 뿐 반격을 하지 않았다.

우치가 관찰사의 회신을 기다리지 못하여 다시 실권과 함께 갑산부로 들어가 회신이 왔나 물어보니 김인손이 머리를 내저으며 말했다.

"처음에 말한 바대로 흉년이라 병사를 충당할 수 없으니 당장 피해가 없는 다음에는 방수만 하라는 회신이 왔소이다."

사실 병력이 충원되지 않은 까닭은 흉년 탓도 있었지만 갑산 판관 장기수가 관찰사에게 올린 서신의 영향도 있었다. 장기수는 서신에서 전우치가 조정 대신의 세도를 입어 벼슬을 얻어 임지에 왔는데 야인들을 핍박하여 혜산진이 화를 입었으며, 병력을 충원하면 그것을 빌미로 조정대신에게 바칠 뇌물을 거두어들일 것이니 그의 뜻대로 해서는 아니 된다고 하였던 것이다.

우치는 병력이 충원되지 못한 것에 실망하고 혜산진으로 돌아왔다. 돌아와서는 관아에 앉아 치오를 불렀다. 치오가 혜산진 객관에서 머물고 있다가 불려와 인사를 하니 우치가 말했다.

"네가 이 근방의 지도를 그릴 수 있겠느냐?"

치오는 압록강 이북에서 자라난 사내라 우치의 말을 듣고 붓을 들어 생각나는 대로 종이 위에 지형을 그리기 시작하였다. 중요한 지명이나 지형은 우치가 직접 글로 쓰니 한참 만에 지도 한 장이 완성되었다.

우치가 지도를 바라보니 혜산진 북쪽에 압록강이 흐르고 북서쪽에 비비수飛非水가 있는데 그 아래 옛날 조선군이 쌓아놓았다는 성이 있 있다. 그 성의 이름은 보천보普天堡였다. 그 북쪽에 서수라가 있는데 수동에 망합이라는 자가 삼백여 호를 이끌고 있고, 그 뒤에 검천이 흐르는데 이곳과 박가천에 도합 삼백여 호의 부락이 있다 하였다. 그곳의 추장은 왕산적하라는 자라 하였고 왕산적하가 다스리는 곳의 북쪽에는 백두산이 있다 하였다.

혜산진 남쪽으로 압록강을 따라 내려가면 또 다른 야인들의 부락이 나타나는데 신갈파 이북에 니마거尼麻車가 삼백여 호를 이끌고 있었다. 작은 부락들이 니마거를 따르고 있고 그 남쪽으로 강을 따라 내려가다 보면 여연과 무창 이북에 김주성합이 무리를 규합하여 세를 키우고 있다고 하였다.

우치가 지도에 나타난 정세를 살펴보니 압록강을 따라 골골마다 야인들이 무리를 지어 살고 있는데 그 수가 적지 않았다.

"치오야, 어째서 야인들이 세를 키워 난을 일으키려는 것이냐?"

우치의 물음에 치오가 대답하였다.

"그것은 저도 잘 모르겠으나 망합이 우리 추장에게 조선의 벼슬아치들이 공물을 과도하게 침탈하여 괴로우니 함께 힘을 합쳐 조선에 쳐들어가자고 말하는 것을 들었습니다. 그런데 우리 추장은 사또의 은덕을 고맙게 생각해서서 망합을 설득하다가 목숨을 잃은 것입니다."

"조선의 관리들이 너희 물자를 침탈한단 말이냐?"

"예. 우리 부락은 조선과 무역을 하며 공물을 바친다 하여 조선인들이 번호藩胡라 하는데 조선의 관리들은 우리에게서 말과 수달피, 담비, 인삼 등 여러 가지를 공물로 빼앗아갔습니다. 만약 우리가 그런 물품을 바치지 않으면 우리 부락을 멀리 쫓아버리겠다고 위협을 하는데 어떻게 바치지 않을 수 있습니까? 그런데 사또께서는 우리에게 공물을 바치라 하지도 않으시고 곡식이나 면포로 바꾸어주시니 우리가 어떻게 배신을 할 수 있겠습니까."

우치는 치오의 말을 듣고 야인들이 세력을 이루어 난을 일으키려는 원인을 알 수 있었다. 과도한 세금을 침탈하는 것은 자신과 같은

303

한직에 있는 사람으로서 한 번에 해결할 수 없는 노릇이었다.

우치는 다시 치오에게 물었다.

"왕산적하라는 자가 혜산진 동북 방향에 있는 야인들의 우두머리라 하였으니 그가 누구에게 공물을 수탈당했는지, 누구에게 원한이 있는지 아느냐?"

치오는 잠시 생각하다가 머리를 갸웃거리며 말했다.

"왕산적하는 혜산진 이북에 사는 심처호深處胡인데 조선과 무역을 하지도 않고 공물을 바치지도 않는 야인입니다. 그가 공물 때문에 불만이 있을 수는 없을 것 같은데 듣고 보니 이상합니다. 망합은 저희들과 같은 번호이니 무리한 공물 요구에 반기를 들 수 있지만 심처호인 왕산적하가 무엇 때문에 난리를 일으키려 하는지는 저도 잘 모르겠습니다."

우치는 왕산적하의 배후에 왕륜이 있음을 짐작하였다. 그가 왕산적하를 꼬드기지 않았다면 이러한 일이 일어날 리 만무하였다.

5

　다음 날 우치는 육견지에게 혜산진을 부탁하고 실권, 백무직과 여진인 치오, 말을 탄 갑사 십여 명과 더불어 망합이 산다는 서수라로 향하였다. 망합은 번호였으니 그를 잘 설득해볼 생각이었다.

　북쪽으로 오 리 정도 가니 압록강의 푸른 물줄기가 나타났다. 백두산에서 내려온 물줄기가 햇살을 받아 반짝였다. 강 주변에는 드문드문 모래사장이 보이고 바위와 수풀, 잡목이 어우러졌다. 강물을 마시러 온 순록의 무리가 보이고 잡목이나 수풀에 숨어서 우치 일행을 바라보는 사슴도 눈에 띄었다. 강 옆 가파른 언덕에는 소나무와 백양나무, 싸리나무, 삼나무 등 갖가지 나무들이 빽빽이 자라나 있는데, 울긋불긋 갖가지 기이한 꽃들이 무리를 이루고 바람이라도 불 때면 청량한 솔향기, 꽃향기가 은은하게 코끝을 스쳐 지나갔다. 사람을 발견한 담비 한 마리가 바위 위에서 빤히 쳐다보다가 수풀 사이로 도망을 쳤다.

비비수에 도착하니 이곳은 좌우에 작은 바위들이 있는데 맑은 물에 어류가 훤히 보이고 수달의 모습도 눈에 띄었다.

치오는 이곳에 사람이 근접하지 않은 까닭에 짐승들이 많아 여진인들이 군락을 이루고 있다 하였다. 비비수를 건너 한참을 올라가니 성채가 나타났는데 이곳이 보천보였다. 군대가 물러간 이후에 보수하지 않아 무너지고 허물어진 곳이 많았지만 아직은 쓸 만해 보였다.

갑사의 말로는 이전에는 보천보에 방수하러 자주 들렀는데 야인들의 세가 불어난 이후에는 방수하러 오지 않았다 하였다. 우치는 국력이 쇠잔하여 우리가 만든 성, 우리 땅을 지킬 수 없는 현실을 안타깝게 생각하였다.

보천보에서 얼마쯤 올라가다가 치오가 갑자기 말을 멈추고 정지하라는 듯 손을 번쩍 들었다. 우치가 치오의 행동을 보고 손을 들어 정지하라는 명을 내리니, 치오가 말에서 내려 땅바닥에 귀를 대고 듣다가 한 방향으로 고개를 들었다.

치오가 바라보는 방향으로 고개를 돌려보니 언덕 위 수풀 뒤로 야인들의 모습이 보였다. 그들은 모두 말을 타고 있었는데 머리를 밀고 뒷머리를 묶어 목에 감고 있었다. 이때였다.

팍!

하늘에서 화살 한 대가 날아와 우치가 타고 있는 말발굽 옆에 박히었다. 이를 신호로 이내 언덕 위에서 야인들이 함성을 지르며 달려내려왔다. 야인들의 수가 적지 않았으며 사방팔방 쏟아져 나왔는데 치오가 깜짝 놀라 말에 뛰어오르며 소리쳤다.

"어서 도망가세요. 잡히면 죽어요."

우치가 바라보니 사방에서 야인들이 말을 타고 달려오는데 오직 보천보 방면으로만 야인들의 모습이 보이지 않는다.

"저리로 가자."

우치가 보천보 방면으로 말을 달리니 그 뒤로 육견지와 실권, 갑사들이 말을 타고 따랐다. 치오는 우치의 옆에서 뒤를 돌아보며 말을 달렸다. 우치가 살짝 뒤를 돌아보니 야인들이 새까맣게 말을 타고 쫓아오고 있었다.

핑, 핑, 핑.

바람을 가르며 화살이 좌우에서 날아오는데 우치는 이렇게 놀라운 경험은 생전 처음인지라 혼이 빠질 정도였다.

실권은 우치의 바로 뒤에서 따라오면서 들고 있던 인영도로 날아오는 화살을 떨어뜨리며 말을 몰았다. 다행히도 후방에서 육견지가 뒤따라오면서 쏘는 화살이 야인들을 정확하게 맞혀 떨어뜨리는 바람에 겁을 먹은 야인들의 추격이 민첩하지 못하였다. 그러나 말발굽 소리와 함성 소리가 천지를 울려 마치 천군만마가 쫓아오는 듯 정신을 차릴 수 없어 우치는 자신이 사냥꾼에게 쫓겨 도망치는 사냥감이 된 듯하였다.

"저기 폐성이 있어요."

앞서 달리던 치오의 말을 듣고 바라보니 멀리 보천보가 눈에 들어왔다. 비비천을 건너 말을 박차고 보천보로 들어가니 실권이 보천보의 삐걱대는 성문을 가로막아 방패를 만들고 육견지가 갑사들과 함께 정문을 지켰다.

우치는 말에서 내리자마자 육견지와 갑사 다섯 명과 더불어 성벽 위로 올라갔다. 높은 곳에서 바라보니 백여 명에 이르는 야인이 성 주위로 말을 타고 달리고 있었다.

저들에게 말이 없다면 실권과 육견지를 데리고도 충분히 격파할 수 있겠지만 상대가 말을 탄 야인들인 데다 활을 들고 있으니 우치로서도 속수무책이었다.

우치가 치오를 불러 물었다.

"치오야, 너희는 어떻게 싸움을 하느냐?"

"저희는 항상 말을 타고 다니기 때문에 조선 군사들처럼 보병들이 없습니다. 사냥감을 몰듯이 사방에서 움직이고 화살로 적을 쏘아 죽입니다."

"사냥의 습성을 전투에서 활용하는 모양이로구나."

"네. 사냥을 하듯 움직인다고 생각하시면 됩니다."

"그렇다면 저들을 깨뜨릴 방법이 없겠느냐?"

"그건 저도 모르겠습니다."

옆에서 이를 듣고 있던 육견지가 말했다.

"저놈들의 말을 움직이지 못하게 하면 되지 않습니까?"

"말을 움직이지 못하게 할 방책이라도 있소?"

육견지는 머리를 내저었다.

"제가 듣기에는 갈고리로 말의 발굽을 잡아 쓰러뜨린다 하던데 우리는 그런 장비도 없는 데다가 인원까지 적으니 방책이 보이지 않네요."

우치가 고개를 돌려 야인들을 바라보니 그중의 우두머리가 성문 앞으로 다가와 소리쳤다. 이 사내의 이름은 니거합尼巨哈으로 망합의 왼팔이었다.

"조선의 관군이 무슨 일이냐?"

우치가 니거합의 말을 듣고 소리쳤다.

"내가 그대들의 추장과 할 말이 있어 찾아왔다. 너희가 세를 키워 조선을 침입하려 한다는 말을 들었는데 그것은 옳지 않다."

"너희 조선 관군들은 우리에게 무리한 공물을 요구하였다. 우리는 참을 만큼 참았다. 이제는 더 참을 수 없다."

"그렇지만 너희가 무력을 쓰게 된다면 반드시 똑같은 보복을 받게 될 것이다."

"우리는 겁나지 않는다. 너희를 무서워하지 않는다."

육견지가 그 말을 듣고 화가 나 육량전을 힘껏 당겨 니거합을 겨누니 우치가 육견지를 말리며 말하였다.

"성급하게 굴지 말게."

니거합은 육견지가 화살을 겨누는 것에 놀라 몸을 말 등에 밀착시키며 멀찌감치 물러나더니 칼을 뽑아 허공으로 마구 휘두르며 소리쳤다.

"저놈들을 몰살시켜라."

니거합의 뒤에 있던 야인들이 함성을 지르며 말을 타고 성문 앞에서 어지럽게 달리며 칼을 휘둘러 위협하였다. 이미 우치 일행을 추격할 때에 육견지의 화살에 죽은 이가 두 명이나 되는 까닭에 이들은 복수를 할 생각을 가지고 있었던 것이다.

우치는 도망치느라 이 사정을 모르고 있어서 야인들이 칼날을 휘두르며 성문 앞을 오가는데도 어찌해야 할까 생각에 잠겼다. 이때 육견지는 야인들의 위협에 화가 머리끝까지 치밀어, 들었던 육량전의 시위를 팽팽하게 당겨 성문 앞을 달려가고 있는 야인을 향해 화살을 쏘았다. 화살이 번개처럼 날아가 등에 꽂히니 야인이 맥없이 바닥으로 굴러떨어졌다. 그 뒤에서 말을 달리던 야인이 말 등에 두 다리를 견착하고 두 손으로 떨어진 야인의 덜미를 잡아끌고 가는데 말을 타는 기술에 감탄이 절로 나왔다.

'저런 이들과 기마술로 대항하였다가는 죽음을 면치 못할 것이다.'

동료가 또다시 죽음을 당하자 야인들은 분노하여 말을 타고 돌며 화살을 마구 쏘아댔다. 달리는 말에서 쏘는 화살이지만 우치와 육견지에게 정확하게 날아들었다. 우치는 얼른 몸을 숙여 날아오는 화살을 피했다. 달리는 말에서도 정확하게 활을 쏘는 야인들의 기마술이 놀라울 따름이었다. 육견지 역시 그들의 말 타는 법을 보고 놀라기는 마찬가지였다. 좌우로 자유자재로 움직이는 것이 번개 같고 능수능란하여 말과 한몸이 된 것 같았다.

"야인들의 기마술이 뛰어나다는 말은 들었지만 직접 보니 정말로 기가 막힐 지경입니다."

육견지가 날아오는 화살을 쳐내며 감탄하였다.

"쓸데없이 야인들을 도발하였으니 이제는 어쩔 거요?"

육견지는 우치의 질책을 듣고 민망스러웠지만 이제는 어찌할 수 없는 일이었다.

"배가 물을 떠났으니 이제는 할 수 없지요. 이판사판 칼 물고 뜀뛰기 아니겠습니까."

육견지는 전통에서 화살을 꺼내어 성문 밖에서 달리고 있는 야인들을 향해 마구 쏘았다. 화살 한 대에 한 사람씩, 쏘는 화살마다 정확하게 야인의 등덜미를 관통하여 일거에 여덟 명이 화살에 맞아 바닥에 쓰러졌다.

야인들은 육견지의 활 쏘는 실력에 놀라 성문에서 멀리 떨어져 보천보를 포위하였다. 이때 그 무리를 빠져나와 북쪽으로 말을 달려가는 야인들의 모습이 보였다.

치오가 우치에게 말했다.

"사또, 아무래도 망합에게 보고하러 가는 모양이에요. 망합이 서수라의 무리를 끌고 오면 우리는 정말 다 죽고 말 겁니다."

우치가 그 말을 듣고 생각하였다.

'지금 나를 비롯하여 싸울 수 있는 인원이라야 열다섯 명이 선부이니, 이 수로는 도저히 망합이 이끌고 오는 야인들을 막아낼 수 없으리라. 망합의 부락에 삼백여 호가 산다 하니 한 가구에 네 명을 잡더라도 천이백 명, 장정 수를 반으로 잡아도 육백여 명이다. 기마술이 월등히 뛰어난 그들과 상대할 수 없다.'

아무리 빠져나갈 묘책을 생각해보아도 방법이 떠오르지 아니하였다. 이때 치오의 모습이 눈에 띄었다.

치오는 한 손으로 입과 가슴을 번갈아 만지며 하늘을 향하여 무어라 중얼거리고 있었다. 그 모습이 마치 하늘에 기도를 올리고 있는 것 같았다.

"치오야, 무엇을 하는 것이냐?"

"부구리융순에게 기도를 올리는 겁니다."

"부구리용순이 누구냐?"

"부구리용순은 우리 여진인들의 시조신입니다."

치오가 여진인에게 전하는 이야기를 들려주었다.

백두산에 부르후리라는 늪이 있는데 옥황상제의 세 딸이 목욕하기를 즐기던 곳이었다. 옥황상제의 맏딸은 언구룬이고, 둘째 딸은 정구룬이고, 셋째 딸은 부구룬이었는데 막내딸 부구룬이 가장 예쁘고 마음씨도 좋아서 옥황상제의 사랑을 가장 많이 받았다.

어느 해, 화창한 봄날 옥황상제의 세 딸이 무지개를 타고 내려와 부르후리에서 멱을 감던 중에 알락까치 한 마리가 날아와서 부구룬의 옷 위에 빨간 열매 한 알을 놓고 날아갔다. 부구룬이 탐스러운 빨간 열매를 먹고 갑자기 배가 불러 하늘로 올라가지 못하고 아이를 낳았으니 그가 바로 여진족의 시조인 부구리용순이었다.

우치가 치오의 이야기를 듣고 보니 한 가지 묘책이 머릿속에 떠올랐다.

6

우치는 병력들을 모두 모은 다음, 말을 타고 보천보 성 바깥으로 나왔다. 허둥대는 기색도 없이 마치 놀러 나온 사람들처럼 유유자적한 모습으로 성 바깥으로 나오니 야인들이 괴성을 지르며 그들의 주위를 빙글빙글 돌며 화살을 겨누었다.

우치가 니거합이 눈앞에서 말을 타고 왔다 갔다 하는 것을 보고 큰소리로 말했다.

"너희가 만약 무고한 우리를 다치게 한다면 부구리융순께서 용서하지 않으실 것이다."

니거합은 전우치가 저희의 시조를 들먹이는 것을 듣고 야인들에게 경거망동하지 말라고 손을 내저으며 우치에게 말했다.

"닥쳐라. 부구리융순은 우리의 시조신이시니 당연히 우리를 지켜주시지, 너희를 지켜주지 않는다."

"네가 내 말을 믿지 못하는 것 같은데 부구리융순이 우리를 지켜주고 있다는 증거를 보여주겠다."

우치는 손바닥을 모아 하늘에 기도를 하듯 눈을 감고 무어라고 중얼거리다가 번쩍 눈을 떠서 손가락으로 니거합의 왼쪽에 있는 야인을 가리키며 말했다.

"부구리융순께서 저놈에게 벼락을 내린다고 하신다."

니거합이 코웃음을 치며 말했다.

"네가 지금 우릴 놀리는 것이냐? 네 말을 어찌 믿겠느냐?"

우치가 눈을 감고 하늘을 향해 기도를 하다가 손가락으로 니거합의 옆에 있는 야인을 가리키며,

"부구리융순이시여, 영험한 신령을 보여주소서."

하고 소리쳤다.

바로 그 순간 니거합의 옆에 있던 야인이 캑, 하는 단발의 비명을 지르며 말에서 굴러떨어졌다.

니거합이 깜짝 놀라 고개를 들어 하늘을 올려보다가 우치를 보는데 그 눈빛에 두려움이 가득했다. 둘러서 있던 야인들도 그 광경을 보고 놀라 허둥거리며 발을 차니 말들도 어지럽게 울어대기 시작하였다. 동료 야인들이 말에서 내려 땅바닥에 떨어진 야인을 흔들어보니 숨은 쉬고 있으나 의식이 없는데 몸에는 아무런 외상도 없으니 마른하늘에 날벼락을 맞은 것이 분명하였다.

실권과 육견지는 우치가 직지선을 사용한 것을 알고 있었으나 주변의 갑사들과 치오는 방금 일어난 놀라운 일에 두 눈이 휘둥그레졌다.

"이래도 내 말을 못 믿겠단 말이냐?"

니거합이 두려운 표정을 하면서도 대꾸를 하지 못하니, 우치가 손

을 모아 기도를 하다가 이번에는 니거합의 오른쪽에 있는 덩치 큰 야인을 가리키며 말했다.

"이번에는 부구리용순께서 저 야인에게 벼락을 내린다 하신다."

우치가 다시 손을 모아 기도를 하다가,

"부구리용순이시여. 그대의 신이를 보여주십시오."

하고 니거합의 오른쪽에 있는 야인을 가리켰다.

켁, 하고 덩치 큰 야인이 단발의 비명을 지르며 말에서 굴러떨어졌다. 니거합이 놀란 것은 물론이거니와 다른 야인들도 이 광경에 놀라 얼굴이 창백하게 변하여 동요하기 시작하였다. 연달아 일어난 일이라 우연이라 말할 수도 없으니 니거합의 생각에도 정말로 부구리용순이 조선 관리를 지켜주는 것이 분명하였다.

우치가 얼떨떨한 표정으로 보고 있는 야인들을 둘러보며 말했다.

"보았느냐? 내 말을 듣지 않으면 모두 벼락을 맞을 것이다. 부구리용순께서 그렇게 말씀하셨다."

우치 일행을 둘러싸고 있던 야인들은 부구리용순에게 벼락을 맞을까 두려워 시위를 당긴 화살을 슬며시 풀어놓으며 니거합을 바라보았다. 니거합도 두려움을 느끼며 우치를 바라보았다. 이때를 놓치지 않고 우치가 기도를 하다가 말했다.

"부구리용순께서 길을 비켜주고 따라오지 말라고 하셨다. 만약 너희가 따라온다면 부구리용순께서 벼락을 내리실 것이다."

니거합이 그 말을 듣고 어쩔 수 없이 말을 돌려 길을 터주니 야인들도 따라서 길을 터주었다. 우치는 일행을 이끌고 유유하게 남쪽으로 내려오다가 야인들이 보이지 않게 되자 말을 질풍처럼 몰아 혜산

315

진으로 달음질을 쳤다.

니거합은 육견지가 쏜 화살에 십여 명의 사상자를 내고는 반드시 복수해야겠다고 마음먹었으나 시조신인 부구리융순의 명이 내렸으니 어쩔 도리가 없어서 닭 쫓던 개 모양으로 멀거니 서서 멀어져가는 우치 일행의 모습을 바라볼 수밖에 없었다.

잠시 후, 니거합이 보낸 자가 추장인 망합과 수백여 명의 야인과 같이 보천보에 이르렀다. 그런데 보천보에 갇혀 있다는 조선 군사들은 어디에도 보이지 않았다.

"조선 군사들은 어떻게 되었느냐?"

망합의 물음에 니거합이 사실대로 이야기하니 망합이 믿지 않고 큰 소리를 쳤다.

"이런 망할, 그놈들에게 속았구나. 어서 쫓아가서 복수를 하지 않고 뭣 하느냐?"

눈앞에서 멀쩡한 동료가 쓰러지는 광경을 보았던 니거합과 그가 이끄는 야인들은 겁을 집어먹고 주저하였다.

"조선 관원은 부구리융순과 소통할 수 있는 자입니다. 만약 우리가 그자를 해하려 한다면 시조신께서 우릴 가만두지 않으실 겁니다."

"그럴 리 없다. 이리석은 놈들, 너희는 지금 조선 관리에게 속고 있는 것이다. 잔말 말고 나를 따르라."

니거합은 두려운 마음에 만류하고 싶었지만 추장의 명을 거역할 수 없어서 코뚜레 꿴 송아지처럼 망합의 뒤를 따라 우치 일행을 쫓았다.

7

우치는 천신만고 끝에 무사히 혜산진에 당도했다. 우치가 성문으로 들어오자마자 성루에서 망을 보던 병사가 압록강변에서 야인들이 떼를 지어 몰려온다고 소리를 질렀다.

우치는 조교를 내리도록 하고 성루에 올라 백무직, 육견지, 실권과 함께 평원 한가운데서 누런 황토 먼지를 일으키며 수백여 명씩 떼를 지어 몰려오는 야인들을 바라보았다.

육견지가 무릎을 치며 말했다.

"잘되었습니다. 이왕 이렇게 된 거 이번 기회에 그 부구룬인가 부거시긴가 하는 시조를 팔아서 저놈들을 해산시켜 버리는 것이 어떻습니까?"

우치는 니거합에게 부구리융순이 조선 군사들과 평화적으로 지내라고 명령했다 말할 것을, 당장 급한 마음에 길을 열어주라 명령했다 말한 것을 뒤늦게 후회하였다.

잠시 후, 망합이 무리를 이끌고 혜산진 성문 앞에 다다랐다. 망합이 니거합의 이야기를 듣더니 혜산진 성문 앞에서 성루에 서 있는 우치를 바라보며 소리쳤다.

"네놈이 우리의 시조를 팔아서 내 부하를 속였으니 네놈들의 성을 부수고 너희를 죽여 까마귀밥이 되도록 하겠다."

우치는 망합이 떠들거나 말거나 하늘에 기도를 하는 척하더니 두 손을 입에 가져가 크게 소리쳤다.

"부구리융순이 말씀하셨다. 너희는 조선의 군사들과 오랫동안 이와 잇몸처럼 서로 아끼고 살아왔는데 망합이 분열을 일으키고 있으니 이것은 부구리융순이 바라는 바가 아니라 하셨다."

우치의 신이를 본 니거합과 그의 부하들은 마음속으로 우치의 말을 곧이곧대로 믿는데 망합은 눈으로 보지 않은 까닭에 믿지 않고 조선인이 자신들의 시조를 들먹이는 것에 대로하여 크게 소리쳤다.

"네놈이 우리 시조를 팔아먹는데 부구리융순이 너를 지켜준다면 그 증거로 나에게 벼락을 내리라고 해보아라."

우치가 바라보니 망합이 너무 멀리 떨어져 있어 직지선이 미칠 거리가 아니다.

"저놈이?"

육견지가 노기충천하여 성루에서 육량전을 당겨 쏘니 화살이 망합의 머리를 향해 날아왔다.

망합이 깜짝 놀라 말에 머리를 붙이니 화살이 땅바닥에 꽂혔다. 육량전은 일반적인 각궁에 비해 두 배의 강도와 속도가 있기에 먼 거리에서 쏜 화살이지만 눈 깜짝할 사이에 도달하여 하마터면 망합이 화살에 맞아 죽을 뻔하였다. 망합은 가슴이 철렁하여 고개를 들고 소리 쳤다.

"흥! 지금은 그냥 물러간다만 내가 가만히 있을 것 같으냐? 감히 우리의 시조를 팔아먹다니, 너희 놈들을 모두 까마귀밥으로 만들고 말겠다."

망합은 굳게 다짐을 하고는 야인들을 이끌고 북쪽으로 물러가버렸 다. 망합이 수백 기의 야인들과 함께 돌아가자 치오가 망루 위로 올 라와 말했다.

"사또, 망합이 저렇게 말하고 갔으니 그냥 있지는 않을 겁니다. 반 드시 철저하게 준비를 하여 성을 깨뜨리러 올 것이 분명합니다."

육견지가 말했다.

"제깟 놈들이 올 테면 오라지. 내가 겁이라도 먹을 줄 일고?"

백무직도 팔을 걷으며 말했다.

"육 형님의 말이 맞소. 나도 그놈들과 한번 겨뤄보고 싶소."

치오가 손을 내저으며 말했다.

"나리들, 망합을 너무 가볍게 보지 마세요. 망합이 저렇게 돌아갔 으니 박가천에 사는 왕산적하의 무리를 데려올 게 분명합니다. 만약 에 신갈파의 니마거 무리까지 합쳐서 공격해 들어온다면 혜산진의 병력으로는 그들을 막을 수 없을 거예요."

우치는 치오의 말마따나 왕산적하와 니마거의 병력이 합쳐져서 혜 산진을 공격해온다면 막기가 힘들 것이라 생각하였다. 성에 의지하 고 있기는 하지만 병력에서 큰 차이가 나기 때문에 실로 심각한 문제 가 아닐 수 없었다. 더구나 관찰사는 병력을 보내줄 생각조차 없고 갑산 부사는 갑산을 지키는 병력조차 없다고 엄살을 부리니 이대로 라면 앉아서 당하는 수밖에 없었다.

우치가 아전을 불러 물으니 아전이 도리머리를 흔들었다.

"이게 모두 나리께서 인정을 금하신 때문입니다. 지금이라도 인정을 보내신다면 원군을 청할 수 있을 것입니다."

"언제부터 이 나라가 인정에 의해 나랏일이 좌우되었단 말이냐?"

우치가 버럭 소리를 질렀다.

아전은 찔끔하였다가는 다시 눈치를 살피며 말했다.

"나리께서 태어나시기도 전부터입지요. 근래에 몇 년간은 조정에 조정암이라는 무서운 대감이 서슬이 퍼래 지켜보고 있으니 인정이 뜸하더니 조 대감이 죽은 후부터는 다시 판을 치게 되었습지요. 지금 이라도 늦지 않았습니다. 원군을 모으시려면 인정을 쓰십시오. 그렇지 않으면 끈 떨어진 뒤웅박 신세를 면치 못할 것입니다요."

"그럴 수는 없다."

우치는 단호하게 대답한 후에 성루에서 내려와 관아로 들어갔다. 그 뒤로 육견지와 백무직, 실권이가 따라 들어왔다. 우치는 그들과 더불어 앞으로의 일을 논의하였다.

"일이 이렇게 되었으니 야인들이 공격해올 것이 분명합니다. 우리가 아무런 방비도 하지 않을 수 없으니 우선은 야인들과 맞설 수 있는 병력을 모아야겠습니다."

육견지가 말했다.

"관찰사가 병력을 보내주지 않을 것이라 하는데 무슨 수로 병력을 모집하겠다는 말입니까?"

"길은 하나만 있는 것이 아니오. 침은 의술에만 쓰는 것이 아니요, 사용하기에 따라 호랑이도 죽일 수 있소. 마찬가지로 이 나라에서 야인들과 싸울 수 있는 것은 군사들만이 아니오. 내가 영광에서 도적들을 물리칠 때에 호랑이보다 용맹스러운 스님들의 도움을 받았소. 이 나라의 사찰은 오랜 역사가 있고, 역사가 깊은 만큼 연계도 깊소. 구산문이 그것이오. 각지의 사찰에 도움을 청하면 반드시 응하는 곳이 있을 것이오."

우치가 붓을 들어 변방의 위급함을 알리는 격문檄文을 여러 장 썼다.

"그런데 이것을 누구에게 보내면 좋을까요?"

백무직이 물었다.

우치가 잠시 생각하다가 말했다.

"금강산에 큰 사찰들이 많으니 이 격문을 돌리면 반드시 응답이 있을 것이오. 백 비장은 이 격문을 가지고 금강산의 큰 절로 가서 전하고 오시오."

"예."

백무직이 품속에 격문을 넣고 있을 때 육견지가 말했다.

"만약에 나리의 말처럼 병력들이 모여든다 하더라도 그들을 먹일 곡식은 어디에서 충당하지요? 관아의 창고에 있는 곡식은 혜산진의 병력을 충당할 양밖에 안 됩니다."

육견지의 말이 옳았다. 우치가 잠시 생각을 하고 있을 때 실권이 말했다.

"서방님, 송방 대행수께 부탁해보시면 안 되남유?"

우치가 무릎을 치며 말했다.

"아! 그렇군요. 송방 대행수가 있었지. 하지만 그분도 장사하는 사람인데 곡식을 무상으로 달라고 한다면 제가 미안스럽지 않겠습니까?"

아전이 불쑥 끼어들었다.

"그것이라면 걱정 마십시오. 관아의 창고에 담비, 수달피, 녹피, 영양각 등 이 지역 산물이 많지 않습니까? 수달피로 만든 갖옷은 조정의 높은 귀족들이나 입을 수 있는 귀한 옷감이고, 북황모北黃毛 같은 것들은 비싼 붓의 재료이니 이것을 모아 송방의 대행수에게 건네주고 필요한 군량으로 바꾸면 되지 않겠습니까? 우리가 거두어들인 물목을 기록해놓았다가 곡식이 오게 되면 그만한 보상을 해주면 되지 않겠습니까?"

우치는 아전의 말에 감탄하여 말했다.

"과연 그런 수가 있구나!"

우치는 다시 붓을 들어 이 지역 특산물을 보내니 곡식을 보내 달라고 편지를 써서 백무직에게 건네주고 양민들에게 사정을 설명하여 짐승의 가죽이나 인삼 등 이 지역 특산물을 거두어들이게 하였다.

백무직과 아전이 우치의 명을 받고 부랴부랴 떠날 준비를 하러 나가니 우치가 남은 두 사람에게 다시 물었다.

"우리가 병력을 기다릴 동안에 야인들이 혜산진에 침입해올 것이니 어떻게 방비했으면 좋겠습니까?"

육견지가 말했다.

"성에 대한 방비는 영광에서 이미 경험하셨을 테니 아시리라 생각합니다만 제 생각으로는 혜산진의 성벽이 낮은 편이니 그 위에 목책

木柵을 쳐서 화살을 막을 방패를 만들어야겠습니다."

"그거 참, 좋은 생각이군요."

실권이 말했다.

"제가 전에 화차火車란 것을 본 적이 있는데 성이 뚫어지게 되더라도 그것으로 막아놓으니 왜구들이 침입을 못하더구만유."

우치가 물었다.

"화차가 무엇인가요?"

"수레에다 날카로운 창을 끼워 놓은 것은 본 적이 있습니다. 성문이 뚫리게 되면 성문 앞에 갖다놓고 막으면 적이 들어오지 못할 겁니다."

우치가 말했다.

"그렇다면 화차는 실권이 아저씨가 사람들과 만들어보십시오. 목책을 설치하고 성벽을 방비하는 것은 육 비장께서 해주시고요."

이리하여 백무직은 격문을 품에 넣고 장정 십여 명과 함께 거두어들인 공물들을 가지고 혜산진을 떠났으며, 실권은 장정들을 데리고 수레에다 창을 끼워 화차를 만들고, 육견지는 주변 산에서 나무를 베어와 성벽 위에 목책을 만들었다. 우치는 혜산진의 아이와 여인들에게 돌을 모으게 하고 성벽 위에 솥을 걸어놓는 등 성곽의 방비를 충실히 하였다. 혜산진에 사는 양민들은 이들과 더불어 한마음이 되어 성을 지킬 것을 다짐하였으니 모두 우치를 믿는 까닭이었다.

이날 우치가 성벽을 둘러보는데 실권이 보이지 않아 통인 아이에게 찾아보라 하니 뒷마당에 있다 하였다. 우치가 뒷마당으로 가보니 실권이 이리저리 뛰어다니는데 자신이 걸었던 곳을 작대기로 둥글게 표시하고 있었다. 우치가 서서 지켜보고 있음에도 실권이는 그것에 정신이 빠져 한참 동안이나 우치가 보고 있다는 것을 의식하지 못하였다.

"뭘 하는 건가요?"

우치의 말에 실권이 정신을 차리고 머리를 긁적이고는 바닥에 그려진 도형을 가리키며 말했다.

"서방님, 뭘 만들고 있었구먼유."

"뭘 만들었단 말입니까?"

우치가 바닥을 바라보니 둥그런 발자국 그림들밖에 보이지 않았다.

"이것은 제가 나리에게 배운 만변행신의 도형이구먼유. 이놈이 아둔해서 배운 것을 가르칠 정도는 안 되는데 그래도 몸에 익어 도형을 그릴 수는 있었구먼유."

"만변행신이 무엇입니까?"

"보법이구먼유. 나리께서는 이 법이 가문 대대로 전해오는 보법이라 하셨는데 제가 제법 걸음이 빠른 이유가 바로 이 보법을 몸에 익힌 때문이구먼유. 행마법이 기묘해서 여간해선 상대방에게 맞는 법이 없습니다요. 제가 생각해보니 나리께서 저에게 이 법을 가르쳐주신 것이 나리 대신 서방님에게 전해주라 하신 것이 아닌가 생각되는구먼유. 서방님이 반드시 이 법을 익혀야 할 것 같아서 제가 이렇게 되지도 않는 그림을 그렸습니다유. 서방님께서 이 법을 익히신다면 제가 걱정을 덜겠구먼유."

우치는 언제나 아버지같이 자신을 생각해주는 실권이 고마울 따름이었다.

"서방님, 제가 한번 해볼 테니 따라해보세유."

실권은 바닥에 그려진 도형을 천천히 밟기 시작하였는데 우치는 은연중에 실권의 호흡이 운기조식을 하는 사람처럼 내쉬고 들이쉬는 것이 일정하다는 것을 깨달았다. 보법을 익히면서 내력을 증강시킬 수 있는 운기법인 것이다.

이미 오랫동안 행기를 연마하여 오감이 발달한 우치는 실권이 도형을 밟으며 내쉬는 호흡에서 십의 오 할 정도를 깨우칠 수 있었다.

한 바퀴 도형을 밟은 실권이 다시 말했다.

"서방님, 이번에는 빠르게 걸어볼 테니 정신을 차리고 한번 보세유."

실권이 이번에는 발걸음을 빠르게 하여 도형을 밟아가는데 마치 여러 사람이 움직이는 것같이 윤군평이 천둔검법을 시전할 때의 모습을 보는 것 같았다. 실권이 처음에 만변행신법을 배울 때는 내력이 심후하지 않았고 기초가 쌓일 때였기 때문에 상대방의 공격을 피할 정도였으나 이십여 년이 지나는 동안 공력이 심후해지고 오랜 수련으로 몸에 익어 만변행신을 빠르게 시전하니 몸이 몇 개가 돼버린 것 같았다.

실권이 도형 위에서 걷는 법을 보여주더니 우치에게 말했다.

"서방님이 한번 해보세유."

"내가 해보지요."

우치가 정신을 차리고 실권이 걸은 발자국을 하나하나 따라가며 호흡을 내쉬고 들이쉬고를 반복하니 얼마 후에는 곧 도형을 따라 할 수가 있었다.

"저는 이 도형을 따라하는 것이 무척 어려웠는데 서방님은 참말로 총명하신 모양이구먼유. 몇 번 만에 방법을 알아내시니 나리께서 참말로 좋아하시겠네유."

우치는 실권이 흐뭇하게 생각하는 것이 좋아서 저녁밥도 먹지 않고 마당에 횃불을 걸어놓고 만변행신법을 연마하였다. 그렇게 하니 다음 날 아침에는 제법 몸에 익숙하게 신법을 전개할 수 있었다.

우치는 다음 날부터 성 안의 방비를 살피는 틈틈이 만변행신법을 연마하였으니 사흘이 지나서는 도형을 보지 않고 눈을 감고도 신법을 전개할 수 있었다.

8

한편 서수라의 망합은 그로부터 나흘 후 압록강가에 대채를 만들더니 다음 날 혜산진으로 쳐들어왔다. 십여 명이나 되는 인원이 죽었으니 그 원한을 갚기 위한 것이었다.

우치가 성루에서 바라보니 혜산진을 깨뜨리기 위하여 나무로 충교衝橋를 만들고 네 마리 말에 통나무를 매달아 단단히 준비를 하였다.

혜산진도 갑작스런 야인들의 공격에 부녀자며 아이며 할 것 없이 모두 방어태세가 되어 바삐 움직였다. 우치의 부인 연화는 아낙들과 아이들을 지휘하여 밥과 찬을 만들어 날랐으니 성 안이 우치를 중심으로 하나가 된 것 같았다.

망합은 동생인 주장합住張哈을 선봉으로 부하인 니거합과 우라를 좌우에 거느리고 혜산진 북문 앞에서 길게 진을 치고 성루에 서 있는 우치를 바라보며 크게 소리쳤다.

"네놈들이 우리를 착취하다 못해 우리 종족을 죽이고 우리의 조상 부구리융순을 팔아먹었으니 오늘 그 죗값을 받아라."

망합이 손을 번쩍 치켜드니 주장합이 칼을 뽑아들고는 무리와 함께 북문을 향해 진격해 들어왔다. 수백여 기의 말이 일제히 성문으로 달려들자 먼지가 뿌옇게 일고 천지가 진동하는 듯 말발굽 소리가 메아리쳤다.

야인들이 삼십어 보 앞까지 다가오자 우지가 선고를 늘어 묵을 치니 성벽 위에서 돌멩이가 소나기처럼 떨어졌다. 야인들이 날아오는 돌멩이에 기겁하여 몸을 말 등에 붙이고 도망을 쳤다. 돌멩이에 맞은 야인들은 맥없이 땅바닥에 떨어지거나 말목에 의지하여 도망치고, 간혹 돌에 맞은 말이 비명을 지르며 땅바닥에 떨어진 야인들을 마구 짓밟아 죽이기도 하였다.

육견지는 네 마리 말이 끄는 통나무를 바라보고 즉시 편전으로 앞서 달려오는 말을 향해 쏘았다. 왼편 말이 육견지의 편전에 머리를 맞고 비명을 지르며 미친 듯이 달음질을 치니 성문으로 치닫던 말이 방향을 바꾸어 오른편 도랑에 처박히고 말았다.

충교를 밀고 다가오던 야인들은 돌멩이와 화살이 무서워 다시금 뒤로 물러났으니 한 차례의 공격이 그렇게 허무하게 무위로 끝나고 말았다. 그뿐 아니라 야인들은 돌멩이 때문에 성벽 근처에도 다가가지 못하였고 돌비를 피해서 쏜 화살은 성벽 위에 만들어놓은 목책에 박혀 사상자를 내지 못하였다.

"저 망할 놈들이 성에 의지하여 방비를 단단히 한 모양이구나."

망합은 며칠 동안 준비한 일이 허무하게 무위로 돌아가자 대채에서 노기충천하여 이를 뿌드득 갈았다.

주장합이 말했다.

"형님, 혜산진 관군의 우두머리를 성 밖으로 불러내서 일대일로 싸워 죽이면 저놈들의 사기가 떨어져서 항복하지 않을까요?"

"그것 괜찮은 생각이구나. 누굴 보낼 생각이냐?"

"호구륜을 내보내는 것이 좋겠습니다."

"오! 호구륜이 있었지."

호구륜은 서수라에서 제일가는 장사로, 구척장신에 험상궂은 외모와 날카로운 이가 호랑이 같다 하여 야인들이 붙인 이름이었다.

망합이 호구륜을 부르자 호구륜이 커다란 도끼를 들고 대채로 들어와 넙죽 절을 하였다.

"네가 가서 혜산진 사또의 목을 가져오너라."

"예."

호구륜은 망합의 명을 받고 말을 타고 성문 앞으로 가서 크게 소리쳤다.

"이봐, 이리 나와서 나와 한번 붙어보자."

성문 밖에서 덩치 큰 야인 하나가 소리를 지르며 싸움을 부채질하자 육견지가 나서려고 했다.

"제가 나가겠습니다."

실권이 나섰다.

"제가 다녀올 테니 육 비장님은 이곳에서 성을 지켜주세유."

우치가 육견지와 실권을 번갈아 바라보다가 실권에게 말했다.

"실권이 아저씨가 나가시는 것이 나을 것 같습니다."

육견지가 실망한 얼굴을 하니 우치가 빙그레 웃었다.

"육 비장이 가면 야인의 목을 가져오실 것 아닙니까? 저는 죽이는 것보다 혼을 내주는 것이 좋을 것 같아서 실권이 아저씨를 보내는 것이니 이해하십시오."

"서방님, 다녀오겠습니다."

실권이 우치의 의도를 알아채곤 성루를 내려갔다. 이내 성문이 열리고 조교가 내려지자 실권이 달음질을 하여 바깥으로 나갔으니 그 차림이 홑바지저고리에 상투를 틀었을 뿐이었다.

호구륜이 노하여 일격에 실권을 박살내 버리려고 도끼를 휘두르며 달려오는데 상대방인 실권은 다만 우두커니 서 있을 따름이었다.

"대가리를 날려주마."

거구의 호구륜이 말을 몰아 정면에서 들이치며 힘차게 도끼를 휘둘렀으나 실권이 몸을 굴러 피하였다. 호구륜이 고삐를 돌려 다시 달려왔지만 실권은 몸을 굴러 피하기만 할 뿐이다.

호구륜이 다시 고삐를 잡아 말을 돌리고는 말을 짓쳐 실권에게 달려들었다.

"말발굽에 짓밟히는 맛을 보여주마."

실권이 우두커니 서 있다가 등 뒤에 멘 인영도의 손잡이를 잡고 무릎을 구부렸다.

호구륜의 얼룩빼기 말이 실권을 깔아뭉갤 듯이 달려드는 순간 실권의 인영도가 빛을 품었다.

가각, 하고 호구륜이 타고 있는 말의 발목이 절단되며 호구륜이 말에서 떨어져 땅바닥에 굴렀다.

실권이 이 틈을 타서 호구륜을 잡으면 될 것이나 우치의 명을 생각해서 인영도를 칼집에 집어넣고 호구륜이 바닥에서 일어나길 기다렸다.

호구륜은 자신의 애마가 발목이 잘려 땅바닥에서 버둥거리는 것을 보고 콧바람을 식식거리며 몸을 일으켰다. 호구륜은 바닥에 떨어진 도끼를 들고 실권에게 달려들었다. 실권은 가만히 서서 호구륜을 바라보고 있다가 호구륜이 도끼를 휘두를 때 번개처럼 파고들어 오른 무릎으로 복부를 가격하였다. 너무도 순식간에 일어난 일이었다.

헉, 복부를 호되게 맞은 호구륜은 갑자기 숨이 막히고 창자가 꼬이는 것 같아서 들고 있던 도끼를 바닥에 떨어뜨리고는 비틀비틀 뒷걸음질쳤다.

실권은 호구륜이 복부를 부여잡고 뒷걸음질치는 것을 보고 고개를 돌려 성루에 있는 우치를 바라보았다. 우치가 흡족한 듯 고개를 끄덕끄덕 하다가 그대로 돌아오라고 명을 내리니 실권은 천천히 몸을 돌려 성루를 향해 걸음을 옮겼다.

이제까지 누구에게 맞고 산 적이 없던 호구륜은 잠시 고꾸라져 있다가 숨을 쉴 수 있게 되자 노기가 솟구쳐 두 팔을 활짝 펼치며 실권에게 달려들었다.

실권이 몸을 돌려 두 손으로 호구륜의 두 손을 움켜쥐었다. 호구륜이 실권의 손가락을 부러뜨릴 심산으로 힘을 주니 실권은 기합 소리를 내면서 호구륜의 손을 더욱 세게 움켜잡았다. 그러나 타고난 장사인 호구륜 또한 그리 만만한 사람이 아니었다.

실권이 호구륜을 만만하게 보았다가 악력이 대단한 것을 보고 호구륜의 얼굴을 바라보니 시뻘건 얼굴로 날카로운 이를 보이며 웃고 있었다.

"네가 웃으면 어쩔 테냐?"

말이 떨어짐과 동시에 실권의 발꿈치가 호구륜의 얼굴에 정통으로 꽂혔다. 콧등과 인중을 정통으로 맞은 호구륜은 그 자리에서 정신을 잃고 맥없이 넘어가버리고 말았다.

성벽 위에서 와 하는 함성 소리와 함께 우치의 목소리가 들려왔다.

"아저씨, 그냥 돌아오십시오."

실권이 바닥에 쓰러진 호구륜을 바라보다가 성 안으로 돌아오니 성루에서 우치가 반겨 맞으며 말하였다.

"아저씨, 잘하셨습니다."

"제가 뭘 한 게 있남유?"

실권이 수줍은 듯 머리를 긁적거렸다.

9

한편 망합은 믿었던 호구륜이 그야말로 맥없이 패하고 돌아온 것
을 보고 화가 머리끝까지 솟아 호구륜의 머리를 베라 명하였다.

주장합과 니거합, 우라가 극구 말려 호구륜의 목숨은 보전되었지
만 서수라 최고의 장사 호구륜의 체면이 말이 아니었다. 호구륜은 치
욕스럽고 분한 마음에 관군의 우두머리를 베거나 자신이 죽기 전까
지는 돌아오지 않겠다고 망합에게 전하고는 혼자 도끼를 들고 말을
타고 다시 성문 앞으로 달려갔다.

주장합이 붙잡으려 하였으나 망합이 손을 저으며 말렸다.

"그냥 놔둬라. 부하들에게 응원이나 하게 해라."

대채에서 야인들이 뿔피리를 불어 응원하자 호구륜은 성문 앞으로
달려와 성루를 올려다보며 소리쳤다.

"이놈아, 다시 한 번 겨루어보자. 어서 나와라."

육견지가 나섰다.

"이번엔 제가 가 보겠습니다."

우치가 고개를 저으며 말했다.

"이번에는 제가 다녀오겠습니다."

"예? 나리께서 나가신다니요?"

실권과 육견지가 앞을 막아섰다.

"저들에게 두려움을 주기 위해서는 제가 나가는 것이 나을 것 같습니다. 아시잖아요. 저에게는 직지선이 있다는 것 말입니다."

우치가 하는 말은 군령이라 실권과 육견지도 어찌하지 못하고 물러나니 우치가 말을 타고 성문 밖으로 나갔다.

호구륭은 혜산진의 우두머리가 나타나자 치욕을 만회할 수 있는 좋은 기회라 생각하였다. 호구륭이 말을 달려 우치에게 다가가니 우치가 호구륭을 가리키며 말했다.

"이놈, 너희 시조 부구리융순께서 네놈을 살려주라 하여 목숨을 살려주었더니 네놈이 고마움도 모르고 경거망동하는 것이냐? 네놈이 벼락을 맞아보고 싶은 것이냐?"

호구륭은 니거합의 부락 야인에게 부구리융순의 기이한 체험담을 들었기 때문에 그 말을 듣고 마음이 흔들렸지만 도끼를 부여잡고 소리쳤다.

"흥, 내가 네놈들의 잔꾀에 속아 넘어갈 줄 알고? 부구리융순께서는 우리를 지켜주신다. 나는 무섭지 않다."

우치는 진기를 오른손 검지에 집중한 후에 엄숙한 목소리로 외쳤다.

"부구리융순의 명으로 너에게 벼락을 내리노니 앞으로는 나를 거

역하지 말지어다."

말이 떨어지기 무섭게 호구륭이 캑, 소리를 내며 흰자위를 까뒤집더니 맥없이 말 등에 늘어지고 말았다. 이를 보던 야인들도 놀라고 성벽에서 지켜보던 백성들도 우치가 도술을 부리는 것으로 알고 놀라 두 눈이 휘둥그레지고 말았다.

우치가 천천히 말을 몰아 다가가니 호구륭은 말 등에서 기절하여 꿈쩍도 하지 않았다. 우치는 호구륭의 철퇴를 빼앗아 도랑에 버린 후 말의 볼기를 때려 야인들에게 돌려보내고 유유히 성으로 돌아왔다.

성루로 올라온 우치에게 육견지가 물었다.

"나리께서 무슨 생각으로 저 야인을 살려서 돌려보내는지 저는 모르겠습니다."

"제 말을 들어보세요. 칠종칠금七縱七擒이란 고사가 있습니다. 제갈량이 맹획을 일곱 번 잡아 일곱 번 놓아주었다는 고사지요. 야인들을 힘으로 복종시킨다면 미구에 더 큰 힘을 가진 야인 우두머리가 나타나 다시금 난을 일으킬 것이 분명합니다. 그들을 마음속으로 복종시키지 않으면 앞으로 이런 일이 계속될 거예요. 제가 실권이 아저씨에게 야인을 맡긴 것은 우리의 힘이 이 정도니 얕잡아보지 말라는 경고의 뜻을 보여준 것이고, 제가 나선 것은 야인들의 마음속에 두려움을 주려고 한 것입니다. 부구리융순은 야인들의 시조인데 그들이 매우 신봉하는 신입니다. 제가 다행스럽게 직지선이라는 무예를 배워 허공을 격하고 사람을 쓰러뜨릴 수 있게 되었는데 그것으로 야인들을 속여 마음속으로 복종시키려고 일부러 이런 일을 벌인 것입니다."

육견지가 뒤늦게 깨닫고 감탄을 하며 말했다.

"아! 그런 깊은 속내를 이제야 알았습니다. 앞으로는 나리가 하시는 말에 절대 토를 달지 않겠습니다."

"그럼 안 되지요. 의견이란 서로 오갈 때 더 좋은 계책이 나오는 겁니다. 지금처럼 계속 의견이 있다면 말씀해주십시오."

"그, 그러겠습니다요."

육견지가 멋쩍게 웃어보였다.

10

　우치의 말대로 야인들의 진영에서는 일대 혼란이 일어났다. 멀쩡하던 호구륜이 기절하여 돌아왔으니 니거합과 같은 야인들은 부구리융순의 노여움을 얻어서 벼락을 맞았다 생각하였다.

　망합은 니거합의 말을 믿지 않았으나 방금 자신의 눈으로 보았던 일이라 뭐라 반박할 수도 없는 일이었다.

　'그럴 리가 없어. 혜산진의 군사가 눈속임을 하는 것이 분명하다.'

　망합이 눈속임을 한 증거를 찾으려 하였으나 호구륜의 몸 어디에서도 상처는 발견되지 않았다. 야인들은 동요하였고 망합은 점점 마음이 급해졌다. 이때, 니거합과 우라가 망합에게 와서 야인들이 전의를 상실하였다고 말하였다.

　"추장, 부구리융순이 혜산진의 조선군을 지켜주고 있어서 싸울 수 없다 합니다. 모두들 싸우고 싶지 않다 합니다."

　"……."

"추장, 보십시오. 제 말이 맞지 않습니까? 부구리융순이 조선군을 지켜주지 않는다면 어떻게 호구륜이 벼락을 맞았겠습니까? 모두들 동요하고 있습니다. 이대로 싸울 수는 없습니다. 철군을 하실지 결정하십시오."

"하는 수 없지. 잠시 철수한 후에 다시 생각해보자."

망합은 두려운 마음에 철군을 명하였다.

일시에 야인들이 썰물 빠지듯이 물러가자 성 안 사람들은 승리의 함성을 지르며 기뻐하였다. 백성들은 우치가 도술을 부려서 야인들을 물리친 것이라 굳게 믿고는 우치를 더욱 믿고 따랐다. 이때 우치는 야인들이 다시 쳐들어올 것을 염려하여 성 안의 방비를 더욱 철저하게 하였다.

서수라로 돌아온 망합은 부족 내에서 동요가 일어나 자신의 위치가 흔들리는 것을 느낄 수 있었다. 부구리융순이 조선군을 지켜주고 있으며 이는 망합이 평화를 원하는 조상신의 뜻과 반대되는 생각을 가졌기 때문이라는 소문이 날개 돋친 듯 퍼져나갔다. 망합은 불안감에 휩싸였다. 동생인 주장합이 망합에게 와서 말하였다.

"형님, 아무래도 왕산적하에게 도움을 청해야겠습니다. 이대로 형님이 물러나신다면 니거합과 우라에게 부족이 흡수당하고 말 것입니다. 더 이상 헛소문이 확산되기 전에 왕산적하에게 도움을 청하여 혜산진을 쓸어버리도록 하십시다."

망합은 헛소문 때문에 자신의 위치가 흔들리는 것을 참을 수 없어서 주장합으로 하여금 박가천으로 가서 왕산적하에게 도움을 청하게 하였다. 주장합이 왕산적하의 막사를 찾아서 망합의 이야기를 전했다. 왕산적하는 주장합의 말을 귓전으로 듣고 귀찮다는 듯이 손을 저으며 말했다.

"거사일이 한 달밖에 안 남았는데 긁어 부스럼 만들지 말고 그만두라 일러라."

주장합이 말하였다.

"그놈들이 우리 부족의 용사를 십여 명이나 죽였습니다."

"안 돼. 한 달만 기다리라 하지 않았느냐? 그가 북쪽에서 병력을 이끌고 올 동안 기다려라."

"추장, 그도 조선 사람입니다. 그를 어떻게 믿을 수 있습니까? 더구나 혜산진의 관군이 부구리웅순을 모욕하는데 어떻게 참을 수 있겠습니까?"

"뭐라고? 부구리웅순을 모욕해? 어떤 놈이 부구리웅순을 모욕한단 말이냐."

조상을 욕하는 것은 누구에게나 분노를 사는 일인지라 왕산적하가 자리에서 벌떡 일어나 자초지종을 물어보니 주장합이 거짓말을 보태어 자기에게 유리하도록 이야기를 꾸몄다.

"뭐라고? 우리 시조 부구리웅순이 조선 관군을 돌봐주고 있다니 그게 무슨 개소리야? 이놈들이 우리의 시조를 모욕하는 것은 나와 우리 부족을 모욕하는 것과 다름이 없다. 그들을 기다릴 것도 없이 혜산진을 쑥밭으로 만들어 부구리웅순께서 우리와 함께한다는 것을 보여줘야겠다."

왕산적하는 대노하여 즉시 용사들을 불러모았다.

다음 날, 왕산적하가 야인 오백여 기를 이끌고 서수라로 내려와 함께 혜산진을 치려고 했다.

조선군에게 죽은 동족의 원한을 갚고 시조를 모욕한 원수를 갚는 다는 기치를 들고 혜산진으로 군사들을 이끌고 내려온 왕산적하는 미리 주장합의 말을 들은 바가 있어 일대일의 싸움을 해봐야 불리하 다 생각하고 불화살과 사다리, 충교衝橋를 가지고 북문과 서문을 동 시에 들이치기로 하였다. 북문에서는 망합이 패한 바 있어서 왕산적 하가 북문을 맡고, 망합이 서문을 동시에 공격하였으니 혜산진 군사 들과 백성들이 전우치를 중심으로 일치단결하여 돌을 던지고 화살을 쏘아대며 저항하는 탓에 몇 차례의 공격이 실패로 끝나고 무수한 사 상자만 내게 되었다.

이때, 왕산적하의 동생 우랑라于狼羅가 육견지의 화살에 맞아 죽는 일이 일어났다. 혈족을 잃은 왕산적하는 노기충천하였다.

"반드시 혜산진을 무너뜨리고 말겠다."

왕산적하는 네 곳의 길목을 굳게 막아 혜산진의 군사들이 원군을 불러들이지 못하게 한 다음 박가천의 야인들을 더 불러들이고 신갈 파에 사는 니마거에게 도움을 요청하였다. 니마거 역시 주장합의 설 득에 넘어가 오백여 기의 용사들과 함께 혜산진으로 집결하니 야인 들의 수가 천오백여 기가 넘었다.

야인들은 혜산진의 사대문을 막아 빠져나갈 틈을 주지 않고 동시 에 공격을 개시하였다. 그러나 혜산진의 방비가 튼튼하고 백성들이 죽을힘을 다하여 성을 막고 있는 탓에 성문 근처에는 가보지도 못하 고 번번이 물러날 수밖에 없었다.

이때 야인들의 진영에서는 은밀한 소문이 퍼지고 있었으니 부구리융순이 조선 군사들을 지켜주고 있어 혜산진을 함락할 수 없다는 것이었다.

호구륜이 부구리융순의 벼락을 맞는 것을 눈으로 본 야인들이 있었으므로 조상신의 존재를 믿는 야인들이 소문을 퍼뜨린 것이었다.

하지만 망합과 왕산적하가 두 눈을 부릅뜨고 있으니 함부로 입 밖에 낼 수도 없는 노릇이었다. 야인들은 추장인 망합과 왕산적하에게 불만을 품은 채 그들이 시키는 대로 마지못해서 따를 뿐이었다. 십여 차례나 공격을 했음에도 한 번도 성공시킬 수 없었던 것이 바로 그런 이유였던 것이다.

11

백무직이 떠난 지 보름이 훨씬 지났으나 아직 소식이 없고, 군사들과 백성들은 보름 동안 성에 갇혀 야인들을 막다보니 눈빛과 얼굴에서 지친 모습이 역력하였다.

화살은 떨어지고 쌓아놓은 돌도 바닥이 나 관아의 기와를 부숴 대신 사용하는 형편이었다. 곡식 창고에도 군량이 다 떨어져가니 백성들은 벌써부터 겁을 먹었다.

야인들의 공격이 없을 때면 우치가 군사들과 양민들을 위무하고 다친 이들의 상처를 치료해주는 덕에 백성들이 안심을 하였지만 언제까지나 이렇게 버틸 수만은 없는 노릇이었다.

이때 망합과 왕산적하, 니마거는 그동안 충교를 여러 대 만들고 성문을 무너뜨리려고 통나무로 파차破車까지 만들었다.

"이번에는 충분히 준비를 하였고 저들도 그동안의 싸움으로 지쳐 있을 것이니 일시에 사방에서 몰아친다면 반드시 성을 깨뜨릴 수 있을 것입니다. 가지고 있던 돌과 화살도 다한 듯하니 이제는 저들도 더 이상 어찌할 수 없을 것입니다."

"이번에도 부구리융순이 제깟 놈들을 지켜줄 수 있을지 두고 보자."

이리하여 왕산적하와 망합의 무리는 북문을, 니마거는 서문을, 주장합은 동문을, 니거합과 우라는 남문을 들이치기로 하였다.

야인들이 혜산진의 사방으로 움직이며 충교와 파차까지 동원하자 성 안의 공기가 일시에 무거워졌다. 피곤에 지친 백성들이 야인들의 움직임에 두려움을 품은 것이었다.

우치는 자신이 북문을 맡기로 하고 육견지는 서문을, 실권은 동문을, 사령 하나는 남문을 지키도록 했다. 또 조금만 참으면 좋은 일이 있을 것이라 양민들을 위무하였다. 군사와 양민들을 각각의 성문에 분산하여 배치하고 우치는 북문 성루 위에서 왕산적하의 무리를 바라보았다.

멀리 충교가 두 개 보이고 네 마리 말이 끄는 파차가 보이는데 말을 탄 야인들이 까맣게 모여 있었다. 북문에 가장 많은 야인들이 모여 있는 것으로 보아 북문을 깨뜨리고 들어올 속셈임이 분명하였다.

우치가 착잡한 마음에 야인들을 바라보고 있을 때,

"서방님, 힘을 내셔유. 제가 있잖아유."

하는 실권의 목소리가 들려왔다. 고개를 돌려보니 우치의 옆에 실권이 인영도를 들고 빙그레 웃고 있었다.

"서방님, 저도 있으니 힘내세요."

피곤한 기색이 역력한 연화가 미소를 짓고 있었다.

우치는 실권과 부인이 자신의 뒤에 있다는 생각을 하니 마음이 든 든하여 다시금 힘이 솟아나는 것을 느꼈다.

한편 왕산적하는 성루를 노려보다가 손을 번쩍 치켜들며 소리쳤다.

"진격!"

뿔피리 소리와 함께 야인들이 함성을 지르며 북문으로 진격하여 들어왔다. 지축을 울리는 말발굽 소리가 사방팔방에서 들려오는데, 북문을 향해 달려오는 야인들이 개미 떼처럼 새까맣게 보였다. 백성들이 성 안에서 긁어모은 돌멩이를 던져보았지만 그도 잠시, 얼마 후에는 돌멩이마저 떨어지고 말았다. 이제 남은 것은 병기고에서 지급받은 창과 칼이니 그것도 없는 자는 집에서 낫과 곡괭이를 가져와 무기로 삼았다.

화살과 돌이 떨어졌다는 것을 알게 된 야인들은 괴성을 지르며 공세를 시작하였다. 시퍼런 칼을 휘두르던 야인들이 긴 사다리를 가져와서는 성벽을 타고 올라왔다. 충교와 파차가 움직이기 시작하더니 네 마리의 말이 끄는 파차가 북문을 깨뜨렸다. 파차는 수레 위에 커다란 통나무를 날카롭게 다듬어놓고 그 좌우에 네 마리 말을 끌게 한 것인데 통나무가 조교弔橋에 박히자 와직 하는 소리와 함께 교거가 일거에 무너져버리고 말았다.

교거가 맥없이 기울어 마른 해자로 떨어지니 이제 남은 것은 북문의 성문이라, 야인들이 말을 뒤로 돌려 남은 성문을 깨려 하였다.

우치가 고개를 돌려 화차를 성문 뒤에 세워놓으라 이르니 이때 성문의 좌측에 충교가 다가왔다. 충교는 통나무를 얽어 이 층 높이로 만든 수레로 통나무 다리를 내리기만 하면 사다리를 타고 올라올 필요 없이 성 위로 올라올 수 있는 것이다.

왕산적하와 망합은 대채에서 그 모습을 보고 크게 웃었다.

"하하하, 이제는 저놈들도 어쩔 수 없을 거요. 혜산진은 이제 끝이오."

충교가 점점 성벽을 향해 다가오자 백성들은 안절부절못하고 아우성을 쳤다. 목숨을 소중히 생각하는 마음이 누구에겐들 없으랴. 충교 위의 험상궂은 야인들이 낫처럼 휜 칼을 들고 웃으니 백성들은 잔뜩 겁을 집어먹었다.

이때 한 사람의 신형이 성벽을 차고 오르는 것 같더니 충교 위로 올라가 무인지경으로 충교 위에 있는 야인들을 떨어뜨렸다. 실권이었다.

실권은 충교에 올라 마음껏 칼을 휘둘렀다. 그의 인영도는 사정을 두지 않았으니 야인들을 닥치는 대로 베어 쓰러뜨렸다. 마치 피를 본 마귀처럼 삽시간에 피투성이가 되어버린 실권은 야인들을 일기에 쓸어버리고는 충교를 이어놓은 노끈을 칼로 자른 다음 발로 걸어차버렸다. 강한 발길질이 몇 차례 오가자 충교의 단단한 이음새가 갈라지면서 무너져 내렸다. 무아지경에 빠진 실권은 성루로 돌아오지 않고 바닥으로 뛰어내려 닥치는 대로 달아나는 야인들을 베었다.

이때 뒤로 물러났던 파차가 북문을 향해 달려왔다. 네 마리 말이 끄는 수레라 속도가 엄청나 눈 깜짝할 사이에 통나무가 북문을 들이박았다.

쿵!

성루가 들썩거렸다. 북문의 한쪽 문이 맥없이 뒤로 쓰러졌다. 말을 탄 야인들이 벌어진 문 틈으로 들어왔다가 비명을 지르며 되돌아나갔다. 떨어진 문 뒤에 날카로운 창이 꽂힌 화차가 대기하고 있었으므

345

로 성 안으로 들어오려던 야인들이 창에 찔려 되돌아간 것이다.

대채에서 이를 구경하던 왕산적하와 망합은 그것도 모르고 크게 웃으며 소리쳤다.

"이제는 끝이구나. 어디 부구리융순을 불러보시지, 와하하하."

이때 다시금 파차가 물러나는 것을 보고 두 사람은 웃음을 뚝 그쳤다.

말 두 필이 맹렬하게 성문 앞으로 달려오더니 허공으로 훌쩍 솟구쳤다. 이내 한 사람이 선두에 선 말 등을 밟으니 선두에 선 말이 미친 듯 비명을 지르며 거품을 물었다. 그 사내가 다시 한 번 솟구쳐 말 등을 힘껏 밟으니 말이 맥없이 주저앉았다. 말 등이 부러진 것이다. 말 한 마리가 주저앉으니 파차가 움직이지 않는데 그 사내가 다시금 허공으로 솟구쳐 힘껏 통나무를 밟으니 네 바퀴가 꿍음을 내며 부서졌다. 사내의 신력에 파차를 몰던 야인이 놀라 말을 타고 도망쳤다. 파차를 부숴뜨린 사내와 또 다른 사내가 번개처럼 그 뒤를 따랐다.

성을 공격하던 야인들이 일시에 사내들을 향해 달려들었다.

달음질을 하며 파차를 몰던 야인을 쫓아가던 사내가 허공으로 솟구쳐 야인의 등덜미를 차니 야인이 비명을 지르며 바닥으로 떨어졌다. 사방에서 말을 탄 야인들이 칼을 휘두르며 달려들었다.

성벽 앞에서 분진하던 실권이 이 모습을 보고 놀라 인영도를 휘두르며 달려왔다. 세 사내가 한 덩어리가 되어 야인들 가운데서 포위된 상황이 되었다.

"갑사들은 나를 따르라."

우치가 대채를 지키던 갑사들을 데리고 문을 열고 바깥으로 나갔다.

갑사 이십여 기가 성문을 나가 포위된 곳으로 달려나갔다.

"저놈이 우두머리다. 저놈을 죽여라."

한 떼의 야인이 우치를 향해 달려들었다. 우치가 말 등에 앉아 손가락을 치켜들어 가장 먼저 달려오는 야인을 향해 직지선을 쏘았다. 야인의 말이 갑자기 무릎을 꿇으며 주저앉으니 야인이 고삐를 잡은 채 튕겨져서 바닥으로 굴렀다.

야인들이 와 소리를 지르며 좌우로 흩어졌다.

대채에서 지켜보고 있던 왕산적하와 망합의 웃는 얼굴이 어느새 창백하게 변하였다. 왕산적하와 망합은 부구리융순이 조선 관군을 지켜주고 있다는 말을 듣고는 코웃음을 치다가 기이하고 믿을 수 없는 광경을 눈으로 직접 보게 되자 머리끝까지 소름이 돋았다. 말을 탄 갑사들이 포위된 이들을 구출하는 사이에 야인 하나가 급하게 말을 달려와서 왕산적하에게 급보를 전하였다.

"혜산령에서 한 떼의 조선 군사들이 들이닥쳐 상황이 위급합니다."

"뭣? 원군이 온 거냐?"

"그런 것 같습니다. 남문이 깨어졌는데 순식간에 궁지에 몰려서 흩어지고 말았습니다."

왕산적하와 망합이 서로의 얼굴을 바라보았다.

"원군이 왔다면 불리하오."

"퇴각하시는 것이 좋겠습니다."

왕산적하와 망합은 누가 먼저랄 것도 없이 각자의 말에 올라 북쪽으로 말을 몰았다. 추장이 도망치기 시작하니 부하들도 조선 사람들의 역습에 전의를 잃었던 터라 이리저리 흩어져서 삽시간에 북문에 가득하던 야인들이 모습을 감추고 말았다. 낙마한 야인들도 정신을 차리기 무섭게 말을 타고 달아났다. 미처 도망가지 못한 야인들은 모두 잡혀 북문 앞에 꿇어앉혀졌다.

혜산진이 무너질 줄만 알았던 백성들과 갑사들은 돌연한 사태에 좋아서 만세를 부르는데 승병 한 무리가 때마침 도착하였다.

남문에서 야인들을 몰아낸 것은 승병들이었고, 이로 인해 서문과 동문에 있던 야인들도 썰물 빠지듯이 물러가 혜산진을 지킬 수 있었던 것이다.

작은 혜산진 성에서 만세 소리가 들리는 가운데 우치는 꿇어앉은 야인들에게 엄히 말하였다.

"내가 너희를 해코지한 일이 없는데 너희는 무엇 때문에 우리를 죽이려 하는 것이냐?"

야인들 중의 한 사람이 땅바닥에 머리를 조아리며 말했다.

"모두 다 추장의 명이라 저희도 어쩔 수 없었습니다. 부디 용서해 주십시오."

"부구리웅순은 우리와 너희 부족이 변방에서 평화롭게 살 것을 바라신다. 너희는 내 말을 부족 사람들에게 전해라. 이미 죽은 이들은 어찌할 수 없지만 너희는 살려주마. 죽은 이들은 부구리웅순의 뜻을 어겼기 때문에 부구리웅순께서 데려가신 깃이니 이 말도 반드시 전해라."

이미 두 눈으로 기이한 광경을 본 야인들은 우치의 말을 부구리웅순의 말로 믿고 그러겠노라고 수차례 다짐하였다.

우치가 갑사들에게 이들을 풀어주라 명하고 돌려보내니 야인들은 감사하다는 읍을 하고 살 맞은 뱀처럼 북쪽으로 도망가 버렸다.

우치가 고개를 돌리니 피투성이가 된 실권과 윤군평, 배복룡이 눈에 띄었다.

"서방님, 지는 서방님이 어찌될까 봐 걱정했구먼유."

하고 말하는 것은 실권이요,

"나리께서 이곳에 있다 하기에 며칠 말미를 내서 보러 왔더니 이런 꼴을 당합니다."

하고 팔에 꽂혀 덜렁거리는 화살을 보여주며 웃는 것은 배복룡이었다.

"칠칠찮게 화살을 맞다니 동생은 아직 멀었구면."

하고 배복룡에게 핀잔을 주다가 우치에게 인사를 하는 것은 윤군평이었다.

"모두들 이렇게 위급할 때에 찾아와서 다행입니다. 내가 정말 복이 많은 사람인 것 같습니다."

우치가 이렇게 말을 하니,

"나리께서 백성들에게 베푼 덕이 얼마인데 그걸 가지고 그러십니까?"

하고 배복룡이 멋쩍게 웃었다.

우치가 일행과 함께 북문으로 들어가니 양민들이 우치의 손을 잡으며 승전을 기뻐하였다. 이때 남쪽에서 사람들이 무리 지어 들어왔다. 육견지를 선두로 하여 백발을 길게 늘어뜨린 홍유손이 따르고 그 뒤로 승복을 입은 승병 오십여 명이 따랐다.

우치가 이들에게 다가가 감사하다고 읍을 하니 홍유손이 말했다.

"제가 금강산 정양사에 있다가 소식을 들었습니다. 전국의 사찰에 격문을 돌리다 보니 늦었습니다. 거듭 죄송하다는 말씀을 드리오."

홍유손은 뒤따라온 승병들을 소개해주었으니 금강산 정양사正陽寺와 신계사神溪寺, 설악산의 백담사百潭寺, 신흥사神興寺 등 강원도 일대의 사찰에서 모여든 무승들이었다. 사찰마다 고수 네다섯 명 정도 씩 올라왔으니 대략 십여 개 사찰에서 모인 듯하였는데 모두 상당한 무예 실력을 지니고 있는 것으로 보였다.

그날부터 야인들의 자취는 혜산진에서 더 이상 발견할 수 없었으니 안심을 한 양민들과 갑사들은 주변 산에서 열매를 따고 사냥도 하며 식량을 모으고 성을 개축하는 데 전력을 다하였다.

성을 쌓는 일은 승병들이 주축이 되었는데 다음 날부터 전국 각지에서 승병들과 무인들이 혜산진으로 찾아왔다.

경상도에서는 봉정사, 부석사, 고운사, 동화사, 범어사, 불국사, 쌍계사, 직지사, 통도사, 해인사, 화엄사 등에서, 전라도에서는 실상사, 금산사, 대둔사, 내장사, 백양사, 선암사, 선운사, 송광사, 미륵사 등에서, 충청도에서는 마곡사, 법주사, 수덕사 등에서, 황해도에서는 월정사, 보현사, 패엽사 등 각 지역마다 서너 명씩 격문을 보고 찾아오니 승병들의 수만 해도 이백여 명이 넘었다.

우치가 각지의 스님들에게 인사를 하니 그중에서 벽송을 따라온 미륵사의 원호 스님같이 아는 이들이 눈에 띄었다.

그로부터 얼마 되지 않아 백무직과 동행한 아전이 송방 대행수로부터 쌀, 서속, 콩 등의 곡식 천여 석을 받아 가지고 혜산진까지 들어왔으니 군량도 풍부해졌다.

송방의 개칠이와 도사공 돌쇠도 소식을 전해 듣고 달려오고 전주 부중에 있던 황막기도 소식을 듣고 찾아왔으니 실권이 먼 곳 떠난 친구와 자식을 다시 만난 것처럼 좋아하였다.

1

혜산진의 병력이 날이 갈수록 증강되는 동안 야인들의 무리는 완전히 갈라졌다. 니마거는 왕산적하와 결별을 하고 우치에게 항복하겠으니 신갈파에서 계속 살도록 해달라고 수많은 공물을 보내왔다. 우치가 기뻐하며 니마거에게 다시는 이 땅을 넘보지 말 것을 다짐받은 후에 공물을 모두 그동안 성을 지키느라 고생하였던 갑사들과 양민들에게 나누어주니 모두 고생한 보람이 생겼다고 기뻐하였다.

그날 저녁, 우치는 왕륜의 사주를 받은 야인들을 정벌하여 변방의 우환을 완전히 끊어버릴 것을 결심하였다.

다음 날, 우치가 니마거에게 신갈파를 잘 아는 갑사를 보내어 기마병을 보충해줄 것을 청하였다. 니마거가 흔쾌히 허락하고 기병 이백여 명을 보내주었다. 이는 잘 훈련된 기병을 얻은 것이나 다름없었다.

우치는 육견지와 승병 오십여 명으로 하여금 혜산진을 지키도록 하고는 모든 병력을 이끌고 서수라로 향하였다.

사백여 명이나 되는 승병들과 무인들이 손에 칼과 창, 도끼를 들었는데 모두 오랫동안 무예를 익힌 사람들이라 풍기는 기운이 달랐다.

전우치의 좌우에는 야인들로 구성된 기병들이 어지럽게 움직이는데 보병과 기병이 합쳐지니 그 수가 더 많아 보였다.

서수라의 야인들이 이 소식을 듣고 망합에게 전하였다. 망합이 부리나케 용사들을 불러모았다. 그러나 서수라의 야인들 사이에, 조선 관군의 우두머리는 부구리웅순이 지켜주는 사람이라 대항할 수 없으며 망합 때문에 큰 화를 입게 되었다는 공론이 일어 반발하는 기색이 역력하였다.

니거합과 우라는 평소 망합의 거칠고 독단적인 행동에 불만을 품고 있던지라 망합의 막사로 가서 망합의 머리를 베고는 야인들에게 말했다.

"망합은 부구리웅순의 뜻을 따르지 않고 왕산적하와 더불어 독단적으로 행동하였으니 죽어 마땅하다. 이제 조선군이 몰려오는데 더 이상 망합을 믿을 수 없으니 부구리웅순의 뜻을 받들어 나를 따르겠는가?"

야인들은 싸움을 바라지 않았고 전우치를 두려워하던 차라 니거합과 우라의 행동에 찬성하였다. 두 사람은 서수라 앞의 검천에 망합의 머리와 녹피와 인삼 등의 공물을 쌓아놓고 우치를 기다렸다.

우치가 보천보를 지나 올라가다 보니 니거합과 우라가 망합의 머리와 공물을 쌓아놓고 땅바닥에 엎드려 있었고 그 뒤에 서수라의 야인들이 무릎을 꿇고 앉아 있었다.

니거합은 우치가 다가오자 무릎걸음으로 다가가 용서를 청하였다.

"망합이 순리를 따르지 않아 부구리융순을 저버렸으니 저희가 망합의 머리를 베어 용서를 청하고자 합니다. 부디 망합의 머리를 받으시고 우리 부족을 용서해주십시오."

우치는 부구리융순의 이적이 이토록 큰 효과를 발휘하리라 생각지 못하였다가 일이 이렇게 되고 보니 기뻐 미소를 지으며 말했다.

"부구리융순께서는 이미 용서를 하셨다. 너희는 앞으로 흉악한 마음을 품지 말고 조선 사람과 다정하게 살도록 하라."

니거합과 우라는 크게 기뻐하며 앞으로는 그러겠노라 다짐하였다.

서수라의 야인들을 손쉽게 제압한 우치는 서수라 야인들의 기병 백여 명을 합세시켜 왕산적하를 치러 올라갔다.

이때 망합의 동생인 주장합은 간신히 목숨을 건져 왕산적하가 살고 있는 박가천으로 도망하여 서수라가 조선 군사들의 수중에 들어갔다고 알려주었다. 왕산적하 역시 혜산진의 패배로 부족에게 인심을 잃은 상태라 주장합으로부터 조선 군사들이 박가천으로 향해 오고 있다는 말을 들으니 겁이 덜컥 났다.

"아! 이제 내가 살 수 있는 방법은 하나밖에 없다."

왕산적하는 주장합과 더불어 몰래 부족을 빠져나와 말을 타고 북쪽으로 올라갔다. 압록강을 따라 한참을 올라가다가 임연수臨連水 이북에 다다른 왕산적하와 주장합은 강가 넓은 평원에 천막을 치고 있는 한 떼의 야인 무리를 발견했다.

두 사람이 바라보니 머리에 모자를 쓰고 있어 모자를 쓰지 않는 여진족과는 다른 점이 있었다. 왕산적하의 눈이 커지며 주장합에게 소리쳤다.

353

"주장합, 어서 돌아가자."

왕산적하가 고삐를 잡아당기며 말을 돌리려는데 어느새 사방에서 말을 탄 야인들이 달려와 주변을 둘러싸고는 활을 겨누었다. 주장합이 어리둥절하여 어찌할 바를 모르고 있으니 말을 탄 야인들이 왕산적하와 주장합을 말에서 끌어내리고 머리댕기를 잡아 무리가 있는 곳으로 끌고 갔다. 주장합은 어리둥절하여 비명을 지르며 끌려가는데 왕산적하는 이를 부드득 갈 뿐이었다.

야인들이 왕산적하와 주장합을 막사로 끌고 가니 막사에서 한 사내가 바깥으로 나왔다. 그는 화려한 진주 장식을 한 수달피 모자를 쓰고 있었는데 네모진 턱에 구레나룻이 짙고 눈이 가늘고 매섭게 생긴 사내였다. 그 뒤로 긴 백발에 수염이 길게 늘어진 노인이 따라 나오고, 너구리 모자를 쓴 중년의 사내와 긴 머리를 늘어뜨린 사내가 그 뒤를 따라 나왔다.

백발의 노인은 왕산적하를 보고 눈이 휘둥그레져서 말했다.

"저 사람을 풀어주시오."

너구리 모자를 쓴 사내가 수달피 모자를 쓴 사내에게 뭐라고 말하였다. 백발 노인의 명이 떨어지자 왕산적하와 주장합이 풀려날 수 있었으니 백발의 노인은 왕륜이요, 너구리 모자를 쓴 자는 그의 제자인 야율원이요, 긴 머리를 늘어뜨린 사내는 진명이라는 중국인이었다.

"하하하, 이 사람은 우리와 함께 거사를 도모하기로 한 박가천과 서수라의 여진 우두머리인 왕산적하라고 하오."

왕륜이 웃으며 수달피 모자를 쓴 노인에게 왕산적하를 소개하고,

다시 왕산적하에게 노인을 소개하였다.

"이분은 몽고족의 추장인 뭉케라 하오. 근래에 장가구와 요동 일대를 장악하고 있는 몽고족의 추장이오."

뭉케는 타타르부 보르호 지논의 아들로 내몽고의 추장이었다. 원나라가 망하자 칭기즈칸의 자손들이 크게 쇠퇴해 몽고로 쫓겨가게 되었는데 북막에서 흩어진 몽고족들을 단결시킨 인물이었다.

뭉케는 원나라의 재건을 기치로 하여, 몽고 각지를 토벌하였을 뿐만 아니라 오르도스까지 정복하여 내몽고의 대부분을 통일하였는데, 후일에 다얀칸으로 불렸다. 다얀칸이란 대원大元의 음역音譯으로 대원의 칸이 되겠다는 포부에서 지은 것이니 그의 의중을 짐작할 수 있는 말이었다.

충선왕의 후예인 왕륜은 조선을 되찾을 것을 생각하고 야인들과 왜구를 규합하다가 일이 글러 급하게 몽고족의 추장을 설득하였다.

뭉케가 몽고와 장가구, 만주 일대에서 원나라의 재건을 꿈꾸며 중원을 장악하려는 생각이 있다는 것을 알고 있던 왕륜은 뭉케의 군사력을 이용하기로 마음먹은 것이었다.

왕륜은 뭉케에게 야율원이라는 제자를 보내어 조선을 빼앗을 수 있다면 몽고와 조선이 힘을 합쳐서 명을 압박할 수 있으며 더 나아가 중원을 되찾을 수 있다고 뭉케를 설득하였다.

몽고족의 영토를 회복할 수 있다는 말은 뭉케에게는 달콤한 말이 아닐 수 없었다. 원대에 고려와 친하게 지냈다는 것과 두 사람 모두 원과 고려 왕실의 후예라는 것이 명분이 되었다. 뭉케는 원나라를 재건할 욕심에 병사들을 이끌고 조선을 치기 위해 백두산까지 내려온 것이다.

왕산적하는 왕륜을 노려보며 말했다.

"그대가 우리에게 기다리라고 한 것이 몽고군을 데려오기 위한 것이었소?"

왕륜이 대답했다.

"그렇소. 내가 데려온 몽고군 기병 천여 명과 그대가 장악하고 있는 여진족 용사들, 그리고 니마거와 김주성합의 군사를 합친다면 충분히 승산이 있소."

왕산적하가 잠시 말이 없다가 입을 열었다.

"거사 일은 언제로 잡았소?"

듣고 있던 뭉케가 가슴을 치며 말했다.

"오늘이라도 상관없다. 너희가 준비된다면 말이다, 하하하하."

왕산적하는 뭉케의 오만한 언사에 노기가 솟구쳤지만 내색하지 않고 왕륜에게 말했다.

"우리도 준비가 다 되었으니 내일 아침에 서수라에서 만나기로 합시다."

왕산적하는 거사 일을 정하고 이들과 헤어져 박가천으로 말을 달려 되돌아왔다. 박가천에 가까이 다가오자 왕산적하는 이를 뿌드득 갈았다.

주장합이 물었다.

"추장, 왜 그러시는 겁니까?"

"주장합, 너는 왕륜이 몽고족을 끌어들인 것을 어떻게 생각하느냐? 우리는 몽고족과 한 하늘 아래에서 살 수 없다. 몽고족은 우리의 원수가 아닌가."

"그, 그렇지만……."

주장합이 말끝을 흐렸다. 왕산적하의 말처럼 몽고족과 여진족은 지독한 앙숙이라고 할 수 있었다. 과거 여진족이 중원에 금나라를 세웠을 때 금나라를 몰아낸 것이 몽고족이었다. 원이 세워진 후에도 몽고족들은 여진족의 씨를 말리기 위해 가혹하게 핍박하였기 때문에 여진족은 후대에까지 그 원한과 치욕스러운 기억을 잊지 않고 있었다.

주장합이 말했다.

"추장, 그럼 이제 어떻게 하실 겁니까?"

"……."

왕산적하는 말없이 박가천으로 돌아왔다.

박가천의 야인들이 왕산적하와 주장합을 둘러싸고 저마다 입을 열었다.

"추장, 어떻게 할 작정이오? 서수라의 망합은 이미 항복하였다 합니다. 조선 군사들이 몰려오고 있다는데 어떻게 할 것이오?"

"우선 주장합을 포박하라."

야인들이 주장합에게 달려들어 결박을 지었다. 주장합이 무릎이 꿇린 채로 왕산적하에게 말했다.

"추장, 왜 이러시는 겁니까?"

왕산적하가 주장합을 내려다보며 말했다.

"조선의 관원은 부구리웅순의 뜻을 전해 받은 사람이다. 또한 우리는 여진족으로 몽고족과는 손을 잡지 않는다. 나는 조선 관원에게 대항하지 않겠다. 너는 망합의 동생이니 어쩔 수 없다. 부구리웅순이

네 운명을 결정할 것이다. 모두 공물을 들고 나를 따르라."

왕산적하의 말에 싸울 생각이 없던 부족민들은 부랴부랴 공물을 마을 앞에 모았다. 왕산적하는 박가천 부락 앞에 주장합을 묶어놓고 갖가지 공물을 쌓아놓은 후 야인 한 사람을 우치에게 보내어 항복하겠다는 뜻을 전하였다.

잠시 후, 우치 일행이 모습을 드러냈다. 여진족으로 구성된 기병 수백여 명과 조선의 승병들로 구성된 보병을 거느린 채 우치가 말을 타고 박가천으로 오니 모여 있던 여진족이 모두 무릎을 꿇고 머리를 숙여 항복하였다.

왕산적하가 무릎걸음으로 나아가 우치에게 말했다.

"제가 간사한 자의 말을 믿고 현혹되어 큰 죄를 저질렀습니다. 공물과 망합의 동생 주장합을 잡아 바치오니 부디 용서해주십시오."

우치가 주장합을 물끄러미 내려다보다가 입을 열었다.

"네가 지금 뉘우치는 마음이 있느냐?"

"예, 저는 벌써 뉘우치고 있습니다."

"그럼 너를 용서한다."

야인들이 주장합을 묶은 밧줄을 풀어주니,

"고맙습니다."

하고 주장합이 우치에게 큰절을 하였다.

왕산적하가 우치에게 무릎걸음으로 다가가 말했다.

"장군, 급한 소식이 있습니다. 내일 아침에 몽고군이 혜산진을 공격한다 합니다."

"뭐라고? 그게 무슨 말이오?"

우치는 뜻밖의 이야기에 자초지종을 물었다.

왕산적하는 요동에서 왔다는 고려 왕실의 후손 왕륜의 꾐에 빠져 요동과 압록강 인근에 영토를 주는 조건으로 조선을 침입하기로 하였으며, 작년 가을에 미곡 오천 석을 약조의 조건으로 받았노라고 하였다. 처음에 삼월 보름쯤으로 날을 잡았는데 기일이 늦춰지다가 얼마 전에 왕륜이 몽고군을 개입시킨 것을 알게 되었으며, 몽고군 천여 기가 백두산 이남에 진을 치고 있는데 내일 아침 야인들과 합세하여 조선의 영토를 공격할 계획을 가지고 있다고 말하였다.

우치는 왕륜의 이야기를 듣게 되자 이제야 올 것이 왔구나 생각하였다.

백발의 홍유손이 먼저 입을 열었다.

"몽고족은 기마술이 탁월하여 한때 중원을 차지한 적이 있는 종족이니 섣불리 상대하다가는 우리 쪽 피해도 만만치 않을 것 같습니다."

우치가 벽송에게 물었다.

"벽송 스님, 스님은 세속에 계실 때 무관으로 계셨고 삼포왜란도 경험하셨으니 좋은 방법이 있으면 말씀해주십시오."

벽송이 합장을 하며 입을 열었다.

"병법에서는 기騎와 정正이라 하여 기병과 정병의 조화를 가장 중요시하지요. 지금 몽고족은 기병 전술이 뛰어나고, 우리는 개개인의 무예가 뛰어나 정병의 전술이 낫다고 할 수 있으니 꼬집어 누가 낫다고 장담할 수는 없습니다. 그러나 넓은 평원에서의 싸움에서는 기병이 크게 유리합니다."

황 비장이 말했다.

"그럼 우리가 불리하다는 말이군요."

왕산적하가 말했다.

"그렇지 않습니다. 우리 부족은 몽고족과 깊은 원한이 있습니다. 우리 부족의 용사도 힘을 보탤 것이니 받아주십시오."

벽송이 말했다.

"그렇다면 승산은 우리에게 있습니다. 이곳에 모인 승병들은 각 절에서 불무도를 익힌 고수이고, 택견이나 수박희의 고수들도 많습니다. 그뿐 아니라 여진인들은 어려서부터 말을 타고 수렵을 하던 이들이라 기마술에도 능하니 몽고군과 맞붙어도 불리할 것이 없습니다. 승산은 우리에게 있습니다."

우치가 고개를 끄덕이며 말했다.

"그렇더라도 정면으로 부딪치면 사상이 클 것입니다. 다른 방법이 없을까요?"

"그렇다면 기습작전이 어떨까요? 오늘 밤이나 새벽녘에 기습을 한다면 우리 편의 사상자를 크게 내지 않고 몽고 군사들을 물리칠 수 있을 것입니다."

"그렇다면 오늘은 이곳에서 잠시 쉬었다가 내일 새벽에 기습을 하도록 합시다."

우치는 이날 박가천에서 승병들, 야인들과 함께 불을 피워놓고 저녁을 먹으며 밤이 지나고 새벽이 오길 기다렸다. 그런데 밤이 이슥해지자 홀로 말을 타고 조용히 박가천을 빠져나가는 자가 있었으니 망합의 동생인 주장합이었다.

주장합은 몽고군의 군막이 있는 곳으로 말을 달렸다. 임연수를 건너니 몽고 군사들이 말발굽 소리를 듣고 주장합을 포위하여 군막으로 끌고 갔다.

"네놈이 무슨 일이냐?"

왕륜이 물었다.

"급하게 전할 말이 있어서 찾아왔소."

"무슨 말이냐?"

"여진족이 그대에게 등을 돌렸소."

"뭣? 그게 정말이냐?"

"혜산진 첨절제사 전우치란 자가 몇 달 전에 부임하였는데 그자가 도술을 사용하여 그대와 뜻을 함께하기로 했던 추장들을 돌아서게 하였소. 내 형은 그자 때문에 목숨을 잃었으며 니마거와 왕산적하는 항복을 하였소. 그뿐 아니라 조선의 군사들과 여진족 무사들이 내일 새벽에 이곳을 기습할 것이라는 말을 들었소."

"뭐, 뭐라고?"

왕륜은 주장합의 말에 하늘이 무너지는 것 같아 교의에 털썩 주저앉았다. 잠시 앉아 있던 왕륜이 장막 바깥으로 나와 밤하늘에 펼쳐진 무수한 별무리를 바라보았다.

하늘을 바라보니 자미성紫微星을 침입하던 붉은 요성妖星이 천기성天機星의 빛에 가려 힘을 잃고 있었다.

"아! 하늘이 나를 버림이신가?"

왕륜은 남방의 왜구들과의 맹약이 뜻밖의 사건으로 깨져버리고, 잇달아 전라도에서 호응하리라던 활빈도가 종적 없이 사라졌을 뿐 아니라, 믿었던 엄준과 최응서마저 소식이 단절되어 이제 믿을 것이라고는 진명과 야율원이 데려온 몽고 기병들과 변방의 야인들뿐이었다. 그런데 이번에는 믿었던 야인들마저 돌아섰다는 소식을 들었으니 하늘이 무너지는 것 같았다.

"하지만 아직은 아니다. 주장합이 나에게 귀중한 정보를 가져다준 것을 보면 아직은 아니다."

왕륜은 하늘을 노려보며 이를 악물었다.

2

해가 동녘에 떠오르기 바로 직전이 가장 어두운 시각이다. 하늘의
별은 빛을 잃고 하나둘 스러지고 달마저 빛을 잃으며 희미한 잔영을
어둠 속에 투영하고 있었다.

이슬은 새벽 찬바람에 서리로 변하여 대지에 깔리니 조심스럽게
장작 불빛이 타고 있는 몽고 기병들의 장막을 향해 다가가고 있는 승
병들의 승복이 축축하게 젖어들었다.

늦은 밤, 박가천을 떠난 승병들과 기병들은 날이 가장 어둡게 변하
는 새벽녘에 임연수를 건널 수 있었다. 승병들은 조심스럽게 발소리
를 죽이며 고양이처럼 몽고군의 진영으로 다가갔다.

벽송은 막사의 불빛을 응시하다가 크게 소리쳤다.

"공격하라, 공격하라."

그와 동시에 벽송이 이끄는 승병들이 함성을 지르며 막사를 향해
진격하였다. 그러나 막사는 텅 비어 몽고 군사는커녕 쥐새끼 한 마리

도 찾아볼 수 없었다.

"속았다. 함정이다!"

동시에 사방팔방에서 몽고 군사들이 함성을 지르며 막사로 들이닥쳤다. 천여 명이나 되는 몽고군은 낫처럼 흰 칼을 휘두르며 사방팔방에서 짓쳐들어왔다.

"모두 죽여라! 마음껏 죽여라!"

뭉케는 막사에서 멀찍이 떨어져 나와 소리를 질렀다. 몽고 군사들이 말을 몰아 사방에서 어지럽게 휘저으며 승병들을 공격하였다.

몽고의 기마병이 지나가면 추풍에 낙엽이 떨어지듯 몰살을 당하는 것이 예사였으나 창을 든 승병들의 몸놀림이 생각 이상으로 날래어서 달려들던 말이 승병들의 창에 찔려 도리어 낭패를 보았다. 몽고 군사들은 제대로 공격을 해보지도 못하고 물러나서 막사 주변을 빙글빙글 돌았다.

"활을 쏴라. 놈들은 가운데에 모여 있으니 몰살을 시켜버려라."

뭉케의 명령에 몽고 군사들이 각궁을 꺼냈다.

바로 그때 함성 소리와 말발굽 소리가 천지를 진동하더니 사면에서 화살이 날아들었다. 때아닌 화살 공격에 몽고군들이 놀라 허둥거리고 있을 때 희미한 어둠 속에서 말을 탄 여진족들이 칼을 휘두르며 몽고 군사들을 향해 달려들었다.

그 뒤로 밀물처럼 승병들이 따라오며 함성을 지르고 몽고군의 진영에 갇혀 있던 승병들이 창을 쥐고 협공을 하니 몽고 군사들이 당해내지 못하고 뿔뿔이 흩어졌다. 불무도와 수박희, 택견 등의 무예를 오랫동안 연마한 이들이다 보니 일당백이나 다름이 없었다.

여진의 기마병에게 쫓기는 몽고군의 말을 반마삭으로 걸어 쓰러뜨리고 바닥에 낙마한 몽고군들을 때려잡으니 말이 없는 몽고군들은 허수아비에 불과하였다.

기마술에 익숙한 여진족 용사들과 일당백의 조선 무사들이 협공을 하니 기마술에만 익숙한 몽고 군사들이 힘을 쓸 수가 없었다.

본래 기습이란 상대방이 눈치채지 못하도록 빠르게 공격하는 것인데 뭉케가 자리한 곳이 넓은 평원 한가운데라 말을 타고 기습을 한다면 당장 눈치챌 수가 있었다. 그리하여 발소리가 나지 않는 날랜 승병 백여 명으로 야음을 틈타 기습하도록 하고 그다음에 기병들과 보병들이 협공하기로 한 것이었다. 뭉케가 만주 일대를 장악하면서 벌인 전투가 주로 기병들과의 전투이다 보니 정병들과 기병들의 협공 형태를 미처 생각하지 못하였던 것이다. 잘 조련된 기병과 정병이 아래위로 공격을 해오니 몽고 군사들은 속수무책일 따름이었다.

뭉케는 몽고군 최고의 정병들이 힘도 제대로 써보지 못하고 무너지는 것을 눈으로 확인하자 정신을 차리지 못하고 허둥거리다가 승병들의 구겸창에 타고 있던 말의 발굽이 걸려 사로잡히는 신세가 되고 말았다.

왕륜과 진명은 야인들과 승병들을 거침없이 베어 혈로를 만들어서는 허항령虛項嶺 숲 속으로 사라져 버리고 말았다. 이윽고 어둠이 걷히면서 허항령 높은 산 위로 붉은 해가 떠올랐다.

불에 탄 막사와 시신들이 어지럽게 널려 있는 평원 위에 두 무리의 사람들이 갈라서 있었으니, 하나는 우치가 거느리고 있는 승병과 여진족으로 구성된 기마병이고, 또 하나는 뭉케와 그가 데려온 기병들이었다.

추장인 뭉케가 생포되자 승부는 의외로 간단하게 끝이 나고 말았다. 몽고 군사들이 그가 포박된 것을 보고 모두 항복한 것이다.

몽고군은 모두 말에서 내려 뭉케의 뒤에 늘어서서 우치의 처분을 기다렸다. 뭉케는 몽고족의 추장이라 사로잡혔을망정 무릎을 꿇지 않고 우치를 노려볼 뿐이었다.

우치가 한동안 뭉케를 바라보다가 손수 그를 묶은 밧줄을 풀어주었다. 전우치가 주변을 둘러보며 말했다.

"여기 몽고말을 하는 사람이 없소? 이 사내에게 말할 수 있는 사람이 없소?"

"내가 조선말을 할 수 있소."

몽고 군사들 틈에서 한 사내가 나타났다. 야율원이었다. 우치는 그가 왕륜의 제자인지 모르고 야율원에게 말했다.

"다음부터 다시는 조선 땅을 넘보지 말라고 전하시오."

야율원이 뭉케에게 이야기를 전하니 뭉케는 패장이라 할 말이 없지만 야율원은 스승인 왕륜의 뜻을 꺾어버린 조선의 관리를 향해 복수심이 불타올랐다. 야율원이 뭉케의 허리에 찬 칼을 뽑아 우치에게 달려들었다. 허연 칼날이 우치의 머리를 향해 날아오는 순간 실권이 우치의 앞을 막아서며 인영도로 칼날을 막으니 어느 사이에 황막기가 튀어나와 야율원의 복부를 후려챘다.

야율원은 뒷걸음질쳐 물러났다가 다시 우치에게 달려들었다. 황막기가 야율원의 주먹을 활갯짓으로 막으며 허벅지를 강하게 내지르자 야율원이 견뎌내지 못하고 그 자리에서 털썩 무릎을 꿇었다.

야율원이 허벅지를 잡고 천천히 몸을 일으켜 우치를 노려보았다. 우치는 오른손 검지에 진기를 불어넣었다. 그때 야율원이 땅을 박차고 달려들었다.

"경거망동하지 마라."

우치의 손가락이 야율원을 가리키니 야율원이 맥을 쓰지 못하고 그 자리에서 주춤거렸다. 두 다리의 요혈로 강한 기력이 파고드는 것을 느끼고 우치를 바라보니 단지 손가락 하나로 자신을 가리킬 뿐이었다.

"도, 도대체 뭐지?"

야율원이 두 다리가 마비가 되어 그 자리에서 무릎을 꿇게 되자 야인들은 또다시 부구리용순의 영험이 나타난 줄 알고 우 하고 함성을 지르며 두 팔을 들고 기뻐하였다.

홍유손과 승병들은 허공을 격하고 사람을 쓰러뜨리는 우치의 재간에 깜짝 놀라 두 눈이 휘둥그레졌다.

뭉케는 야율원이 맥없이 당하는 광경을 보고 우치가 도술을 부린다고 생각하였다.

우치가 뭉케에게 고개를 돌려 말했다.

"그대가 또다시 이 나라를 침입한다면 가만있지 않을 것이오."

뭉케가 우치의 말뜻을 알아듣고 입을 열었다.

"내가 왕륜의 꼬임에 빠져서 잠시 정신이 나갔나 봅니다. 차후에 내 후손들은 절대 이 땅을 넘보지 못하게 할 테니 우리를 놓아주시오."

우치는 뭉케의 말을 알아들을 수 없었으나 그의 눈이 진정으로 뉘

우치는 기색이 역력하여 그 뜻을 깨닫고는 고개를 끄덕이며 말했다.

"몽고족을 풀어주게."

승병들이 사로잡힌 몽고족들을 풀어주자 뭉케는 우치에게 고개를 숙여 사례하고 다리가 마비된 채로 엎드려 있는 야율원을 부축하여 일으키고는 부하들과 함께 넓은 평원으로 사라졌다.

허연 흙먼지가 뿌옇게 일어나며 뭉케가 이끄는 몽고 기병들이 그 속으로 사라지자 야인들이 환호성을 질렀다.

이때 승병들 틈에서 두 스님이 다가와 우치에게 머리를 조아리며 읍하였다.

"선재올시다. 금방 몽고인을 제압한 법이 직지선이 아닙니까?"

"그렇습니다. 그런데 그것을 어떻게 아십니까?"

"우리는 직지사의 중입니다. 직지선은 저희 절에서 대대로 내려오는 절기이온데 나리께서 익히셔서 야인들을 물리치시니 선재올습니다."

스님들이 합장을 하였다.

우치가 왕산적하에게 고개를 돌려 말했다.

"왕산적하, 왕륜을 보았는가?"

"어제 분명히 몽고족들과 함께 있는 왕륜을 보았습니다."

야인 하나가 왕산적하의 귓가에 무슨 이야기를 하니, 왕산적하가 동북 방향을 가리키며 말했다.

"왕륜이 싸움이 불리해지는 것을 보고 허항령 쪽으로 도망치는 것을 보았다 합니다."

우치가 왕산적하가 가리키는 방향을 바라보니 멀리 안개 사이로 새벽빛을 받아 장엄하게 솟아난 산이 보였다. 백두산이었다. 민족의 조종이 되는 산, 야인들과 중국인들까지 공경하는 우리의 영산靈山, 광활한 하늘 아래 백발의 노인이 좌선에 빠진 듯한 형상을 한 백두산이 거기에 있었다.

우치와 승병, 야인들 할 것 없이 넋을 잃고 눈앞에 펼쳐진 백두산의 장대한 기세를 바라보았다. 윤군평이 다가와 말했다.

"나리, 백두산 방향으로 말 발자국이 어지럽게 나 있습니다. 왕륜이란 자가 무리를 이끌고 도망친 흔적 같습니다. 어떡할까요?"

"뿌리를 뽑아야지. 그를 쫓아가세."

우치가 말 발자국을 좇아 왕륜의 뒤를 따라가기로 결정하였다. 우치는 야인들과 더불어 백두산으로 향했다. 말 발자국은 지금은 사람이 살지 않는 폐촌이 된 농사동을 지나 올라가고 있었다.

왕산적하가 산 아래에서 무리를 멈추어 세웠다.

"저희는 더 이상 갈 수 없습니다."

"그게 무슨 말인가?"

"이 산은 우리의 시조가 태어나신 신성한 산입니다. 조금만 더 가면 부구리용순께서 태어난 신성한 연못이 나타나는데 우리는 더 이상 함께 갈 수 없습니다."

우치는 야인들을 대동하지 못하고 승병들과 더불어 왕륜을 쫓아 백두산으로 올라갔다. 울울창창 하늘을 찌를 듯 높이 솟은 침엽수림과 이곳저곳에 생겨난 웅덩이를 지나고, 잡목을 잘라 길을 만들며 가다 보니 삼지연에 도착할 수 있었다. 삼지연은 세 개의 크고 맑은 연못이 있다 하여 붙여진 이름인데 부구리용순이 잉태된 곳으로 야인

369

들은 신성한 연못이라고 하였다.

우치가 삼지연 앞에서 수정처럼 맑은 물을 바라보고 있을 때였다.

갑자기 화살 하나가 우치의 가슴으로 날아들었다. 옆에 있던 홍유손이 한 손으로 덥석 화살을 잡아챘다.

우치가 놀라 바라보니 홍유손이 북쪽 수림을 응시했다. 수림 사이에서 한 무리의 말을 탄 사람들이 나타났다. 그 가운데 백마를 타고 머리에 금빛 관을 쓴 백발의 노인이 우치의 눈에 들어왔다. 그가 바로 왕륜 같았다. 백마를 타고 있던 노인이 말에서 내리니 부하들인 듯한 사내들이 모두 말에서 내렸다.

"그대가 왕륜인가?"

"내 이름을 어떻게 아는가?"

조선말로 유창하게 대답하는 것을 들으니 왕륜이 틀림없었다. 왕륜의 키는 칠 척 정도 되는데 백발과 허연 수염이 아랫배까지 늘어졌고 붉은 얼굴에 형형한 안광이 거룩한 풍도라 감탄이 절로 나왔다.

우치가 말했다.

"그대가 전라도에서 활빈도를 조종하고 왜구들을 규합하여 조선을 전복시키려 흉계를 꾸몄다는 것을 알고 있소."

"그럼 조선의 조정에서 알고 있다는 말인가?"

왕륜이 상기된 얼굴로 물었다.

"모두 알고 있소. 그대의 부하들은 모두 죽었고, 왜인과의 일도 물거품이 되었소. 이제 몽고군도, 야인들도 그대에게 등을 돌렸으니 허황된 꿈일랑 그만 접으시오."

왕륜이 허탈하게 웃다가 전우치를 노려보았다.

"내가 허황된 꿈을 꾸었다고? 내가 헛된 꿈을 꾸었다고?"

"그대가 이 나라를 전복시켜 무고한 백성들을 고통 속으로 이끌고자 하였으니 그것이 허황된 꿈이 아니고 무엇이오?"

"나는 우리 백성들을, 무능한 임금과 탐관오리에게 착취당하여 괴로움을 당하고 있는 우리 백성들을 도탄 속에서 건져내고자 했을 뿐이었다. 우리 백성들을 배불리 먹이고 아무 걱정 없이 살게 하고 싶었을 뿐이었다."

"그래서 왜구를 불러들이고, 여진족과 몽고족을 불러들여 조선을 무너뜨리려 한 것이오? 과연 그렇게 조선이 망하면 우리 백성들은 고통 없이 살 수 있을 것이라 생각하는 거요?"

"입 닥쳐라!"

왕륜의 옆에 서있던 사내가 장창을 휘두르며 달려들었다.

"안전을 지켜라!"

봉을 든 승병들의 신영이 좌우에서 펼쳐지며 일곱 사람이 일제히 장창을 든 사내에게 봉을 휘둘렀다. 장창을 든 사내는 왕륜의 제자인 진명이었다. 그는 장창으로 일곱 개의 봉을 막다가 견디지 못하고 허공으로 훌쩍 뛰어올랐다. 순간 그물 하나가 펼쳐지며 진명을 사로잡았다.

우치가 바라보니 실권의 친구인 도사공 돌쇠였다. 그는 손에 그물을 들고 우치를 보고 웃고 있었다. 진명이 힘을 쓰지 못하고 사로잡히자 왕륜은 참담한 심정으로 우치를 바라보며 말했다.

"네 이름이 무엇이냐?"

"전우치요."

"전우치? 아! 옛날 내 스승께서 구십자가 나를 막는다 하시더니 그가 바로 너였구나. 원통한 일이다. 절통한 일이다."

왕륜이 돌연 전우치를 노려보았다.

"네놈이 나를 막을 수 있겠느냐?"

왕륜은 수하에게서 청룡도를 빼앗아 우치에게 달려들었다. 그의 신형이 땅을 차는 것 같더니 어느새 허공으로 높이 솟구쳐서 우치의 머리를 가를 듯이 청룡도를 힘차게 휘둘렀다.

그때 황막기가 허공으로 뛰어오르며 인영도로 왕륜의 도검을 막았다. 실권이 백두산을 올라올 때에 우치 서방님을 돌보라고 황막기에게 건네준 것이었다.

칭, 날카로운 쇳소리와 함께 황막기의 몸이 튕겨져 나가 바닥에 떨어졌다. 인영도를 잡고 있던 손아귀가 강한 힘을 이기지 못하고 찢어지고 말았던 것이다.

왕륜이 인영도를 때린 반동으로 튕겨지듯 땅에 내려서자 백무직이 귀두도를 휘두르며 달려들었다.

"이놈!"

왕륜이 크게 한 발을 구르며 백무직의 귀두도를 향해 청룡도를 휘둘렀다. 청룡도와 귀두도가 부딪치면서 불꽃이 일어나며 백무직이 볏단처럼 날아가 떨어지고 말았다.

육견지는 의동생인 백무직이 부상당한 것을 보고 검을 빼들고 달려들었고, 배복룡도 노기충천하여 왕륜에게 달려들었다. 그러나 그들도 모르고 있는 것이 있었으니 왕륜이 들고 있는 검이 일백 근이나 되는 까닭에 내력이 약한 이가 맞부딪치게 되면 큰 중상을 입게 된다는 것이었다.

황막기와 백무직 같은 고수도 청룡도의 무게와 강한 힘을 이기지 못하여 나가떨어질 정도였으니 육견지와 배복룡이 상대가 될 리 만무하였다.

왕륜은 오관참장이라는 일초로 청룡도를 아래위로 휘둘러 육견지와 배복룡의 검을 막아내었으니 육견지는 부딪히는 충격으로 손아귀가 찢어지고 배복룡의 연검은 어이없이 허공으로 날아가버리고 말았다.

"이놈들, 모두 덤벼보거라!"

분노와 허탈감이 교차하며 왕륜은 서서히 이성을 잃어갔다. 세상에 풀 길 없는 억울한 마음이 마성魔性으로 분출되기 시작한 것이다.

"다 죽여버리리라. 내 뜻에 반대하는 자들은 다 죽여버리리라!"

눈이 뒤집힌 왕륜은 우치를 향해 달려들었다.

"누구 마음대로."

윤군평이 달려들었다. 군평은 천둔검법으로 왕륜의 주위를 맴돌며 허점을 찾았으나 왕륜이 일검을 휘두를 때마다 그 기세를 견디지 못하여 물러날 수밖에 없었다.

군평의 모습은 마치 소꼬리를 피하는 쇠파리처럼 보였다. 절기인 천둔환영보天遁幻影步로 수십 사람이 된 것처럼 왕륜을 압박하였지만 왕륜이 일검을 휘두르면 소용이 없었다.

이때 군평의 신형이 갑자기 여러 개로 나누어지며 검 끝이 왕륜의 요혈을 빗발치듯 찌르기 시작하였다. 왕륜은 의식하지 않고 좌우로 힘차게 도검을 쓸어올리니 검에서 강한 경풍이 일어나며 윤군평의 잔상이 흩어져버렸다.

'이런 검법이 있었나?'

천하제일의 검법이라는 천둔검법이 단순한 도검의 초식에 무너져 버리다니 기가 막힌 일이었다.

"자미검법이로구나."

홍유손이 왕륜의 도법을 알아보고 소리쳤다.

자미검법은 그 수법이 세밀하지만 극성에 이르면 단순해져서 상대가 없다는 제왕의 검법이었다. 고려의 왕건이 익혔다는 자미검법은 왕씨들에게 전하는 가전절학이었으나 고려 말기에 사라져서 전해지지 않는 검법이었다. 그러나 천둔검법 역시 만만치 않았으니 두 사람이 어울려 수십여 합을 싸울 동안에도 균형이 깨어지지 않았다.

불꽃이 일어나는 와중에 윤군평이 자꾸만 물러나는데 왕륜의 왼손이 검붉게 변한 것을 보고 독장을 번갈아 사용하고 있다는 것을 알 수 있었다.

왕륜이 윤군평을 몰아내다가 갑자기 허공으로 훌쩍 솟구쳐 우치에게 달려들었다. 우치가 훌쩍 말에서 뛰어내리자 뒤미쳐 왕륜의 왼손이 말 등을 때렸다. 등을 맞은 말이 털썩 주저앉았다. 엄청난 위력이었다.

"이놈, 어딜 도망가느냐?"

왕륜이 우치를 향해 칼을 휘두르는데 우치는 저도 모르게 왕륜의 칼날을 피할 수 있었다. 발이 저도 모르게 움직여서 왕륜의 공격을 피하게 된 것이었다.

"서방님!"

실권과 윤군평이 동시에 달려들어서 우치의 앞을 막아서며 왕륜을 공격하였다. 우치가 뒷걸음질을 쳐서 한숨을 돌리고 바라보니 홍유선이 합세하여 세 사람이 왕륜과 어울려 있었다. 왕륜은 싸울수록 마성이 강해져서 두 눈에 붉은 살기가 어리고 있었다.

우치는 직지선을 사용해야겠다는 것을 깨달았다. 그는 일지에 기력을 끌어모으고 소리쳤다.

"내가 상대할 것이니 모두들 물러나시오."

군평과 실권, 홍유선이 우치의 모습을 보니 직지선을 사용하려는 듯하여 검을 거두고 물러나니 왕륜이 청룡도를 거두어 우치를 노려보며 말했다.

"네놈이 무엇을 하려고? 네놈이 나를 어찌할 테냐?"

왕륜은 청룡도를 들고 성큼성큼 우치에게 다가왔다.

"이놈, 네놈이 내 앞을 막을 수는 없다!"

왕륜이 크게 소리를 지르며 우치를 향해 달려들었다. 이때 우치가 왕륜의 양쪽 음포혈陰包穴을 향해 직지선을 격출하였다. 왕륜은 갑자기 두 다리가 마비되는 것을 느꼈다.

"이, 이놈이 사술을?"

왕륜은 두 눈을 부릅뜨고 진기를 끌어올려 막힌 혈을 뚫었다. 왕륜이 걸음을 떼는 순간 우치가 다시 손가락을 들어 왕륜의 천돌혈天突穴과 구미혈鳩尾穴에 잇달아 직지선의 경력을 격출하였다.

왕륜은 천돌혈과 구미혈에 뜨거운 불화살이 박히는 듯한 통증을 느꼈다. 왕륜이 들고 있던 청룡도를 떨어뜨렸다.

"네, 네놈이 감히 나를?"

왕륜은 일신의 공력을 끌어모아 막힌 혈도를 다시 뚫으려 하였다. 왕륜의 얼굴이 붉어지며 정맥이 불끈불끈 솟아났다.

우치는 일신의 진기를 섭선혈 끝에 모은 후에 왕륜을 가리키며 말했다.

"이제는 그만 포기하시오!"

왕륜은 우치의 일지침에 네 군데 혈도가 막혔으나 웅혼한 내공으로 막힌 혈을 뚫으며 말했다.

"그따위 사술로 나를 어쩔 수 있겠느냐? 나는 내 나라 내 땅을 되찾고 싶을 뿐이다."

왕륜의 신형이 허공으로 솟구치며 우치를 향해 쌍장을 휘둘렀다.

"이 땅은 만백성의 땅이지 당신의 땅이 아니오."

우치는 만변행신의 수법으로 왕륜의 오독장을 피하며 관원혈關元穴을 향해 일지침을 격출하였다. 강한 기력이 화살처럼 왕륜의 단전丹田으로 파고들어 가는 순간 왕륜의 기혈이 제멋대로 역류하였다.

크헉.

왕륜의 입에서 붉은 선혈이 품어져 나왔다. 뒤편에 서있던 자들이 함성을 지르며 달려들었다.

"그만."

왕륜이 손을 뻗으며 소리쳤다.

달려오던 사내들이 걸음을 멈추었다. 왕륜은 창백한 얼굴로 문도들을 바라보다가 뒷걸음질쳐 땅바닥에 가부좌를 틀고 앉았다. 그는 숨을 급하게 몰아쉬면서 말했다.

"쓸데없는 죽음은 이제 그만 하라!"

그는 단전이 파괴되어 일신의 공력이 사그라져가는 것을 느꼈다. 공력이 심후한 까닭에 주화입마가 되는 것은 모면하였지만 단전이 파괴된 까닭에 절세의 무예를 가진 고수가 아니라 보통의 늙은이로 되돌아간 것이다.

"그것이 무슨 무술인가?"

힘 없는 물음에 우치가 대답하였다.

"일지침一指針이라고도 하고 직지선直指禪이라고도 부르오."

"오! 직지선……. 이미 세상에서 사라진 줄 알았던 바로 그 직지선이었군."

왕륜은 길게 한숨을 내쉬었다.

"어제 천문天文을 보고 짐작은 하고 있었으나 이렇게 현실이 될 줄은 몰랐구나. 아! 인생이란 참으로 허무한 것이로구나. 이른 아침 이슬처럼 말이다."

홍유손이 말하였다.

"그렇소. 인생이란 아침 이슬 같은 것이오. 만고에 그대처럼 사슴을 찾아 헤매던 이들이 한둘이 아니었으나, 패자覇者가 된 이가 과연 몇이나 되었소? 항우 같은 무공으로도, 제갈량 같은 지모로도 이룰 수 없었으니 막비천운이오. 운명을 받아들이시오."

왕륜이 탄식을 하며 말하였다.

"이제 내 나이 아흔이니 더 무슨 욕심이 있겠는가? 천명을 알았으니 이제는 되었노라. 내가 더 이상 속세에 바라는 바가 있겠는가? 나는 이제 떠날까 하오. 나를 보내주시오."

우치는 아흔 살 백발 노인의 모습에 측은한 마음이 들어 고개를 끄덕였다.

그 길로 왕륜은 제자들과 함께 중국으로 떠나버렸다.

윤군평과 배복룡은 기한이 다 되어 절도사 영으로 돌아가고, 개칠이와 돌쇠는 야인들에게 받은 공물을 가지고 송방으로 돌아갔다.

승병들도 임무가 끝이 나자 각자 사찰로 돌아가버렸으니 일시에 구름이 흩어지는 것 같았다.

혜산진 이북의 야인들이 평정되자 우치는 느긋하게 임지를 복구하려고 마음을 먹었다. 그날, 실권이 우치에게 어려운 말을 꺼내었다.

"서방님, 긴히 드릴 말씀이 있구먼유."

"무슨?"

"얼마 전에 윤 교관이 왕륜과 싸울 때 들고 있던 검이 눈에 익어 물어보았더니 옛날 주인님께서 가지고 계시던 수류검이었어유."

"그래요?"

"예. 그래서 그것이 어디서 났냐고 물어보니 홍유손에게 받았다 하기에 제가 찾아가 다시 물어보았구먼유. 홍유손 나리께서 하시는 말씀이 백두산 종덕사에 사시는 이인에게 받았다 하지 않겠어유? 제가 이 말씀을 드리는 것은 옛날 유자광에게 빼앗긴 주인님의 검이 어째서 백두산에 사시는 이인에게 있었냐는 것이지유?"

"그렇잖아도 한번 가볼 생각이었는데 아저씨의 말을 들으니 꼭 가봐야 할 것 같습니다. 그러면 성의 복구가 끝나는 대로 백두산에 가보기로 하지요."

우치는 실권과 단단히 약조를 하였다.

여름이 끝날 무렵, 우치는 백두산 구경을 가기로 하였다. 실권은 물론 아전 몇 명과 부인 연화까지 함께 데려가기로 했다. 준비를 단단히 하여 이른 아침 혜산진을 출발하여 압록강을 따라 올라가던 우치 일행은 그날 저녁 혜산진에서 이주한 양민들이 마을을 이루어놓은 농사동에서 하룻밤을 자고 다음 날 아침 일찍 물길을 따라 깊은 협곡을 거슬러 올라갔다.

수림과 들판을 지나 얼마나 올라갔을까. 맑던 하늘이 갑자기 어두워지고 우윳빛 안개가 짙어졌다. 이곳이 운무동雲霧洞이라는 곳으로 돌 틈에서 뜨거운 물이 흘러나와 안개가 되는 까닭에 붙여진 이름이었다.

운무동에서 산길로 올라가다가 다시 흐르는 물을 따라 올라가니 멀리 커다란 폭포가 한눈에 들어왔다. 커다란 바위산의 가운데로 큰 물줄기가 떨어지는 곳에는 허연 운무가 솟아나고 있었다. 용이 승천하는 모습과 같다 하여 비룡폭포飛龍瀑布라고 불리는 곳이었다. 폭포로 가까이 다가갈수록 그 장엄한 광경에 넋을 잃을 지경이었다.

달문에서 떨어지는 폭포는 백룡이 승천하듯 장엄한 물보라를 일으키며 거대한 산협에서 곤두박질하듯 떨어져 내리고 있었다.

우치 일행의 걸음이 장관에 도취되어 일시에 멈춰졌다. 발아래 비룡폭포에서 흘러내린 물줄기가 협곡을 이루어 흘러내려가고 있었다.

"야인들이 천상수天上水라고 부르는 이 물은 협곡을 따라 내려가 송화강松花江의 수원이 되어 북쪽으로 광대한 평원을 적셔주고 있습지요. 몽고족과 훈족, 거란족과 여진족 같은 야인들은 그 때문에 이 산을 더욱 신성시한다 합니다요. 이태백이 여산의 폭포에 감탄하여 아름다운 시를 남겼지만 만약 그가 백두산의 폭포를 보았다면 또 달라졌을 것입니다요."

입이 싼 아전의 이야기를 듣고 나니 우치의 입에서 시 한 수가 흘러나왔다.

誰把天紳掛半空　뉘라서 하늘의 띠를 반공에 걸었던고
上疑銀漢下疑虹　위는 은하수인 듯 아래는 무지개인 듯
謫仙於此吟長句　이백이 여기서 장시를 읊조린다면
萬丈光焰較孰雄　만장의 광염 누가 나은지 겨루어보리

우치가 비룡폭포를 구경하고 있을 때에 산 위에서 누군가가 내려왔다.

"이렇게 높고 외진 곳에 사람이 사는가?"

아전이 중얼거리는 소리를 듣고 있으니 홍유손이 언젠가 백두산 산정에 종덕사라는 절이 있다고 한 말이 생각났다.

산정에서 내려오는 사람을 기다리고 있으니 한참 후에 해진 승복을 입은 거사 두 사람이 가까이 다가왔다.

"스승님!"

하고 외치는 것은 우치요,

"주인님!"

하고 소리치는 것은 실권이었다.

우치와 실권이 서로의 얼굴을 바라보며 두 눈이 휘둥그레졌다. 실권이 눈물을 글썽이며 우치에게 말했다.

"아! 수류검을 보고 짐작은 하고 있었지만 주인님이실 줄이야. 저, 저기 오시는 분이 서방님의 아버님이시구면유."

실권이 달려가서 그 사내의 앞에서 큰절을 하였다. 사내가 실권을 일으켜 세우더니 몇 마디 이야기를 나누다가 정희량과 함께 우치에게 다가왔다.

우치는 머리를 망치로 맞은 것처럼 어리둥절하였다. 세상에 태어나 한 번도 뵌 적 없는 친아버지를 이곳에서 만나리라곤 생각지 못했기 때문이었다.

전유선은 검은 수염에 은은한 안광이 흘러나오는 온화한 얼굴로 우치를 바라보았다.

우치는 전유선의 온화한 얼굴을 보자마자 가슴이 뛰었다. 세상에 태어나 처음으로 대면하게 되는 아버지의 얼굴이었다.

"잘 자라주었구나."

부드러운 음성이 흘러나왔다. 뭔가 말을 해야 할 것 같은데 얼른 떠오르지 않고 입안에서만 맴돌았다. 가슴이 벅차오르고 무언가가 치밀어오르는 것이 느껴졌다. 눈물이 뺨을 타고 흘러내렸다.

우치는 소매로 흐르는 눈물을 닦으며 말없이 큰절을 올렸다. 말하지 않아도 알 수 있는 것이 있었다. 우치는 자꾸만 눈물이 흘러나와 시야가 흐려졌다. 가슴속에서 울컥하고 나온 설움이 눈물이 되어, 우치는 닭똥 같은 눈물을 뚝뚝 떨어뜨리며 서럽게 흐느껴 울었다.

전유선은 말없이 우치를 바라볼 뿐이었다. 한참을 울고 나니 가슴이 후련하였다.

정희량이 다가와 우치의 어깨를 다독거리며 말했다.

"우치야, 그동안 잘 있었느냐?"

"예. 스승님께서 여긴 어떻게?"

"널 만나려고 찾아왔지. 혼인을 하여 어른이 되었구나. 아버님께 며느리를 인사시키지 않을 참이냐?"

우치가 뒤늦게 깨닫고 연화를 불러 전유선과 정희량에게 절을 올리게 했다. 너른 바위 위에 전유선과 정희량이 앉고 우치와 연화가 큰절을 올리었다.

"좋은 며느리를 얻으셨습니다."

정희량의 말에 전유선이 연화를 바라보며 고개를 끄덕였다. 연화가 수줍게 고개를 숙였다. 우치는 손으로 눈물을 닦으며 말했다.

"아버지, 저와 함께 나가세요."

전유선이 고개를 저었다.

실권이가 말했다.

"주인님, 함께 내려가셔유, 네?"

전유선이 고개를 저으며 말했다.

"유자광이 죽던 날 나는 세속과 정을 끊었다. 내가 이곳에 내려온 것은 마지막으로 너와 전우치를 보기 위해서다."

"그럼 이곳에서 계속 사시겠단 말씀이십니까?"

"난 이곳에서 이 땅을 지키며 살아갈 작정이다. 이전에도 그랬고 앞으로도 그리할 작정이다."

"그럼 저도 거두어주셔유. 저도 주인님을 모시고 살겠구먼유."

전유선이 말없이 고개를 끄덕이니 실권의 얼굴에 미소가 피어났다.

"아버님."

우치가 흐느껴 울었다.

전유선이 빙그레 웃으며 말했다.

"슬퍼 마라. 모든 살아 있는 것은 이별을 하게 마련인 법. 내가 마지막으로 너에게 당부하고 싶은 말이 있는데 들어줄 테냐?"

"무엇입니까?"

"앞으로 빈자貧者의 삶을 살거라. 지금처럼 가난한 백성들을 위해 너를 기꺼이 희생할 수 있는 그러한 사람이 되어 다오. 알겠느냐?"

"예."

전유선이 연화에게도 당부의 말을 일렀다.

"사람의 일생이 긴 듯하지만 멀리 보면 하루살이처럼 짧은 것이다. 넓은 시야로 긴 시간을 짧게 보면 주변에 일어날 수 있는 잘못은 부질없는 것이 되나니, 부부가 한마음처럼 아끼고 살아가면 복이 있을 것이다."

연화가 눈물을 흘리며 그렇게 하겠노라고 대답하였다.

전유선이 자리에서 일어났다. 실권이 전유선의 옆에 섰다.

"서방님, 저는 이곳에서 주인님과 함께 백두산을 지키며 살겠구먼유."

우치는 친아버지와 그동안 자신을 친자식처럼 아껴주었던 실권과 이별한다고 생각하니 가슴이 아파 눈물이 절로 흘러나왔다.

전유선이 말하였다.

"너무 슬퍼 마라. 희비喜悲의 무게란 똑같은 것이니 문제는 그것을 어떻게 받아들이냐는 것이다. 슬픔 속에 기쁨이 있고 기쁨 속에 슬픔이 있듯 만남은 헤어짐을, 헤어짐은 다시 만남을 기약하는 것이니, 이것이 이별이 아닌데 무얼 그리 슬퍼하느냐. 이제는 그만 돌아가거라."

우치가 느끼는 바가 있어 고개를 숙이니 실권이 전유선의 뒤를 따랐다. 두 사람의 신형이 백두산 위로 올라가는 듯하더니 잠시 후 그모습이 안개 속으로 사라졌다. 희뿌연 안개 속에서 웃음소리가 들려왔다.

우치가 연화와 함께 두 사람이 사라진 방향으로 큰절을 올리고 일어서니 우두커니 서있던 정희량이 입을 열었다.

"내가 네게 할 말이 있다."

"스승님, 무슨 말씀이십니까?"

"앞으로 네 신상에 큰 화가 닥칠 것이다."

"예? 제가 화를 입게 된다고요?"

"태평성대에는 너와 같이 재주 있는 사람이 널리 쓰일 수 있지만 난세에는 능력이 뛰어난 자는 시기를 받아 화를 입기 쉬운 법이다. 소문이란 것이 날개가 없어도 퍼지기 마련이라 네 행적이 알려졌을 것이고 시기하는 자들은 너를 비방할 것이니 피하고 싶어도 피할 수 없을 것이다."

연화가 새파랗게 질려서 허리춤에서 주머니를 꺼내어 보였다.

"어르신, 어르신의 말씀을 들으니 제가 드릴 말씀이 있습니다. 이것은 제 아버님께서 혼인날을 잡을 때 맹인점쟁이에게 받은 비방이온데, 점쟁이 말이 올해 서방님이 죽을 운수가 있다고 하였습니다."

정희량이 주머니를 꺼내니 쪽지가 나왔다. 정희량이 쪽지를 펴니 짧은 글 하나가 쓰여 있었다.

走爲上策夷國吉
오랑캐 땅으로 도망하는 것이 길하다.

"사람이 쓸데없는 짓을 시키는구먼. 한 사람이 도망하면 수천 사람이 고초를 겪는다는 것을 왜 모르누."

정희량이 혀를 차며 쪽지를 찢어버렸다.

"왜 그러십니까?"

연화의 물음에 정희량이 우치에게 물었다.

"우치야, 한 사람이 죽어 수백 사람이 사는 것이 낫느냐, 한 사람이 살고 수백 사람이 죽는 것이 낫느냐?"

"한 사람이 죽어 수백 사람이 사는 것이 낫습니다."

"그 한 사람이 네가 되어도 말이냐?"

"할 수 없는 일이지요. 제 목숨을 구하려고 수많은 이들이 피해를 입어서는 아니될 것입니다."

"네가 그런 마음을 가지고 있다면 되었다. 머지않은 장래에 임금께서 부르실 때가 있을 것이다. 그때 곧장 도성으로 가지 말고 황해도 신천에 찾아가 보거라. 가면 죽어서 사는 길이 열릴 것이다."

정희량이 밑도 끝도 없는 이야기를 하곤 빙그레 웃더니 몸을 돌려 백두산으로 올라갔다.

　우치는 정희량이 보이지 않을 때까지 서 있다가 큰절을 올리고 혜산진으로 내려와 정무를 보았다. 그러나 변방이 안정되니 할 일이 없어 글이나 읽고 사냥이나 다니며 하릴없이 세월을 보내게 되었다.

옥사
獄死

1

우치가 한가한 시간을 보내고 있을 때 조정에서는 관찰사 이사균이 올린 장계로 공론이 분분하였다. 그것은 혜산진 첨절제사 전우치 때문이었으니 갑산 판관 장기수가 그동안 듣고 본 것을 적어 보낸 것이 발단이 되었다. 그가 보낸 내용은 전우치가 역심을 품고 있다는 것이었는데 몇 가지 근거가 있었다.

첫째는 혜산진 첨절제사 전우치가 교만하게도 성은을 받아 벼슬을 살게 되었는데 힘써 민정을 돌보지 못하고 야인들에게 무리한 공물을 침탈하여 원성을 사고 있으며, 둘째는 여러 곳에서 수상한 자들이 모이고 수천 석의 군량이 혜산진으로 들어오는 것이 심상치가 않다는 것이고, 셋째는 최근에 변방을 위협하던 니마거와 김주성합 같은 위험한 야인들과 어울려 직분을 돌보지 아니하고 돌아다니고 있다는 것이었다.

때마침 함경도 관찰사 이사균도 장계를 올렸으니 전우치가 위험한 야인들을 고분고분하게 다스린 것이 도술 때문이며 야인들이 그 때문에 전우치를 임금처럼 대하고 있으니 걱정이 된다는 내용이었다.

엎친 데 덮친 격으로 전우치가 영광의 도둑 떼를 물리치고 법성창에서 수십만 석의 곡식을 풀어 전라도 일대의 양민들을 구휼하였다는 소문이 한양에 퍼져서 빈청에서 이를 두고 연일 공론이 일어났다.

대제학 이행이 말했다.

"전우치의 벼슬이 말이 혜산진 첨절제사요, 궁궐의 수문장보다도 못한 미관말직이 아니오? 그런데 역모라니 이게 말이나 되는 소리오? 더구나 전우치가 도술을 써서 변방의 야인들을 고분고분하게 만든 것은 상을 줘야 마땅한 일인데 도리어 위험하다니 이것이 말이 되는 일입니까?"

좌의정 남곤이 책상을 치며 말했다.

"문형께서는 무슨 말씀이오? 관찰사가 가까이에서 들은 이야기를 나라에 보고하는 것은 당연한 일이고, 관찰사가 보기에 전우치가 위험한 인물이라는 것도 일리가 있소. 그대가 전우치를 아끼는 것은 알고 있으나 공은 공이고, 사는 사가 아니겠소?"

남양군 홍경주가 말했다.

"좌상의 말씀이 맞소. 그자가 병마절도사를 원할 때에 마음을 짐작하였소. 도술을 부릴 줄 아는 전우치가 야인들을 선동하여 난리라도 부린다면 그땐 어쩔 것이오?"

"전우치는 그럴 사람이 아닙니다."

"열 길 물속은 알아도 한 길 사람 속은 모른다 합디다. 전우치가 무슨 마음을 품었는지 어떻게 알겠소?"

한성부판윤 한형윤이 말했다.

"제가 이상한 소문을 들었습니다. 전라도에서 전우치라는 자가 법성창을 열어 곡식 수만 석을 백성들에게 무상으로 나누어주었다 합니다. 전라도에 활빈도라는 도적들을 그가 물리쳤다는데 그게 정말인지 알 수가 있어야지요."

호조판서 한세윤이 말했다.

"제가 알아보니 그러한 소문은 있지만 법성창에 쌓아놓은 곡식은 문제가 없다 합니다. 아마도 뜬소문인 것 같습니다."

홍경주가 머리를 갸웃거리며 말했다.

"아니 땐 굴뚝에 연기 날 까닭이 있겠소이까? 참으로 이상한 일이구려. 더구나 영광은 얼마 전까지 도둑 떼가 득실거린다던 고장이 아니오. 흉악한 도둑 떼가 득실거리던 곳이 요즘에는 잠잠하고 이상한 소문이 도니 아무래도 마음에 걸리오. 하긴 전우치가 도술을 부릴 수 있으니 도적들도 야인들처럼 고분고분하게 만들었는지도 모르지요."

남곤이 책상을 탁 치며 말했다.

"이 문제는 그냥 넘어갈 일이 아닌 듯하오."

병조판서 고형산이 물었다.

"그럼 어찌하실 겁니까?"

"불러다가 금부에서 취조를 해봐야겠소. 제가 무슨 수로 전라도 스물여덟 고을을 구휼한단 말이오? 만약 전우치가 그랬다면 반드시 도적과 내통한 것이 틀림없소. 또 생각해보니 제가 무슨 수로 곡식을 수천 석이나 갑산으로 가져갈 수 있으며, 수상한 자들을 불러들일 수 있겠소? 녹피며 수달피 같은 공물은 큰 재산이니 가져다가 저희 재산으로 삼을 것이요. 초록은 동색이라 흉악한 마음이 있는 야인들과 죽이 맞아 넘어간 게지. 만약 내 추측이 사실이라면 전우치는 흉악한 마음을 품은 자가 틀림없소. 아니 땐 굴뚝에 연기 날 리 없다고 도성에 떠도는 풍문이 사실일 수도 있으니 영광 군수와 법성포 만호를 금부로 잡아들이고, 갑산 판관 장기수에게 일러 혜산진에 모였다는 수상한 자들을 알아봐서 모조리 잡아들이면 전우치가 무슨 짓을 했는지 캐낼 수 있을 거요.”

들고 있던 영의정 김전이 말했다.

“대사헌은 이 일을 어떻게 생각하시오?”

대사헌大司憲 이항李沆이 말했다.

“제가 장계를 읽어보고 여러 대감들의 말씀을 들으니 전우치의 일을 묵과할 수는 없을 것 같습니다. 일단 전우치를 불러 국청을 열어 진상을 확인해보아야겠습니다.”

홍경주가 말했다.

“내 탕춘대의 연회 때 이미 그놈이 교만하고 마음속에 다른 마음이 있는 줄 알았소이다. 지금 생각해보니 뻐꾹새 울음소리로 시를 지은 것이, 제가 도둑질한 곡물로 백성들을 구하였는데 너희는 이곳에서 무엇 하는 게냐 하고 질책하는 시가 아니겠소? 그렇지 않소?”

말이란 게 귀에 걸면 귀걸이요, 코에 걸면 코걸이가 되는 것이라 전날 우치가 했던 말들이 모두 역모와 관련된 이야기가 되어버렸다.

좌의정 남곤을 위시하여 조정의 공론이 우치를 불러들이자는 쪽으로 기울었으니 정승들이 상감께 전우치를 불러들일 것을 주청하였다.

"미관말직인 전우치가 그런 이심을 품고 있을 리 없소. 경들이 너무 민감한 것 아니오?"

남곤이 말했다.

"저희가 그것을 모름이 아니오나 들리는 소문이 좋지 않으며, 함경도 관찰사 이사균의 장계가 있으니 이대로 좌시할 일은 아니라 생각되옵니다."

"이상한 일이구려. 내보기에 전우치는 그럴 사람이 아니오."

상감이 윤허를 하지 않자 남곤이 다시 말했다.

"사람 속을 어떻게 알겠습니까? 그렇다면 한 가지 계책이 있습니다. 상감께서 전우치를 부르시되 전우치가 국왕의 부름을 받고 일거에 달려와 배알한다면 죄를 묻지 않을 것이로되, 만약에 불측한 마음을 품고 있다면 중간에 어디론가 도망을 치거나 반드시 무슨 일을 일으킬 것이니 일단 전우치를 부르심이 어떻겠습니까?"

"그렇다면 경의 뜻대로 하시오."

임금이 결국 윤허하니 즉시 혜산진으로 파발을 보내어 우치를 급히 내려오라 하였다.

우치가 혜산진에 있다가 임금의 부름을 받았다. 우치는 정희량이 백두산에서 했던 말을 떠올리며 자신에게 화가 닥쳤음을 짐작하였다.

다음 날 우치는 연화와 이별하고는 한양으로 떠났다. 이때가 백로이니 추석이 얼마 남지 않았다. 산천은 붉게 물들어 울울창창 아름다운 단풍이 비단을 휘감은 듯하고 들판의 벼는 누렇게 익어 가을 들녘의 풍요로움에 절로 배가 불렀다.

우치는 역로를 따라 내려오다가 신천으로 가라는 정희량의 말을 떠올리고 원산元山에서 신계新溪 방면으로 방향을 틀어 평산平山을 지나 개성에 도착하였다.

동행하였던 관원은 개성의 객관에 쉬도록 하고, 우치는 그날 송방의 대행수를 찾아가니 청지기가 우치를 맞아 사랑으로 안내하였다. 마침 송방 대행수의 방에 한 사람이 더 앉아 있었다. 코가 뾰족하며 눈이 팔자로 처지고 입이 작고 턱에 제비꼬리 수염이 세 가닥 났는데 하관이 족제비처럼 쭉 빠진 위인이었다.

우치가 혜산진에 미곡을 보내준 것에 감사하여 수달피 가죽 한 짐을 가져왔노라 하니 송방 대행수가 크게 기뻐하며 우치에게 감사하다는 인사를 하고 그 사람을 소개시켜 주었다.

"이 사람은 김륜이라는 사람인데 도성 안에서 사주를 잘 보기로 유명한 점쟁이입니다. 내가 오늘 이 사람을 청하여 사주를 보던 참인데 잘되었습니다. 나리께서도 오늘 점을 한번 보시지요."

우치가 벼슬에 있는 까닭에 대행수는 말을 높였다.

"그럼 어디 사주를 한번 볼까요?"

우치는 이 사람이 허암 스님에게 추수를 배우다가 도망간 사람이라는 것을 알았다. 그리하여 일부러 허암의 사주를 써놓았다.

김륜이 사주를 보다가 눈이 휘둥그레지며 말했다.

"어? 이것은 우리 스승 이천년의 사주인데 그대가 우리 스승님을 아시오?"

"단번에 알아맞히다니 정말 신통하오. 그대가 우리 스승님을 떠난 후에 내가 모셨소. 스승님께서 그대 말씀을 하시더이다."

김륜은 책을 훔쳐 도망친 까닭에 부끄러움으로 얼굴을 들지 못하고 우치의 눈치를 살폈다.

"스승님께서 그것도 타고난 운명이라 하시더이다. 너무 부끄러워하지 마시오."

우치의 말을 듣자 김륜의 얼굴에 그제야 웃음이 감돌았다. 한결 느긋해진 김륜이 웃으며 말했다.

"스승님께서 그렇게 말씀해주시니 다행입니다. 그러고 보니 나리께서 말하자면 저의 사제가 되시는군요."

반상의 구별이 있는 터라 김륜이 말을 낮추지는 못하고 친근함을
표시하였다.

우치가 미소를 지으며,

"한 스승님 밑에서 수학하였으니 말하자면 그렇지요. 이번에는 사
형께 다시 적어드리겠습니다."

하곤 다시 종이에다가 자신의 사주를 적어 보여주니 김륜이 두 눈을
휘둥그레 뜨고 말했다.

"사제께서 또 저를 희롱하시는군요. 이 사주는 엿새 후에 죽을 사
줍니다. 천기성天機星의 문재文才를 타고나서 초분에는 고난苦難하고
중분은 형통亨通하지만 불행하게도 요절할 사주입니다. 스승님에게
추수를 배웠다면 저에게 따로 사주를 볼 것도 없을 텐데 저를 너무
놀리시는 것이 아닙니까?"

우치가 사주를 듣고 나니 기가 막힐 일이었다.

"정말 이 사주가 요절할 사줍니까?"

"예, 사제도 추수를 하신다면 저보다 잘 아실 게 아닙니까? 이 사
주는 엿새 후 진시에 죽을 사주입니다."

"사주가 바뀔 수도 있습니까?"

"그럴 리가요. 정해진 운명을 어떻게 바꿀 수 있습니까. 어려운 일
이지요. 말 나온 김에 제가 한양에서 여러 사주를 보았는데 조정대신
들의 사주 치고 좋은 사주를 보지 못하였습니다. 사화가 일어나기 전
에 소격서 골목에서 승문원 신 판서가 사주를 가져와서 대사헌 조광
조와 형조판서 김정, 대사성 김식, 부제학 김구, 우승지 윤자임 등 일

대 명류의 사주를 우연찮게 보았는데 영락없이 제가 말한 점괘와 다를 바가 없었지요. 운명이란 것이 하늘이 정해놓은 것이라 사람이 아둥바둥하여도 어찌할 수 없는 것이지요."

송철주가 웃으며 물었다.

"요즘 조정에서 권세를 잡고 있는 대신들의 사주는 어떤가? 자네가 혹 본 적이 있는가?"

"그럼요. 사주를 오랫동안 보다 보니 권세라는 것이 화무십일홍처럼 어이없습니다. 좌의정 남곤은 썩은 배가 바다로 나가는 사주라 선달후망先達後亡이고, 남양군 홍경주는 수한壽限이 박두하였으니 해 넘기면 위태롭고, 이조판서 심정은 뒤에 참화를 면치 못할 것이니 제가 본 조정 관료들 중에 그나마 좋은 사주라 하면 제명에 죽게 되는 영의정 김전 정도였습니다."

우치가 김륜의 이야기를 듣고 보니 그가 본 사주가 틀린 것이 없었다. 우치의 마음속에 불안감이 불길처럼 피어올랐다.

이날 밤에 우치는 객관으로 돌아와 잠을 청하여 보았으나 김륜의 이야기가 떠올라 쉬이 잠을 이루지 못하였다. 우치가 객관 앞을 서성이는데 중천에 둥근 달이 훤하게 뜨고 귀뚜라미까지 구슬피 울어 마음이 더욱 심란하였다.

"내가 죽을 사주인데 스승님은 죽어서 사는 수가 생길 것이라고 하였으니 누구 말이 맞는지 모르겠구나. 신천에 가면 된다 하였으니 가볼밖에."

다음 날 아침 파루罷漏가 울리고 성문이 열리자마자 우치는 개성을 떠나 신천으로 출발하였다.

3

한편 남곤의 명을 받고 고성에서 우치를 기다리던 금부관원은 전 우치가 소식이 없어서 역로를 되짚어 올라가다가 원산에서 종적을 감춘 것을 알게 되었다.

금부관원이 그 즉시 파발을 보내어 조정에 소식을 알리니 조정에서 일대 난리가 일어났다.

"그러게 내가 뭐라 그랬소? 그놈이 흉측한 마음을 먹은 것이 분명하다 하지 않았소? 그놈이 개성에서 눈치를 채고 도망쳐버렸잖소. 내 말이 틀렸소?"

남곤이 장담을 하니 심정이 말했다.

"지금이라도 잡아와서 금부에서 문초를 해봐야겠소. 털어서 먼지 안 나는 사람 있겠소? 매 앞에 장사 없다고 초다듬이질을 하다 보면 뭐든 나오겠지요."

"그럼 지금이라도 금부에 연락해서 잡아들입시다."

남곤이 금부에 공문을 띄워 금부도사를 보내는 한편 황해도와 강원도, 평안도에 파발을 보내어 전우치의 행방을 추적하여 반드시 잡아오라 추상같은 명을 내리니 각도의 고을이 벌집을 쑤셔놓은 것처럼 어수선하였다.

우치는 이러한 사정도 모르고 정오 무렵에 신천읍성에 도착하였다. 읍성에 도착하니 남문 앞에서 머리를 땋은 아이가 달려와서 우치에게 꾸벅 읍을 하였다.

"누구냐?"

우치의 물음에 똘망똘망해보이는 아이가 또랑또랑하게 대답하였다.

"저는 신천 관아의 통인이온데 수령께서 급하게 볼 일이 있다고 되도록 빨리 관아로 내려오라 하십니다."

'신천 군수가 내가 여기 있다는 것을 어떻게 알았을까?'

우치가 궁금한 마음에 통인 아이에게,

"수령의 함자가 어찌 되느냐?"

하고 물으니 통인 아이가,

"오자 순자 형자 되십니다."

하며 천연덕스럽게 대답하였다.

'오순형?'

오순형이라면 스승인 정희량이 손꼽는 음양가로 실권의 구명도생할 길을 열어주고, 정희량의 머물 곳을 알려주고 비서秘書까지 내어준 위인이었다. 정희량이 신천으로 가라고 했던 것은 오순형을 만나라는 뜻임을 우치는 뒤늦게 짐작하였다.

"급한 일이라고 되도록 빨리 내려오라 하셨습니다."

우치 역시 오순형을 보고 싶었던 지라 선뜻 통인을 따라 신천 관아로 들어갔다. 동헌에 들어서니 동헌 대청에 있던 오순형이 일고의 머뭇거림도 없이 우치를 가리키며 소리쳤다.

"저자를 잡아라."

동헌에 무리지어 있던 사령과 군졸들이 우치를 잡아 포박하였다. 우치는 손 한번 써보지 못하고 사로잡히는 신세가 되고 말았다.

"저자를 옥에 가두어라."

형졸이 우치를 데리고 삼문 밖으로 나가서 어두침침한 토옥에 가두었다.

우치는 기가 막혔다. 정희량이 신천으로 보낸 것이 반드시 이유가 있을 것이라 생각하였는데 이렇듯 다짜고짜 사람을 사로잡으니 어이가 없었다.

잠시 후, 감옥의 문이 열리며 철릭을 입은 관원이 들어왔다. 홀로 감옥으로 다가와서 우치를 물끄러미 바라보는 것은 우치를 포박시켰던 신천 군수 오순형이었다. 그는 손에 든 열쇠로 자물쇠를 열고 들어와서 우치의 포박을 풀어주었다.

"고생이 많구려. 조정에서 그대를 급하게 잡아들이라는 파발이 도착하였소."

"제가 무슨 죄가 있다고 금부에서 저를 잡아올리라는 겁니까?"

"모난 돌이 정을 맞는 법이라오."

오순형이 모호한 말로 대답을 대신하였다. 우치는 고개를 들어 물끄러미 오순형을 바라보았다. 오순형은 오십대 후반쯤 되어보이는 부드러운 눈매를 가진 사람이었다. 그에게서 범접할 수 없는 이상한 기운이 느껴졌다. 우치가 옷매무새를 고쳐 오순형에게 큰절을 올렸다.

"전우치가 선생님께 인사 올립니다."

오순형이 우치의 인사를 받은 후에 부드러운 어조로 물었다.

"정희량이 보내었소?"

"예."

"그 사람이 나를 곤란하게 하는구려."

"정희량 선생께서는 수령님의 재주가 당대에 따라갈 이가 없다고 하셨습니다."

"천만의 말씀이오. 내가 그만 못하니 이렇게 여항에서 진흙을 밟으면서 살고 있는 것이 아니겠소?"

오순형이 길게 한숨을 내쉬었다.

"정희량 선생께서 수령님을 만나면 죽어서 사는 수가 생긴다고 하셨습니다."

오순형이 물끄러미 우치를 바라보다가 미소를 지으며 말했다.

"사람의 삶이라는 것이 억겁의 시간 속에 한 찰나에 불과한 것이니 가만히 눈을 들어 바라보면 모든 것이 허망하지 아니한 것이 없소. 구름이 모였다 흩어지고 흩어졌다 모여드는 것처럼 말이오. 허나 찰나의 순간일지라도 헛되이 보내서는 아니 되는 것이니 그대가 이후에 잘 여문 곡식처럼 충실한 삶을 살아가겠노라 나에게 약속할 수 있겠소?"

"예, 그리하도록 노력하겠습니다."

오순형이 미소를 지으며 고개를 끄덕였다.

　다음 날, 신천 군수 오순형은 금부에 파발을 보내어 전우치를 잡았노라 보고하였다. 금부도사가 황급히 신천옥信川獄으로 찾아왔을 때, 그들은 감옥 안에서 차갑게 식어버린 한 구의 시신屍身을 발견할 수 있었다.

　금부도사와 신천 군수 오순형이 시신을 확인한 후에 전우치가 옥 안에서 자결하였으며 한 장의 상소를 남겼음을 조정에 보고하였다.

　전우치가 죽기 전에 남긴 마지막 상소는 이러한 내용이었다.

　혜산진 첨절제사惠山鎭僉節制使 신臣 전우치田禹治는 삼가 엎드려 절하옵고 주상전하主上殿下께 아뢰나이다.

　신이 듣자오니 나라는 백성이 있음으로 존재하고 백성들이 있음으로서 임금이 있는 것이라 하였습니다. 백성들이 부유하면 나라가 부유해지는 것이요, 나라가 부유하면 이적夷狄이 흑심을 품지 못하는 것이니 이로써 임금의 위엄이 높아지는 것입니다.

재물은 하늘이 내리는 것이 아니라 반드시 백성들의 피와 땀에서 얻어지는 것이고, 백성이 부유하면 나라가 따라서 부유해지는 것입니다. 그러므로 군자는 백성을 다스림에 백성을 인도하여 가난에서 벗어나 부유하게 되도록 할 뿐입니다. 이것은 마치 물을 도랑으로 인도하면 물 스스로가 웅덩이를 채워가며 멀리 흘러가는 것과 같은 것이니 지극한 순리에서 벗어나지 않는 것입니다.

그런데 지금은 전지가 모두 권력가의 소유가 되고 있으니, 재물이 있는 자들과 관리들이 야합하여 고리대高利貸와 형구刑具로써 자기 소유로 삼고 있기 때문에 백성들이 안집할 수 없는 것입니다.

백성들은 권세가나 토호에게 땅을 빌려 농사를 짓는데 일 년 내내 온 가족이 열심히 노력하여도 소작료를 주고 나면 소득이 빈이 될까 막막하며, 조용租庸과 잡부를 내고 나면 농민의 차지는 사분의 일에 불과합니다. 그러나 그것은 그나마 나은 소작인들을 말하는 것이니, 경작할 토지도 없는 이들은 노력할 곳마저 없으며 공물과 군포의 부담은 날이 갈수록 멍에를 만들어 백성들의 어깨를 무겁게 하고 있습니다. 더구나 연이은 흉년으로 전지가 황폐화되니 그 부담이 모두 불쌍한 백성들의 몫이 되어 방구석에는 쌓인 곡식이 없고 횃대에는 걸린 옷이 없으며 남녀가 주림을 참지 못하여 고향을 떠나 유랑민이 되거나 도적 떼가 되어버리고 말았습니다.

백성들의 고통이 하늘을 찌르는데도 관리들은 이를 돌보지 아니하고 곡수曲水의 풍류 놀음에 정신이 없으니 신은 안타까울 따름입니다.

제위왕齊威王은 아대부阿大夫를 삶아 죽이고도 칭송을 받았습니다.* 정치가 불안한 시대, 핍박이 심한 시대, 백성들이 입에 풀칠하기 힘든 시대에는 언제나 도적이 생겨나고 극성을 부렸습니다. 그러나 그것이 위정자의 잘못이지 어째서 우민들의 잘못이겠습니까?

정치란 백성을 위해 있는 것이지만 사리사욕과 당리당략에 얽힌 대신들에게 임금은 있을지언정 백성은 보이지 않으니 어찌 안타까운 일이 아니겠습니까.

나라에 도덕이 바로설 수 있도록 청렴하고 맑은 관리를 등용하시고, 아대부 같은 탐관오리를 물리치시옵소서. 윗물이 맑으면 아랫물도 맑아진다 하였습니다. 도덕이 바로서는 것은 윗물이 맑아지는 것과 같은 것입니다.

나라에 도덕이 바로서면 신하들은 의리와 충성을 뿌리로 삼고 효도와 공경을 줄기로 삼아 정사를 이끌어갈 것입니다. 자연히 부정과 부패가 자취를 감추게 될 것이며, 백성들 또한 자연스레 교화되어 나라의 풍속 또한 아름답게 될 것입니다. 그러나 나라의 도덕이 바로서지 못하면 관리의 부패가 나날이 늘어나서 백성들이 교화되지 못하고 부정과 불법을 당연하게 생각하게 될 것입니다. 신은 도덕이 바로서지 못한 나라가 태평을 누렸다는 말은 이제껏 들어본 적이 없습니다.

삼대요·순·우임금의 다스림은 오직 도덕의 바로 섬에 기인하는 것입

---

* 「통감절요通鑑節要」 주열왕 6년 기사에 실린 대목이다. 제위왕이 아대부를 불러 말하기를 "그대가 아의 태수가 된 뒤부터 잘한다는 칭찬이 날마다 들리므로, 내가 사람을 시켜 이를 시찰하게 하였더니 농토는 황폐하고 백성은 굶주린다 하니, 이는 그대가 나의 좌우에 있는 사람에게 뇌물을 써서 칭찬을 구한 것이 아니냐?" 하고 그날로 삶아 죽였다. 탐관오리를 응징하는 데 사정을 두지 않았다는 말이다.

니다. 신은 바라오니 밝으신 혜안으로 태평성대의 근원이 무엇인지 살피시옵소서.

신이 성상의 과분한 은덕을 입어 변방으로 와보니 우리 땅에 야인 들을 살게 하여 야인으로써 야인을 방어하는 줄 알았습니다. 그러나 관리들의 토색질이 너무나 잔혹하여 야인들이 이를 괴롭게 생각하고 불만으로 여기는 것을 알았습니다.

이들이 변방의 우리 땅에 살면서 야인들로부터 방패가 되어주고 있으니 엄밀하게 말하자면 이들도 우리 백성들이 틀림없습니다. 이 들을 우리 백성들이라 여기시고 안심하고 살 수 있도록 환경을 제공 한다면 야인들이 불만을 품고 조선을 해칠 생각은 하지 않을 것이며 더욱 성심으로 성상을 섬길 것이 분명합니다.

번호에게 부과한 공물의 부담을 낮춰주고 야인들을 우리 백성처럼 대한다면 지팡이를 부여잡고 찾아와 변방을 일구고 성상의 충실한 백성이 될 것입니다.

엎드려 생각해보건대 옛 선왕들이 사람을 쓰는 데는 재능을 헤아 려 임무를 맡긴다 하였습니다. 신이 주변을 둘러보니 일신에 높은 재 주를 가지고도 신분이 미천하거나 글을 모르기 때문에 재주를 써보 지 못하고 불운하게 사는 이들이 많았습니다.

한 고조에게는 번쾌樊噲가 있었으나 번쾌는 백정이었으며, 한신韓 信은 미천한 하급관리에 불과하였습니다. 번쾌가 홍문鴻門의 연회에 서 항우의 칼을 막지 않고, 한신이 없었다면 한 고조가 어찌 천하를 얻을 수 있었겠습니까?

제나라 맹상군孟嘗君은 계명구도鷄鳴狗盜하는 자들까지 들어 써서 패권을 잡았으니, 인재의 빈천을 가리지 않고 적소에 가려 쓰시는 것이 나라가 부강해지는 길이라 생각되옵니다. 충심으로 부득불 말씀 올리오니, 오직 전하의 밝으신 혜안으로 살피소서.

신은 성상의 부르심을 받잡고 오던 길에 뜻밖의 비보를 듣고 참담함을 참을 길 없어서 마지막으로 상주上奏하나이다.

상감께서 아까운 인재를 잃었음을 안타깝게 생각하시고 가족들에게 알려 시신을 잘 매장하라고 하명하니, 일을 꾸민 이들은 일이 허무하게 끝나 서로 무안해하였으며 역모에 관한 사건 자체가 흐지부지하게 되어버리고 말았다.

선경소요 仙境逍遙

1

산천은 울긋불긋하게 붉은 비단을 두르고 하늘은 높고 맑았다. 한 강수는 붉은 비단옷을 입은 산천을 그대로 담은 채 푸른 물결 넘실거리며 흘러가고 있는 가운데 일렁이는 물결 속에 정자 하나가 비치었다. 정자의 난간에 허연 도포를 입은 양반들이 모여 앉아 있었으니 이 정자의 이름이 한강정이요, 정자 안에 있는 양반들은 시회를 즐기러 나온 듯했다.

허연 도포를 입은 양반들이 각자 종이를 앞에 놓고 시를 구상하고 있는데 시세는 선경소요仙境逍遙이며, 운자韻字는 보이지 아니했다.

난간에 기대어 한강수를 멍하니 바라보는 선비도 있고, 손가락으로 수염을 매만지며 얼굴을 찡그리는 이도 있으며, 죄 없는 이마를 두드리는 이도 있고, 두 손으로 머리를 눌러 생각을 짜내려는 듯한 이도 있는데 이들의 망건에 하나같이 옥관자가 붙여 있는 것으로 보아 조정의 높은 벼슬을 하는 양반들이 틀림이 없었다.

한참을 궁리 끝에 시를 지어 서로 돌려보다가 이윽고 한 장의 종이가 머리 위에서 왔다 갔다 부산하게 흔들리더니, 정자 안에 주안이 마련되고 아리따운 기생들이 가야금, 거문고를 들고 올라 양반들 사이로 파고드는데 그중의 한 기녀가 좌중에 오가던 시를 한 수 들고 꾀꼬리 같은 목소리로 노래를 불렀다.

秋晚瑤潭霜氣淸　늦은 가을 고운 못에 서리 기운 맑은데
天風吹送紫簫聲　천풍은 신선의 퉁소 소리 불어 보내네.
靑鸞不至海天濶　청란은 오지 않고 바다와 하늘 넓기만 한데
三十六峯秋月明　서른여섯 봉우리에 가을달만 밝구나.

상석에서 느긋하게 눈을 감고 시를 듣던 이가 기녀의 옥구슬 같은 노래가 끝이 나자 감탄하며 입을 열었다.

"허허, 과연 대제학다운 시구려. 이렇게 기가 막힌 시가 있다니 마치 선경에 든 것만 같소그려."

"영상께서는 과찬이십니다."

앞서 말한 이가 지금의 영의정 홍언필이요, 뒤에 대답한 이는 대제학 신광한이었다.

"사실 이 시는 제가 지은 시가 아니라 전에 삼척 부사로 있으며 금강산에 놀러갔을 때 삼일포에서 구십자라는 호를 가진 이가 그곳에서 놀다가 써놓은 시라 하더군요."

홍언필이 잠시 생각하다가 말했다.

"구십자가 도대체 누구의 호요?"

"구십자를 합하면 전이 되는데 사람들 말로 전우치라고 하더군요."

"전우치라면 벌써 삼십여 년 전에 신천옥에서 죽은 자가 아니오?"

예조판서 이미가 물었다.

"전우치라면 예전에 이 정자에서 이매망량魑魅魍魎이라는 대구로 사신 당고의 코를 누른 수재가 아닙니까?"

"그렇네. 비로 그 사람일세."

홍언필이 잠시 생각하다가 말했다.

"가만 가만, 전우치가 죽은 해가 지금으로부터 이십팔 년 전이니 자네가 삼척 부사로 가 있을 시절이구려."

신광한이 말했다.

"제가 삼척 부사로 부임하던 첫해에 전우치가 신천옥에서 죽었다는 소식을 들었으니 지금으로부터 이십팔 년 전이시요. 그런데 그로부터 육 년 후에 임기가 끝이 나서 타지로 부임 전에 금강산에 구경 간 적이 있었습니다. 그때 구십자라는 호를 가진 이가 아름다운 부인과 함께 삼일포에서 놀다 갔다 하는데 사람들 말로는 그가 전우치라 하지 않겠습니까. 방금 제가 쓴 시는 그때 외운 겁니다."

홍언필이 머리를 갸웃거렸다.

"이상하구려. 죽은 전우치가 살아 있을 수 있다는 말인가?"

형조판서 박수량이 말하였다.

"들리는 소문에는 그때 죽은 것이 아니라고도 합니다. 살아 있는 전우치를 본 자도 많다고 합니다. 송도松都에 사는 차모車某라는 이는 전우치에게 〈두공부시집杜工部詩集〉을 빌려주었다 하는데 돌려받고 나서야 전우치가 십여 년 전에 죽은 사람인 줄 알았다 합니다."

이조참판 조사수가 말했다.

"전우치가 신천옥에서 죽었다면 응당 오작인仵作人이 시신을 인검했을 것이오. 관아에서 처리한 일인데 한 치의 속임이 있을 수 있겠소? 이미 죽은 자를 죽지 않았다 하니, 이는 죽은 자에게 결례가 되는 것이 아니겠소?"

이광식이 말했다.

"죽지 않은 사람을 죽었다 하여도 결례일세. 내가 그 당시 이야기를 들었는데 전우치가 옥중에서 죽은 까닭에 가족들이 올 동안 가매장을 하였는데 친척들이 이장하려고 무덤을 파 관을 열어보니 빈 관만 남아 있었다 하더군."

"허, 그것 참 기막힐 일이로군."

"듣기로는 술법 중에 시해법이라는 것이 있어서 산 사람이 죽은 사람처럼 가장할 수도 있다더군."

"그렇다면 전우치가 시해법을 써서 거짓으로 죽은 체했다는 건가?"

"그렇지. 그렇지 않으면 전우치가 어떻게 두시를 빌리고 삼일포에 놀러가서 시를 지을 수 있겠나?"

박수량이 말했다.

"내가 외직에 있을 때 전우치의 이야기를 들은 적이 있네. 병술년丙戌年 : 1526에 전국에 열병이 크게 유행하지 않았나? 그때 전우치가 전국을 돌면서 수많은 병자들을 구했다지?"

"그런 이야기라면 나도 연전에 들은 적이 있지. 갑오년甲午年 : 1534 경상도에서 역질이 크게 돌 때 전우치가 병자들을 무수히 고쳐주었다 하더군."

신광한이 말했다.

"그렇다면 전우치가 살아 있는 것이 맞네. 그는 시뿐만 아니라 의술도 뛰어났거든."

조사수가 말했다.

"소문만 무성할 뿐이지요. 우리 중에 정작 그를 본 사람이 아무도 없으니 누가 믿을 수 있겠습니까?"

전우치의 생사 때문에 때아닌 갑론을박이 벌어져 시끄러웠다. 난간 위에 말없이 기대어 있던 홍문관 부제학 이명이 정자 바깥을 가리키며 말했다.

"다툴 일 없습니다. 저기 전우치의 매제가 오고 있으니 그에게 확인을 하면 되지요."

사람들이 가리키는 방향을 바라보니 정자 아래로 푸른색 도포를 입고 빠른 걸음으로 오는 이가 있었다. 그는 이목의 외아들로 전우치의 여동생과 혼인하여 지금은 홍문관 부제학으로 있는 이세장이었다. 이세장이 잰걸음으로 정자 위에 올라와 읍을 하고,

"늦어서 죄송합니다."

하니 홍언필이 웃으며 술병을 들고 말했다.

"자네, 늦게 온 벌로 벌주 석 잔 마시게."

이세장이 급하게 잔을 들어 벌주 세 잔을 마시니 홍언필이 입을 열었다.

"자네 처형이 전우치 아닌가?"

"그렇습니다."

"그렇지 않아도 지금 전우치가 죽었나 살아 있나 하고 갑론을박이 벌어진 참일세. 자네가 전우치와 한 식구이니 진위를 잘 알 것이 아닌가? 살았는지 죽었는지 어서 말을 해보게."

"그것이 궁금하십니까?"

"신천옥에서 죽은 사람이 버젓하게 돌아다닌다는 이야기가 심심찮게 들리니 하는 말 아닌가. 어서 대답해보게. 전우치가 죽었는가, 살아 있는가?"

이세장이 말없이 빙그레 웃다가 정자 난간에 걸린 '선경소요仙境逍遙'란 시제를 보고 상 앞에 있는 붓에 먹을 흠뻑 묻히며 말했다.

"우리 처형이 살아 있는지 죽었는지 한번 보시고 생각해보십시오."

세장이 종이를 펼쳐드니 한 수의 시가 적혀 있었다.

三山歸路五雲隨
鶴軒昂鸞鳳差池
頭巾好掛三花樹
手弄淸溪歌紫芝

삼산 돌아오는 길에 오색구름은 자욱하고
학은 높이 날고 난조와 봉학은 오락가락
두건을 삼화수三花樹에 걸고
맑은 물에 손 씻으며 보랏빛 영지紫芝를 노래하네.

한강정에 모인 사람들이 턱을 괴고 생각에 잠겨 있는데 세장은 홀로 웃으며 정자 위의 날아갈 듯한 처마 끝으로 보이는 하늘을 바라보았다. 끝없이 파란 가을 하늘 위로 한 조각 흰 구름이 시름 없이 유유자적 흘러가고 있었다.

끝